一双靴子能走多远

孙海燕 / 著

经济日报出版社

北京

图书在版编目（CIP）数据

一双靴子能走多远/（美）孙海燕著．－－北京：经济日报出版社，2024.11
ISBN 978-7-5196-1416-4

Ⅰ.①一… Ⅱ.①孙… Ⅲ.①回忆录—美国—现代 Ⅳ.① I712.55

中国国家版本馆CIP数据核字(2023)第256541号

一双靴子能走多远
YISHUANG XUEZI NENG ZOUDUOYUAN

孙海燕　著

出　　版：	经济日报出版社
地　　址：	北京市西城区白纸坊东街2号院6号楼710（邮编100054）
经　　销：	全国新华书店
印　　刷：	北京文昌阁彩色印刷有限责任公司
开　　本：	710mm×1000mm　1/16
印　　张：	23.75
字　　数：	314千字
版　　次：	2024年11月第1版
印　　次：	2024年11月第1次印刷
定　　价：	80.00元

本社网址：www.edpbook.com.cn，微信公众号：经济日报出版社
未经许可，不得以任何方式复制或抄袭本书的部分或全部内容，**版权所有，侵权必究**
本社法律顾问：北京天驰君泰律师事务所，张杰律师　举报信箱：zhangjie@tiantailaw.com
举报电话：010-63567684
本书如有印装质量问题，请与本社总编室联系，联系电话：010-63567684

献给打开这本书的你!

生命只走过一回,但是字却将之带回来无数次——只要你愿意读!

——中国台湾作家张大春

一双靴子的足迹（序）

前两天又看了一遍《罗生门》，再一次体验和思考了人的说辞在同一件事情上差异可以有多大，人的记忆有多不可信。其实《罗生门》表达的正是人们因为各有所图，所以对一个案件的叙述会有很大的差异，他们的讲述都是为满足自己的某种需求而有意调整过的。在生活中你会发现，到你老迈的时候，你的记忆和别人的记忆是如此的不同，同一件事情不同人的记忆可能真的是大相径庭，是什么因素促成了这么大的记忆差异呢？

这两天读了大学同学大海的书稿，其中记述了一件和我相关的逸事，这是她的讲述：

想起另一个老故事。1981年夏，与大学同学同登庐山，头天晚上在客栈和其他游客发生口角，灯火通明之下，我们气势凶猛，把他们的气焰很快打了下去。第二天行山至一僻静无人小路，最年轻的寅同学跑在前面，只见欢天喜地的他突然停下脚步，极速转身向我们跑来，一脸惊恐地指着对面树丛大叫一声："冤家路窄！"树林间走出一伙人，有七八个之众，打头的正是昨天和我们骂架的俩人。我们两男一女勉强算仨，顿时有些不知所措。就在我们空手握拳之际，那伙儿老乡说笑着和我们擦身而过，很快又走出了视野，留下我们依然怦怦狂跳不已的小心脏。

我把这两个故事讲给B君听，教给他一个新的成语。他慢条斯理地说："还好，当年求婚，你没有回我'冤家路窄'这个词啊！"

而我的记忆是这样的:

当年我们三个人到庐山去旅游,20世纪80年代初,刚刚有了旅游这回事儿,面对蜂拥而来的游客,庐山的接待能力严重不足。我们被安排在了一个民国时期的别墅里。破旧潮湿,连床都没有,只能睡地板。一间屋子男女混杂挤十几个人。

走了一天了,很累。我们躺在地板上就想早点睡觉。可是旁边有一伙儿操着当地口音的人在打牌。

忍无可忍,我从地板上爬起来向他们表示抗议:"天已经很晚了,你们能不能别打牌了,赶紧睡觉!"而这帮人仗着人多势众,根本不把我们外地口音的人放在眼里,照打不误,照闹不停。老夏忍不住,他也没跟他们废话,跳起来,就把灯绳一拉,把灯关上了。这可把这帮人惹火了,于是他们也跳起来把灯再次打开,然后我们大吵起来。在吵的过程中,老夏不愿意跟他们多废话,跑去使劲儿一拉灯绳,居然把灯绳给拉断了,这下彻底黑了。这可把这帮人给气坏了,有个女人声嘶力竭地喊:"他们把灯绳拉断啦!他们是故意的!"这个叫声让我们觉得特别可笑,老夏把我拉回地板上躺下,我们就躺在地板上继续哈哈大笑。这更加激怒了他们,这个女人又绝望地喊:"他们还笑啊!"

由于灯绳断了,这个灯也确实就是打不开了,所以这帮人也就只好愤愤不平地收起牌躺下睡觉了。

第二天我们去三叠泉。在去的路上,我们还是在聊昨天晚上吵架的事。我走得快,跑到前面去了。突然,我看见前面迎面走来七八个人,挑着担子,正是昨天晚上跟我们吵架的那帮人!我飞跑回去向他俩报告,说"冤家路窄"。

我们就想，他们憋了一晚上的气，碰见我们一定会大打出手。我们攥着拳头站在路边，紧张地看着这帮人。

没想到，打头的那个家伙发现了我们以后，居然把眼皮一耷拉，挑着担子和我们擦肩而过，其他人也都不抬头看我们，默默地走了过去。

我们疑惑地互相交换着眼神，突然我反应过来了：这帮人是贩卖瓷器的，他们现在挑着担子可不敢惹咱们，要是把那担子瓷器给打碎了，他们可就惨了！想到这个，我就调皮地追了上去，凑在那个打头的耳朵边轻声逗他，那个家伙垂着眼睛就跟没听见似的，挑着满满一担子瓷器一声不吭，乐得我们哈哈大笑。回校以后，我没少绘声绘色地拿这件事跟同学吹牛。

大海的讲述很简略，我也委实没把握自己的记忆有没有被潜意识美化。不管怎么说，还是特好玩的事儿，包括这不同的记忆。很好奇另一个当事人老夏的记忆会是什么样子的，很期待他的接龙。

以下是远在德国的老夏的文字：

你对记忆不靠谱的说法很有意思，可以深入挖掘一下。类似经历我见过太多了，而且，每个当事人都认定自己的记忆最真实、百分之百正确。

我和你的记忆接近，但狭路相逢那段在我的记忆里是彻底断片了，只是隐约记得第二天咱们是在外面不期而遇过，可我一点也想不起来后面发生了什么。至于咱们那天晚上过夜的地方，我记得是在庐山上唯一的那家电影院的楼上打地铺，就是每天24小时连轴放《庐山恋》的那家。咱们到九江是奔着我六姑家去的，我姑父当时是九江地区食品储运公司的头头,他找了车送咱们上山。因为是避暑高峰时段,找他想办法的人太多了,他实在是掰不开镊子了,只好把咱们安排去了电影院。

那次咱们的旅行太难得了,属于一辈子仅此一回的经历。

果然没有让我失望,老夏的记忆果然与我们的有很大差异。记忆碎片在三个当事人的回忆下渐渐拼成一个似是而非的完整图案,斑驳而荒诞。太有意思了。

好像是萨特说过,人是自己选择的结果。其实人的记忆也是自己选择的结果。人们在潜意识中按照自己的心理需要,选择性地记住了自己愿意记住的东西。这样的记忆构成了属于自己的人生。

也正因为如此,记忆才如此珍贵。

大海的这本书,就是她记忆的结果。

有一次,一个"90后"小博士读到了我的一些回忆文章,掩卷感慨道:"你们这一代人的经历真是太丰富了。只是真实的记录,就是特别好看的故事,是我们这一代人永远也经历不到的。"

她说得对。如果说中国用40年走完了西方的400年,那我们这拨人的经历大概是古人好几辈子的人生。童年疯玩野跑,无人管束,没学到多少文化;青年时期,是火热的20世纪80年代,睁开眼睛看见了世界,经历了思想上前所未有的震荡;参加工作以后,有人坚守体制,有人下海经商,还有人漂洋过海。若干决定国家命运的重大转折的历史事件,我们都是亲历者,每个人的故事都是厚厚的一本书。

而大海的故事又远比我们更加多姿多彩。她下乡插过队,还是知青点的点长;在北师大读书期间,是校话剧社的活跃分子;参加工作后进入中央人民广播电台,曾是崔永元、白岩松的同事;嫁给大学同学,一个美国大帅哥，在中国台湾、美国生活，见到过多少不一样的风景，结识过多少不同地方的奇人异士。这一切，都在大海敏感、细腻、生动的笔下呈现出来。

一双靴子能走多远，我不知道，但我知道，跟随大海的足迹，肯定比我走得远很多。

浦寅

癸卯年夏于北京

目录

辑一·见众生

一双靴子能走多远？	... 003
初春忆娘	... 006
和妈妈一起去哪儿？	... 008
我的守望天使	... 010
一位老海军的幸福时光	... 013
公公的远亲不如近邻	... 014
于平淡中见真性情	... 016
老海军永远地出航了	... 017
一对中美混搭的婆媳	... 020
婆婆的近亲和近邻	... 022
你的孩子好吗？	... 024
TNT	... 025
我的小舅印象	... 029

吾家幼女初长成　…031
那个叫佩顿的小姑娘　…035
姐儿俩好　…036
13岁，她背起了妈妈　…038
想起外婆就想起了澎湖湾　…040
治还是不治？这是个问题　…042
林阿姨顺着自己的意志走道儿　…043
妈妈，你去了哪儿？　…045
妈妈的花儿灿烂地开了　…047
五朵金花　…049
川儿和她的婆婆　…051
尽享荣辱的乔老爹　…054
一位宁静而璀璨的音乐家　…055
朋友小晞（希、曦）　…058
青春像花儿一样的倪萍　…060
三个小发小　…061

辑二·见时光

麻溜儿的　…069
卖呆儿　…070
大智若愚　…070

环绕心间的音乐	... 071
我的这一天	... 073
雪花儿那个飘	... 075
低垂的星条旗	... 076
今天"9·11"	... 077
和好友潇的"说走就走"文	... 079
随心所欲地游着	... 080
妈妈校车和走路上学	... 082
小学校里的年度书市	... 084
丈夫的咖啡机	... 085
无风无险无乐趣	... 087
迫不及待地想知道你今天变了什么发型	... 088
只有三双鞋的日子	... 089
和脚下的鞋一起跑着、走着	... 090
我与电话的大事小情（1）	... 091
我与电话的大事小情（2）	... 093
我与电话的大事小情（3）	... 094
我只会安静地起泡	... 096
冰糖葫芦	... 097
石头有了灵魂便成了玉	... 098
两颗历经四代人的红宝石	... 100
小时候的后花园——北京动物园	... 101

一个造就好习俗的点子　...　102
迷人的牧师和他的圣诞合唱　...　102
你会见到天堂！　...　104
在新年里第一个向我伸出援手的人　...　104
跳绳　...　106
4月1日　...　107
工作室一瞥　...　109
半程长征　...　110
可遇不可求　...　112
好饭不怕晚　...　113
嘎巴溜酥脆　...　114
冰天雪地情人节之红发女娃　...　116
26年前的那一杯和这一杯　...　117
听到这首歌就想起了妈妈　...　118
可爱的女儿VS女儿的"可爱"（母女同游之一）　...　119
我们对人的信任远远不够（母女同游之二）　...　120
仙境与仙人（母女同游之三）　...　122
这般爱和惧着大海（母女同游之四）　...　124
犹如瞬间的相遇、相离（母女同游之五）　...　125
站上可爱的大峡谷（母女同游之六）　...　127
这从早忙到晚的一天（母女同游之七）　...　128
漂流不成结识"可爱珍宝"（母女同游之八）　...　130

小的时候就会梳小辫儿 ... 132
也曾访冯小刚的宅 ... 133
冤家路窄 ... 134
洗头的时尚也是要轮回了吗？ ... 136
好吃不如饺子 ... 137
一个在食堂里长大的人 ... 139

辑三·见世道

一人一狗的世界（1） ... 143
一人一狗的世界（2） ... 144
不一样的生日快乐 ... 145
有一个旅馆叫"柠檬树" ... 146
正月里闹元宵 ... 147
三节合一的春节 ... 149
能拥抱的时候别握手 ... 150
惊见双彩虹 ... 151
一叶知秋 ... 152
第一次做见证人 ... 155
从最差升级到最佳的球队 ... 156
在那家起司专营店里 ... 157
为什么不是我，为什么不是我们？ ... 159

愉快还是不愉快？ ... 161
原汤化原食 ... 161
母女同心？ ... 163
新鲜凛冽的寒冷 ... 164
一年三婚 ... 165
终于蒸出小时候的水平了 ... 168
穷养，富养，都不如教养 ... 170
难到不能实现吗？ ... 171
将近100年的答谢 ... 172
温暖美丽的圣诞灯饰 ... 174
撕开 ... 175
迈开新年的第一步 ... 176
犟着不老——跑步 ... 178
没有塑料袋以前，我们是怎么过的？ ... 179
胖大姐遇到了老倔头儿 ... 181
这一部电影得藏多少东西啊？ ... 182
一位骁勇善战的绅士 ... 184
因为是最后一次了 ... 184
病来如山倒，病去如抽丝 ... 185
饺子是要大伙儿包大伙儿吃的 ... 186
感谢奥斯卡的勇气和胆量 ... 187
失去制动的生命之旅 ... 188

可见美丽的风景和生命力 ... 189
仅仅是祸不单行吗？ ... 190
一座树木博物馆 ... 191
养成在星巴克庆生的传统 ... 193
庆还是不庆，这不是什么问题 ... 194
今晚所遇 ... 195
为女孩儿叫好 ... 196
是并床抵头的亲兄弟耶 ... 197
在纽约过圣诞节 ... 199
寒风冷雨马拉松 ... 200
老发小的儿童节 ... 201
起死回生的教堂义卖 ... 202
雪世界水晶球 ... 204
学雷锋 ... 204
过年的味道是家，是缘分 ... 205
欣喜女儿早生了几年 ... 207

辑四·知青十忆

我的雷东宝（知青十忆之一） ... 211
住在乡下那两年（知青十忆之二） ... 214
可爱的米（知青十忆之三） ... 217

田间的记忆（知青十忆之四） ... 220

当点长的日子（知青十忆之五） ... 223

青山在人未老（知青十忆之六） ... 226

自古英雄出少年（知青十忆之七） ... 228

小董和羊及饺子（知青十忆之八） ... 230

我的芳姐（知青十忆之九） ... 233

再一次和青年点说再见（知青十忆之十） ... 236

辑五·她行（路）我记（挂）的六十三天

上路的第一天 ... 241

百分之一 ... 242

步道名是什么？ ... 244

向前伸展着 ... 245

女儿的一位天使 ... 246

波城马拉松在即 ... 248

会"弃守"吗？ ... 249

"拉累"是什么？ ... 250

女儿，别怕！ ... 252

从一个州走到又一个州 ... 253

面对眼前 ... 254

加足油的波士顿 ... 255

我们都需要勇气 ... 256
羽毛还是胆量? ... 257
拿到第一个补给包 ... 258
轻盈的荧光虫有没有胆量? ... 259
有点说不清楚的线路 ... 261
三进两出的背包 ... 261
一路有好人相随 ... 262
婆婆妈妈的老爸 ... 263
这里的景色无与伦比 ... 264
朝向大烟山 ... 265
谁给谁加油? ... 265
她能得到什么? ... 266
奶奶会怎么想? ... 267
我是有恐高症的人呀 ... 269
花儿是同时开的吗? ... 270
恋恋大自然 ... 271
觉出城里的热闹 ... 272
有很多人在看顾你 ... 273
母亲节的思绪 ... 275
那一天,女儿在大烟山 ... 276
有青春就有挥洒 ... 278
生活在不同的轨迹上 ... 279

我很羡慕她 ... 280
她看到了熊 ... 281
无优无劣吧？ ... 282
当得起夸赞 ... 282
别人聚会的日子 ... 283
还有毒蛇？！ ... 285
爱这里永远的精神气儿 ... 286
父子俩的梦想 ... 288
今天哭了一场 ... 289
正是冰激凌 ... 290
多出来的一点期盼 ... 291
也走在路上 ... 292
不会冷得睡不着了 ... 293
木屋里有熊 ... 294
山路上几乎没有人 ... 295
不按情理出牌的好汉 ... 296
在熊肚子里干什么呢 ... 297
必须面对的另类状况 ... 298
彼此学习的过程 ... 299
一只助人为乐的臭鼬 ... 300
走着、走着，脚就变大了 ... 301
多走了一段路 ... 302

也在路上	... 303
独自走的体验	... 304
看着她好好做	... 305
差别还是蛮大的	... 306
国家公园与熊	... 307
人和名字都精彩	... 308

辑六 · 开门七件事

暖暖的煤烧饭的柴（七件事之一）	... 313
人有百种人　米有百种米（七件事之二）	... 315
有关油的联想（七件事之三）	... 317
咸咸淡淡七十三（七件事之四）	... 319
大明星和炸酱面（七件事之五）	... 322
离不了这酸溜溜的味道呀（七件事之六）	... 324
世上温暖中的温暖（七件事之七）	... 325

辑七 · 见生灵

在正午的阳光里来去	... 331
兔死兔悲	... 334
斗鱼（我家动物之一）	... 335

大小金鱼（我家动物之二） ... 337

有天长地久的龟吗？（我家动物之三） ... 339

脖子上有伤疤的鸭子（我家动物之四） ... 341

荷兰猪（我家动物之五） ... 343

黑夹白的奥利奥（我家动物之六） ... 345

可爱的小布丁（我家动物之七） ... 347

我家的动物之王（我家动物之八） ... 350

咱家的荣幸（我家动物之九） ... 352

见仁见智（我家动物之十） ... 354

后记 ... 357

辑一·见众生

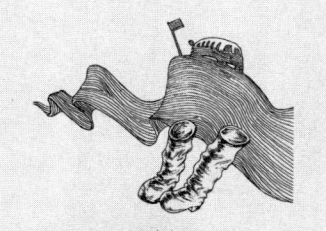

一双靴子能走多远？ （2018-12-17）

那双靴子生在 1953 年，早于我爸妈的婚姻，当然更早于我。它来自远方古老的制鞋国捷克斯洛伐克，妈说是捷克最有名的一家鞋厂，送给来自中国的客人们——中国国家军队艺术团全体演员的礼物。

我家这双典雅的靴子从捷克走到了中国北京。我第一次注意到它，是在 1966 年夏天，一个闷热的午后。我和妈妈先在废品站送掉了两袋黑胶唱片，那东西特沉，我手提加上腿拱才把它挪到地方儿。然后我们去了一个修鞋的小铺，妈妈掏出几双高跟鞋：一双浅棕色细带网状的凉鞋，两双黑船鞋，再就是这双靴子了——鞋头鞋跟加中间一道"鼻子"皮制，其他部分是结实的黑色毛帆布，靴长及膝，内里是温暖的羊毛，有一条长长的拉链。我知道那些鞋很是"封资修"，不敢言美。但对那双靴子，我几乎藏不住对它的爱慕，觉得它比工人、农民干活穿的防水雨靴还帅。所有鞋的跟儿都被那位修鞋师傅利落地锯掉了。其他几双锯掉跟儿后，完全失去了平衡，颓然"倒下"，但这双靴子因为是粗跟儿，还能稳稳站着，便又伴随我的妈妈，长久地走了下去。

不久后的一天，我和妈妈又回修鞋铺，把长筒靴改成了短筒。因为不配裙子了，那长筒很难和宽筒裤特别是老棉裤一起穿。那时的师傅手真巧，把剪完后的拉锁和顶边儿都手工侍弄得服服帖帖，不留痕迹。我想到同是那次出访东欧的一条毛哔叽礼服裙，被上海一位裁缝师改成了一条裤子，后腰巴掌大的地方用十几块拇指盖儿大小的碎料拼成，规矩而平整，浑然天成。那真是一个惜物如金的年代。

很快，妈妈复员离开了军队，到北京第一机床厂，当上了一名天车工。她骄傲地讲自己如何身轻如燕地爬上爬下，又如何镇定沉稳地操纵天车运送超大机件。入冬了，她拿出捷克靴，轻轻摩挲着毛织布上的细纹，过了良久，才下了大决心一样穿上靴子，出门上班去了。一个风雪交加的黄昏，我有些耐不住家里的寂寞——奶奶回东北老家了，爸爸被隔离了，周末才可以探视。我冷不丁拉起独自静悄悄在一边玩的弟弟，手里攥着一把钢镚儿，冲出了家门。我们坐22路车到长安街，再倒1路车，一直坐到终点站大北窑。售票员给弟弟量个儿，他还没到线不用买票。一下车，我们就看到了第一机床厂大大的厂牌。不知道时间，也不知道妈妈什么时候下班。怕瘦小的弟弟冻着，我带他绕着光秃秃的行道树跑来跑去。天很快黑下来，昏黄的路灯光影里，飘起闪闪亮亮的雪花，晶莹剔透。一阵铃声响起，人潮从工厂里向外涌来。推自行车的、走路的工人下班了。我有些急，怕我们看不到妈妈，或者妈妈看不到我们。我们站到路中间去，还一蹦一蹦地跳着。忽然我看到了妈妈的捷克靴，它在沓至纷来的棉鞋中，一步步逼近我们！我拉着弟弟向它跑去，至今记得妈妈见到我俩时惊讶的表情：瞪大着眼睛，合不拢嘴，她慢慢蹲下来，张开双臂……

我们后来搬去了沈阳，10年寒冬，妈妈总是惨淡灰黄，缩在厚重的皮袄里，也看不出丁点温度。每天早上，她会坐在小椅子上，把脚伸进捷克靴厚厚的羊毛里，拉上服帖的拉锁，站起来，使劲儿跺跺脚，走进漫天北风烟雪里。她那时做老师，10年里不曾缺课。靴子在冰天雪地的北国，看护着祖籍广东、长成于四川的妈妈。

1980年，我们回到北京，住在东四十条，妈妈开始在北京市文物局上班，"掌管"了白塔寺（文物保管所），瞬间成为一位"塔迷"。白塔寺的修复、调研、复原成为她的日与夜。从山东到青海，从陕西到四川再到泰国，她天南地北地寻庙拜塔，最后以文物局年老的新兵身份，写下《妙应寺白塔文物资料汇编》一书。一生谦虚谨慎的妈妈，有一天拉住我悄悄地说："今天所（北京白塔寺文物保管所）里来了一班北大历史系的学生，他们的教授推荐了我写的书，说我写得明了清晰，让他们把我的书当范文。"又是差不多10年的光阴，又有这双捷克靴的功劳，它随妈妈走南闯北，也随妈妈每天上下13路无轨电车，在京城从东到西、从西到东地奔忙。

家最后搬到西三环边上，刚搬去时挺"荒"，四周都是菜地和粮田。妈妈被借调到"五塔寺"协助修复，从北到南"调角"。冬天换乘有时等不到小小的332路车，妈就踩着捷克靴，走长长的两站路回家。老靴子一直没有言退，妈妈会一边给它擦油，一边止不住地夸："皮鞋呀就是好，一擦油，像新的一样！"再看那双靴子，挺争气地闪着亮光。

妈妈2004年去世，捷克靴整整陪了她50年！她们一起走过青春、中年、壮年和老去的日子，我很后悔，最后没有用那双靴子送妈妈上路，她们也像我和妈妈一样天人永隔了。

世上有多少50年的不离不弃？一双靴子能走多远？

初春忆娘

(2020-03-25)

祖父是从山东闯来的东北人，我爸生在东北，有个满族的姥姥家，不兴叫娘。我妈家满门的广东人，也不会用"娘"这个字。我特别喜欢娘这个称呼，比妈妈要暖要糯。有的时候我会按着女儿们的脑袋让她们叫，她们梗着脖子叫不出来。就是挤出那个声音了，也怪怪的，无情无义，还得看她们大惑不解、断定我疯了的眼神，只能趁早收了这份施压。

其实我从来没有叫过我妈一声娘，除了那个只诉无答的春夜：

我从外地赶到突然重病的母亲身边，她扣着氧气面罩，躺在ICU的病床上，陷入了昏迷。那场早春的肺炎，正在把她带离人间。

我坐飞机从台北到香港等签证，又坐飞机，总共将近20个小时赶回来。双脚像灌了铅一样地肿胀，可我觉得更加灌了铅的是我的脑子。我认不出玻璃窗后面这无声无息的女人，她和我的妈妈有什么关联？妈不老是精气儿十足的吗？每次回家她都是第一个蹿出来，边打量边摇头："胖了，又胖了吧？"

再不就是："嗯，老了一些，你老了一些。"

反正都是我的错，因为她总是美的。年轻时美得一大堆人追；中年时美得老有人随——她在我们家被称为"政委"，帮别人排忧解难是她的日常；老年时美得优雅，她的字、诗、文章都写得更漂亮。可现在她为什么这么毫无生气地躺在那里？是她还是那架机器在疯狂地呼吸着？

我昏乱地和窗里的女人对话，讲有一次我想亲近她，用一块湿布去蹭她的脸，她烦，挥手挡开我。我哭了一下午，满脑子都是她不喜欢我的委屈。我说，你起来吧，我们一起去买一台新电脑，你可以每天给我发邮件呢！和着心里流淌的泪，我喊她，你这辈子、下辈子，再下辈子都是我妈！你不用走，也不能走呀！

我背转身去才一小会儿。监护仪上的那条线走直了，我没懂；弟弟哭着扑上来拥住我："我们变成孤儿了！"我又不懂。

我给妈换衣服，她的手、她的身体都温暖如初，我捧着她的手，呆呆地支吾了一声儿："娘！"

她没应我，我还是没有懂！

恍惚中，早起她来叫我，柔软的手在我后背摩挲，脉通全身。我没睡，我整整7天没有合眼。吃早饭了，她正对着我，一边儿搅和碗里的粥，一边儿满足地感叹："所有的营养都有了！"

该上路了，去给她安排追悼会的事宜。她追出来："别丢三落四的，那条围巾记得戴回来。"

"女士，您想为母亲选什么样的花呢？"

"百合花，我最喜欢百合花的香味了！"

妈妈用她明亮的嗓音抢着说。除了背景一墙的百合花，我请他们用一大圈泰国兰花装饰她的照片。

"太夸张了吧？"她悄悄地问我。"没有，再多都配不上您的美。"我说。她捅了我一下，捂着嘴笑起来——自从她掉了几颗牙，笑的时候，就爱捂着嘴了。我给亲朋好友打电话，张几次嘴，流几次泪。

"妈妈走了！"

这句话，太难说了，可我今天说了又说，哭了又哭。

"我们燕儿从小就这样，从不大哭大闹，只会吧嗒吧嗒不停地掉眼泪儿。"

我去洗脸，妈妈就坐在我脚边的矮凳上泡脚："泡脚最好了，疏通全身脉络。你要教你的女儿们泡脚！"

终于躺到床上了，刚闭上眼睛："快，快和我说说，孩子们怎么样？"

妈妈正坐在她的床沿儿上认真地梳着头发。她老爱说:"坚持这样梳梳头,就不会老年痴呆了。"

又一个无眠的夜,又一个和妈妈头挨着头聊天儿的晚上……

我的母亲浸在我的生命里。

遥遥16年过去了,我无数次问苍天,可以给我一次再见母亲一面的机会吗?我无数次计划再见,我要和她做什么?吃山珍海味?游天涯海角?享人间极乐?妈妈会说:"不用,傻丫头,快坐下,咱娘俩说会儿话!"

蓝天下,阳光里。

和妈妈一起去哪儿? 　　　　　(2023-04-14)

妈妈去过不少地方。她去过朝鲜,慰问志愿军。三五人组成的小分队,在行军的路边和备战坑道里,为战士唱歌、说快板。一天赶夜路,全车文工团员在摇晃的卡车里昏昏欲睡,忽然一起被紧急刹车惊醒。下车一看:卡车的一个半轮胎,已经空挂在悬崖外边,司机一边用雪搓揉自己的脸,一边愧疚地解释说,实在疲劳打盹了,险些酿成意外。她去过东欧,有半年的时间住在列车里,在苏联、波兰、捷克、罗马尼亚和匈牙利演出。莫斯科饭店里一位打扫卫生的胖大妈,不许他们白天坐在她收拾得一个褶皱都没有的床上,而当他们外出时,她又会挨个儿掏女团员们的裙子,看她们有没有穿毛裤。翻译说她在嘟囔:"现在不穿,以后年老腿会疼的!"妈妈去过青藏高原,去过海南岛的天涯海角,这些地方我都没去过。

我也去过不少地方,在她之前去过她的祖籍广东中山,下了省际客运车，就不知道往哪里走了，只有一条主街的老旧县城，站在中间，望得到两头。除了几个卖菜、卖水果的摊子，就看不到什么人了。这不也是国父孙中山的老家吗？你现在去一定和我当年见到的判若两城。我去过台湾，先于她见到她50年没见面的中学同学，那已是一位和蔼可亲的老妈妈，她认定我像极了我的母亲，不肯信从小到大她是唯一一个这样说的人。一个细雨蒙蒙的傍晚，我到了福州，敲开一扇门，自报家门以后，门里的阿姨喜极而泣。她是我妈妈一生的闺蜜，而妈妈从没有去过她远在福州的家。

19年前，妈妈永远地上路了，我们母女从此天人永隔。

后来我去了重庆，不为美食，为了追寻妈妈年少时的路。我去了她老家的老屋，去过她上过的小学、初中、高中。我和舅舅费力再三，也没有确定是否找到了她上的大学。妈妈，您怎么就不帮把手呢？

后来我去过美国亚利桑那州的大峡谷，下飞机后，赶夜路进入国家公园区，清晨浓雾瞬间散去，大峡谷与我近在咫尺！妈妈，您看到人间如此壮观的奇迹了吗？您一定像我一样惊得合不拢嘴了吧？

后来我去过英国的牛津和剑桥大学，一座座学院、一片片草坪，都是妈妈和我一生心向往之的学府殿堂，如果我们能走进那里，都会是一丝不苟的好学生，以妈妈的刻板固执，以我的固执刻板。

后来我去过意大利，刚到的第一个晚上，就被女儿们拉去看足球比赛。在像海浪一样此起彼伏的呐喊和歌声里，我看到妈妈极为罕见的开朗大笑了。球迷们千姿百态的表演，比以前在电视机前看到的还精彩纷呈，记得那时我们俩就笑岔了气。

19年来，妈妈时刻浸在我的生命里。走到哪儿，我都希望和她一起，吃不一样的美食，闻不一样的花香，走不一样小路，看不一样的风景，听不一样的歌，流不一样的泪。我常常想，如果能有一次机会，我会选择和她去哪儿？

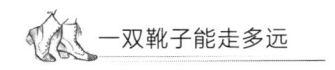

在一个满城被嫩绿环绕的春日，我才忽然找到答案：如果能有一次机会，我会和妈妈坐下来，说会儿话……

我的守望天使 （2014-02-06）

奶奶是我永远的珍宝。她在我出生前半年，从东北老家来北京"待命"。她是这个世界上抱我最多的人：从医院抱回家，又抱着我搬过三次家，第一次去天安门、颐和园、百货大楼、动物园，都是她抱着的。

反过来，在我的生命之初，我又成了奶奶的救命恩人：一个寒冷的冬夜，我反常地啼哭不已，爸妈无论如何都不能控制住我的哭闹，只好去敲奶奶的门，发现她中了煤气已昏倒在地。开窗、通风、抢救，一通忙乱，70岁的老人醒转过来。从那天起，她逢人便说，我救了她的命。

其实我的命常常要从她说起。四分之一的满族血统、宽宽的颧骨都来源于她。还有性格，还有我们那一对契合度最高的灵魂……

祖上曾是皇族的奶奶，因家道衰落"下嫁"给汉人的爷爷，他还比她大整整15岁。她一辈子生了11个孩子，仅5个活到成年。她有过丰衣足食的日子，有个叫"张奶奶"的佣人，跟了她一辈子，是她带孩子们为其送了终。但丈夫的骤然去世和当时的不太平，也逼迫她做过装雪花膏入瓶这类的小工养家；最艰难的时刻，她每周领着年幼的儿子去领取施舍的粥汤，给家人糊口。

她是个沉默寡言的人，我不记得她给我讲过任何故事，只记得她常叨念的俗语，其中有"好吃不如饺子，坐着不如倒着"。有一段时间，我疯迷这句话，一天说上无数遍，被我勤奋工作的妈听到了一遍："你这么小，怎么就学这些乱七八糟、好吃懒做的思想？不许这样说了！"

她也告诉奶奶别教这类话给我。奶奶没有反驳，只是更沉默了。我长大一点，注意到她常常在部队大院门口的马路边站着，一站好久，就问她："奶奶，你在干什么呢？"

她发现我在观察她，有些不好意思地嘟囔了一句："没干啥，卖呆儿呗！"

说完，就低头走了，好像让我撞见了她的隐私。"卖呆儿"这个生动的说法，会跟着我这一辈子。

她一般早早起床，先是扫楼梯、扫院子（当时社区的每日功课），然后用约一茶杯的水洗漱。我妈总笑她："您这是给小鸟洗脸呢，用这么少的水？"

她不回嘴，用更避开人的办法"我行我素"。她只会做些简单的菜，看我爱吃炒莴笋，就天天炒。直到一天，我看到一个迷你的小铁锅，比过家家的大不到哪儿去，就磨着她买，还催着她用新锅炒莴笋。结果，浓浓的铁锈味倒了我的胃口——从此不再吃莴笋。奶奶懊恼了好久："看我把孩子给耽搁的！"

她从不在大院的浴池洗澡，都是从小西天走到新街口（约需一个小时）去洗单间的盆塘，每次还拖着我。她紧紧地攥着我的手，昂首挺胸地朝目的地行进，从没有一丝的犹豫和张皇。洗过澡的奶奶，是我见过的最幸福的人——红红的脸上，写着全部的满足。之后，她再紧紧攥起我的手，昂首挺胸地回家。

每到晚上，我们比邻的几个孩子有时在我家屋里玩"捉迷藏"，就十来平方米的房间，无非是在床底下、桌子底下、双层床的上铺躲着。我发现可以爬到奶奶的背上"缩"起来。她一直静悄悄地坐在黑暗里，从头至尾地卖呆儿。她隔着厚厚布衣的背，宽厚、扎实、稳定，有人触摸到她，她就会掩护我说："这是我，摸什么？"

"文革"来了，一字不识的奶奶被我逼着天天学"语录"。我们折腾了有一个多月，她连"下定决心"都背不下来，更甭说写字了，结果是以一字不识终老。她目睹有人带走她的儿子，撕下他的领章、帽徽，又让他穿着无标识的军装回来，送她回老家去。她始终沉默，像一个不会说话的人。

莴笋吃不成以后，我就闹着要她给我做鞋穿。她坚持说忘了，我坚持让她想起来。祖孙两人又一次上新街口。那个阳光灿烂的日子里的所有细节都历历在目：买了尺把长的一块灯芯绒布头儿（不要布票），有些海蓝色的底上，有黑色的花朵。我把那双在同学中绝无仅有的鞋穿到稀巴烂，奶奶纳的厚底，最后磨得犹如一张毛边纸。

在我七八岁的时候，她开始给自己做"寿衣"。从里（衬衣）到外（棉袍）、从上（帽）到下（鞋），全部自己打点，只央求过我远从西北来的小舅舅，帮她买过一回棉袍的面料："他能耐，帮我纫棉袄，知道我想买啥。"

从此，装"寿衣"的小牛皮箱，成了她仅有的财产，走到哪儿，带到哪儿。

后来我们在沈阳叔叔家又见到她，她已不太记得我弟，但一眼认出几年未见的我。我摸摸她宽宽、紧实的脸，仍是那一抹善良、慈祥的笑。她告诉我，她越来越"回陷"[①]了，打破了一只饭碗。后来这个回陷的老人，开始用塑料饭碗。

我妈和我奶奶是一对得过奖的"模范婆媳"。我妈一辈子记得，有一年，她和我爸都下部队演出去了，在四川的姥爷吐血不止，发来急电求援。留守的叔叔给奶奶读了电报，她随即从贴身衣服的口袋里拿出一个手绢包，取出

[①] 编者注：回陷，东北方言，意为倒退。陷在此处音"xuàn"。

所有的 350 元钱，让寄给我姥爷救急。我妈回家后听说这事，又一核对，奶奶那半年平均每个月的全部花销是 9 元钱。

现在，这一对模范婆媳都在天上守望我了，奶奶的微笑和妈妈的大笑，是离开越久越清晰的记忆和留恋。

一位老海军的幸福时光 （2016-03-09）

公公是美国人，1950—1954 年志愿参加海军服役，乘一艘不大的舰船到亚洲，战争期间都驻扎在日本水域。一个边远小镇的高中生，曾经几次上岸，逛过二战后还没有发达起来的东京城，没有尝过一粒日本米，没有品过一屑生鱼片，没有搭讪过一位日本女孩，用全部的积蓄买回一套日本餐具，又在休假时把重重的礼物背回国，送给心仪的邻家女孩。女孩的爸爸提醒她："要想好再接受，送这样礼物的人，是想和你成家的。"

在海上漂泊 4 年以后，公公以最低的军阶退伍，甚至没舍得买一顶有自己战舰标牌的军帽留念，就带着回家结婚成家的急切踏上归乡之路。4 个月后，他娶回收藏那套日本餐具的姑娘——我的婆婆。相依为命 56 年之后，婆婆离去了。公公谢绝儿女接他同住，独自一人生活。

昨天晚上，海军乐团来我们镇巡演，我们赶去把公公接来看演出。因为观众超出预想，演出从高中剧场移到校体育馆。许多白发苍苍的老兵来看演出，公公更是用力迈开中风后蹒跚的步子，想尽快走进学校。他们安排退伍军人先进场，还特别有人情味地让家人陪同，不论人数多少——不会有人冒名混入。

一支国家级水平的乐团,来到一所公立高中,为所在镇的千八百个居民免费演出。这让我想起隶属文工团的父母亲,他们常年到外地演出,两人时间交错,有时很久都碰不上面。出发、下部队是我儿时辞典里最早、最常见的词汇。不知现在咱们的文工团还有这样的传统吗?

海军乐团演出了十几个曲目,他们有国家一级的小号、木琴、声乐演奏(唱)家,这些人和许多知名的交响乐团合作过,还获得过国际大奖。演出相当精彩,很多人可能都和我公公有同样的想法:"我喜欢他们所有的曲目!"

台上台下一起演唱一首耳熟能详的乐曲。退伍老兵们以陆、海、空、海军航空兵等各兵种分类起立,接受老百姓致谢的掌声。许多人和我公公一样,从座位上站起来都要费一些力气了,还有不少人是坐轮椅来的。但轮到的时候,他们(男女老青)笔直地,尽力笔直地站好,依旧如一名战士。

公公的远亲不如近邻 (2016-02-23)

有一次和公公聊天,谈到他小时候的一件事,他说对此终生不忘。

那是他六七岁的时候,已经有了两个弟弟。父亲有一天抱着小弟下楼梯,一脚踩空,摔下来伤了后背,于是在家休养了大半年,不能去工作。那时(20世纪30年代末期),家家都靠每个星期的支票生活,父亲躺倒,家计顿失来源。好在那时的社会风气是一家有难,四邻支援。

"每个周末,邻居们都会送来各种食物,从面包、鸡蛋、奶油到牛奶、蔬菜和炖煮好的肉类。"

当时公公家 5 个孩子都还没有成年，7 口之家的食粮不会是斤斤两两的小数。

"家里永远有很多吃的东西，那么长时间，我们从来没有感到过饥饿。冬天来了，有人给我们小孩送来帽子、手套和棉衣。我一直觉得那是一段特别美好的日子。"

怪不得我过世的婆婆总是说，我公公对邻居比对家人还好，那是他一生的情结呢。婆婆老说公公是泄密大王——和家人话不多，但能和外人聊得不亦乐乎。如果不是我婆婆催促，他几乎不会给家人打电话，但他能在街上主动和邻人聊天不归。公公是个非常节俭的人，一个孙儿帮他搬了一趟家，他给了 20 块的酬劳，而一个失业在家的邻居帮他洗车，他会付 120 块的天价。

去年年底，独居的公公遭遇了一次小中风，语言和行动受到一些影响。儿女想接他同住，他婉拒，因为想留在邻居们这边。我们只好就近为他安排了老人公寓。

昨天去探望他，他兴奋地给我展示邻居们送来的零食和饮料：

"他们知道我爱喝这种饮料！这是他们送给我的'爱心包裹'。"

"爱心包裹"是指家长给初上大学的孩子所寄的包裹，或是年节时志愿者寄给海外军人的礼包。

公公也有让人气馁的地方，他不太在邻居面前炫耀自己孩子们的爱心，使他们的奉献默默无闻。在我先生帮他做好报税单、带他去理发和吃午饭、帮他剪好指甲以后，他开始昏昏欲睡。叮咚！邻居来了，带了 iPad 来给他看自己第一个重孙女的照片。他的眼睛立刻大睁，慌乱地和我们挥手拜拜，接待客人去了。

剩下要开车 100 公里回家的我们俩。

于平淡中见真性情 （2014-12-02）

好快呀，好像我们刚刚和从北京远道而来的弟弟一起切了火鸡，眨了眨眼，就是又一个感恩节了。

节假日的第一重点是独居的公公。婆婆去世以后，他自己安静地住在老人公寓里，堆积如山的拼图和堆积如山的书，是他终年的伙伴。我们请他到家里来过节，他说，道儿远，冰天雪地的就不来了。我们说，做好菜去他家吃。他说，干吗那么麻烦，去颐斯托农场吧，他请客。公公憨厚老实，轻易不拿主意，一旦拿一回，家人一般顺从。

这是我们第四次来这个农场过节了。第一次是我婆婆提议的，在她去世前的一两年。她是烹饪高手，感恩节晚宴从来都不假他人之手，那年她实在打不起精神了，于是使用她一贯的聪慧，选择了这个家庭农场远近闻名的感恩大餐。老旧的木板地、有些松动的旧式桌椅、三个柴火熊熊的壁炉、昏黄的灯光，我特别喜欢那第一次的气氛。久病的婆婆也蛮舒服地坐看儿孙们团聚，笑脸在炉火的映照下好看得红润起来。平凡的家常菜，但个个热乎丰盛。

不知为什么，那次以后，这个农场的感恩节大餐每况愈下。今年连壁炉都省了。菜千年不变不说，温度还越来越低。回家的路上，我们又不止一遍地数落了每一个菜。第二天，我给女儿端上炒好的菜，她吃了一口以后，长出一口气："嗯，这才叫真正的好吃！"

有一个人例外，我公公。他穿戴齐整地去了，耐心地寻找写有我们家名字的桌子坐下；一声不吭、慢条斯理地吃完每一道菜；细心地收好小卡片上写就的菜单；亲力亲为地走去用信用卡付账，并且记得先用现金给年轻的女服务员付出小费，没有零钱，就给整的："我不会忘记你们妈妈过去做服务员时，拿到额外的小费的日子有多高兴。"

看到女孩子快乐的笑脸，他终于说了一句话。

回到家以后，那天没来的大姐打来电话，说爹爹打电话给她了，一如既往、从头至尾地念了全部的菜单。那是我们从第一次去到现在，一个字都没有改动过的。可是每次去，公公都要带回家，打个电话给没去的、他自己的姐姐念一遍，现在姐姐不在了，就念给没到的孩儿听。他在电话里充满喜乐。

老海军永远地出航了 （2020-09-12）

我的公公终于上路了，他在 8 月 13 日去世。

公公生于大萧条边缘的 1931 年，是家中 5 个长大成人孩子中的老三。我问过他从小记忆最深的事，他说是图书馆。问他最早谁带他去图书馆，他说，自己去的。在我认识他的这二三十年里，确实很少见他手边没有书的时候。我每次带孩子回美国，都是他到机场接我们。每次出了关口，准看到坐在椅子上读书的他，除了头发比上次见又白了一些、少了一些，其他的都不变。每次和我婆婆逛店，婆婆进得门去，他就在门口坐下看起书来。婆婆和邻居玩牌，一阵阵笑声中，他总是安静地坐在一边看书，不论夜深夜浅。有一阵子，家里草地颇大，剪一次要两三个小时。每次满脸通红地从太阳地儿进屋，婆婆都会给他准备一大杯冰咖啡。喝下去，转身拿起一本书坐下读，那是他满心幸福的时刻。

婆婆有句常说的话："别再看了，看了一辈子，怎么就不见你自己写一本呀？"每到这时候，他就羞涩地笑笑，再埋头到手里的书中去。但是家里谁遇到什么问题，准是去请教这位"书虫"，十有八九会找到答案。这时候就换做我婆婆在一边微笑了。

公公高中毕业第二天，就自愿申请参加了海军。那时候自愿参军可以选择军种，而他入伍以后，征兵通知书就来到他家，征募他参加陆军。他到舰上被询问有什么特殊技能没有，他说没有。测试结果显示，他是全舰打字速度最快的一个，于是做了 4 年的发报员。他说美军的军装都是自费购买的，为了省钱，他只买了两套，是全舰军装最少的人。可他爱军队生活，服从、简单、规范，闲暇时总有看不完的书，这全都合他的意。若不是答应了婆婆会回来娶她，他真的打算在舰上待一辈子。

他守诺回来了，娶了心爱的女孩，和她携手 56 年，一起摩肩砥砺，用一个电话维修工的资薪养大 4 个孩子，还资助他们上大学和去中国留学。对于我婆婆抱怨一辈子没买过一件全新、配套的家具，对于家人"投诉"他只买"大甩卖"商品，他总是一笑置之。他自己节衣缩食，工作午餐只有鸡蛋三明治这一款，一吃 30 多年，衣服还是全年没几套，不容别人加量。孩子们长大了，他紧接着又全心全意、无时无刻不关爱先后到来的 8 个孙辈，还比我婆婆幸运地见到了 4 个重孙辈。

小 B（我先生）12 岁的时候，在去投递报纸的途中，捡到一张绿莹莹的 20 美元钞票，那是他当时所见所触最大笔的财富。他攥在手心里兴冲冲跑回家去炫耀，被父亲斩钉截铁地拦下，拖着他询问四邻无果，又开上车带他把钱上交了警察局。度过半个月失望至极的煎熬后，警察局才通知小 B 来取回无人招领的"财富"。16 岁刚学会开车，小 B 就斗胆偷开父亲的车带同学出去显摆，出门不久撞了车。他把面目全非的车勉强开回家，转身去杂货店打工了。不久，门外传来噔噔的脚步声，父亲满头大汗、一脸焦急地冲进店来，很少那么大声地问他："你没事吧？"

听到他没事的回答，父亲才大舒了一口气，掉头离去。

我爸妈去过一次小B父母家，他们印象最深的就是，在我婆婆风风火火干活的时候，我公公会悄悄跟在她后面，一刻不停地清理桌面、台面，还不时跪在地下擦洗地面。而我公婆一说起我父母，就一定提起他们腊月隆冬去北京旅游时，我爸妈拿着厚厚的羽绒服在机场接他们的情景。其实我公公这个美国"东北银"，80岁之前都是一件T恤过冬的，连外套都不用。所以他们在北京跟团跑点观景，我公公一路都怀抱着那件厚厚的羽绒服，还一路抱回了美国，原封不动地挂在衣橱里。我婆婆对我说，那是你爸妈的一片心呀！我公公就一连声地应和："对呀，对呀！"

公公晚年时和我说起，他最小的弟弟出生以后不久，他的爸爸不慎摔坏了腰，有小半年不能工作，全靠邻里相帮着渡过难关。"每天都轮流有人送饭送菜给我们吃，还会照顾我们姐弟五人的穿着，那个时候大家没有什么积蓄，都是省下自己的给我们。这是我这辈子最不会忘的事。"他的话使我恍然大悟，怪不得他随时随地向别人伸出援手。他常年在退伍军人协会当义工，每周出勤，从不误时误点；镇上图书馆维修，他租来爆米花机卖爆米花募款；教会义卖，他"央告"我婆婆做甜点，把一大摞一个不留地全都端过去。

他开了70多年车，而且工作的30多年里都是开车走街串巷上门服务，连一张违章停车的罚单都没吃过。有一年夏天回来，他老是躲闪着什么，人们一提起来，他并不吭声，只是立马走人。原来他和我婆婆每年都去看远嫁到佐治亚州亚特兰大市的妻姐，去赶一个乡村集市，全车人都做证他停车没有出差错，但回来时有人撞了他的车，乡里乡亲的警察还偏听偏信地给他开了罚单。公公这个不服气呀，他一反常态倔强地与对方对簿公堂。结果平生唯一的一次官司还是输了。公公把外地人被"地头蛇"欺负的委屈全憋在心里。他再也不提那件事，再也没有去过亚特兰大。即使是我婆婆央求他去探视唯一在世的手足，他也不为所动。他坚持，有谎言和不公之地，他决不涉入。

公公走过 89 年漫长踏实的人生路，他平静领受生活带给他的一切，最后的日子甚是艰难，但他秉承一贯的脾性——从没有丁点儿抱怨。

一对中美混搭的婆媳　　　　（2021-06-25）

第一眼见到中国儿媳，美国婆婆惊了一下：在她的概念里亚裔都是"手指女孩"——个个纤细娇小。其实她自己也个小，只有一米五五的个子，结婚那年还算纤细，约 95 磅（44 公斤），戴 3 号的戒指，穿 2 号的婚纱。现在膨胀到 220 磅，只剩下手脚细瘦如昨。这个从中国来的、微笑着、俯视着她的儿媳，足足高一米七，她没想到中国有这么高个子的女子，惊讶得微微倒退了一步。

儿媳也从没见过这么胖的妇人，甚至至今都不明白，这个没见过睡觉；吃饭时一直围着桌子"服侍"别人，很少坐下来吃口东西；从早到晚包揽屋子里所有活计的人，是如何变成一个如此胖子的？

婆婆没有耐心琢磨儿媳笨拙的英语，要是有什么事儿发布，或有什么话想告诉她，麻溜地把丈夫喊过来，你和她说……她的丈夫捡拾了夫妻两人全部的耐性，他会想方设法选取通俗易懂的词语，把婆婆的旨意"翻译"给儿媳听，或是把儿媳的问题理会好了，告诉婆婆。婆媳间的言语信息靠他交换，两边都是聪明人，一点即透，沟通顺畅无阻。其实最初相见，婆婆曾亲自告诉儿媳一个小故事："我小时候，家里住进一对加拿大搬来的、说法语的母女。那个女孩一句英语都不会说,我们只能比手画脚地玩。没出一年,她的英语和我的一样好。你的英语也会和我的一样好,很快!"

儿媳当时猜懂了婆婆的故事,但日后婆媳煲电话粥的时候,才信服了婆婆当年预测出的那个结局。

婆婆有一个巨大的铁板烧性质的"煎盘(锅)",每天早上,松饼、煎腌肉、炒蛋、土豆碎尽在一块板上,顺序到位。她做过多年的餐厅服务员,能把几十个碗碟一托,举在肩头。一遍,只需一遍,一桌客人的订单就都记在脑子里了,每个人的特需特供从没出过差错。大师傅缺位时,她还能顶一下手,快手快脚地从没误过活儿。家里每次吃完饭,她会拱开站在水池前的儿媳:"我做这个是专家,我来做!"

儿媳每次从外地来,都"别有用心"地亲手给婆婆做一条围裙,让她看上去更专业。

婆婆的拿手菜土豆泥、奶油鱼汤、胡萝卜咖喱、潘趣饮料、苹果派、巧克力蛋糕,儿媳都做得有模有样了,但她的慢烤牛肉却随她永远而去,无人能为了。儿媳最爱吃婆婆下手的热狗,常常是儿孙满堂的时候供应。她以一当众,5人、10人、20人全不在话下。面包用黄油烘得脆香焦黄;热狗肠也一根根煎成油亮的咖啡色;洋葱碎、酸甜腌黄瓜碎、法式芥末、西红柿沙司一应俱全,吱吱作响的煎锅、满嘴满手流淌的汁液,孩子们大杯大杯灌下的冰巧克力牛奶,全是婆婆留给儿媳的生动画面。

带婆婆去故乡北京是在冬天,儿媳特意帮他们选了一个美籍华人的旅游团,团友们都是说英文的热情的中国人。到京后导游拒绝了儿媳付费搭旅游团大巴的请求,于是有了新鲜的一幕:旅游团车每到一个景点,全部团友寻找的第一个目标就是婆婆的北京儿媳。她一准儿在车门下等着呢,硬是骑自行车全程跟随,送进景区、送进饭馆、送回旅店。来自麻省小镇、第一次走出国门,腼腆内向的婆婆回家后到处宣扬:

"每到一地,从车窗里看到儿媳,我的心就全踏实了。"

1996年的北京,有不少三轮车早点摊儿,那是婆婆最难忘的北京情景:

"中国人特别勤奋,天还没太亮,一个个玻璃小饭馆就开张了,看着都温暖。"她老是和兄弟邻里这么说。

婆婆这一生打的最后一个电话,不是打给自己的4个儿女,而是打给来自异国他乡的儿媳:"你说到那边会不会很寂寞?要记得来看看我。更要记得做你自己,人一辈子最难得最应该的,就是做自己。你记得了吗?做自己!照顾好自己。"

儿媳在婆婆去世后写道:以后慢烤牛肉怎么做、孩子高烧不退、衣服沾了酱汁洗不掉、参加婚礼穿什么衣服、某人生孩子该送什么样的礼物、女儿叛逆不听话、客人进门菜烧坏了、被先生误解、和朋友谈不拢、无缘无故地生自己的气、感恩节烤鸡剩下了、怎么装饰圣诞树、春夏秋冬去什么地方看美景……

要往哪里给婆婆打电话,问问她呢?

婆婆的近亲和近邻 (2016-02-23)

我婆婆出生在有10个孩子的大家庭,而她是第九胎的那个老十——龙凤胎的老二。她有一句常说的话:"我的家就是学校、就是教堂、就是社会。"

我先生在一个舅舅的指引下,买了第一辆二手车。第一次上路就抛锚了,马上有另一个舅舅赶着来道路救援。

在我婆婆家附近的几个镇上走走,一定会遇到她的亲戚,侄辈的居多。

我老怀疑她眼花,看谁都像他们家人。结果一会儿准有人上来和她打招呼,这种事多了,我慢慢转疑为信。

我带公婆远到佛罗里达州迪士尼,当地竟还有一个婆婆的外甥女接待,外甥女的儿媳在迪士尼园内饰演老鼠米妮。

每天早上9点一过,婆婆3位健在的哥哥就上门来了。婆婆总是抱怨自己的母亲重男轻女:"总是把她的儿子们挂在心上,我们姐妹的任务就是服侍他们。"

可哥哥们一来,婆婆就忙不迭地给他们端茶送水,一高、一矮、一又高又胖的3个舅舅只是负责摆龙门阵。当然婆婆家的大事小情,都是他们罩着,3个人中两个当过工厂厂长,一个做过车间主任,没有什么能难住他们的事。

随着哥哥们逐一去世,我的婆婆日渐沉默下来,在没有哥哥以后仅仅四五年,我的婆婆就去追随她昔日热闹的大家庭了。

婆婆和公公对亲和邻的态度是不同的。婆婆什么事都寻求亲情解决,公公更相信邻里间的守望相助。其实婆婆更善良、更细致,她长年照顾一位对门无儿女且丧偶的独居老太。天气晴好的日子,婆婆会帮她盛装穿戴起来,扶坐到婆婆家窄小的露台上,再为她调制一杯五彩的鸡尾酒。婆婆则着泳装坐在一个装满水的废弃旧浴缸里,

"我们充分享受在海外度假的日子!"

老太太最终在遗嘱里送给婆婆一笔钱,嘱咐她给自己修一座游泳池,作为享受了很多度假好日子的回礼。

你的孩子好吗？　　　　　　　　　　（2016-12-30）

"你指的哪一个孩子？"

"这么说不止一个喽？"

"对，是一对龙凤双胞胎！"

"那么，他们俩好吗？"

"男孩儿非常强壮。"

"也就是说，女孩儿更强壮？"

"你说得没错！"

这是一部电影的结尾，它让我想起我的婆婆和她的小哥。

也是一对龙凤胎，83年前出生的。是那位50岁母亲的第九胎孩子——老九、老十。没有做过产前检查，所以哥哥出生以后，赶到家里来接生的医生惊异地宣布，还有另一个婴儿即将面世。15分钟后，妹妹在差10分钟元旦时来到人间。

婴儿时期，哥哥喝完了自己的奶瓶，会抢过妹妹的继续喝。所以哥哥长到190公分高，妹妹只有155公分。在教会学校，妹妹天天眼见哥哥被修女嬷嬷惩罚，只好回家写两份作业，替他蒙混过关。他们没有在一张桌子上吃过几顿饭，因为哥哥是和爸爸及男孩子们先吃，而妹妹被归到女孩子这一组，吃完"剩的"再打扫归置。11岁的时候，两人一起开始放学后去一个酒吧打扫卫生挣钱。哥哥说得多，扫得少；妹妹快手快脚安静劳作。

家里的6个男孩子有5个先后参军服役，只有这个小哥因为有小肠疝气，平民一生。父亲每当领薪的日子（双周），都会买上一大块肉，分成几份，由这对小兄妹送到各位守家的嫂嫂手里。

14岁了，一天妹妹去看电影，一个红发男孩怯怯地问她："你要不要吃颗糖？"

妹妹羞羞地从男孩手里拿了一颗糖。几天后，哥哥神秘兮兮地和妹妹说："我给你找了一个男朋友。"

死活把她拉到一个角落相见，竟然正是那个请她吃糖的红发男孩！这俩人携手走过 56 年的婚姻。直到那一夜，公公一个人送走了婆婆。

小哥自己结过两次婚，养大一儿一女。在一个工厂做到领退休金的日子。妹妹养大两儿两女，做过女工、各种传销、饭馆服务员等多种工作，等到 62 岁，才领到微薄的社会保险养老金。

小哥退休后，每天早上准时出现在妹妹家，喝上一杯暖暖的咖啡，吃上几块手工甜点，说上一堆新鲜的笑话，妹妹总是会笑个不停。直到小哥永远离去，妹妹又在病痛中多活了六七年，每到心里不顺畅的时候，就会悄悄地去小哥的墓地坐坐，和他说话。

"男孩儿非常强壮。"

"也就是说，女孩儿更强壮？"

"你说得没错！"

TNT（2023-08-16）

他们一辈子的车牌都是这样写的。老 B 的姑父叫 Tart（塔特），姑姑叫 Thelma（塞尔玛）。他们称自己 TNT（T and T）。今天，我去参加姑姑的葬礼。姑父在 7 年前去世了，两个人没有孩子，姑父还是独子。但第一次去他们家，就被一整面墙上挂满的年轻人的大照片吸引住了。这是姑姑全部 18

个侄儿侄女的高中毕业照，个个朝气蓬勃。葬礼来的人有姑姑的4个兄弟，还有那一大群侄儿女们。被TNT指定负责后事的侄儿鲍勃是退休的消防队队长，他的太太是一位娴静端庄的护士。7年来，他们时时关照着住在老人院的姑姑，逢年过节带她回家团聚，头疼脑热都是他们送医送药。

葬礼一开始是老太太生前自己请好的一名熟悉的牧师致辞，读了几段《圣经》的辞章，说一些祝老太太一路好走的话。鲍勃接着讲了一个小故事。

大家都知道姑姑有个"典狱长"的外号，但是你们知道它的来历吗？

1968年，我12岁，父母决定坐邮轮旅游，把我们5个小鬼连窝端给了Thelma。她给我们每人规定了每天要负责的家务活，我的是每天早上倒垃圾。一天放学回家，姑姑把我叫到跟前问：

"你今天早上忘了什么事？"

"倒垃圾。"

"去倒！"

我去倒了，回到屋里。

"拿扫帚扫地！"

"为什么？那不是我的活儿。"

"因为你今天的失职。"

"每个人都有忘事儿的时候，为什么你只惩罚我？"

"因为你是老大，要做榜样。"

"这里是家，又不是监狱。"我嘟囔着。

"这儿就是监狱，我是典狱长，你是囚犯，所以什么事都得听我的，少废话！"

姑姑的嗓门儿，把房子震得山响。从此，大家就公开叫她"典狱长"。

接着站出一位老太，身材矮小壮硕，目光炯炯，说话清晰流畅：

> 我比 Thelma 小两个月，还不到 88 岁。我今年还没来得及给她寄生日卡片，我早想好了要写的话：你还是比我老！我出生时住她家对门儿。那时候还没有妇女开车，而带孩子去对门儿看新生儿是常规课。所以我出生后见到的第一对外人，就是 Thelma 和她妈妈。我们成了一起长大的发小儿。虽然后来她家搬到别的镇去了，但我们还是常到各家去看对方。记得高中时她在学校鼓乐队耍花棍，到我家来玩还不停地练习，有一下抛的力量太大，花棍戳破了我家的天花板。去年我出了一本书，是回忆我们共同的埋在水库底下的故乡——书的封底用了我和她小时候坐在水库边上野餐的照片。我很庆幸她读过了我写的这本书。

这是消防队队长的妹妹，我有几年没见了。她突然满头飞雪，头发全白了，看上去成了姑姑那辈的人。她对姑姑这对夫妇的老房子充满怀念：

> 我们每一家每一年都会去他们家烧烤、在后院玩踢可乐罐的游戏、摘他们园子里的蓝莓和覆盆子吃、吃姑父自己揉制木炭烤的比萨或甜蜜结实的北欧蛋糕或饼干、洗纯正的芬兰浴——许多人都有被蒸汽熏得通红以后，一丝不挂地被姑姑赶到雪地里打滚儿的不堪，每一个侄儿女都是在他们家喝到第一杯成人喝的、用咖啡豆研磨的真正的咖啡。

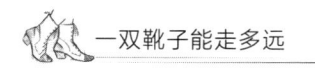

老B的大姐说：

  小时候如果想擦指甲油，就去找姑姑，连手带脚都管。想打耳洞，就去找姑姑。想穿超短裙、高跟鞋，想把头发剪短，都去找姑姑，她会有求必应。记得姑姑40岁生日时，在后院儿的草地上不停地侧手翻（姑姑足有1.73m高耶），还高兴地大喊大叫："我还没有老吧?!"

又一个侄儿接着回忆：

  我记得最清楚的就是姑姑打电话来，她一开口，我妈就会说，肯定是Thelma！全屋的人都可以听到她开怀大笑和说话的声音。我们家的孩子也被她"带"过。每天下午4点，她会突然蹿进来大喊一声"欢乐时光"！开始我们还不懂到底能做什么，原来是可以敞开喝可乐、吃饼干、吃糖的好机会，我一直不能忘记这件事。我两个儿子小的时候，只要我太太出门去了，我也会在下午4点突然大叫"欢乐时光"！然后就和他们一起大吃大喝，太过瘾了！

最后，又轮到鲍勃的时间了，他变得庄重起来：

  我们陪姑姑过了最后的7个生日，每年，她都要求到姑父的坟前，送两束蓝色麝香石竹花，因为姑父的眼睛是蓝色的。今天我们也为她准备了两束蓝色麝香石竹花（话说到这儿，他太太把花静悄悄地放在姑父的墓碑上）。我们知道她最渴望的生日礼物是见到姑父，所以特别选择今天为她庆生，也送她上路。姑父一定会像生前一样疼爱我们的姑姑。71年前,一位蓝眼睛、黑头发的芬兰青年(他十几岁时,经过纽约市哈德逊河上的爱丽丝岛,按下手印,移民美国),在一个舞会上,走向一位高个子金红头发的新英格兰姑娘:"愿意和我一起跳舞吗?"

鲍勃走向自己的汽车,打开后门,亮出一台音响,一曲 Ann Murray 的《我可以请你跳这支舞吗?》的歌声响起,在场有些年纪的人都随乐曲轻轻地哼唱。

回家的路上经过姑姑家过去住过的小房子,门前的双人吊椅已不复存在,从前,姑姑和姑父两口子总是并肩坐在那里,摇摇晃晃地向离去的客人挥手。小房子的门,在我们的概念里永远地关闭了,TNT 成为历史的回忆,他们的生命基因停止了沿袭,但人类精神的点滴永驻长存。

我的小舅印象 (2014-11-25)

其实还有一个小小舅的,但是他童年时夭折,于是你成为我终生的小舅。

20世纪60年代初,你风度翩翩地来了。大学毕业,怀着一腔激情,从富庶的重庆,志愿到贫瘠黄土上的兰州支边,一去一生。我梳着两根羊角辫儿,偎依在奶奶怀里望着你。还记得她讲述的故事:

"他可好了,还帮我绗棉袄,会做针线活儿呢。后来再来的时候,我托他帮我买寿衣的料子,你爸妈不让我整那些东西。我给他钱,告诉他什么布料，什么色（shǎi）儿的，他都买得没差。真是个好人。"

奶奶 87 岁去世，穿着整套自己缝制的寿衣，是用你给她买的布料做的。

20 世纪 70 年代，你几度来看落难东北的我们全家。旅行袋里塞得满满的，是你给你姐和姐的娃儿们的给养：一只至少 5 斤装的青瓷罐，满是好吃的猪油"哨子"——均匀细碎的肉片炒得焦黄，加上盐和五香粉，成了我们家永不能忘的绝世美味。炒菜时加一小勺，满室生香。瓜总是有的，因为你从四川给甘肃带去一位后来成为全省劳模的妻子。她是专门研究瓜种的专家，让我们得以在冰天雪地的东北，吃到沁甜硕大的西北哈密瓜。之后我走过千山万水，再没有遇到那么好味道的瓜。你心疼和你一样瘦弱清癯的姐姐和还没有长大成人的我们。每次来，卸下"挑子"，就挽起袖子拆被子，一条一条洗净晾干，出去一天公差回来，再挑灯缝被子。肥皂香和太阳香充满我们一家人的梦乡。印象中永远是你挽着袖子，在操持什么家事的样子。你来了，我们和妈妈都不用做任何事了，从擦地到烧饭，你会全部包干下来，不许别人插一手。

20 世纪 80 年代，又是北京。我们仍没少吃你带来的且变且甜蜜的瓜。舅妈还培育出"专门产瓜子的瓜"，于是你的旅行袋里添上了"兰州瓜子"，还有百合，新鲜而多汁，吃上去满口香甜。你是用沙子包上来的，沉沉的沙压出你满头的汗珠。你一来就一如既往地接管妈妈所有的营生，包括她种花养草的新嗜好。妈妈的橡皮树长得胳膊那么粗，妈妈的君子兰年年盛开，因为都是你这个农业专家亲手调教过的。

20 世纪 90 年代，我离家、出国，没有机会吃你炒得香喷喷的菜、拉得劲劲的面了。但你每次来，妈妈都会事无巨细地告诉我，说得最多的是你带孙子的乐趣。我脑海里立刻出现当年，你有一次带表弟来东北的情形：体体面面、规规矩矩的小男孩，你不错眼珠地看顾着他。

妈妈去世的时候，你赶过来，哭得不能自制、不能言语。现在你也去天国了,去会你的父母和相互疼爱一生的姐姐,我知道在那里,你还会呵护你的姐姐,还会炒好吃的"哨子"给她吃的。

谢谢你,小舅舅!

吾家幼女初长成 (2013-04-25)

女儿们小时候,我给她们读林海音的《城南旧事》,仅仅几岁的姐姐敏锐而准确地称妹妹"瘦鸡妹妹"直到现在。过去妹妹矮小干瘦,如今个子稍长,依然干瘦。她看似胆小,广告公司曾请她做芭比娃娃的广告,我极尽威逼利诱之能事,她仍用无穷的眼泪拒绝了。可是有一次我把她关在厕所里,放出来后,她愉快地问我:"下次你什么时候再关我?"就是这么一个不按情理出牌的女孩儿!问她测试题:谁发明了 pizza(比萨)?她头不抬、气不换地说:

"达美乐,打了没?"(台湾 pizza 店的广告)。

问她 6+8 等于几。

"68!"她回答自信,自信满满。

"答错了!"

"那就是 86 啦!"

上学基本成绩平平,任何与一官半职沾点边儿的历史是真的没有。全班最小的个子保持到初中毕业,后来也没前进多少。体育课踢足球,还没挨到球边儿,同学先失脚碰了她,让她瘸了一个多月,体育课免修了;练游泳,下水还没 5 分钟,嘴就变成青紫色;铅球根本搬不动,跑步又是外八字。有一年曾努力参加了高中越野跑俱乐部,结果每次练习、比赛人家早早都回家了，她还在道儿上，走一段、跑一段呢！

与此同时，她又可能是有亚洲血统的孩子里，最没有才艺特长的一个：钢琴在6岁时就歇业了；跳舞的历史是四五岁时；中学时倒是吹了两年黑管，还有模有样地在乐队里坐过几回，但她的恩师患癌症去世以后，她就再也没有碰过那支美丽的乐器，以至它如今灰尘累累。

转眼要上高中三年级了，她上大学的事还没有任何方向，把所知道的专业想了个遍，也没办法帮她理清门道儿。头疼！

一天，她突然自己给出了答案："我要去学服装设计！"

我们刚松下一口气，立马又倒上来更大的疑惑：她16岁了，画出的画儿给你猜，你会觉得是出自6岁之手。这种基础能学设计吗？我警告她：

"学设计你要有没饭吃的打算。"

"没饭吃？怎么会呢？再说我也吃不了多少饭。"

真是和她有理说不清。他们是不知道也想象不出饥饿感的一代人，再加上咱们这位有袖珍版的肚子。

她执意要试这个主意，做家长的疑惑以后只有尽力配合一条路。我们开始跟着她了解到，学艺术的学生要提交一个特殊的"作品夹"（portfolio）给申请的学校，内有10~20幅（各校要求不等）自己的临摹和创作。大多数学校现在只接受电子版作品。而老牌又最负盛名的罗得岛艺术学院则要求将最重要的三幅指定作品，一幅千年不变的自行车命题画和两幅当年的命题画，直接邮寄原件，甚至要按他们的规定折叠。

女儿的作品夹要在一年半左右的时间里从无到有，还是蛮有压力的，因为高三是美国高中生的"绝命一年"，课程进入最难点，所有大学录取的指标性考试：PSAT、SAT-Ⅰ、SAT-Ⅱ（单科），具有加分性质的各种AP考试，都要在这一年里完成。这些都是外加在学校成绩之外的考试。学校成绩的指数（GPA）也要在这一年里维持或有关键性的再提高。艺术院校（美国很多大学有艺术系，有些专业名声不输艺术院校）会对这些常态考试略有"放水"，SAT 考 2000 分已经是极好的成绩了。因为时间紧迫，为了作品夹的生成，女儿没有考 PSAT 和 SAT-Ⅱ。AP 也只修了艺术史。

虽然考试的压力小一些，但学校的功课是躲不掉的。艺术院校同样会全面考量学生的在校成绩和个人表现。所以这一年多，女儿即使没时间睡觉，也坚持到中文学校做义务助教，同时在一个流浪猫收容所每周做半天的义工。她还自我承担了一项大工程：做了自己人生的首次时装秀。夏天在油画夏令营里，她认识了另一个学校的学生。她们学校有时装俱乐部，而这位学生恰好是来年的俱乐部主席。于是她热情邀约女儿在每年一届的大型时装秀上，做"客座设计师"。于是无数的周末和午后，女儿从画图到选布料，用了许多精力和时间，在一位有缝纫经验老师的指导下，从头到尾自己做出了 5 件不同款式的连衣裙！她还为它们一一命名。3 月底，一个春风和煦的夜晚，我们赶赴秀场，老爸一路上还在恶补如何使用录像机。该校自愿助演的模特儿和一位女儿自己的朋友婀娜多姿地走秀，引起当晚秀场的高潮。女儿第一次作为设计师出场，向观众发表致谢感言。那一刻我为这个小女儿叫好、拍照，感动于"吾家幼女初长成。"

作品夹确实压得她瘦上加瘦。因为起步太晚，我恳请国内中央美术学院毕业、与我父亲算是八一电影厂战友的牛晓林老师——波士顿华人圈的名师——给她做辅导。"眼高手低，眼高手低啊！"这一年多都是在牛老师的一声声哀叹中度过的。他看在我的面子上，一次次止住"罢教"的想法。因为美国孩子的"自以为是"、自作主张，常常让女儿大大偏离中国老师的规范。中间我让女儿尝试过向一位自己开画室的美国老师学习，让她比较两位老师的不同，自行择师。结果她很快彻底"皈依"了牛老师。

准备作品夹的辛苦在于没有确定的、可以掌控的时间表。一幅画可能会在耗尽了无数的时日之后，在最后关头功亏一篑，被老师或自己全盘推翻。

于是重来，又是不可预测的时间投入和不可掌控的结果。终于到了10—11月的"全国作品夹日"（National Portfolio Day）。这是美国主要艺术院校、系联手在全国主要城市、地区巡回展开的一个院校与申请者之间的交流活动。许多孩子拖着大大的作品夹，按时赶到指定地点。这个地点通常会是一个巨大的会展中心，要排长长的队进门，再排长长的队到你心仪院校的摊位前（有几个就得排几个），让其中的一位老师审看你的作品。他们一般看完会对作品夹的改进提出一些建议，并向其中极少有异常禀赋的学生会给出明确邀约："来我们学校吧！"其他的一律不动声色，不会对你的作品表现出任何好恶，词语中也尽量不流露评判的语调，个中语意学生要回去自己悟。

接下来，你会有两个月的时间充实和调整自己的作品夹，同时完成和其他同学一样的大学入学申请表的填写，花特别的心思写出一篇可以成功地把你自己推荐给你梦想的学校的个人推荐信（Essay）。在所有学校一律要求的两位推荐人里，我认为最好有一位是有艺术背景的老师或专家。

女儿如愿去了她最想上的学校，走过战战兢兢的一年级，也快过完开始进入专业学习的二年级了。每个孩子都是独特的，我现在越发不担心这个小女儿会不会有饭吃这个问题，因为如果世界和顺，有饭吃（或说发大财）应该不是这一代人面临的重要课题，而能够有所创意地生活，自主运用和展示生命的内涵，才是她这一代人的幸运！

那个叫佩顿的小姑娘 （2016-02-28）

　　大女儿聪慧早熟，什么事情都谦让和照顾小妹，但其实两人仅相差一岁半。有姐姐罩着，妹妹强势、顺从、窝里横、羞涩、友爱、自行其是，有时浑得让人摸不着头脑。有些事她追随姐姐，有些事，比如学习，她早早缴械，混着舒服就行。学中文就是一例。

　　妹妹从小在台北上国际学校，她赶上从学前班开始，每天一节中文课的好时光。不像姐姐四年级才开始学写字，比较流利的中文口语都是自己耳听目见自然生成的。妹妹学了5年中文以后，会写台湾执意保留的那套注音符号了，但绝不开口说一句话。我们回到美国，我又惨淡经营地持续给妹妹上了3年中文课，她彻底抛弃了注音符号，在认中国字这个学术领域第一次超过姐姐，而且开口说中文了，可谓开窍晚成。上高中以后，她又去学了点法语，上大学再鼓捣一下意大利语。两者都在一片混沌的天地里，现在可能已经忘得差不多了。还好，她开始真的喜爱中文了，两年前在上海实习了一个暑假以后，她坚持和我说中文，再结巴也不换声道，给自己保留这个"难得的机会"。

　　去年底，她给我打电话，说准备给一名学中文的学生当家教。我和她在高中当老师的姐姐，担心她误人子弟的同时，也觉得这是巩固提高她现有中文水平的契机。

　　那是个叫佩顿的9岁小姑娘，在一所昂贵的私立学校上四年级，学了至少3年中文，但不开口说话。她由母亲、继父、父亲三人"共同"抚养，受到加倍的宠爱。尽管一直有家教辅导，但换了许多家教，中文都不见起色。于是她的妈妈决定改弦更张，换一个另类的试试。

　　于是急需打工赚生活费的女儿走马上任了。在两个月的时间里，她让小佩顿"开口说话",在学校回答老师问题,考试和测验得了好几个100分。佩顿喜欢她,说她是最好的老师。她也喜欢佩顿,说是眼睁睁看到一个小孩子的纯真。特别是一个"争分夺秒"读书——读纸质书——的孩子的自然和生动。

今年初,女儿找到固定的工作,没有合适的时间教佩顿了。她自己无比失望地通知了家长,更多的是舍不得这个学生。两个星期以后,那位妈妈打电话来,说孩子的中文在走下坡,能不能挤出时间,每周来上一次课也好。于是女儿重又见到小佩顿,每周三晚上,一个白人小女孩和一个中美混血小老师,一起上古老而美丽的中文课。

昨天女儿给我转了一条简讯,是佩顿用中文写给她的:"谢谢你,你是一个真正的好人!"

女儿说,她看到以后热泪盈眶。

姐儿俩好 (2014-12-18)

我们家的小姐儿俩挺有福气的,老大中学毕业离家上学,妹妹做了两年独生女儿。等她中学毕业就又和姐姐混到一个城市里,一晃4年了。

那年刮飓风,纽约下城的地铁站都被泡了,半个城市停摆。没了电脑、手机,妹妹和同学在走廊里点上共有的几支蜡烛,席地而坐享受原始的静寂。"咚咚咚"有人走来,是姐姐。她望望人群,看到了妹妹,舒一口气,没吭一声,转身又"咚咚咚"地下楼回去了。同学们都觉得这个姐姐酷毙了,摸黑儿走了20多条街,又摸黑儿爬了12层,赶过来看这一眼。

姐姐不几天就会鼻音重重地打电话来：

"我感冒了。"

妹妹马上会买些橘子和汤送过去，还总加上这么几句：

"她又支我去买药，她可以自己下楼买的。不就是一个小感冒吗？"

"你去了吗？"

"当然去了，还给她买了饮料呢。"

有一次期末考试，妹妹早几天考完了，就去帮姐姐洗衣服、收拾房间、整理回家要带的行李，她这辈子也没干过这么多活儿。

老大的担当是从小就有的，四五岁的时候，一次在游乐场玩，三四岁的妹妹自己从滑梯上摔下来，姐姐从20米开外飞奔过去搀扶：

"你没事吧？"

"当然有事了！"

妹妹凶姐姐，好像是她造成了这次灾难。

妹妹瘦小，离家去上学时，我担心她的饮食。姐姐丢下一句话：

"有我呢！"

这让我放心不少。她会做菜给妹妹，也会带她出去吃饭，每每都是姐姐请客。

妹妹刚去纽约的时候，她们老爸吓死了，天天怕她丢了。她那段时间最黏姐姐，时不时有电话追着：

"我在某某街，去某某地方，应该怎么走？"

姐姐不费吹灰之力就会给她点明方向，从没有闪失。

有姐妹，年龄相差不多，有相似相近的经历，又生活在同一个城市里，这样的福分多难得？

13岁，她背起了妈妈 （2022-10-10）

大姐生下来3个月，帮女儿坐月子的姥姥要回自家去了，老人怎么也不放心两手不沾阳春水的女儿能带孩子，干脆抱着外孙女一起走了，这一走就是6年。

要上学，大姐才回到沈阳。进门先迎上来的，是小她两岁的二妹。小女孩儿长得很像妈妈——有些白俄血统，皮肤极白、头发极鬈，亮亮的一双大眼睛。洋娃娃笑眯眯地叫了一声"大姐！我是萍萍！"她登时就坐实了大姐这个新称谓，接下来的60年里，她和这个洋娃娃一样的二妹，一起上学、放学，一起抬水做饭，一起上山下乡……

她觉得双手双臂往下沉，赶忙撑住接下来，是妈把还是婴儿的三妹放在大女儿的手上。三妹沉沉地睡着，比大姐以往玩的娃娃都大一些，也暖一些。但6岁的孩子抱不动妹妹多久，于是她想出把妹妹背在背上的办法。她帮妈妈背大了这个妹妹。

不久的一天，姨姥姥从丹东来看他们，一来就教大姐新的活计——发面蒸馒头。姨姥姥和妈妈并排坐在椅子上：

"先把面起子放水里泡软，使手把它捏碎喽！"

"把面慢慢盛到盆里，把起子水倒进去，和着面一起攉拢。"

"现在把面揉成团儿，揉得光溜了啊。要三光：手光、盆光、面光！"

这么多年过去了，那天的情景大姐都历历在目。成千上万次揉面，都是手光、盆光、面光。

7年之后，家里有了大喜的日子——虎头虎脑的小弟降生了！爸爸抱完妈妈抱，再接下来是大姐、二姐、三姐挨个儿抱……

好不容易生了个儿子，可妈妈反倒抑郁了，整天坐着发呆。一天，爸爸远行外出,家里就剩妈和孩子们。深夜,妈妈摇醒大女儿,告诉睡眼蒙眬的她:"我刚刚喝了敌敌畏。"

大姐一下子吓醒了:"你,你说什么?"

妈点点头:"喝了,喝了敌敌畏。"

她个子不小,可还不到 13 岁,距个子很高的妈妈还差着一截儿。她想方设法把恍惚的妈妈背在背上,朝所住乡卫生院的方向跑去。天上的月亮又圆又大,照亮了脚下的路。唯一的那双松紧口的鞋,塑料鞋底磨得和镜子一样,在上冻的地上有些打滑。她告诫自己,一定不能摔倒啊。可看着妈妈在自己胸前无力下垂晃动的手臂,她又得催促自己,快呀,要快呀!"呼哧呼哧"的喘气声,"哐当哐当"的心跳声、"咕咚咕咚"的脚步声,是陪伴她奔跑的所有存在。她只记得跑、跑、跑,头上的汗一直滴、滴、滴⋯⋯

跑到二三里地以外的医院,值班的医生护士把妈妈从她身上"卸"下来的瞬间,她一屁股瘫在地上放声大哭。

她那时并不明白自己救了妈妈的命,只知道拼命送妈妈去了医院。接下来,还有家里的弟妹要照顾,她又一路跑着回家。二妹、三妹围着床上的小弟,三个都哭成了泪人儿。大的两个喂喂馒头就不哭了,小的这个怎么办?邻居大人教她用奶糕、高干粉熬成浆水喂孩子。干湿度、喂多少、喂几次,都靠这个小姑娘自己琢磨。妈妈从医院回来了,仍然什么也不参与,每天在自己的世界里冥想。大姐只好叫停了学业,在家里做"小妈妈"——即使年过半百,小弟还是认可这个称呼。

晚了两年,就错过了好多趟"车"。本来参与的业体校排球集训,一下子就超了龄,变成无论到哪儿,永远都是顶尖的业余选手;优异的学习成绩断线后,追补得七零八落。恢复高考那年,考试和工厂招工顶上了,心虚没考大学,去了稳妥的工厂。几年以后,挣扎在工厂"转、停、靠"的浪潮中。这些悄悄的遗憾,她从没有提起或是思考过:"我觉得我妈生下我,就完成了全部的任务。我的任务从生下来就开始了。"

　　妈妈一生养尊处优，1962年就吃上了"大豆卵磷脂"，1964年开始喝"蜂王浆"，到老始终粉皮嫩肉。不"出圈"的日子，她总是衣着典雅、谈吐得体。她一度还帮朋友带过一个比儿子小几岁的女孩儿，喂养、教育惊人地成熟在行。全家人和这个女孩儿自己都觉得，这是家里的第五个孩子。

　　暑去寒来，大姐独树一帜地长大成人。她不像二妹漂亮，不抵三妹柔和，更不能期望小弟的地位，就连妈妈帮别人家带大的小五，也比她乖巧伶俐。可她会做最好吃的饭，缝最美的衣，对亲朋好友尽最大的善，路遇不平会担最大的胆——世上难得的一双巧手、一颗慧心。

想起外婆就想起了澎湖湾　　（2014-10-15）

　　对于妈妈的妈妈，北方人叫姥姥，南方人叫外婆。我小的时候，坚信姥姥才是对外祖母最合适的称呼，因为它和奶奶相对应，也和爸爸、妈妈等叠称平起平坐，透着相应的感情。可年龄见长，听到的故事见多，我这后半生更喜欢外婆这种叫法了，因为这两个字合在一起那么亲切又那么温暖。还有即使外婆是乡下的、是澎湖湾的，也都好像挺有品位。而姥姥即使是城里的、有文化的，被这样叫一声，就显得土土的，还有一点粗人的感觉。因为进大观园的村妇叫刘姥姥而不是刘外婆使然？当然这绝对是我自己的情感路线，没有一点权威性。

　　前几天和好友新的妈妈林阿姨，谈到她的妈妈，进而听到3位外婆的故事。

林阿姨自己并没有见过外婆，可她确信外婆是重男轻女的。那个年代的女人都是靠丈夫、靠儿子的，连自己在大家庭里的地位，都是靠生儿子带来的。但让她至今不明白的是，外婆家不算很富裕，有3个儿子分财产的境况下，在自己唯一的女儿嫁到大户人家去时，给出丰厚的嫁妆、首饰，甚至陪嫁了一位婢女。"后来我去舅舅家，他们过得一点也不宽裕，远远不及我的母亲。不知我外婆是怎么想的、又是怎么做到的。"我想，那位外婆十分明白，嫁入"豪门"去做长媳是一条艰难的"女儿路"，所以她要尽其所能第一次也是最后一次看"重"女儿吧？

这位被看重过一次的女儿是好友新的外婆。她识文断字，可出嫁以后慢慢失去了这一技能。解放前，她上侍公婆，下带姑叔（丈夫的两弟、两妹），自己生了两个儿子一个女儿。两位小叔结婚以后，还要协调3位小婶——一位小叔还有小老婆。先生在1947年突然病故，导致分家。她把婢女嫁了，守着3个孩子。很快进入一个全新的社会，有些张皇的她紧紧地靠着聪慧的大儿子。

"我妈一辈子重男轻女，我哥像个真正的少爷一样长大。读书好，上班早，目中无人。他从来不用做家里的活计，也从来不把弟妹放在眼里。"

可是命运把他带到北方，很快又赶上"文化大革命"。离开家乡的落寞加上前所未见的形势，他脆弱的精神崩溃了。以后的日子重回妈妈的照顾。新的这位外婆不仅一直带着大儿子，而且帮女儿带大了3个外孙女，新和她的姐妹，都是在外婆的怀抱里长大的。只是她的外婆临去世时口里喃喃拜菩萨、托观音的，不是不眠不休照顾自己数月的女儿，更不是环绕着她的外孙女们，而是那个让她操劳一生的大儿子。

林阿姨职业了一辈子，现在也在享受带孙辈的乐趣。她是新两位女儿的好外婆，特别是重回单身的新在美国重操"旧业"，考医生执照的日子里，她先是承担了家务，到新需要去外州做住院医的三年，她妈妈更是全揽了这个家。那两个女儿最早会说的中文，就是外婆这个词。

第一位外婆有爱女儿助女儿的明智，第二位外婆有顺应命运跌宕的勇气，第三位外婆有主导生活的能量。

每个人都有自己平静的澎湖湾，愿澎湖湾都有一位温暖的外婆。

治还是不治？这是个问题 （2014-11-21）

林阿姨80多岁了，身体一直尚好。有点小病小灾就自己点穴按摩，绝对是"你是自己最好的医生"的信徒。和她住在一起的这个二女儿是个医生，当然不信病人自己医病这回事。一天女儿回家来，听见妈妈在给朋友打电话："你为什么要去做体检？我告诉你，没有人是病死的，都是体检出什么大事儿，给吓死的。别信什么体检、医生的话……"

林阿姨刚放下电话，就被女儿劈头一句："怎么可以这样和别人说话？自己不信体检是你的问题，你有什么权力和资格告诉别人不要去？你能对别人的生命负责吗？"一路供养女儿读医学院，又跑到美国帮做住院医的女儿带大孩子，林阿姨自然不接受女儿的训斥，两人吵得不可开交。

吵过之后没几天，林阿姨就开始咳嗽，一咳不停。女儿用不去看不放心她回中国为由，"押去"看病，结果演变成照X光，做CT、活检……

"真的出了不小的问题。"

女儿对我说。

"如果我被查出有癌症什么的，绝对不要做任何治疗。"

母亲——也就是林阿姨——告诉我。

人类对自己的认识还有很多未经开发,或尚在开发的领域。对于癌症的认识就处在一个艰难的关口,治与不治都有成功和失败的案例,所以出现观念截然不同的两大阵营。这母女俩分处不同的阵营,要同心面对眼前的紧张局势还真不容易。就连我这个局外人,都不知道如何选边儿站。女儿是我的朋友,又是这个问题的专业人士。母亲我也很聊得来,并且知道她笃信佛教、常年茹素、有病自救、坚持己见的历史。

其实支持哪一方并没有什么意义,因为治还是不治,这个问题对我来说无解,所以我应该帮助女儿说服母亲,还是帮助母亲说服女儿,真不知如何是好。

林阿姨顺着自己的意志走道儿 (2016-02-25)

阿姨是福建人,如很多福建人一样,姓林。说老实话,我不知道她的名字,因为一认识,她就成了我的林阿姨。她和我妈同岁,都是南方矮小、紧实那一类型的,所以不很显老,头发一染,就停在了60多岁的样子。

我和她的二女儿新是好朋友,有3年时间女儿到外地做实习医生,她带着娇生惯养到30多岁的小女儿,一起接手了帮单亲的老二带她的两个女儿的担子。身在异乡、语言不通的林阿姨,承担了更多的焦虑与恐慌。她的左右手是自己的小女儿,很长时间,这个来美后学了护士的原厦大老师每天上夜班。林阿姨晚上要检查3遍门窗,即使这样,一听到点儿响动,她又会起身再巡视一遍,常常查不出什么纰漏,要自己带着疑虑警醒到天亮。

记得有一年万圣节临时有事去她家,看见老人坐在楼梯口最低的阶梯上。身边是一小碟一小碟装好的糖果,铺了一地。有邻居的孩子来讨糖,她就给每人倒一碟。一个晚上她接待了100多个(伙)孩子。她和他们搭不上一句话,只有慈祥的微笑和装得好好儿的糖果。

我偶尔会帮她带外孙女去看个医生,或送她们去同学家聚会。每次送孩子们回家的时候,她都会准备一大袋从中国城买的冷冻或干燥食品送我,怕我推辞,老是解释说:"这个我不会煮耶,你试试,好吃再教给我。"

我根本不知道如何推辞这么诚恳的礼数,老是抱着一大堆的馈赠低头逃走。

她喜欢我坐下来和她聊聊天,说自己与人接触的机会太少。她做过多年的学校老师,我与她挺有话说的。上至国家政治、宗教信仰,下到和老同学、老同事的通话、自己为什么相信有鬼神都会聊到,时间长了倒是我找上门去听她讲古。

她有自己的一套健身之道,小灾小病都会借助气功和按摩自救。前年年末,她咳嗽了一段时间不见好,做医生的女儿费了些口舌,才让她去看医生。她女儿一天晚上极不寻常地说要来我家,到了之后我才知道,林阿姨查出四期肺癌,大约还有半年的存活时间。她拿不定主意也不知道如何告诉母亲。我们推演了几个可能的方案,她就匆匆回家去了。

过了几天,听说林阿姨知情以后,执意要回中国。我想起她很多次和我聊过,她患癌症的先生是在练功的过程中,"站着"去世的。我去给她送行,大家心照不宣地不提她去治病这件事。只是说冬天应该回温暖一些的福建去,等开春了再回来。临行时我拥抱了一下她,她并不习惯,身体有些僵,但后来还是紧紧地拥抱了我一下。

林阿姨自己选定不动手术、不做任何治疗的方向。回去以后,就在小女儿的陪同下,去了安徽的一个山中寺庙修行练功,好像那里的生活挺清苦的,但平常就吃斋念佛的这对母女并不计较。10个月后,林阿姨没有任何痛苦，在衰弱地卧床几天以后，平静地走了。

我没有见过她一丝的病容，所以至今对她的离去有些恍惚。常常想起她或聪慧，或迷信，或义愤填膺，或巧笑倩兮的样子。

我的母亲离去时 73 岁，林阿姨活到了 84 岁。

妈妈，你去了哪儿？ （2014-10-16）

"漫天的红叶飘飘落落，我的眼泪也止不住地流淌：妈妈，你去了哪儿？留下我一个人走在这条我们两人无数次携手走过的色彩斑斓的路上。我打起精神，带着哭腔和她聊起来，如以往：你看这棵树今年又长高了，叶子特别红。我们去买几个苹果吃吧？这家店肯定进新货了，Let's go！我对着身边的空位，像对着妈妈，说着心里满满的话，满满的思念。在这些唠叨中，我的思绪轻灵起来，飘向她去。妈妈是我 65 年的亲人和朋友，65 年，我再也不会有这么长时间，去化解她的离去带给我的这一份孤独。"

芭芭拉失去母亲快两年了，爸爸去世之后，妈妈靠着和她相依又生活了 20 多年。在 101 岁高寿时离去。芭芭拉说，那一刻是她早料到的，但又是她那么难以置信的："我尽全力地照顾了她 20 多年，就是在等今天这个结局吗？"

妈妈 36 岁才生下她，而她是到了上高中才知道，之前父母失去过一个女儿："她带我去看那个婴儿的墓地，连名字都找不到了。她的那分痛，也成了我的痛。"

芭芭拉说父母从来没有碰过她一个手指头，妈妈骂她也仅有一回——高中时被妈妈看到抽烟。她19岁就结婚了，和妈妈一起去买了一件当时最贵的婚纱。5年后她离了婚，妈妈说那么贵的婚纱，可惜了了。她劝慰母亲："没什么，反正我也不会再用到它了。"

妈妈一直做百货商店女装部的售货员，到79岁时摔坏了腿。她一生没有学会开车，以前是坐通勤火车，高中毕业前，芭芭拉每天到车站去迎她回家。后来商店搬到商业中心里面，火车够不上了，她想停了工作。

"我知道她喜欢那份工作，每天都穿着体面地去上班，从来都是穿高跟鞋，一辈子没有穿过平底鞋。所以我主动提出开车送她上班，送了很长时间。"

母女俩有同样喜欢的图书，同样爱看的电影。父亲去世以后的20多年，芭芭拉每天、每天都去探望母亲，最后几年更是从起床照看到睡觉。

"我运气很好，一直做交通疏导员和帮人家照顾宠物，时间上有些可掌控的余地。"

她们无话不谈，也总有说不完的话，像朋友、像姐妹。

"我父亲最后不得不去安养中心时，我妈听人家说安养中心会把他所有的存款都拿走。我们马上冲到银行去取钱。那天我们两人碰巧都穿了黑色的风衣，还戴了墨镜。银行以为我们是联邦调查局的，小心翼翼地和我们说话。发现我们不是以后，又怀疑我们取走所有钱的动机。他们用了许多说辞，最后我们一分钱都没有取到。这不是一个自由的国家吗？我们为什么不能自由地取自己的钱？这是我们俩时常提起、时常笑不停的一件事。"

妈妈后来也住进了安养中心，她每天最盼望的一件事还是看到女儿。女儿会给她"偷运"一包麦当劳的薯条，或一罐可乐，也常常塞给她一些零食，她就会更加高兴起来。

"我昨天去妈妈的坟上种花，看到她的邻居一片杂草，从来没有人照顾的样子。我拔了那些草，也给他们种了花。希望他们和妈妈成为很好的邻居。"

芭芭拉的头发全白了,眼睛却还是湛蓝湛蓝的,好像她的女儿心,永远不变。

妈妈的花儿灿烂地开了 （2014-10-20）

王老师是一位德高望重的幼教老师,她在美国的幼儿园执教多年,是一位极受欢迎的老师。每个星期天,她都到住家所在的牛顿中文学校学前班教小朋友学中文,一教就是 35 年。像许许多多在美国落地扎根的中国家庭一样,王老师有时身兼 3 份工作养家供房,可无论多忙,她都不会忘记去探望在美国颐养天年的母亲。尽管有的时候,她会累得在妈妈的床前打起盹来。

"你来看我,也不和我说话,净睡觉来着。"

妈妈最多会这么抱怨一声儿。

妈妈是北京大户人家的女儿,被门当户对地嫁给自己父亲好友的儿子。尽管很快生了两个女儿,但都是奶妈和保姆照管,并不影响少爷和少奶奶的享乐生活。转眼到了 1948 年,王老师做篮球队经纪人的父亲到台湾比赛,发现宝岛风光绮丽,于是不顾老婆即将临盆生产,发电报叫她赶快过来看看。买的船票从天津港出发,临行前,孩子们正在北京辅仁大学读教育研究生的姑姑（诗词教育大师叶嘉莹的同窗好友）,自愿陪同嫂嫂一起过去。还好有她护驾,就在登船的前一天,妈妈生下王老师的弟弟。姑嫂两人带着年龄分别为 4 岁、两岁和几个月大的孩子,在台湾和孩子们的父亲欢天喜地会合了！只是万万没有想到，一峡海水永远地割断了3个年轻人——3个孩子——与北京、与家人的一切维系。

爸爸和姑姑出去做活养家，妈妈用一双白嫩的手从生煤炉开始操劳起这个家。她老是笑自己："开始真是笨哪，总也点不着火，熏得自己眼泪一把、鼻涕一把的。"

慢慢地，火会生了，菜会煮了，衣服会洗了还会自己裁缝了。

"小时候学校演节目，老师说个样子，我妈妈就会给我们做出戏服，好佩服哟！从小到大，我们姐弟3人的毛衣都是我妈妈亲手织的，甚至我们的孩子也都是穿妈妈织的毛衣长大的。"

到台湾不久，还没有忘掉北京生活的父母亲，在安排孩子们睡下以后，携手溜出家去看了一场电影。心里并不踏实，没等看到片尾，就急匆匆地往家赶。到家一看，3个孩子抱在一起哭翻了天。从此少爷和少奶奶更加踏实起来，再也没有去"独享"过两人世界。可每年过年的人口逐渐增多，桌上的佳肴也让儿孙辈永远不忘："干烧虾、糖醋鱼、全家福，没人能做出我妈做得那么好的味道。"

王老师说，很少看到妈妈伤心流泪。20世纪80年代，她和姐姐曾陪妈妈回了一趟北京。两个曾经殷实的家族，都遍寻不到了。妈妈静静地来回，只幽幽说了一句话："我想我的眼泪这几十年早就流干了，这个家我是永远也回不去了。"

妈妈最大的乐趣是养花，无论贵贱的花在她手里都开得很茂盛。在她97岁高龄去世前不久，王老师把一盆杜鹃花端到安养中心她的房间。花谢了，她问母亲要不要把它拿走。

"干吗拿走？浇些水吧！"

后来王老师和姐姐常开玩笑：今天妈又让你浇那盆叶子了吧？叶子长得极好，葱绿一片。妈妈高兴地说："叶子也是很好看的，你看绿得多美！"

杜鹃渐渐地长出花骨朵儿了，到妈妈去世的那天，她的花盛开起来，美丽绚烂。

五朵金花 (2014-10-27)

最近微信上有个帖子，说是1962—1972年出生的人最有福气。王阿姨看了帖子后说，还是自己最有福气："我的五个孩子是1963—1973年出生的。再早上大学不易，再晚上大学供不易。孩子们小的时候，都是奶奶帮忙照顾，爷爷启蒙教育。我娘家妈说我亲婆婆超过亲她，我说我给老人生了5个孙女，人家都是乐呵呵地抱着，一口饭、一口水地喂大。对我和女儿们见天就是一个夸，您不要我亲他们，还要我跟他们要脸子吗？"

对，王阿姨就是这么有福气地有五个女儿——五朵金花！

孩子们的爸爸也常和王阿姨说："如果老天爷只想让我们有一种孩子，当然是女孩儿好。你想想，如果我们有5个小子，这房子还不都得给掀翻喽？"

其实每次怀孕的时候，王阿姨都盼着"换个样儿"："生下来知道又是女儿，会有小小的失望——怎么生来生去就没有个变化呢？有人劝我跟别人换一个，那咋成？这是我的孩子，怎么可能换给别人？"

老大长得漂亮，又有先入为主的优势，所以自小敢说敢言，直肠子、真性情："妈妈，您做这个菜为什么要放酱油？这种菜放了酱油多难看，您看这乱糟糟的！"

她是姐妹中最手巧的一个，绣花、织毛衣样样行。

"她们小时候，我做好饭热热地端上来，就怕找不见孩子们来吃，一股气地到门外招呼，喊的声儿越来越大，越来越不是味儿。一会见老大领着妹妹们一溜儿地回来了，常常急得在老大脑袋上拍一把，小的们都把脖子缩一下。其实拍了老大气就消了，不会一个个拍下去。现在想起来挺对不住她的，还得给妹妹们扛着打。"

老二个儿最小、人最聪明。刚会说话，爷爷教着会数1~4了，让她数8个饺子。她来来回回数了好几遍，最后大声地宣布：

"是两个4！"

一天，她和三妹找到妈妈，宣布一个远大的理想："等我们长大了，先把爷爷背到售货点（一家小杂货店）去，再回来背奶奶。然后拉着你和爸爸一起走过去。你们想吃什么就给你们买什么。"

"为什么要背爷爷、奶奶？"

"那时候他们就老了，走不动了。"

"那为什么不把好吃的买回来，请我们吃？"

"因为你们就不能选自己最喜欢的东西了。"

老二还遵着父母的命令没学自己喜欢的工科，学了医科，成为相当权威的北京阜外医院的心脏科医生。

老三有个奇怪的小名叫"扁担"。一天，她发现大姐、二姐相差一岁，四妹、五妹相差一岁，而自己和以上两组各相差三岁。所以她主动提出做一条扁担，"一头挑着姐姐们，另一头挑着妹妹们"。这个特殊的地位，造就了她善于处理人际关系，统管大局的能力。家里的事情她都能清清楚楚地理顺。

我问王阿姨她有没有对某一个女儿有偏心，她说："有段时间有，因为怀老四最不易，到怀孕六七个月了还吃不下东西。而她还小时就怀了老五，我就没什么奶水了，所以特别心疼她，觉得对她有亏欠。小时候对她关注得最多。"

其实老四是个非常能干的人。叫妈妈到家里吃饭，先在电话里问想吃什么。妈妈喜欢她包的饺子。不远的路，等妈妈到她家的时候，饺子已经可以上桌了：

"你什么时候包的？"

"知道你想吃的时候啊！"

"这撂了电话才几分钟，你怎么这么快？"

"包个饺子还不就这么容易？"

最小的老五是全家的宝贝，有4个个性独具的姐姐，就有了不甘示弱的她。小时候家里养着一群鸡，每人轮流喂鸡。到她值班的时候，妈妈都会悄悄地对她说：

"去玩吧，不用管这个活儿。"

"为什么不用我剁菜了？"

"你太小，妈妈帮你剁。"

"不，我要剁，这是我的活儿！"

她高中毕业就离家去读大学。大学毕业，就在二姐的资助下到美国读研，并在美国成家立业。

"我生活里最幸福的事是有慈爱的公婆，体贴的老公，加上5个孝顺的女儿。最幸福的时光就是我这5个女儿成长的那一二十年！"

川儿和她的婆婆 (2014-10-28)

认识川儿是在中文学校群众自发组织的第一次服装秀时，说是请来一位大腕给我们这些个菜鸟指导一下。

"我哪是什么大腕呀，我就是一个大妈。"

川儿就这样嘻嘻哈哈地走进我的视野。她的指导方针就是调侃你几句、放行，弄得大家紧张不起来就是了。川儿高挑的个子，特别好看。她把别人没挑上的衣服穿起来，像模像样地走出大腕的风采，把我都看傻了，那是一个快乐无比的晚上。

后来又见她，是在她跳舞的台下。50多岁的人，最后造型有个小个儿的还在她腿上站了好久。

"这个舞是我从DVD上学的，她们跳得挺好了，就是找不到那个'托儿'，所以每次还得我来垫底儿。"

还有绝的，她会说单口相声。自编自演，主要以方言为笑点："以前我和一位女老外说过，挺好。现在她不来中文学校了。我只能自己个儿说呗！"

和她成了朋友，聊起来才知道这些愉悦背后的故事。

川儿有一位把她百炼成钢的婆婆。

婆婆38岁丧夫，自己在济南的教育局做行政，把两个儿子拉扯长大。小儿子，也就是川儿的先生，留英赴美学成了博士。川儿离过一次婚，还有个儿子，加上又年长3岁，婆婆一开始就不满意这桩婚姻。孝顺的儿子自己做主了一次——娶了川儿。从进门，川儿这个北京人，就凭着自己学啥像啥的习性，和婆婆说山东话，拉近婆媳间的距离。川儿40出头给老太太生了两个孙女，还把老太太的姓起到女儿的名字里，老太太这个高兴啊！

没几年，婆婆就变得无理取闹起来："你这个人不好，都是一家人嘛，你为什么总偷东西？"

开始川儿丈二和尚摸不着头脑："我为什么要偷你的东西？"

后来她看出来老太太忘性大，找不着的东西就说是她偷的。她不和老人争吵，多买些日常用品准备着，一被说"偷"，就把"赃物"交出来，告诉婆婆找到了。但这些招儿很快就不灵了，婆婆得了老年痴呆症。于是被骂、被"诬陷"成了家常便饭，为老太太善后成了日常功课，前后请过8个阿姨都被老太太骂哭、骂走了,只有川儿和先生被牢牢地留在身边。

"后来我想明白了,她这一辈子受的委屈,现在都闹出来了,这样她才能得到一点点平衡啊,要不她这一辈子净剩下苦了。她能平衡一点儿,就让她发泄吧,否则太不公平了。"川儿接受了婆婆,接受了她的病。

2002年,婆婆中风倒下,瘫倒在床直到2012年去世。巧手的儿子在家里特建起一间病房,夫妻两人配合护士照顾老人。常年和叫嚷(后几年老人变成静悄悄的植物人)、喂养、褥疮、清洗为伍。

川儿和先生每天诵念《圣经》里的这段话:

> 爱是恒久忍耐,又有恩慈。爱是不嫉妒;爱是不自夸、不张狂;不做害羞的事;不求自己的益处;不轻易发怒;不计算人的恶;不喜欢不义,只喜欢真理。凡事包容、凡事相信、凡事盼望、凡事忍耐。爱是永不止息!

10年,这话刻在了他们心上。

"就是在那段时间,我突然会说相声了。唱歌、跳舞是小时候在宣传队打的底,相声可没说过。我觉得人到了最压抑的时候,那些打不死的,又无处可去的乐观就会变成相声。"

婆婆走的时候,从墓地到寿衣都是川儿一手料理的:"两个儿子都崩溃了,不相信母亲会过世。"

仅仅一年后,与川儿相濡以沫的丈夫因车祸骤然离去。

"时间吧,只有时间可以料理好一切!"川儿缓缓地对我说。

爱是永不止息!

尽享荣辱的乔老爹 （2012-07-23）

乔老爹（Joepa）走的那天，我在路上一直听插播的新闻，当时就想写点什么：写一个老人被球团开除之后72天过世。他在一个学校的橄榄球队执教50余年，任总教练46年。手下那个叫山达斯基的混蛋因性侵男童被捕以后，他被揭发知情而瞒弊。他唯一的要求是再指挥最后一场球赛，84岁高龄的他即使坐高尔夫球车或轮椅训练球队，也终不言退。但此次他被严拒并被立即开除。

老人一世英雄：二战时应征入伍，退伍后上常春藤名校布朗大学。在校4年兼任校橄榄球四分卫和角卫，威风凛凛。毕业后曾想做律师，但被在校时的教练拉去做宾州州大球队的助理教练，恩师退休时把棒直接交到他手里。从此他没有易地，没有易帜。20世纪六七十年代，提到宾州州大，就等于提到Joe Paterno，他就是这所学校，这所学校也是他，那是一种何等的"如日中天"？

46年间，他领军的球队所向披靡，赢得过所有各项大赛的冠军。同时他个人捐赠给学校400万美元，加上募捐的上千万美元，为学校修建了一座图书馆，翻修了两次体育场，由4万座位上升到10余万座位。他被称为"乔老爹"，是全宾州州大的骄傲。有人曾花700万元买下隔壁的房子，只为一偿与他为邻的梦想。

在他生命的最后两个月里，他面对无穷的攻击，特别是那些受害儿童及家人的谴责。在良心和道义的法庭上，乔老爹溃败下来，他仅仅撑了72天，即撒手人寰。有1.2万多人在葬礼的沿途送他最后一程。如果不走，他将更难以面对今日到来的严惩：个人1998年以后的成绩全部作废，他从最杰出教练的第二名（409场胜利）下滑到第12名（298场胜利）；塑造他和球队一起冲向赛场的雕像，昨天（7月22日）被拆除了；他的球队4年不可以发放10~20名学生的运动员奖学金；球队4年不可以参加任何赛事的季后赛；学校被罚款600万美元……

一位宁静而璀璨的音乐家　　（2016-07-20）

一个星期六，好友虹送了两张探戈伍德音乐节的门票，我们历经3个多小时的堵车之艰赶到现场。麻省西部的这个小镇沉浸在它每年的黄金时光里：伯克西尔山脉大森林的空气涤荡全城；整整一个月的音乐节，又给这清新如初的地界注入了神奇和美妙。

人们携家带眷、手拎肩扛地拿来了聚会的座椅、毛毯、小桌、烛火、佳酿、鲜花，当然每个单位组合都环绕着数不清的美食。金色的夕阳洒满齐整葱郁的草地和背后高耸入云的松林。铺陈着欢声笑语的场景，竟让我们一下看呆了。从没有看过这么大阵仗的人群聚会，这么多碰撞的酒杯，这么一片祥和。

在明亮的月色下，"电影之夜"音乐会拉开了帷幕。鹤发童颜的约翰·威廉姆斯（John Williams）镇定自若地走上台来，台下掌声一片。《阿拉伯的劳伦斯》中的音乐，把人们带到广袤深邃的沙漠空间，这首法国作曲家写就的音乐，被威廉姆斯视为电影音乐的经典，因此成为他演奏会的必备曲目。曲毕，威廉姆斯讲述了拍摄沙漠场景的内幕：

"英国年轻的导演大卫·林是最伟大的导演，看看在没有任何现代科技支援下，他拍的上千人的大场景吧，演员们要化好妆、穿上戏服，在沙漠里等机会，有时一等就是3天。时机到了，一声令下，全面开动。一层层的沙浪，一道道的飞沙走石就是这样抢拍出来的。棒呆了！"

接下来《拯救大兵瑞恩》紧张而强烈："谨以此曲献给70年前撼人的诺曼底登陆。"

《艺伎》满是日本味道的空灵；一组舞蹈音乐既有古典的探戈，又有轻松欢快的爵士，还有电影史上永远的一笔——《雨中情》；2002年盐湖城冬季奥运会主题曲开朗而充满劲道，威廉姆斯回忆道："那是我这辈子所经历过的最冷的一天！"

他给坐在草地上像在音乐厅里一样悄然无声的观众，讲了写《勇者无畏》结尾那段合唱的故事：

"后来成为美国第三位总统的约翰·亚当斯律师打赢官司，要把一船卖到美国的儿童奴隶送回非洲。孩子们穿戴整齐准备回家。斯皮尔伯格导演对我说，他们这时唱一首歌多好！我请助手从哈佛图书馆借来一本法语的尼日利亚诗集，随手翻到第四页，竟是一首题目叫《擦干你的眼泪，非洲，你的孩子回家了》的诗。我们马上把这首诗带到华盛顿，请尼日利亚大使馆帮忙翻译成当地土语。于是，我们有了这首《擦干你的眼泪》。波士顿儿童合唱团用童声合唱感人地演绎了这段音乐，把两块截然不同的大陆联系在了一起。"

威廉姆斯83岁了，从军（1952—1955，空军）归来后他做电影音乐近60年，曾获49次奥斯卡奖提名，5次获奖。是在沃尔特·迪士尼之后，第二名获奖提名最多的人。其他的奖项更是别提有多少了：4个"艾美"、4个"金球"、7个"英国电影协会"、21个"格莱美"。

"我从小以为自己会成为钢琴家，从没有想过以写电影音乐为生。"

适逢20世纪六七十年代，电影受到电视冲击，需要创新以求进。于是音乐等多种元素大举引进。他算得上是美国电影音乐的教父：

《大白鲨》《E.T 外星人》《超人》《小鬼当家 1、2》《夺宝奇兵》《侏罗纪公园》《艺伎回忆录》《哈利·波特 1、2、3》《拯救大兵瑞恩》《林肯》《辛德勒的名单》《生于七月四日》《星球大战》……

你也许不知道谁是约翰·威廉姆斯，但上面这些电影你一定看到过。他和著名导演史蒂夫·斯皮尔伯格合作 40 年，是史蒂夫一部除外所有电影的作曲。大导演说："他的音乐直击你的心灵，没有他的音乐，就没有我的电影。"

威廉姆斯谦逊地回应："没有他（们）的电影，我的音乐就什么都不是。"

威廉姆斯至今仍然每周工作 6 天半，用一支铅笔和一沓五线谱纸创作，用 100 多年前的老钢琴给斯皮尔伯格这样的大导演演奏初创的音乐。他喜欢这样一句话：音乐是一生的富足，但一生绝不够富足音乐（Music is enough for a lifetime, but a lifetime is not enough for music.）。

探戈伍德音乐晚会以所有人耳熟能详的威廉姆斯的代表作《星球大战》主题曲作结，从几公里、几十公里之外赶来的上千观众不肯散去，用掌声唤出睿智、沉静的老音乐家。他选择了《林肯》中的一段音乐：

"林肯解放黑奴的演讲，是史上最美好的演讲。电影中，我们给演讲配上了背景音乐《怨恨全无》。"

美得让人无语、让人动容。还是不息的掌声，还是没有观众离去。音乐再启——如一阵阵清风吹过，如一层层水浪漾开，轻松、愉快的《飞行主题曲》在夏日清爽的夜空下久久飘荡……

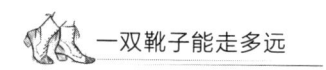

朋友小晞（希、曦） （2014-12-17）

我们是同一年下乡的，我是应届，她在家病休了一年。那年往乡下催得紧，居委会派出人三班倒地在家门口敲锣打鼓。直到你答应接下这份荣光，他们才罢手。就这样，我和小晞成了同届知青。

她长得苗条可人，和后来看到的日本影星中野良子有些相像，一对长过腰际的大辫子，羡煞了一票人。可能因为换了环境着急上火，她长了一个大个的毒疗。大队"赤脚医生"来给她换药，我才知道这件事，因为她每天都满脸带笑地下地出工。毒疗在她腿上穿出一个直径一寸、深度半寸的洞，医生用药棉蘸着酒精在洞内清洗。她双手死死抓着被子，一声不吭。

她很会唱歌，是宣传队的独唱演员，也写得一手好字。我当点长以后，她成了我的"御用"板报员。常常中午别人午睡的时候，她穿着沾满泥泞的水田靴，站在板凳上抄黑板。抄不完，晚上下工以后再继续。一次他们宿舍的人不知从哪里找来一些煤，他们生火取暖，结果中了煤气，送到区里的大医院抢救。她是经过几次电击才又活过来的。

第一次高考，我们都是考前几天才知道信儿，也都落榜了。她轻松地说明年再考，准备了一年报考沈阳的鲁迅美术学院。又没考上，她又轻描淡写地说了一句，明年考到北京去。多数人觉得她煤气中毒那回被电击，脑筋受了影响，在说昏话呢。第三次（1979年）她同时考上了沈阳音乐学院（好声音让更多人知道了这所学校）和中央工艺美术学院（现清华大学美术学院）。她遵守诺言，来了北京。

我大学的一帮哥们儿，在我家聚会的时候见过她一次，大家至今都不能忘记。她穿一条自己设计缝纫的喇叭裤，跳一曲流畅自如的"迪斯科"，把我们这些土老帽儿都看呆了。后来她死死地爱上一个远走他乡的人，大学一毕业就辞了刚到手的工作，拎个旅行袋只身南下深圳追梦。其实后来她再也没有找到那个曾经甜言蜜语的人。

十几年后我们再见，她已从个体户做到了深圳艺专的老师，住在3间大屋的公寓，有一间向阳的大大的画室。后来当了绘画系的主任，人反倒脱去了一份清高，随和良善起来。说到别后的日子，有许多辛苦：昔日恋人的遍寻不着；结婚后的不得不离；耗时费力地，用各种疗法治好自己严重的肌瘤；失去相互依赖的父亲……她依然倔强、浪漫、对生活充满激情。

小晞后来的日子更不轻松：在相识40年后，她和我们共同的青年点同学、自己小学一年级的同班同学再度相遇，用我妈妈的话说，"两个好孩子终于走到了一起"。

她没给自己留下一点余地地辞去工作，卖掉房子，随新婚的夫婿去了一无所知的澳大利亚。没过几天丈夫出轨，又欺她不懂英语，抵挡了来调查的警察。她陷在孤立无援的境地里，那么不服输的一个人，最后被逼到绝路上。幸好她又被救了回来，但经历了被关进精神病院的惨痛日子，她距彻底崩溃只剩了一丝悬线。

一位她到澳大利亚以后结识的朋友，我的一位近在她身边的朋友，还有一位好心的传译员共同伸出援手，救助了她，帮助她慢慢走到今天——有了基本的生活保障和稳定的身份；在学校里学习英语和艺术课程，帮小孩子上绘画课，尽自己的能力生活得平静、安顺。

这是我的小晞（xī），有时她会改变名字中的这个字，不知道她现在在用哪一个。

一双靴子能走多远

青春像花儿一样的倪萍 （2016-04-10）

　　第一次面见倪萍（也是至今唯一的一次）时，她刚刚拍完她的第一部电影《女兵》到家里来玩，和我们一起包饺子。她和上海青艺的徐金金、北京儿艺的王丽华都好看极了，比在荧幕上还好看。倪萍高挑的个子，款款而来，明亮的眼睛递出甜甜的微笑，让人的心都随之融化了。她说这辈子就想上大学，所以对大学生总是心存敬意。她们几个不施脂粉，细腻的皮肤白里透红。倪萍包饺子是一把好手儿，透着山东姑娘的利落劲儿。吃饺子可是分不清男女老少，都不甘示弱起来，每个人都吵着说自己是最喜欢饺子的一个。喝了些啤酒，"女兵们"开始一起唱歌，声音和人一样让人赏心悦目。我在昏暗的路灯下送她们出门，她们笑着、跳着、追逐着，像一阵风一样快乐地飘走了。我永远记得青春像花儿一样的倪萍。

　　在她做主持的那些年，我一直喜欢她，从她的质朴看到她的开悟，以为她会一直"偶像"下去，能量满满下去。

　　不主持了，也好，好在她拍了电影《美丽的大脚》，好看在她的自然、真实。从一开始，所有的人不都说她是个好演员吗？她演戏是比主持更有天分。

　　再后来她出书了，《日子》和《姥姥语录》我都读过，还是那个实实在在的女兵的口气。最近知道她去加拿大开画展，觉得这个倪萍潜力无限，挺为没有做过朋友的她高兴。

　　前几天因为想再"见"倪萍，找来中央台的《等着我》看。第一眼见到她，全是心疼——果然是岁月不待人。

　　她不再是甜姐了，尽管还是很容易被感动，但比以前更有智慧。

　　走心，让倪萍像花儿一样美；让她主持多年，受爱戴不变。走心，也会让她迈过岁月,向上、向好。这是我这个没有做过她的偶像,可一直牵挂着她的人的希望。

三个小发小

小岩（2008-11-13）

我妈说,我出生以后见到的第一个后来成为朋友的人是小岩。

"你那时候软趴趴的,头还抬不起来。人家小岩有六七个月大了,能挺挺儿地戳起来,真叫当妈的羡慕。"

记忆中的小岩是个瘦小的女孩儿,白净得不得了。黄头发、黄眼睛（那时少见那么黄的）。又过了一段儿,我们都"发"起来了,成了圆鼓鼓的小胖。那时的大人也不怕给孩子留下什么心理阴影,她爸老是扯着嗓子叫我们俩"哼哈二将"。刚开始我家住二楼,她家住三楼,后来一块儿搬了,我们住三楼,她们就上了四楼,一样的升迁让我们觉得神奇。她妈那会儿可有名了,不次于现在的倪萍、董卿。你一提"大歌舞"的女朗诵,人家就知道了。我也是因为和她一起去看大歌舞《东方红》,第一次走进了庄严雄伟的人民大会堂。幼儿教育我们走的两股道儿：我从两岁半就进了全托的托儿所,她始终留在家里由姥姥带。她姥姥是个特别的北京老太太,不像我们的一般穿大襟儿衣裳的奶奶、姥姥那么灰不拉几的。她穿对襟有色的好看衣裳,头发从来不梳鬏儿,而是梳成像乌克兰前总理、"石油公主"那样的盘成一圈的辫子。我从那时到现在都觉得那是很美的造型。你什么时候到小岩家，她姥姥都在创作"吃食"：慢慢包出小巧的饺子；熬一小锅香香的肉；切出像机器一般整齐的面条；炒出一盘盘色彩斑斓的菜……吃得小岩的爸爸成了楼里数一数二的胖子。现在才想起来，我从来没有吃过她做的菜，就是看着她一直在做。

那天，我们一起去院里的星火小学报名，结果一起被分到一年级三班。一年级是我们最形影不离的一年。我们上学一块儿睁大眼睛听；放学一块儿做功课；一块儿值日去学校生火；一块儿帮班里一个有小儿麻痹的同学倒尿盆儿；一块儿考试，然后比较成绩；要迟到了，一块儿飞跑到学校，大口喘着气进教室。她老是干干净净、利利索索，我老是为刚穿上的干净衣裤马上脏了懊恼，但又永远找不出解决的办法。一天放学做完值日，我们去厕所。我灵机一动觉得别把书包放在地上，免得弄脏了，于是背在身上没摘下来。她小心地把书包放在厕所永远没温度的炉子上，就蹲在那儿和我闲聊。我猛一抬头："不好了，你的书包冒烟儿了！"

她坐在地上抱着烤糊的书包悠悠地哭的样子，永远留在我的记忆里。还不能忘的是，第二天早上，她眉开眼笑地给我看她的书包，糊的地方，漂漂亮亮、平平整整地补上了一朵花，我们谁也没有那样的书包，是她姥姥给她补的。

后来三个班并成两个，我们俩一个一班，一个二班，再没机会离得那么近了，可不上课的时间，我们俩还是撩在一起，除了我们谁被一群朋友干起来的时候的短暂敌对，那也担着"叛变"的心，私下偷偷地交流。

再后来我家搬到东北，她随父母去了陕西。我一直挺挂记这个独生女的朋友，不知道她的娇气能不能扛得了陕西的情形。

我们再见面是在她的结婚新房，我第一次见那么纯白色的家。

"我也不懂她为什么把家弄得这么白。"她高大的新婚丈夫说。她像小时候一样话不多，静静地一笑。但我觉得那个家跟她真配，白亮得没有一点灰尘。

我们后来通过电话，但记不清有没有再见过面了。因为父母是朋友，爸爸说他最近和小岩说过话，她也挺想我的。我准备哪天突然给她打个电话：

"小岩，我是……"

丽平（2008-11-14）

我妈当年去过苏联，她给当时还是男朋友的我爸，带回一台蔡司相机。于是，从我出生就有形象记录。两三岁时的照片，老有个圆圆的秃脑袋在我旁边晃。我梳一对朝天辫，她有一个大奔儿头，还挺搭配的。她叫丽平，是我的一个小伙伴儿。那时期，她不知道在哪儿染了疮，只好剃了光头。剃头前她就敢冲、敢打，勇猛异常。大人带我俩去天安门看放花，炮一响，我就开始哇哇大哭，躲在奶奶的怀里再也不肯露面。丽平跳脚、拍手，瞪大眼睛看不够，连耳朵都没有捂过一下。她妈妈教我们织毛线，我从那时会到现在，她从那时到现在都没会。她妈是个小老红军，据说9岁参军，是被别人装在箩筐里，背过雪山草地的。她根儿红就胆子壮，丽平的爸是她妈妈带着两个儿子嫁的第二任丈夫，后来背信她，等她缓过气来就把他休了。她妈妈又和另一个高干结婚，给丽平生了个小她十四五岁的妹妹。这么敢说敢做的女人在我母亲的年代，很少见。

丽平小学学得辛苦，老得赶功课，但又总是无忧无虑散淡地快乐着。我每天到她家等她上学，她一边靠在奶奶腿边，让奶奶给她编那没有几根头发的辫子，一边举着作业本做算术题，我在旁边负责说答案。她笑嘻嘻地东一下、西一下地划拉。最后带着几绺飘散的头发，抓上还没写完的作业、没有啃完的馒头，飞快地先我冲出家门，我就帮她抓起、捡起铅笔，对坐在床边摇头的奶奶说再见，然后满身负荷地出去追跑得没影儿了的那个伴儿。

但后来我从外地回到北京再见到她时，可是不敢认了。她戴一副金丝边儿眼镜，微黄鬈曲的头发高高盘在脑顶，消瘦挺拔，不苟言笑。她成了一位极具风度的儿科医生。

我到医院里去陪她值过一宿夜班，病人不多，她又处理得快捷得当，剩下的时间就是互诉分开后的经历。她结婚了，和先生分居两地，不兴奋也没有不情愿。多数时间是在照顾重病的妈妈："无论何时何地，我都对她有一种永远的恐惧，我是一个完全降服在她生命里的生命。"

小妹妹成了丽平的女儿，她养她、带她、教育她。

"我就是不让她来医院找我，我在家里可以当她的'母亲'，在外面我不想丢这个脸。"

她还常接济两个经历复杂的哥哥。再就是爸爸，她在对爸爸的爱和恨之间苦恼。

"他又结婚了，拖着两个小不点儿的孩子，见面就是诉苦，我又能说什么、做什么？"

那次与丽平见面时，她也就25岁左右，可她心重得像个老人，也不知随着岁月流逝，她能不能回到小时候那个无忧无虑的样子，做那个快乐的、我的小"男伴儿"。

小夜（2008-11-17）

有一种传说是，她生下来的时候，她妈没抱好，把她给掉在煤球儿堆里了，大家伙儿找了半天，才找着她——因为她的皮肤颜色和煤太相似了。她的名字也与黑有关，叫了个"小夜"（我们也叫她"墨黑子"）。她的的确确是个黑丫头。

我们做了四五年的邻居加同学加朋友。我们家正在她家楼上,一次偶然的机会,我把耳朵枕在木床的床头上,竟听到了她和她姐姐在说话。我把这个发现告诉了另一个邻居加同学加朋友,于是,我们会偶尔再听一回。她有一段时间很喜欢带我弟弟,会来喂他吃饭,被我们老奶奶发现了很不高兴,告诉她不能惯孩子。她又开始背我弟弟上、下楼梯。这次是让我妈给制止了,怕她摔坏了自己的儿子。她还是偷偷地喂,偷偷地背。我弟得了便宜卖乖,老是在她做完这些服务后,丢下一句:"拍马屁!"

她会还一个无奈的笑,并不记恨。

她是一个滑冰高手,所有的我们加在一起也不见得比得过她。她有一双独特的白色冰鞋,那鞋一上脚,不仅溜得飞快,而且能跳各种花样。那时没有业余体校,要不她准上。我们在太平湖上滑冰,那湖因为是著名作家老舍投身往生之地而见于书中。修北京二号线地铁时,湖被填平,消失了。一年早春,我们去滑冰,小夜是第一个冲下去的,结果掉进了冰窟窿。好在是岸边,能自己爬出来。我们陪湿湿的她回家,她妈见她时,一边把湿衣服扔到她头上,一边哭起来。我们几乎没有见大人哭的经历,全看呆了。

我是从她那儿听说"文革"的,因为她有个当正牌红卫兵的姐姐,我们知道"革命"是个褒义词,但却不太清楚"文化"的含义。自己做个臂章当红小兵、断断续续地上课、发最新指示了就半夜起来去游行(庆祝),边走边睡。很含糊地过了三四年,临到我们分手了,在我家启程离开北京的时候,好多朋友都走得差不多了,小夜家不走,所以是来送行的少数人,还有没有别人,我对记忆一点把握都没有。记得她给了我弟弟一个什么玩具,对我笑一笑,挥挥手。

从那时起,我还没有再见过她。我有机会就会打听她的消息,惦着念着她。

辑二·见时光

麻溜儿的 　　　　　　　　　（2013-03-15）

　　早上起来就想麻溜儿地写点什么,结果是麻溜儿地上了网,一逛就是半天。

　　"麻溜儿"这个词是跟奶奶学的,她是一个淡定得不可超越的人,具体什么时候用过"麻溜儿"这个词儿,我实在想起来的不多。好像都是让我那时羸弱的弟弟吃饭的时候?

　　我不太会说这个词,可看到女儿们拖着不做作业,老是在发没完没了的简讯,睡到中午起床还是懒洋洋的样子,我心里老是滚过这个"麻溜儿"。

　　奶奶活了87岁,生过11个孩子,失去过6个。她生在破落的满族家庭,没上过学,不识得字,在大龄时下嫁小康的汉人,但男人早逝。她做过女工、领过救济,守了近50年的寡,享过儿女的福,儿女遭罪的样子也全赶上看到了。她从没有笑出声过,也从没有过号啕,一生悠悠地过着。

　　却让"麻溜儿"这个词老是在我心里滚过。

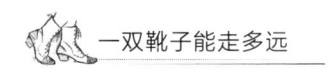

卖呆儿 　　　　　　　　　　　　　（2013-03-17）

　　奶奶喜欢坐在大院（真正有哨兵站岗的）门口看马路上的行人，那时车不多，只有22、31路公共汽车从门前驶过。她有时一坐就是一两个小时，看得津津有味。我几次跑到她身边问她："奶奶，你在干什么呢？""卖呆儿呗！"她一说卖呆儿我就懂了，就是看风景儿的意思。

　　现在想想这个词儿可真好玩儿，它不仅有看风景的意思，还有没事干的意味。在这里释放（贩卖）着你的空白（呆滞）。

　　难道我们需要承受这么多"呆"吗？

大智若愚 　　　　　　　　　　　（2013-11-07）

　　架上的许多好书都是逛书店时碰上的——走着走着，随手抽出一本，一翻、一读，爱上了、买了。

　　非常享受这种书缘。有一天，我到图书馆读好久没有看的《北美世界日报》星期天特刊，一打开，就翻到一篇介绍百老汇新上演音乐剧《大智若愚》（*Big Fish*）的文章，读得挺过瘾。晚上和女儿通电话，她问：

　　"你周末来纽约想干点什么？"

　　"看一个音乐剧吧。"

　　"想看哪一出呢？"

　　"《大智若愚》怎么样？"

"我查一查有没有特价学生票。"

星期六一早,在去纽约的大巴上,我接到女儿打来的电话:

"等了两个小时,我买到了最后两张特价学生票!"

除了位置特偏以外,没有什么可挑剔的:剧本好、导演好、演员好、音乐好、舞美好,一场艺术飨宴。女儿也在到处给她的朋友们推荐。

戏演的是上个世纪的故事,最让我感动的是两个细节:

男主角一眼爱上女主角,但马上不知她人在何方,去问知情的马戏团老板:"我可以为你做任何事,只要你告诉我她在哪里?"

老板也不客气:"你在我的团里饲养三年动物,我会告诉你。"

于是他清扫了三年的动物粪便,拿到女孩子大学的地址,飞奔而去。

见到心仪的姑娘,表白自己的心意,人家笑着回答:"我已经订婚了,明年会嫁出去。"

男主角单膝跪地:"告诉我,我可以做什么,然后娶到你?"

这样不辞辛苦、不惜一切地追求爱情,好像在如今的生活里几乎绝迹了?愿意做任何事去追逐一个梦想,没有替代方案、没有矫情、没有计算甚至没有思考。我觉得这才是一个人的襟怀和味道,是生活里的大智慧。

环绕心间的音乐 (2013-11-20)

家里以前的收音机是 20 世纪 50 年代的,揭开顶盖有个电唱机,放上黑胶唱片听音乐时,我老是盯着那一圈儿一圈儿的纹路,就怕它跑错了轨。大叠的唱片都在 1966 年的一个周日的中午用自行车运到废品收购站卖掉了。

那天还去修鞋匠那里,把妈妈的几双高跟鞋的鞋跟锯掉了。再后来听音乐都是听电台里的了。

我有在电台工作的经历,还记得在中央台立体声组,看到立体声音乐的来源——CD,背面光闪闪的,竟没有一丝纹路。

"这是不能沾一点灰尘的,一粒灰尘都可能影响它的播放功能。"

音乐编辑戴着白手套举起一片CD,给隔开一段距离的我看,办公室里有密闭的恒温小空间,是存放这些宝贝的。

1981年春节,第一次听到Walkman——掌上型CD播放机,一位外交官的太太,带这件舶来品给我们见识。小而轻巧的耳机柔软地贴在耳朵上,心里便有了第一波的温暖。音乐响起时,我吓了一跳:差点没把手中宝贝的小黑匣子抖到地上。那音乐是奔涌而来的,然后在整个脑际回响,轰得人心悸。就像主人介绍的:"你好像是坐在交响乐队的中间,音乐拥抱着你!"

见我听到傻呆呆的样子,一屋子的朋友都笑起来。我不知所措地看着他们笑,心里回味的却是那永不消逝的、环绕心间的音乐。

15年后的一个早上,新年刚过,小女儿把她刚得到的圣诞礼物轻轻地放在我手上,黑亮耀眼、像半副扑克牌大小的iPod(苹果电脑公司卖疯了的一款电子音乐产品)。萦绕脑际的音乐响起,直醉到心头。人类真是聪明绝顶,能创造出如此精美的宝物,真真把个心暖暖地融化掉了。

自然如此壮阔,生命这般精巧。愿千滋万味的生活,如这不逝的音乐永远地环绕着我们。面对上苍,我们只有祈祷的份儿了。

我的这一天　　　　　　　　　　　（2013-12-25）

　　早起，在朦胧中走向清朗。我极力夹住腋下的一本大书和三盘录像带，拉紧走出家门就兴奋不已的狗儿，想一举两得地在遛狗的过程中顺便到图书馆还书。一家房地产公司的老板爱狗，他的办公室门前老有一盆清水，今天又多了一罐狗饼干。我拿了一块给我可爱的狗儿："圣诞快乐，小东西！"

　　到图书馆把书和影带投到还书的"洞口"里，转身发现一只手套丢了。我把另一只手套让狗闻闻，告诉它："去把手套找回来！"

　　我们按原路往回走，走过了我那蹲在地上的手套，狗也没有任何反应。唉，真是一只不笨也不聪明、不大也不小、不好看也不难看、不乖也不闹腾的狗啊！我捡起手套，给我的狗大声的赞赏，又拿了一块狗饼干给它，它欢天喜地地带我回家。

　　叫醒了还赖在床上的女儿们，老大想给即将来访的爷爷烤一种即食面包。带老二冲进细雨蒙蒙里，开车去一家叫"扣子盒"的小店，买一组扣子替换一件老外套上旧的，她准备把修改过的外套送给姐姐做圣诞礼物。沿途去邓肯甜甜圈店买咖啡礼品卡，送给每天在附近工作的房东的两个工人，每年都是 Bill 买，今年他牙疼得糊里糊涂，还给自己揽了不少"活计"。现在正在去接公公的路上。

　　"扣子盒"里已经没有什么顾客了，老板和一名老员工热情地推荐扣子，并且教会我们母女一些新的常识：好衣服的扣子一定要保护好，因为它们是和布料同时制作的，配着布料的颜色着色，丢了就可能永远都配不上了；送衣服去干洗前后都要检查扣子，不要松脱丢失了；厚衣料的扣子该如何缝缀等等。出门后，女儿说："她们是真好的人！"

　　回到家，爷爷已经到了，满屋的热面包出炉的香气。赶快热好预先煮好的牛肉炖蔬菜，加上青菜沙拉，老人又是低头不语，慢条斯理地吃了一个痛快。饭后女儿们和爷爷聊天，我赶紧收拾厨房，同时准备晚上请朋友吃的凉菜和锅贴馅，在 Bill 宣布上路的前一秒完成了下一项准备工作。

我们是在做一次接力的迎送，把公公从老家接来，吃过午饭送到机场，转手送给来机场接远在芝加哥的女儿的 Bill 的大姐夫，他们父女会把老人带去大女儿家过圣诞节。这样做会省去大姐夫 4 个小时的车程。

回家的路上，经过收费站的时候，见到一个黑得远看都辨不出眉眼儿的收费员，近前才看清其实是一位美女。她微笑着望向我们："今天的过路费我帮你们付了！"

Bill 盯着她竟有一晌没有反应过来。

"我付了！"

她确认似的点着头，我们才恍然大悟收到一份天上掉下的小礼物。希望人与人之间多传递一些这样的惊喜，生活的味道会更甜一些。

顺路接上长途从日本来美国看女儿的朋友惠，母女二人匆匆从雨中赶回家和我们相见，带她们回我家，走进温暖干爽的室内。她们带了很多礼物，从茶叶到饼干，从书籍到配有放大镜的指甲刀。一个刮皮器是我所见最快、最利、刮的皮最薄的。

"我在机场买指甲刀时，有中国旅行团的人问我买的什么，听我一解说，他们蜂拥而上，每人买了一堆。"

晚上煎锅贴给大家吃，胡萝卜馅的，丝丝甜鲜，吃得挺尽兴。我和同是北京人的惠 20 年前在上海做邻居，大女儿和她的女儿生日相差 20 天，我们二人一起看顾孩子成为朋友。后来发现，她的初恋男友，是我一位老同事的儿子，两人直呼不可思议。20 年来没有断过这份情谊。见了面，也是有聊不完的话，倒是引领我们相识的女儿们，因为在不同的地方长大，现在相见客气而矜持得很。

晚上送她们回去住处后,我又牵起我平凡的狗,走上漫漫夜路。

雪花儿那个飘 (2014-02-11)

这个星期多是走在皑皑白雪之上,今年冬天雪多得连经验老到的美东铲雪界,也会穷于应付,留下一条条冰雪覆盖的街道。脚踩在雪上咯吱作响的感觉,把我带回过往的岁月。

小时候,一下雪就想到打雪仗,一团团白雪,在老棉袄、老棉裤上崩裂,总是一个个湿淋淋地回家挨骂。一次,我们发现了一架雪滑梯——一辆卡车后面用于卸货的木板还戳在那儿。我们高兴坏了,可是还没有滑几次,我就因为没有掌握好角度而摔到了尾骨,一伙人把我拖拽回家,交给一脸惊讶的我爸妈。有了我记忆里的唯一的一次,我爸把我背在背上去看医生。

后来举家搬到东北,那才叫见到真正的大雪呢!冬封的麦田、稻田上层层雪浪,一望无际。雪太常见了,以至于没什么人会打雪仗。我是个做好事发烧友,会拿一把给煤炉加煤的小铲子去铲雪,5点即起,铲到7点,一点痕迹都不留——铲完一条从楼栋门口到马路上的小路,有百十来米。一回头,路已经全部不见了,调转身继续铲,到门口,路又不见了,再调转身……我可以这样无觉无感地铲上一个早晨,带上冻僵的双手和巨大的喜悦回家。通勤的人流把街道踩得实在平滑,东北人照常在上面骑车。我也骑,有一次还非要带上我妈,轻快无阻的感觉让我忘乎所以,只想着骑得快点、再快点儿,一不留神,滑飞出去,把妈妈重重地甩了出去。她气愤地揉着腿脚,一瘸一拐地走了,不理会在后面一个劲儿道歉的我。我更不明白的是,就在前几天，我在她面前打出溜，没留神滑倒以后，她不是一直大笑来着吗？根本不管我好不好意思。到她自己，怎么就生气了呢？

那年留守青年点，在乡下过正月十五，我一个人走在明月照耀的雪道上，周边空无一人，又亮得如同白昼。我挺想我妈的，她一个四川长大的广东人，又有胃溃疡，最怕过东北的冬天了，却带着我们姐弟在这里待了七八年。那天是我第一次没有在家和她一起过年（那些年，我爸一直在北京住着），她一个人可能连饺子都包不起来。

我的大女儿生在美国的春天起始之日，却赶上一场大雪，蓝天、雪原、中部平原看上去无边无际。我妈建议给她取个中文名字叫"春雪"。我家 Bill 慌不停地晃头说不行："我们的女儿怎么可能又蠢又有血呢？"

Bill 这几年老是吵吵，说受不了这么冷的冬天，想搬到暖和一点的地方去，可我就舍不下这雪，看我家小狗在雪原上撒开蹄子狂奔的样子，真是替它痛快呀！

低垂的星条旗 （2014-09-12）

1994 年 11 月，香港总算有了秋天的天高气爽。Bill 和朋友相约着去爬山。朋友是出生在美国的印度人，帅得像宝莱坞的明星，说的却是一口地道的美国话。他还带来了漂亮的女朋友，是一位国泰航空的空姐。两人一定认识了很久，有一种哥们儿般随意的亲密。因为是刚下了飞机就赶过来，空姐还穿了双高跟鞋。尽管山路平坦，我一岁零三个月的小女儿都超水平发挥地自己走了下来，但高跟鞋还是拖累了年轻的阿姨。她不好意思地推开要来背她的男友，指着我的小女儿说："我还不如那个小不点吗？"

我们后来一起去吃了香港最地道的印度菜，各种香料的味道都很纯正，他俩还一致要我一定要喝这一家的印度茶，说是"天下第一"。

我不能体会他们所迷恋的茶香，但他们两位俊男美女从早到晚悬挂在脸上的灿烂笑容，双方对视时眼里闪耀的星星，到今天还历历在目。

13年前的"9·11"过后几天，我们查看遇难者名单的时候，赫然发现姆寇的名字。再查看细节，竟直面这沉重的无情：他就是Bill的那位印度裔朋友！我和Bill僵在那里好久、好久，四目无神地相视，想弄明白这是什么意思。公告上说，他刚刚调进一家新公司，那天是他在世贸大楼上班的第二天。2001年他31岁，未亡人只有他的妻子。

转眼13年过去了，我和Bill昨天又看遇难的姆寇的记录：知道他的妻子正是那位空姐，而且他们是高中同学，婚后还没有孩子。姆寇有两个兄弟，他的父亲一直不能走出失去儿子的阴影，很快逝世于心脏病，享年71岁。Bill说他和姆寇是大名鼎鼎的华顿商学院的同学，是他推荐Bill进入如日中天时的美林证券公司的，两人后来离开美林到不同的领域工作，联系就不多了。

"9·11"低垂的星条旗提醒人们，有些历史的片段永远都让人不忍卒读……

今天"9·11" (2017-09-12)

16年前的9月11日，我住在中国台湾，台北。将近晚上9点了，我婆婆从美国给我打电话，在此之前我从不知道婆婆会打国际长途电话。

"你看到飞机撞进世贸中心了吗?"婆婆问。

"飞机为什么撞世贸？是演戏吗？"我问。

"不是，你快打开电视看就知道了！"婆婆有些急了。

开电视，曾经熟为邻家的世贸大楼，有一栋环绕在烟雾中，另一栋在阳光下闪得耀眼。我恍惚起来，想不清这里面的名堂。突然一架飞机冲进耀眼的玻璃墙体，另一栋大楼也冒起浓浓的黑烟。我完全僵住了，只剩一颗心要冲出胸腔。

窗外沉沉的黑夜和电视中晴朗的蓝天有些对不上，晚归的先生进得门来，我也去叫醒了已经睡去的一对小女儿，全家人无语相拥，眼睁睁看着两栋举世闻名的摩天大楼，在顷刻间化为灰烬，灰烬……

今早，天气如16年前一样晴朗，在邻镇的镇中心，每年的9月11日都会插下旗阵——每一位遇难者，以国旗为标记。

人们拍照、默祷、静静地坐在一边，看两千多面小旗在秋风中舞荡。

我和先生走近旗阵，想看清旗上有没有名字。

"这第一面旗也许是姆寇的，他的姓 A 字打头，他的名字老是在最前面。"

先生说。姆寇是他的朋友，第二天去世贸的新公司上班，就再也没有回家。

"姆寇，我们看你来了！"我在心里默默地对他、对他们说。

和好友潇的"说走就走"文 　　　　（2014-09-30）

　　那一天，微信上在传一个帖子。说说去世前你最想做的一件事：再谈一次刻骨铭心的恋爱（如果铭心刻骨，还需要再谈吗？）；中幸运大奖（概率和长生不老几乎相等）云云。其中，做一次说走就走的决定、去一个你一直想去的地方，这两件事最靠谱。

　　最早说走就走的记忆是"文革"时我们家去东北。我爸被发落了，我妈执意跟着去，几天之间，我们就踏上去东北的列车，"丁零咣当"地离开了北京，一去10年。

　　在东北时，我高中毕业，又是几天之间，就到插队落户的乡下去了。我妈所在的工厂给我们每人打了一口箱子，加上一个装有脸盆的网兜，就是全部的家当，难得的是有卡车送我们过去，去一个我们表态在那里"磨一手老茧、炼一颗红心、战斗一辈子"的地方。

　　知道恢复高考是考前20天的样子，约个把小时就动身回家准备功课，就这么快地离开了曾经被视为家的乡下的青年点。42年后才找到机会回去过一次，在即刻说走就走的长名单中，一直有它的一席之地。

　　大学一年级暑假，我和几个同学一时兴起想去游三峡，没两天人就在路上了。刚晃到西安，就赶上成都发大水火车停驶了。于是一路想到哪儿，走到哪儿。华山、庐山、黄山、大运河、武汉、苏州、杭州、上海……一个多月后才回到北京。

　　工作以后，我有次有机会去杭州出差，想到好友琼和跃明一干人在安徽支教，开完会就一路转了N次大客车摸去看她们。当我突然现身的时候，她们高兴极了，像是出嫁的女儿见到了娘家人。

　　有了家之后的前10年，我妈总结出我们家像"野战军"——9年间搬了

10 次家。那时好像还有些说走就走的能力，这 10 年，这种能力和其他的能力一样地退化了。这就是潇描述的现状："有个说走不走的宅男先生和两个说走就走的大学生女儿，以及一只撒不开手的小狗。"

这狗 6 岁了，我们迈不开腿至少 6 年了。

说走就走需要有勇气、有激情、有必达的目的，还要无牵挂。我们之所以说走走不了，是牵挂越来越多的缘故。其中的亲情、责任、依恋都是我们从生活中一一拾取，又与我们休戚相关的。

好在我们现在有了日新月异的高科技，相距千里万里的朋友在 2014 年，"可以像坐在一个沙发上观看世界杯足球赛"（潇语录）。

我和潇在微信里常常说起的那些梦想之旅，在千呼万唤之后的某个时辰，会有实现的一天。我在遛狗的路上，她在买菜的途中，时时没忘说走就走的过去和将来。

随心所欲地游着 （2014-10-08）

因为自己是个大龄晚泳的人，所以我知道人越有了年纪，就越不相信水的浮力；越确信水会灌到耳朵里；手、脚、呼吸一起不太可能协调，这些有智慧的想法，对学会游泳帮助不大。所以当我有了孩子，在她仅仅 5 个月的时候，我就把她带到水里，希望她无谋而"泳"。无奈她年龄小了点，每次游完泳就感冒，所以计划实行得并不顺利，但她还是印证了我的创新改革。这两个女儿仅相差 17 个月大，所以，当老二 5 个多月的时候，我也准备把她"拖下水"。我先把穿好泳装的两岁的老大放在游泳池边，回头去婴儿车里抱老二，打算一个在岸边观摩，一个跟我下水。在我抱起老二转回身的那一刹那，就见还不会游泳的老大果断地跳到水里去了。我赶忙把老二扔回车里，急速跳进水里，没觉得有水灌进耳朵，手、脚、呼吸全部协调一致地在水下捞出老大。我把她举到岸边坐好，问她："你在水里看到了什么？"

"看到好多好多鱼，带颜色的鱼！"

那时我确认，这是一个会编故事的孩子。

一年以后的一天傍晚，年轻B有一天下班算早，我们约定在小区的游泳池见面。落日的金辉泼洒在他身后，孩子们噼啪噼啪欢乐地跑向他。她们把爸爸拉到游泳池边，快快地用小手把一堆塑料玩具推到水里，然后小鸭子一样"扑通扑通"跳进去，头下脚上地潜进水中打捞起玩具来。B惊讶得有片刻僵在那里。那是我在游泳池这个领域有过的一份骄傲。

老大高中4年都在校队游泳，还做过新生代表队的队长。虽然没创出过什么成绩，也没有成为明星选手，但她坚持每个赛季（约3个月）每天或早（6：30）或晚（7：00）的训练，让我为她叫好。今年夏天，她大学毕业了，我有几次和她一起去游泳池游泳的机会，看到她利落地变换泳姿，随心所欲地游着，我为自己千年不会变的老蛙泳暗暗脸红。

老二自小到现在都是个瘦子，个子也比同龄的孩子小。因为她从小老是有点疑似哮喘，我建议和鼓励她游泳。她有3年每年到一个游泳俱乐部游泳，尽管几趟下来她就嘴唇乌紫，但还是基本坚持游着。只是她从不参加比赛，因为她老得和比她小很多的孩子们一起学游泳，一起比赛，年龄上就有些不合适了。再说，她直到今年夏天，才学会从池边起跳，像以前那样滚滑下去，比赛就太吃亏了。但她爱水，不论是在游泳池，还是在冰冷的大西洋海岸，她总是我们全家在水里待的时间最长的一个，嘴唇依然一会儿就乌紫起来，让人看着她都冷。

我一直觉得，运动项目里，游泳和我们的日常生活最靠近，因为一旦在和水打交道时出现意外，会游泳的人自然就多了几分逃生或助人的本领，这是我羡慕我两个女儿的地方。

妈妈校车和走路上学　　　　　　　　　　（2014-10-29）

想想我们也忒狠心了一点儿：大女儿两岁八个月，就送她去了一个半天的幼儿园，就因为她喜欢那儿，而且那位幼教一辈子的英国老太太夸了一句："我看她已经准备好去上大学了！"

她没懂什么叫大学，是我们自以为生了一个天才而喜不自禁起来，马上给她报了名。第一天上学，她就高高兴兴地登上校车，稳稳地坐在椅子上，挥挥手郑重其事地上学去了。现在想来有点早——自由散漫的日子是孩子们的专利，持续得久一些，是他们的福气。

老二我们也是如法炮制，因为喜欢那位英国老师，只能姐妹上、下午分头上学，姐姐下车、妹妹上车，让这个"跟屁虫"一样的老二也没啥矫情的，总能稳稳地坐在椅子上，挥挥手不太高兴地上学去。后来搬家离开了那个地区，因为年龄问题，姐姐跟一位美籍澳大利亚老师上"私塾"——家庭学校，妹妹自己去幼儿园。待遇不同招来极大的反弹：妹妹每天上演痛哭闹剧，谁送她去幼儿园都是一件头疼不已的事，她坚持哭了一年。

又搬家了，这次是和姐姐在一个楼里上学，但分属两个不同的机构——国际学校和民办幼儿园。姐姐6：45就上校车，因为是全车最小的一个，总是坐在校车助理的旁边。我们会用哑语的"我爱你"相互告别。妹妹可以蒙头大睡到8：00，然后我们走20多分钟下坡的路去上学。因为她个子瘦小,我总是把她背在背上走下去,因此有了"妈妈校车"这一说法。温情战术并不解决哭闹的问题,妹妹愣是又坚持哭了大半年,成为班上哭到最后的孩子。

就是在那段时期,有一天,我让妹妹走过家楼下的一片草地。我没心没肺地走在前面,听见狗叫,又听见一个孩子哭喊起来,而且声音越来越大,我还挺纳闷儿:怎么没人照看这个孩子,让她哭得这么厉害。再想一想,有点儿不对劲,回头看看吧:一只小狗正围绕着我大哭的女儿又叫又跳,我赶忙将她解救出来,吓出自己一身汗来。从此她惧怕起狗来。

再搬家搬到离学校很远的地方,妹妹终于和姐姐同校了,于是一起早起,一起坐校车,放学一起回家。为了妹妹的恐狗症,遵从姐姐的主张领养了一只流浪的小土狗。每天它会陪我接送上下校车的姐妹俩,狗和孩子看到对方都很兴奋。

又把家搬回学校附近,姐妹开始走路上学的日子。短短几分钟的路热闹非凡:先是两个买各种简餐零食的超商;然后是衣食用应有尽有的自由市场;再有许多家快餐店(汉堡、简餐、意式早餐面、中式早餐……)还要走过买鲜榨果汁、水煎包、甘蔗、菠萝的摊子,又有一家超商,经过一座香火永续的寺庙、机车修理店,就到了学校的外墙。

在大学学设计的小女儿,今年把那一条当年上学的路,作为自己的一个设计构想:她把那条路、那个小区的地图印在布料上做成外套,表达对那段日子的怀念。

回美国上学以后,我尽量坚持陪她们走路上学,但随着她课业的加重,心疼她们那几分钟减少的睡眠,我就会开车送她们上学。想来并不健康,所以后来她们不放弃地申请养狗,我们答应的同时提出了附加条件——走路上学。全数通过协议以后,我们领养了可爱的贝利。贝利成了那个不舍分手的角色,每天站在分手的路口久久不愿离去。

那段日子在自己手里时并没有觉得有什么特别，但现在想起来却倍感亲切。我总想和还有孩子在家上学的人说："和孩子一起走路上学吧，那会是你今生的财富。"

小学校里的年度书市 （2014-11-14）

遛狗时经常走过的小学，是一栋有110年历史的老建筑。其实100年后它又生长出新的"枝干"，在老建筑的基础上加盖了新的建筑。朝北的一面是现代化的，朝南那面则保留着古朴的老样子。

前几天走过时，看它挂出一条大红的横幅——学校书市。一项久违了的美国小学传统活动的场面，又回到我的记忆中。

美国小学一律从学前班开始，孩子5岁入学。上学的第一年的某一天，她们兴高采烈地回来，宣布下一周学校有书市。老师的家长信上，会告知家长本班学生逛书市的具体时间，希望家长到时来"共襄盛举"。如果家长不前来，请给孩子一个装有几块钱的信封，届时老师会协助孩子选书。另外整个周每天放学以后，书市会面对全校师生开放。

这项活动一般由学校家长会协助举办，家长会要联系出版社、学校老师协商书市展出的书目、展出地点、运送接收过程、书市期间的家长义工排班等事宜。以前有一个朋友是筹备小组的组长，每年实实在在为准备书市花上几个星期的时间。

当年，女儿们在中国台北美国学校都足足享受了6届书市的愉悦。入学第一届时，我在现场做义工，老大手里紧紧捏着装了钱的信封走进来，看到十几张大桌子上琳琅满目的图书，整个脸都惊呆了。然后就是严肃地扑上前去，一头扎进书海里。后来她进步神速，除了自己班上的规定时间，每天放学都会待到书市关门。一周下来，"适龄"的书被她看得差不多了，又挑出那几本特别喜欢的，买回家去反复诵读。每年我给她们的定额都要大大超标，她们会不厌其烦地向我描述，有哪几本书是必须"请"回来的，如果不拥有某本书，生活会留下多么大的缺憾。孩子们爱书、享受读书的乐趣持续至今，很大一部分源自这一年一届的书市。

那一周，我每天特意从"学校书市"的横幅下走过，回忆自己孩子成长的旧日时光，更期待看到今日的孩子们伴着书香的笑脸。

丈夫的咖啡机 （2014-12-04）

20世纪80年代初，我才第一次见到真实的咖啡，以前只是在书里读过。我叔叔去法国出了一趟差，回来送我爸一包咖啡。我爸特意去买了一把小锡壶，里面有个过滤的小罐儿，像过家家似的煮了一壶。给每个人倒出一小杯以后，你看看我，我看看你，不知谁会先下口。后来是我爸率先喝了一口，因为他常年喝茶，嘴耐烫。他摇了摇头："不咋地，一股怪味，怎么有人喜欢喝这个呢？"

我和妈妈也都尝了一口，我认为苦哈哈的，我妈觉得可以接受。

"你这个人就是崇洋媚外。"

妈妈被爸立时给扣了个帽子。余下的那袋咖啡30年以后，还在我家柜橱里供着呢。

30年间,我的生命里环绕着"咖啡达人":台北的阿秀会聊得好好的,突然叫停,从我家住的20层楼冲到街边去买咖啡,好像再不喝会出人命似的;北京的潇写文叙述,如何在遭遇离奇的遍寻咖啡而不得之后,彻底崩溃了……

我先生说自己六七岁就被妈妈"灌"咖啡,现在绝对是一天不喝就得躺下。但他是一个抠门儿的饮者,不舍得喝贵的咖啡,在香港的茶餐厅、台北的麦当劳到处留影。回美国去麦当劳得开车,加上汽油费就不划算了,他又开发出超市咖啡这条新路。你说自己煮好?那不得买咖啡机吗,他不是看不上简易的又不愿掏钱买豪华的吗?

去年女儿介绍了冷萃取咖啡,这个合了他意,只要把咖啡末子在冷水里浸泡8~12个小时就得了。他说喝这样的咖啡还不反胃酸。现在他是逢人就推荐这个好和省的办法。殊不知这样的喝法,得有个像咖啡机的太太才好实行。因为这种咖啡需要时间,得有人盯着,喝完了得赶紧泡上新的,要不断货的情况会层出不穷。

那天看一个咖啡吧的价目表,冷萃取还是最贵的呢!联想到什么事都追求六星、七星的沙特阿拉伯,据说有一种咖啡,一滴一滴地24小时滴出一杯来,卖个天价。不会就是像我这样泡,再慢慢滴滴香浓接出来吧?

无风无险无乐趣

（2014-12-09）

和女儿聊起我过去的一些莽撞的行为——玩叶子被洋辣子[①]蜇，和别人叫阵被铅弹打到手肿得像馒头。

那一年北京下大雪，20世纪80年代初。我早起骑车赶回学校上课，路上除了偶尔几辆公共汽车以外，没有什么人，也没有撒盐、铲雪车一说儿，马路上的雪被压得溜平。我从东四十条向西骑到地安门十字交叉路口，一路顺畅。我被这种顺畅整得无聊，就故意东拐西拐地骑，还是没什么事儿。试试刹车吧，我随着念头按下手闸。说时迟、那时快，我连人带车平滑出去老远，最后以人车分家瘫在路上告终。年轻的好处是毫发无伤，也没咋地。只要狼狈地捡拾起自己和自行车，躲过几个路人的视线，正正车把接着骑走。

每当我想起来说给女儿们听的时候，性格相异的两人会同时像老人一样摇摇头，叹一声："唉，妈妈！"

她们有个万事谨慎小心的老爸，我家最常听到的一句话就是："小心……"

所以两个孩子真的没有遇到过什么险情——她们婴幼儿时由我制造的险情除外。

每当她们"唉"我的时候，我其实有一丝为她们感到悲哀：无风无险的日子是不是也少了一些风险之中不可预测的惊奇呢？

[①] 一种虫子。

迫不及待地想知道你今天变了什么发型　（2014-12-10）

大学同学刘力特别会编辫子，她说小时候净吃鸡爪子来着，所以会梳头。这种说法听上去有点扯，而且我小时候从不吃鸡爪子，也能编好几种辫子。

老天爷真是厚待我，给了我两个女儿，打小就可以像玩过家家一样地"整治"她们。给她们穿一样的衣服，配同样的鞋子。当然，我发现先天的潜质一定战胜后天的雕琢。现在两个人的服装审美观大相径庭，连边儿都几乎沾不上，跟我早年的"培训"一点关系都没有。

除了穿衣打扮，我还特别喜欢给她们梳头。这是在她们上了小学之后，因为之前出了一场小小的"事故"。一个周末，我和先生冲去超市买菜，把两个小孩留在家里玩。回家时发现，妹妹把姐姐一边的头发剪去了一大绺，变成两边不对称的"摩登"发型。我只好带姐姐去理发店整修，照着一边儿修的结果就是出现一个极短的样子，那时驻台北，以至有人说："你家妹妹（美梅）好看，弟弟（抵迪）也好看。"

老大气得顶回去："我不是抵迪！"

足足两年，我们"抵迪"的头发才变得像"美梅"了。我可以开始给她们一起梳小辫了。

其实梳小辫只有两大类别：一是梳几根儿，二是分几股怎么编，在这里边有很多的变换。那时候，我的每天就在这些变换中开始：把她们从床上拎起来，随意随手给每人编些辫子，再拉着这些辫子把她们送上校车。直到有一天，老大放学回家对我说：

"知道老师今天说什么了吗？他说每天都迫不及待地想知道爱拉今天又有什么新发型。"

从此，我更迫不及待地琢磨怎么编出新的样子来。

日子就是在这种平凡过程中的小小变化里，慢慢悄悄地被编走了。

只有三双鞋的日子 （2014-12-10）

像马科斯夫人那样有 3000 双鞋的人恐怕不多。同样，像我先生一度坚持三双鞋主义的人，也是少之又少吧？

有大约 10 年的时间，三双鞋主义的执行人，有上班的皮鞋、下班的便鞋和运动鞋各一双。

上班的皮鞋是美国很有名的一个牌子，但他是在大减价时买进的。那双鞋跟着他转换了几家大公司，承载着他在商场鏖战多年。记得小时候我妈常叨念的一句话："皮鞋好啊，你看，擦上油一打亮，像新的一样！"

我不记得给先生的这双宝贝皮鞋打过多少多少次油，甚至不记得给它换过多少多少次鞋底了。他的一位老板有一次暗示他，是不是该换双鞋了，怎么老见他穿同一双鞋，他也能以支吾应对了过去。

下班的便鞋是那种船员在甲板上穿的"船鞋"，所以蹚水蹚泥的挺经造的。那双鞋他单身读研究生时就有了，所以终于在一次带孩子们参加沼泽地之旅时，彻底掉了半截儿底。看到他努力高抬脚、带动无底鞋走出沼泽的奇怪模样，每个人都有些不好意思地忍俊不禁。老二那时还小，一边模仿他走路的样子，一边问："你为什么坚持这样走路？"他恼羞成怒地甩给女儿一张酸脸。

运动鞋的命运也挺不济的，最后以把鞋底磨出洞寿终正寝。

我的好朋友阿秀听说三双鞋理论以后惊呼："开什么玩笑吧？告诉他，现在这个年代，别人手机都有三个了，怎么可能有人只有三双鞋？"

对于别人，特别是家人的这种节俭，除了让你每次添置一双新鞋时汗颜，还能说什么呢？而且在环保的大主题之下，是不是应该给一些掌声才可行？

和脚下的鞋一起跑着、走着 （2014-12-09）

我从脚长到35码左右，够大可以穿"老军跑"（军队发放的黄绿色胶鞋）开始有了运动鞋。那种鞋耐穿，身为军人的父母总会有余额帮我们领一双。新的时候有股我喜欢的橡胶味，穿不了几天就臭气熏天起来。可是上体育课、下雨天蹚水还是有用的。那种鞋有弹性，但没多少。所以我老爸老年膝关节严重退化，以至后来完全不能走路，我们都归罪于它。

因为个子长得大，十二三岁的时候，我被区业余体校挑上打篮球。每人一身绒衣绒裤的队服，最心爱的是那双高帮回力球鞋，穿上以后就不停地蹦啊蹦的，好像有一步能腾空高飞的感觉。忍着训练的浑身酸痛，把道儿走得啪啪地甩。教育回潮，我妈不准我练篮球了，最舍不得的竟是那双回力鞋呀！

上师专、上大学时才发现我是一个一般般的短跑运动员，都是穿老军跑比赛。毕业分到单位，我才突然有了跑第一的机会。一次运动会，群众推举的"体育代表"小刘给我借了一双钉子鞋。哎呀妈呀，穿上以后跟踩了风火轮似的，一步一片钉印地跑进一片尘土中去，拿老多奖品了。

20世纪80年代中,王府井北口有一家挺大的东单体育用品商店,我常去逛。有一天看到一双处理"出口转内销"的运动鞋,有点挤脚,但才10块钱,完全负担得起。我不管不顾地买下来,有了第一双名正言顺的运动鞋。那双鞋是皮的,我穿了五六年出国了,我妈接着又穿了好几年。

1992年初,一位采访过奥运会的记者,卖给我一双蓝色和银色相间的耐克,有点大,可喜欢着就不顾那么多了。穿上耐克觉得走路轻飘飘的,骄傲得不得要领。

2000年,和把新百伦(New Balance)——总统慢跑鞋——带到中国的罗珮萍(中国台湾区总代理)做了邻居。她送我一双很有点级别的新百伦,感觉好极了!像一双柔软的袜子妥妥地包住你的脚。我发现最大的秘诀是那副鞋垫,新百伦也大方地把鞋垫做成活的,我一直到现在还在用着那双老鞋的精华的鞋垫。

现阶段有些奢侈:囤积了4双运动鞋,还加上一些名目:走路的、跑步的(跟快走差不多)、野外的、高帮爬山的。其实穿这些鞋大体只从事一项运动——遛狗。

我与电话的大事小情(1) (2014-12-10)

大事就是终身大事呗。大学的时候有了一个男朋友,后来"音讯全无"了6年。待到我妈灰心丧气地停止了她持续努力多年的介绍和推动,自己三番被别人"甩",也几次终止了别人的起伏之后,终于心平气和地顺应了命运。在一个收拾心情准备永远自己迎接新年的傍晚,日期是1月6日,电话响了:"喂,您是哪位?"

"我是 Bill。"

"……你在哪儿?"

"在你办公室楼下。"

"It's a dream!"(我居然想起一句英语)

从临长安街的窗口望出去,看到一个熟悉的身影。

飞奔下楼,迎着一张笑得没变样子的、冻得通红的脸。

那一天,我认识了一个新的名词——移动电话。

"为什么电话需要移动?"

"方便你在任何时候拨打,比如在公共汽车上你想联络你的朋友。"

"我一定是先打电话联络,然后再上公共汽车。"

望着那个像块砖头的黑疙瘩,脑子转不过弯儿地想,怎么能说到处带着它是个方便?仅仅 24 年,现在全中国、全世界有很高很高比例的人,一时一刻没有了手机,便会感到什么叫不方便。

光阴如梭!

我与电话的大事小情（2）　　　　　（2014-12-10）

先生是移动电话生意圈里的人，曾经，好多年。可我是在1998年才有了第一部手机，是他那年送我的生日礼物。

是诺基亚那年最新款的、深蓝色的。舍不得揭下小方窗上的塑料贴纸，用到卷了的边儿都脏了起来，撕掉的时候居然还恋恋不舍。那部电话我只会接、打电话两项功能。用了五六年后，我都不会听语音留言，竟盲到这种地步。而且时时担心可别丢了，常常在兜里、包里摸到了它，出一口长气；摸不到，急出一身冷汗。按月到电话公司跑一趟交电话费，从没有晚过一回。先生说，他们最不喜欢我这样的客户，话费用得少、不买任何附加服务不说，连额外的拖欠罚金都收不到。

11月25日，我和先生去买我的第二部手机（可能算作圣诞礼物）。开老远的车，去免消费税的新罕布什尔州。在此之前已经研究数日，绕过人气最旺、价格也最贵的苹果，当然包括最新的6系列。为了更大的保险系数，基本只有三星可选了。因为这个手机是我用iPad"换"来的，所以我挑了3系列里最大个儿的。进去开门见山地问，公司有没有锁住手机？答案是肯定的，但人家说付全费的话，40天以后可以解锁。我先生掉头就走，一边用中文跟我说："不可以这样做生意，太不公平。"我觉得买电话是高兴的事儿，有人不愉快，就算了。

感恩节，我把ipad送给夫姐，和一票微信群、友失去了联系，大有作茧自缚的局促。12月1日，我们整装去嘉石——唯一一位我先生看对眼的店员的店。干脆利落又毫无表情的嘉石听了我们的述说，马上抛出一句话："我们没货，可以帮你定。"因为要等、要付邮费，我们转往另一家分店。

另一家有货，而且是我喜欢的白色。付款时又出了情况，标签上是感恩节促销价 416 刀，电脑已经换成平常价 516 刀。照常应该是要遵从标签价的，但那家的经理坚持不从。我家老板当然不吃这口，又一次转身离去。

又回嘉石的店，先查看价目表，也是忽略了换价，还标着感恩节的促销。先生第一件事是和嘉石确认这款手机是这个"标"价，嘉石不疑有误。我们说可以买等他们调货。一上电脑付款，嘉石有了一丝不悦："价格更改了，但是我们应该给你标签价，调货会到店里，你们来取，不用付邮费。"

我用息事宁人、好事多磨的观念安慰自己。

两天以后，我有了第二部手机，我自己的第一部智慧手机，真是高兴啊！尽管嘉石自作主张地为我"配备"了一个黑色的。

我与电话的大事小情（3） (2014-12-11)

在我从第一到第二部手机过渡的这 10 年间，iPhone 横空出世，从 1 系列成长到 6 系列。其他各大手机公司也是风云变幻，从无到有，或从有到无不等。而我是靠着修旧利废走过来的。

刚回美国，我的诺基亚就被宣判了死刑：各大电话公司都不接受它的制式。正好先生玩腻了，决定戒除用手机。我就接手了他的电话，是当时索尼的一个高端产品，应该是前几种有照相机功能的手机。先生刚用这部手机没几天，就有机会去西班牙出差。隔天打电话回来："你们猜猜什么人在我身边？"

我们当然丈二和尚摸不着头脑："皇家马德里足球俱乐部的队员，贝克汉姆就在我旁边。"

我当时八九岁的大女儿是那个如日中天的贝克汉姆的"小粉",她急得大叫:"爹爹赶快给我照一张照片回来!"

"哦,对哈。可是你要等我看看如何用这个相机。"

没机会的啦,女儿只是得到一件有贝克汉姆名字的球衣,而且太大,成了睡袍。

索尼的电池很快衰退了,充一次电只能打几个电话。我中国台湾的好友正好带4个孩子来美国上学,于是在4个之外,又给她加上一颗索尼某某型号的电池。她说花了些时间才找到,而我得天天听先生的提醒:"当心你那个土电池会爆炸。"土电池一直没炸,但衰退的速度更快,没多少日子就又不行了。

这时女儿上大学了,离家住校,提出想要一款横挡、向上一推有小键盘的电话。我最怕她不和我们保持联系,赶紧想办法给她买了新手机,于是我也有机会用上了她的那个地道的"老爷机"。

去年回家,看到亲朋好友都在玩微信,挺羡慕的。正好有个朋友用上了苹果,有个国产智能手机退伍,送给我用。每次在微信上添加一个朋友,我都念一声给我这个机会的人的好。但是现在手机设计的,就是很快适应更新换代这个大环境的。这一个虽说智能,也逃不脱电池充不进电、图片打不开的命运。最神奇的是它知道我有机会"飞黄腾达"——就在我要去买新手机的前一天,英勇就义,无论如何也唤不醒了!

送我手机的朋友,今年可有些流年不利,不得不连续做了胃切除和心脏放支架两个手术。这更让我挂念不已了。

我只会安静地起泡 （2014-12-12）

女儿大学毕业，羽爸潇妈送了一份大礼——她梦寐以求的一个白色的苹果手机。于是我这几天都会听到她的声音，我梦寐以求的她的声音。

"我今天中午差点在教师办公室大哭起来。"

我没有听见她说"差点"。

"我想大声地喊：'好难啊，做这个老师。'"

我又没有听见她说"想"。

"我才22岁，怎么对这些十四五岁的孩子负责？我使了最大的劲儿，可是他们如果还考不上大学怎么办？我准备做一个耐心、亲切的老师，可总有孩子捣乱让我失去耐心。每一个孩子都不一样，我得对付整个班的人，还有他们的父母。每天除了吃饭、睡觉，我都在上课、备课、改作业、做辅导，可是他们还有人不交作业、不读书。"

"你说这些疯话其他老师怎么办，他们怎么说？"

"我没有说出来，只是在心里想的。"

哎哟，我听了这句话还放心了一些。

"我一直觉得我还没有准备好做一个高中老师，我本来是想休息一年好好想清楚的。"

"你又来了，上大学以后，你说应该休息一年想清楚学什么。现在又想想清楚教不教，可每次又不按你的想法去做。"

"因为如果不开始做老师的理由仅仅是觉得没准备好，那么你应该马上开始做，否则永远不会有准备好的那一天。我来做了，学习了很多东西，成长了很多。如果不做，回家做你们的孩子，我会永远是个孩子。

"学校里有一位65岁的辅导员，对孩子总是那么和气，心平气和地和学生说话。她是我的榜样。你知道我是一个最不喜欢和别人打交道的人,现在我挺会和人打交道了。我也是一个头脑胡思乱想的人,现在学得有些规律起来了。

"我就是想找到另外一个让压力释放的办法,不是每天起一嘴的水泡。大家都说我不像学校最年轻的老师,老是很轻松的样子。可是我不轻松,我就是不会大声地喊出来,或者哭出来,我就会安静地起泡!"

女儿很少和我说这些,老是说多么喜欢做老师,多么喜欢这个学校。其实第一份教职,在纽约家庭低收入学校第一档次(最穷困)的学校,教黑人、西班牙语裔、华人各三分之一的学生,许多人家长完全不懂英语,班级又是刚上高中的九年级,困难一定不少。她能积极勤奋地坚持着,有些了不起。

加油,安静起泡的女儿。

冰糖葫芦 (2014-12-13)

谁呀,这是,在微信上晒冰糖葫芦,诚心馋人不是?我记忆中最早,至今还是最迷的甜品第一名的,就是北京大红锃亮的冰糖葫芦。

刚上中学的时候,我有了一点将来要自己养活自己的意识,就和一个朋友约定:将来咱们赚钱了,再见面的时候,相互会给对方买什么。俩人还挺公平,都选了以5分钱为计价单位的。她提出要100根冰棍,我的则是100串冰糖葫芦。想到可以收到5块钱的赠礼,我们俩高兴的呦,搓手跺脚得快蹦起来了。她是个脸红红,有一对极大酒窝的女孩儿,到现在,我都记得她

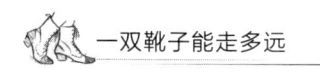

笑得涨满了红的脸。

别的记不清了，这个糖葫芦，一定是我爸或我奶奶教会我吃的。因为奶奶自己喜欢得不得了，还被我"抓"到自己个偷偷地吃呢！那可不像我奶奶，她是个什么都省下给别人的老好老好的人。我爸老的时候，没多少能勾起他的食欲的东西，但如果我秋冬回家，他每天会要我去超市外面看看："那个做糖葫芦的来了没有？"

有时候气人，连看十几天，我都要飞走了，他也没来。有一次赶上我走之前来了，我赶快给我爸买了一把回去，父女俩面对面可劲儿吃，剩下一堆冻在冰箱里。

我自己也试过许多次做糖葫芦，从没有一丝成功的迹象。在美国，从南到北，从东到西没见过山楂这种水果。有一次我还冒险犯难地带了一小袋回来，做成温脯——冰糖煮山楂吃了，过湿瘾呢！这也是从我老爸那里学来的他的绝活儿。他是一个永远也坐不下来的人，唯有做这个的时候，他会戴着老花镜、耐心地一个个挖出山楂的籽，慢慢地在火上熬，再加上冰糖。做的时候他老是安静平和的样子，不同往常。

父母的墓地有一棵小树，谁也没有想追究那是一棵什么树，连晚走的爸爸也没有注意。等爸爸也跟过去以后，小树开始结出大大的果实——它竟是一棵山楂树。

石头有了灵魂便成了玉 (2014-12-17)

人生中有很多后悔的事，其中有些后悔变成终生的憾事。

十四五年前回家，妈妈打开抽屉，拿出一个小铁盒。像是20世纪50年代的药盒，没有了盖子，用一团棉花塞着。她掏出棉花，倒出三个戒指来。有两个是绿色的玉石戒面，一个是淡灰粉色玉石的。她说这是生我那年姥姥来北京给她的，是她仅有的算是可以传代的东西。我万没想到，经过"文革"，以后又几经搬迁，她会有这么三个戒指留下来。她拿出其中最大的一个有绿色玉石的给我："这颗玉不错，有一点点小小的瑕疵，不然就更好了。"

我把那枚戒指带回自己的家，偶尔拿出来戴戴。住在中国台湾的时候和一位做玉饰的女士聊过几句，她的先生是中国台湾有名的诗人杜十三。我喜欢杜诗人的一句诗："石头有了灵魂便成了玉。"妈妈的那个戒指是个见证，越戴越绿、光亮饱满起来。有一次写信给妈妈："这个戒指越发地绿了，我常常望着它很久，想从中知道姥姥的故事。"

妈妈去世以后，我戴那个戒指的时间更多了些，想从中更多地知道妈妈的故事。直到有一天，我丢失了那枚对我而言美丽无比的戒指。没有语言能形容我心中的悔意，我想我让我的妈妈大大地失望了，不是因为我失去了有价值的珠宝，我妈妈没有一点"计价"的细胞，她要责怪我的是我让一份母女传承的证物断了链接。

再去北京的时候，我翻找那个小盒子，竟然让我找到了。里面还剩下一个戒指，灰粉色的那个。底座整个是黑色的"锈"，上面的石头也像塑料一样不起眼，我把它带回了家。清洗之后可以看出，底座的丝网和盘花都非常精细，只是颜色恢复不出银质的光亮。

我还是常常戴它，那颗玉慢慢地、绝对地改变了，绽放出玉纯净、柔和、温暖的圆润来，多像我妈妈纯净、柔和、温暖的灵魂！

两颗历经四代人的红宝石 　　　　　（2014-12-17）

我怕自己从妈妈那里得到的戒指丢失，因为那是传代的宝贝。现在我更怕的是女儿们丢失她们各自拥有的一枚特殊的戒指。

我和我的美国婆婆是一对很好的朋友，我当她是一位积极、智慧、善良的长辈，她当我是可以信赖的晚辈。20年前，在她自己的婆婆以93岁高龄去世以后，她得到两件首饰：一条项链和一个戒指。她把这两件东西都给了我，并且有一个希望："这个戒指上有两颗红宝石，你可以把它分拆成两个戒指，送给你的两个女儿。"

因为我对"宝石"这类东西一无所知，所以没有很快轻举妄动，结果错失了让她看到梦想成真的机会。后来在我的中国台湾挚友莹的相助下，两枚十分漂亮的戒指诞生了。她委托和自家父母有一辈子交情的银楼老板制作，老板说做底的材料很坚硬，不易改动，一定要测量好尺寸。为此我特别带女儿去珠宝店测量，几番确认后才告诉她。戒指做好以后不便邮寄，又是等到莹到访波士顿才带给我。她回去以后一段时间，女儿们才有机会见到戒指。"好美丽呦！"两个有7年在中国台湾成长历史的人，说话都带有不变的台湾味儿。

可惜有一枚戒指做小了，无论哪个手指戴都不合适。有师傅不可更改的嘱咐，我是有些一筹莫展了。过了一段时间以后，一天和一位经常一起遛狗的女邻居聊天，她偶然提到自己做过珠宝生意。赶快趁机问她修改戒指的事，她也很热情地给我推荐了她父执辈的一位做珠宝商的朋友。尽快地拉女儿过去问询，得到的答复是可以改动。

于是我的两个女儿各有一颗至少到她们是第四代的红宝石。我也可以告知在天上的婆婆：你的托付我做到了。

小时候的后花园——北京动物园 （2014-12-19）

大院有一个垃圾箱，走木头楼梯上去，是一个悬空的大大木箱形的垃圾站。垃圾站的旁边有一个小门儿，出了小门儿七拐八拐 15 到 20 分钟，就到了北京动物园的某一个不记得是不是正规的入口。反正从那个口儿进去不用花一毛的门票钱，这样一来，动物园成了我们某一时段的后花园，常来常往。去了以后就随便看几个动物，猴子、黑熊、各种鹿看得比较勤。长颈鹿、大象和狮虎山不是每次都去，其他时间主要是在里边溜达。有一种熟门熟路、在家做主人的舒坦。

那应该是 1966—1969 年之间，学校没什么作业，要是不挖防空洞，放学以后就没有什么事。挖防空洞在我们学校，特别是我们班十分惨痛：我们失去了一个叫李鸣的同学，他还曾经是我"同桌的你"。有一天掏洞的时候出现了塌方，他竟然喊出一声："为了反帝反修我再挖最后一锹！"

然后就他没来得及撤出。全校开追悼会的那天，连几个男老师都哭了。我们年轻的班主任一个星期都上不了课，一开口说话就流眼泪，全班同学跟着一起哭。

我们那时候有个清晰而肯定的观念：北京动物园是亚洲最大的动物园，我在 20 多年后也这样骄傲地告诉我的孩子，尽管我已经不清楚这个说法有没有根据。

大学毕业一年以后，同学相约见面叙旧，一班馋嘴巴子，拥进了莫斯科餐厅。黄油面包、红菜汤、煎猪排饱餐以后，大家一致同意去动物园。于是国家干部、现役军官、老师、记者浩浩荡荡地去看猴子。每个人都轻车熟路地在里边转，让我这个以为自己熟悉这里每一块石头的人，基本派不上用场。看来这里是许许多多人小时候的后花园。

一个造就好习俗的点子　　　　　　　　（2014-12-22）

过圣诞节是许多国家的习俗，怎么过圣诞节，却是家家都不尽相同。我们家过得有点"随性"，不太有章法。举家围炉、外出旅游、访亲探友等，转眼20多年过去了，却还没有一个每年都要坚持的家庭习俗。

今年大女儿就要23岁了，渐渐进入主导家事的阶段。她提出我们从今年圣诞夜开始一个书籍交换的项目。当晚每个人为别人（每人或两两为对）准备一本书，圣诞夜交到对方手里。这样伴着圣诞音乐和圣诞灯光，全家人会有一夜好读。

我举双手赞成这个主意，因为我历来认为秉烛（灯）读好书，加上吃些美味的饼干，是天下最幸福的一件事。所以如果这个提案成了我家的习俗，那么不论"年成多么不好"，我总还有对这一天的久久期待。

迷人的牧师和他的圣诞合唱　　　　　　（2014-12-28）

圣诞节前的最后一个星期天，许多教堂都会尽力组织一些特别节目，是一种节日的庆典，也有年度"总结"的意义，还能吸引"零散信徒"上门，也许因此留住一些新成员。

女儿给我们推荐了邻近F镇一座教堂的音乐表演，因为主题有关她今年春夏去走的阿巴拉契亚步道。F镇是波士顿周边最富有地区"圈"外边的第一个镇，房价从这里开始下行。这个镇有许多巴西移民，镇中有大片的西语裔聚居区。镇中心显得（和邻近镇相比）有些破落和杂乱，我们平常最常用的是该镇便宜的汽油，和同样便宜的超市。按地址找到教堂，结果发现这是一片教堂区——一个不小的广场周边有四五个教堂，像手拉手做游戏的孩子，围成了一个圆圈。

走进教堂，简洁、明亮、大方、得体。窄长的空间，两排古朴的吊灯用皮绳高高地悬挂下来，讲台下左边矗立着一面美国国旗和老鹰国徽；右边是一个高大闪烁金黄小灯的圣诞树，顶上金黄色的大星是唯一的装饰。

牧师走上台来，黑袍彩带、玉树临风——如果披饰的缎锦颜色再深重一些，会更有风度，现在的浅色多少让人感觉少了点什么——一开口说话，迷醉我心、众心。上帝赐予他这副好声音，就暗示了他今生的职责：天生讲道解惑。他的声音浑厚嘹亮，温暖中有一丝丝空灵。

牧师只简练地引导了祈祷以后，就很快开始了今天的重头戏——大合唱《阿巴拉契亚冬日》。他自己也站到合唱队中，和他们共同引吭。教堂合唱队和客邀的专业小乐队配合默契，加上背景 AT 步道冬日景色的幻灯掩映，一派和谐舒适。一颗心在音乐的环绕中，自由自在地飞翔，与步道上的飞雪、瀑布、木屋、森林共舞，更加明了女儿那一份对步道的依恋，充满我也要去亲见步道的感动和期盼。

《这是歌唱的季节》《很久很久以前》《冬风里的神曲》《山脉之歌》《孩子们去山中传递信息吧》……一位个子很小的老妇人朗诵，和高大朗俊的牧师比较，她几乎没有颜色。但她稳定、清晰的朗诵，和整个合唱搭配得宜，最后使她同样让人难忘。

节目单上注明，今天的募捐款，将会转交给一个步道基金，用于步道的修建。喜欢这一个多小时浓缩的时光：有节日的欢愉、有天籁般的音乐、有对大自然的欣赏和投注一份小小的关注，还有一位迷人的牧师和他的合唱团。

你会见到天堂！　　　　　　　　　　（2014-12-21）

我在读一本女儿圣诞节推荐赠送给我的书，她说这是她最近看到的一本好书，台版书名是《遗爱基列》(Gilead)。我还没有看完，说不上全部的感想，但有一个片段令我受到"震撼"：

老朋友鲍顿告诉主人公他老了，每天对天堂产生更多想法："大体而言，我想象世间各种美好之事，然后乘以两倍，如果还有精神多想，我会乘上10倍或者12倍，但两倍就够像天堂了。"

主人公明白老鲍顿每天坐在那里，把晨风习习的感觉和草地的香气乘以两倍。鲍顿还记得小时候两人做过的调皮勾当："我们坐在法院的房顶上，那时候的星星似乎更亮，比现在亮至少两倍。"

"我们也比现在聪明两倍。"主人公兴奋地说。

"噢！不止两倍，聪明得多喽！"

真是一种巧思，也把你认为的世间的美好乘以两倍试试。今天，你会见到天堂！

在新年里第一个向我伸出援手的人　　　（2015-01-04）

8∶00，我和先生已经身在家园以外200英里的纽约市布鲁克林区了。大清早赶路是为了给女儿送满满一车的家具，她从一个配有家具的公寓，搬到一个没有的家具的公寓。圣诞节假期的时候，我们连买带拿（我们的）凑了一些必需品。

上路以后约 40 分钟，我才发现没有带电话，加上一个做过 15 年电信高管、已经 10 年没有手机的奇葩先生，我们只能相信命运了。

元旦的布鲁克林寂静无声，偶有一辆车呼啸而过，但看不到一个行人。我们只知道女儿新家的地址，说好了她在两个街区以外的旧家等我们的电话。她现在一定把我落在家里的电话打爆了，而我在这里无头苍蝇一样地乱窜，想找到一个可以用的电话。这里邻近入海的东河（与哈德逊河一起环托着曼哈顿），冷风萧萧。有人从一栋公寓出来走向自己的车，我赶忙朝他跑过去。他听了我的诉求以后，慌忙地摇摇头，拒绝了我的求助。再往前走，看到一个拉着孩子等公车的妇人。我又燃起希望朝她们跑去，而一辆呼啸的公车在我之前进站，带上匆匆上车的她们咆哮着离去了。

我把头埋进衣领，换了个方向继续找寻。啊，一家洗衣店竟这么早亮起了灯，我推门而入。一排排洗衣机亮闪闪的，地面清洁无污，一对妇人在用可爱的广东话聊天。看我走近，年老的那位主动退位，中年的带着询问的眼神迎向了我。我向她提出求助，她马上转身去拿自己的手袋，毫不犹豫地掏出手机递了过来。按下那一组神奇的数码，我听到女儿温暖的声音："喂，妈妈……"

我永远不会忘记这个在 2015 年头几个小时里，向我伸出援手的妇人！

新年好！

跳绳

(2015-04-03)

雪化了,露出下面的一些"藏货"。还有一根跳绳呢,像一条脏蛇躺在泥泞里。我和先生互相推诿着谁去把它捡起来,还不约而同地想到以前跳绳的日子。

我想起小时候那种塑料跳绳,色彩鲜艳,刚用的时候挺软,慢慢"老化"起来,不那么随和可人了。于是我们会用锋利的刮胡子刀片,把它切割成小薄片儿,再把圆形的切面贴成图案,做成"艺术品",又可以重新骄傲一阵子。

我挺笨的,始终不会跳"双摇",就是跳一次,摇绳两次那种。我仰慕所有会跳的人。一天偶尔和我们一起玩跳大绳(两个人摇一条长长的绳子,跳的人排队顺序跳一下,再跑走)的班主任孙老师,独自跳起了"双摇",哇,我本来就热爱这位人生的第一位老师,知道她还会跳"双摇"时,对她简直就是崇拜了!她始终端庄美丽,估计至今还可以跳"双摇"。

上中学以后,笨手笨脚的我仅仅因为个子高而进入区业余体校,训练的时候有跳绳一项。他们有一种线编的跳绳,中间着地的部分由一段胶皮箍起来,加重分量。这绳子真是神奇,我竟然无师自通地开窍,会跳"双摇"了,于是跳绳训练,和另一项技能——仰卧起坐——成了我短暂业余体校生涯的两大亮点。我可以不畏辛苦一直不停地跳下去,就想着,别让这嗖嗖的呼啸停下来。

先生说,他也"嗖嗖"过一阵子。那时他不远万里到北师大来学汉语,发现有绳可跳,于是在走廊里开练。他说,他每次都使劲地摇绳,就想听绳子抽打水泥地的嗖嗖声。狂妄了几天以后,有一天刚刚开始,就被隔壁宿舍的一位日本同学拉住了。日本人手拖手把他带到楼下的一块空地上,给他演练在这里接地气地跳绳的可靠性。他望着谦恭地做示范的日本同学，马上知道了自己的扰民行为正在受到礼貌的纠正。于是从此，他很大度地"改邪归正"了。

现在我俩都不愿去捡这根跳绳，因为于我，已经有了数次兴起兴灭的尝试：我每次回国，看到新奇的跳绳都忍不住手痒地买一根带回来，什么闪光的、能计数的、带音乐的等。但我每次都跳不起来，因为打小就有的心跳失速的问题往往发生在腾空的瞬间。以前失速不常发生，站定稳稳神儿就好了，现在就担心它会带来灾难，这跳绳老得腾空，于是就不太敢玩了。那些现代的绳子也都送去了募捐的地界儿。先生呢，他体重增加了三四十磅，而且都在中间部位，我估计想再嗖嗖地扰民也不那么容易了，所以也没敢有担当地去捡起跳绳过一把瘾。只剩嘟囔："留在这里，让学校的孩子们玩吧！"

跳绳俨然成了过去，我们只有继续平安地大步朝前走了！

4月1日 (2015-04-03)

早起，先生就很高兴地和我说："咱们今天上路，去 Savannah（萨凡纳）。"那是一个我们一直打算去的南方佐治亚州的一个海滨小城，我这个一贯"沉着"的先生居然有了说走就走的麻利劲儿，真是让人喜出望外！可我又不能免俗地问了一句："那谁来照顾狗呢？"

"我们带上它，我昨天给 Wes（他的大学同学）发邮件了，他说会接待我们。"

言多必失——他和 Wes 从没有通过邮件，我听出了马脚："今天是愚人节吧?"

下一个受害对象是我弟弟,我给他打电话宣布说,朋友的儿子准备回北京结婚,请他(不相干的人)去主持婚礼。

"她怎么想出这么怪的主意?我和他们也不熟,再说了,我哪儿会主持婚礼啊?"

"他们说你可以假扮成知名人士。"

"尽胡来,假扮什么?哎,你为什么不停地笑啊?"

我哪是能编故事的人?有点撑不下去。只好赶快大喊一声:"愚人节快乐!"

打住。

和邻里好友虹一起做瑜伽的时候,我有了很大的进步:"你知道吗?今天镇里有个签名活动,决定要不要在你家后面的水塘开设裸体浴场。"

"啊,是镇里人自己玩的,还是商业用途的?"

"我不知道,应该是收钱的吧?"

"那可得去投一张反对票,这是穷疯了还是怎么的?就是不收钱也太离谱了吧?"

我接着又在协助交通管制的芭芭拉那里试了一次:"你听说那个消息了吗?"

"什么消息?"

"明天要下三尺深的雪。"

"没有哎,再说了我不想听到任何有关雪的消息,我恨死'雪'这个词了。"

我看她挺严肃的,赶快揭开了谜底。她接着诉说这个寒冷的冬天给她带来的损失:"不瞒你说,我上个月的取暖费是800多块(美元),这不是要了我的命了吗?还有过分的,他们又追加了一封信,说是如果到期没交最低限的 300 块，就停止供电。为什么要这样不友善地对待客户呢？"

回家后看到好友潇发的微信："今天愚人节好多人被骗，我总结了一下以防被忽悠，如下……"赶快使劲戳下面，结果发现被骗了。

愚人节快乐！

工作室一瞥 （2015-04-08）

学服装设计的小女儿赶上动真格儿的时辰——毕业设计了，而且是倒计时两周了！我终于等到她的"求援"电话："如果你愿意，就来帮我一下吧。"

"我愿意！"

于是我"打巴士"飞快地过去，和她在帕森时装设计学院崭新摩登的工作室里混了两天。

工作室中间全部是剪裁的工作台，全身的、半身的人体模型散站在工作台边上，还有一条腿长，一条腿短的。贴墙一圈儿全部是机器，各种各样的机器：缝纫机、锁边机、钉扣机、特别的锁边机。熨斗 24 小时插电，学生走马灯似的围着它烫东西。所有机器的质量真好，走针时只有轻微的沙沙声，绝对是"奔驰"级别的。

我进去的时候是晚上 9 点，全部的工作台都满员了。有一个上面还躺了一个睡觉的女孩子。全厅 90% 都是女孩；70% 的亚洲人里 50% 以上是咱们中国的"90 后"：一个被叫作"厂长"的唯一的男生，小个儿且清瘦。厂长老神在在地在机器上踩个不停，而且是几个小女生的求援对象。做个针织

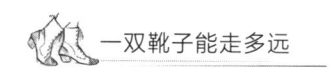

衫，在乳房的地界，剪开一个大大的圆洞，我觉得发泄得有些明显。据说所有的老师都喜欢他（和他的作品）。

一个优等生在谈她进入前六的作品没有拿到第一。同时散布，那个比赛是一个主办人赚钱的"骗局"。因为有了这样的洞察，所以她并不为落选伤悲。她的方向是做男装，一条黑百褶裤被她做得严丝合缝，加纱撑起来，说是还要加一条白色的衬里，飘洒处黑里露白。

最喜欢一个说老师认为自己"就是一个傻瓜"的女孩，她的自嘲、嘲人都挺到位，几乎每句一个彩，最后，她还会补上一句"下次再听收费"。

晃进来一个两手空空的家伙，果然被呼"学霸"。她巡视档间，察看每个人的进程，给予一些"指点"。后来她也被说段子的迷住，答应明天来和大众一起工作。然后就飞快地飘走，赶一个更重要的作业去了。

半程长征　　　　　　　　　　　　　　（2015-04-22）

相较于扎堆儿、互助的中国人，美国人大多独来独往，不太与外人相交甚密。所以他们格外喜欢庆生祝节，在自己平静单调的生活里引进些热闹的因素。我很晚才知道父母的结婚纪念日，却很早就参与了我公婆每年例行的庆祝。

入乡随俗，我们也不忘每年有一个结婚纪念日，这个日子与凡日应该有些不同。我婆婆在世的时候，我们一定能收到她授意、我公公写就的卡片和小礼物，她离开了，这份关爱也骤然而止。加上经常凑热闹的女儿们都在外地，这个日子真正成了我们俩的 business（事情）。

今年我们想到一个新的方式——走半程马拉松庆祝。波士顿马拉松是世界上最古老的国际马拉松赛,今年是第119届。马拉松的半程点正好在我居住了10年的卫斯理镇,经过由卫斯理女子学院学生构成的"呐喊走廊"——她们不仅挥手还要握手,不仅拥抱还会亲吻,煞是青春四射。过了这阵高潮,就是半程点了。

因为预知比赛当天天气不好,也因为助威和比赛的人潮过猛,我们提前一天上路了。从半程点起步向波士顿进发。我们稍稍有备而来,之前走了几趟四五英里的预演。走前一天的晚上,遵有远行经验的女儿之嘱,吃了一大盘意大利面。早上又吃了蔬菜火腿三明治和燕麦粥——整得像真事儿似的。

这天一路风和日丽,只有少数走路、跑步、骑车的人,专业的和高级业余的都在家养精蓄锐呢,只有我们这样的散兵游勇上路。沿途的马路和行人道都洁净无比,为明天的赛事整装待发。沿途摆放了不少流动厕所,经过卫斯理、牛顿、布鲁克兰、奥斯顿四个城镇,只有一个厕所的门是打开的,其他上面的小别儿都好好地存在着。我为这守法的细节感动,即使找厕所费了点劲儿也觉得应该。

我们沿途随意而散漫地聊天儿,没有触及纠结的话题,所以避免了中途分手的可能。一起看到23英里标点的时候,兴奋共同油然而生:有希望了。美国先生马上露出美国人的马脚,掰着手指头算出:"还有4英里。"

我说:"什么呀,你?是3英里好不好?"

又是一阵"从23到24是一英里……"地猛算,"你对啦!"

"这还用算吗?"

终点线上布满人潮,我们给自己照了傻兮兮高兴的合影。"婚姻就像是这样的长征!"先生下了一个结论。

"半程长征,好好走下去。"一个好朋友给了这样的评语。

可遇不可求 (2016-01-02)

新年里说起这句老话，是圣诞节的那趟外出有感。

两个宝贝女儿一如既往回家来过圣诞节，又一如不既往地定下节奏不一致的日程，到了最后一刻，才告诉我们，两人一起在家的日子只有4天。想让她们过得"摩登"一点儿，这最后一分钟的通告，确实是去不了哪儿了。临时想起几年前（其实已经有七八年了，不算还不知道呢）去过的一处滑雪胜地。

那次也是临时起意，在老晚老晚的4月去的，滑雪场都关了，上山的缆车静悄悄地停在那里。但在我们去的路上，老天爷骤降瑞雪，一路欢快地飘洒，伴随我们穿行在洁白的林海雪原里。登记的旅馆在半山坡上，我们的车不是四轮驱动，竟上不去那条坡道。只能把车停在坡下的停车场，坐旅馆的车上去。

这是个老旅店，地板吱嘎作响。房间小得几乎转不过身，床上是滑溜溜的化纤床单，薄得透明。但他们有乡村旅店样式的前厅、粗大原木的梁柱和前台。一进门，有大桶冒着热气、飘着肉桂香的苹果汁，香脆的巧克力豆圆饼干。一大圈儿沙发围住熊熊燃烧的巨大壁炉，温暖直指人心。我和先生在那儿坐了很久，看书、聊天、吃饼干。女儿们发现一个角落的房间可以玩电动游戏，于是一晚上大多处于失踪状态。

最最让我们难忘的就在旅店后院——一个蒸腾着热气的室外游泳池。我们是顶着雪花，踩着哧溜滑的冰雪跑过去的，扔掉御寒的毛巾跳下去，宁静与温暖瞬间沁透了你全部的身心。头上，满天晶亮的星斗，四顾，是白雪皑皑的群山，人们在飘舞的雪花中尽享这一片祥和，久久不愿离去。

所以先生这次一提这个旅馆，我就双手双脚地赞成了，不似平常的"立刻反驳"。

旅馆全部翻新了,加长了上山的坡道,没有了以前的陡峭,完全是大城市那种简约摩登的样式。房间宽大明亮,上浆的棉布被单挺括舒适,抱枕、搭毯一应俱全。大厅壁炉里是煤气的"假火",饼干只有4—5点定时提供,配的是袋装的热巧克力粉,冲出来甜腻得不行的那种。最主要的是我们今年摊上了经年不遇的棕色圣诞节——没有雪的装饰。我们裹着崭新雪白的浴衣,慢吞吞走到还在原地的户外泳池。可能是游人不多,所以泳池算不上温暖,让人有下不去的畏惧。我们就泡在小小的气泡池里,望向略显枯燥孤寂的群山。我们在那里待得较久,看到了落日带来的色彩变幻的美丽天空,这是我们此行唯一的亮点。

于是我就在想,万事可遇不可求。旅途上的美景奇遇大都是不可复制的,只会永留心间。

人生的足迹也是如此? 2015过去,再不回头了。2016灵活地走来了,带给我们新的无限的惊叹。

好饭不怕晚 (2016-01-08)

都6号了,才收到女儿们送给我们俩的圣诞礼物,等得都忘记有这回事儿了。

打开一看,是一本她俩自己设计的新年挂历。别人也许会觉得这没有什么大不了的,但看着其中我们全家共有的那一个个瞬间,觉得这个礼物特别不同寻常。她们的筛选原则看上去是走边锋——选"丑"不选美。奇特的照片是她们的最爱，特别是拿我们上岁数的人下手毫不手软。除了每月一张大照片以外，在一些重要日子都有小图添彩。比如我生日那天，就有一张我不知什么时候照的，有些斗鸡眼的憨照，我顶着个古代武士的头盔，一点没有平日里大家闺秀的风范呀！先生那张生日照，不戴老花镜看还好了，其实笑得过火，被她们冠上"呆傻老爹"的评注。最大的明星是我们家的狗，走着、坐着、趴着都有气质，所以上镜率也是最高。看着觉得心里有股子不服之气。

她们说礼物晚到的原因是有两张照片太小，所以约在一起，花时间手绘了背景，再送去印就赶不上节令了。

我们结婚纪念日用了小女儿从背后拍的，我们搭肩前行的一张。先生看到那张照片时恍然大悟："我现在懂相依为命是什么意思了！"

在母亲节、父亲节以外，她们选了一个星期天，摆上她们两人的照片，说明词是"姊妹节"。除了姐姐先上大学的那两年，她们姐俩上了同一所幼儿园、小学、初中、高中，后来在同一个城市读大学，现在在同一个城市工作，整出个日子"庆祝"也在理儿。

这圣诞礼物来得够迟的，我说了一句"好饭不怕晚"，全家人一致觉得，这话好听又有道理。

嘎巴溜酥脆　　　　　　　　　　　（2016-02-13）

治牙疾，过上了过年喝粥（汤）的日子，有点香飘味动，就吞口水，怪寒碜的。

走过一家日本小饭馆——都是中国人开的，卖寿司和乌龙面，叫东洋名字的那种。刹那间窜出一股油炸"天妇罗"的味道,叫人心头一颤。

首先想到荒疏多日的上下牙咬合的功能,咬合之间是我的一位日本学生款待我的"天妇罗"。一叶翠绿的叶子,在金黄的面浆下若隐若现,面浆被炸出一片细碎的小泡,轻轻咬下去,唇齿间流溢着紫苏酥脆的奇香。我想过、找过、试过,却再没有吃到过那么恰到好处的滋味。

又想到记忆中第一次吃麦芽糖,定是某个春节。一咬下去,哗地碎了一嘴,那股甜和蜜又把它们聚合起来,在嘴里起劲地滚动,咀嚼不完的酣畅。妈妈说,这叫麦芽糖,以后再过年,长的、短的、圆的、方的,总会想办法找些来解这一年的馋。在台北也吃过,说是古法炮制,粘在牙上无法周转,有些恼人。

台北过年吃一种"京果",也叫麻枣,就是无限膨大的江米条,外面裹着花生粉、芝麻或黄豆糖粉。我平常在菜市场常见,油油地挂满糖霜,长相有些呆笨,以为是上供用的土点心,从没敢碰。那年过年,一位台湾好友送了两盒过来,我小心地打开拿出一只,像空气一样轻,放进嘴里,瞬间竟酥化消失了,可果仁的香和米粉的甜久久不散。从此,我便爱上此物。

我不能说是吃油饼儿、油条长大的小孩,也可以说是傍着它们长起来的。薄脆就没见过那么多。我注意到这家伙,是街上开始有卖煎饼果子的时候了。第一次是被一位娇滴滴的云南女孩儿拉去的:"带你去吃一种特别好吃、好玩儿的东西!"

饼旋出来了,蛋摊满了,酱刷好了。

"要不要辣椒?"

"当然要,要多多的,辣它一个跟头!"

我被她的话逗得差点笑岔了气,笑声中薄脆登场了,欻欻两刀,碎成满板金黄。折起,折起,走你!这东西可太好吃了,我开始了和它的不解之缘。

在美国过年,这些家常理道儿的东西下决心挖掘,也有找到的可能,但吃到新鲜滚烫、原汁原味的就难了。英语里有近似脆的词，但酥就不好讲了。大过年的，我真是惦念咱们那些嘎巴溜酥脆的好念想儿啊！

冰天雪地情人节之红发女娃　　（2016-02-16）

　　有些日子只是一张日历，轻轻一翻，了无痕迹。有些日子却承载更多的故事，成为历史。

　　2016年的情人节，在美国东北的波士顿，成为有历史纪录最冷的情人节——零下23摄氏度，加上风寒，实际感觉如同零下30多摄氏度。到处都在警告不要在户外待20分钟以上，以免冻伤。到了傍晚，还是有人在交通路口向过往的汽车推销成束的玫瑰。不远处，有两辆车因轮胎冻破裂在等待救援。我们出行是因为女儿欲搭乘回家的车完全打不着火了。道路紧急救援的AAA协会，要等不知多久才来（两个半小时），我们只有出动自救一途。行事谨慎的先生除了全副冬装以外，还带上一堆的后备："万一我们有什么意外情况，保暖是唯一能做的重要步骤。"

　　服吧？

　　家族里有一条消息涌动了一天，先生的外甥女在凌晨2:30开始产前阵痛。她是这个辈分第一个生孩子的，因此为全家族瞩目。这位外甥女两天前刚过了自己30岁生日。所有亲人都在等待她将诞下的女娃，也盼着能生在情人节这一天。谜底好像已经全部拼齐，只等最后的揭晓了。下午我们从85岁的公公那里得到女娃降临的确信，居然还有惊喜：她是一位红头发的孩子！我的公公是乡里有名的红头发小伙儿，他的4个孩子有3个是"胡萝卜头"（所谓红头发是一种近似橘红的颜色，和胡萝卜很像，因此得名），仅落下了我先生一人（他背负着"捡来的"名声长大）。女婴的外婆是公公的大女儿，她的先生是葡萄牙裔，所以他们的孩子远远地带有红发基因。

这个情人节女娃，独自顶着一头火红的头发向我们走来，好有劲！

26 年前的那一杯和这一杯 （2016-02-16）

女儿休假回家，刚进门就说："妈，我给你带了礼物。"这个孩子最擅长的就是送别人礼物。过了新年就开始准备母亲节礼物；夏天刚过，马上就动起圣诞节的念头来了。当然大多数礼物只是一种小小的挂念，一展她对亲人、朋友的在意。

礼物是一小袋热巧克力粉，磨软的牛皮纸袋子，黑墨油印的字迹，远从西班牙来的。一直等到情人节那天才打开，冲了两杯，叫上她老爸一起喝。嗯，有些那个味道。

26 年前，也是冬天。我们俩一起走进崭新的北京王府饭店，喝了一壶热巧克力。雪白的茶杯中，浅豆色的液体滑润醇香、温暖适度。巧克力和牛奶相辅相成，亲密无间地融合在一起，带给人世间一道不可抗拒的美味。

26 年转瞬即逝，一起喝过很多杯热巧克力，有讲究奢华的，有甜得过腻的，有无味到无聊的，最多的是无所谓好与坏的平凡一类。在冬日里，带给人一些温热的甘苦。女儿已经不是第一次送我巧克力粉了，慢慢琢磨，这次竟选到了一杯恰似当年的，我为她的贴心感动，也为两杯之间这长长的旅程感叹。

听到这首歌就想起了妈妈 (2016-04-06)

波士顿正在上演音乐剧《音乐之声》。

于是想起了前一个猴年,我们全家回京探亲。正是圣诞节,妈妈特别高兴,看上去蛮有精神的。不承想,那是妈妈的最后一个圣诞节。

圣诞夜,为了 B 君和女儿们,妈妈与大家用英文合唱了《平安夜》。她余兴未消,又拿出自己手抄的外文歌本,让 B 君找别的歌一起唱。结果他可怜地发现只会唱一首——《雪绒花》。于是我们老大弹钢琴,妈妈和 B 君合唱了这首歌,这场演出成为我家的绝响!

又是猴年,妈妈,我想念您有 12 个寒暑了,您在那边儿还是天天唱歌吗?

今天的新闻说,《音乐之声》里有一首歌是在波士顿写就的。我心里一震,是哪一首?结果正是《雪绒花》!两个伟大的音乐人:作词的奥斯卡·汉默斯坦二世和作曲的理查德·罗杰斯,在波士顿为完成的音乐剧《音乐之声》加上点睛的一笔——给即将离开祖国的船长一家添了一首新歌。他们选了奥地利家喻户晓的雪绒花为象征,唱出对这个国家的依恋。这首被许多人误以为是奥地利民谣的歌,是从波士顿走向的世界。

词曲作家合作过许多知名的音乐剧,《音乐之声》是其压轴之作,《雪绒花》又是其中的最后一首歌。该剧在百老汇上演之后 9 个月,奥斯卡离世,纽约时代广场和伦敦西区都为他熄灯悼念。

窗外,白雪皑皑。心中,思念无限:

清明节、雪绒花、天上的妈妈……

可爱的女儿 VS 女儿的"可爱"（母女同游之一）

（2016-05-13）

像每个当娘的一样任性地宠女儿，她教书的公立学校放假，她想去夏威夷的可爱岛一周。看出她对搭个伴儿不会拒绝，我马上抛下狗儿和 B 君随她远走天涯了。

夏威夷航空的飞机挺新的，没想到他们已经有 85 年的历史了。在二战期间，他们还承担了相当量的战时运输。现在不仅直飞远程的纽约，还直飞北京和台北了。但它如一般国内航空一样勤俭持家，只供应一顿正餐，还是可怜的孩子量。我们只好饥肠辘辘地坐在那里，看唯一不付费的飞航宣传片。片中上演着空姐、空少们去新西兰、东京、纽约还有北京等地吃吃喝喝。两相对比，饥饱心知。

夏威夷机场还是我 22 年前来过的样子，"70 年代的感觉"，这是女儿的看法。要不是有与纽约同步的电子自动检票系统，就只剩一片沧桑了。我俩冲到机场的中餐柜台，买来一盒"一饭两菜"吃将起来。味道不能说是机场餐里最差的，但明显客流不足，菜蹲在那里太久，绿菜花统统都黄了。

从火奴鲁鲁坐小飞机，只需 30 分钟就到了夏威夷最北边的可爱岛（Kauai）。邻座是一位当地人——出生在纽奥良，大学毕业后，于 15 年前回到妈妈的故乡。他是电脑软件工程师，一个兴冲冲，"不会离开可爱"的人。他说，不常离可爱，也没有什么离开可爱的愿望。

女儿在网上找到一家私人租车公司，说他们信誉不错。带着钥匙的车就大大咧咧地停在停车场等我们。车外表不老，但内里挺旧。一打着火儿，检查引擎的警示灯就跟着亮了起来。我要女儿打个电话过去问一声，她就发了个简讯，应付一下我。

开去第一家民宿，挺漂亮的一处房子，主宅加四五栋小木屋，每栋有3个小屋。屋里都是吊铺，床铺下成为小小的活动空间，有水池、冰箱、碗橱、一张精致的小竹桌、两张皮面的竹椅，坐上去蛮舒服。厕所是一栋一间公用的，还有一个大大的洗衣房，一整面墙的玻璃窗，像个房间一样气派。干净柔软的毛巾堆成了山。房东指给我们房间："这里都是不用锁的。"

他送我们一把香蕉和两个柠檬，说是刚从树上摘下来的。

我们出去吃第一顿可爱晚餐，是一个咖啡厅，网上介绍有现场的音乐表演。座位在后庭院，地上铺满碎玻璃和竹叶，也不知有没有人扎了脚。菜很贵，我们点了沙拉和鱼饭。比房东的小芭蕉大不了多少的一小块儿煎鱼配一小球米饭。沙拉很好吃，清凉爽脆，鱼却并没有吃出什么味道。不知什么时候音乐表演才会开始，我们都准备回去了。找服务员询问："我在这里工作一年多了，从来没有过现场音乐。"

我看看女儿，她看看我，开车回木屋，爬上吊铺，透过天窗看得到满天的星斗，在油漆白木吊顶下，进入梦乡。

我们对人的信任远远不够（母女同游之二）

（2016-05-15）

早起在小院里走走，发现这里邻里之间并没有界线，小径和草地是相通、相连的。我们去网上看好的小咖啡馆吃早餐，发现又和网上宣传的不符，仅有咖啡和甜点，又转去另一家吃夏威夷早餐，好家伙，一大盘米饭上一块八盎司的汉堡肉饼，再往上是两个煎蛋，再整个儿浇满厚重的酱汁，像一座小火山一样，颤颤巍巍地端了来。我们还点了一个三明治，吃完饭，直接捧着沉甸甸的肚子去爬山。

山叫"沉睡的巨人"，从海边平原拔地而起，仰躺在蓝天之下。中间有一段路我走得颇艰难：气喘、心慌、腿软，几乎迈不开步子。在我担心会倒下去的时刻，女儿说了一句："我们停下来休息一下。"

片刻以后再行，还真管点用。我知道要挨才能过"难点"，慢吞吞地没有停下来。女儿突然在前方大喊："我们到山顶啦！"

好高兴呀，不相信自己有这么好命的高兴。

顶上有一位年轻（中年？）人，主动友好地要帮我们拍合影。我的不好意思拒绝胜过了对陌生人的提防。他接下来又给我们推荐："经过一段陡崖，可以看到更美的风景。"

边说边走上陡崖给我们带路。路上赫然立着行路危险的警示牌。女儿在跟他走，我就不可能停下来。5分钟后，我们站上了一处险峰。感觉四面八方都在你的脚下，恐高的我一阵心颤目眩，但极目可见都是美景。路人又指出一条小径，说下面有个岩洞可探。我用中文提示女儿："他会不会是坏人？"

女儿耸耸肩，朝小径走去。路人又热情地冲到前面："我来带路！"

下面有两个岩洞，大的回荡着清凉的空气："我管这个叫天然空调。"小的窝在阳光下："我常常在这里读圣经。"路人向我们一一介绍。小洞旁边的岩石形成一个石拱门，望穿过去是无边无际的太平洋。

可能路人提到圣经让我们放下一些戒备，我们和他聊了起来。他说出生在岛上，高中毕业以后去"大陆"（夏威夷人称美国本土）上社区大学。毕业后回到岛上，现在考取了警察。他一周要爬这山四五次，而且走与我们上来不同的、更陡的一面。这样一是保持体能，二也是"给自己一个遁世的机会放松"。他说话不疾不徐，憨厚中有一份笃定。女儿问了他几个问题。她

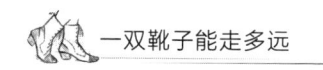

原本不太问别人问题,全是靠自己在网上求解。警察先生陪我们走到一个岔路口,说这样可以确保我们回到停车的地方。他和我们握手告别,握得坚定坦诚。

下山的路真是一次骄傲的行程,所有向上走的人都气喘吁吁,而我们则从容平和、身手矫健。他们都在问,还有多远?而我们丝毫无疑地朝向自己的目的地。

晚上和女儿聊起这个路人,女儿觉得城市生活让人与人之间产生隔膜,今天见到这人让她觉得,我们对别人的信任远远不够。

仙境与仙人(母女同游之三) （2016-05-17）

星期二一大早赶去做瑜伽,我以为是在海滩上,兴奋异常,结果跑到地儿一看是一个体育馆,一下子泄了气。好在我们走错了地方,到了一处今天没课的分馆。好处是我们整清楚了,明天晚上有海滩边的瑜伽课。

折回镇上吃早餐,是一家没有空调但干净清爽的有机咖啡店。早餐就是简单的三明治和水果,竟然等了40分钟,有些不可思议。端上来的东西新鲜而美味,值得这么久的等待。他们的冷萃取咖啡好喝极了,是我喝过的极品,极咖啡、极熨帖。

去印度教的一处庙宇,他们得天独厚地占有一块300多英亩的园地。有山丘和河流穿越其间,整个庙宇犹如一座起伏层叠的热带花园。女儿进门拜了两尊佛,只因喜欢它们的造型。后来查出一尊是瑜伽佛,一尊是旅行佛,巧妙地应和了她的两大爱好。

庙宇在祈款集资修建一座大型建筑，通体由白色大理石构筑，外形已基本建好，庞大恢宏。其实现有以黑褐色火山岩为建材的主殿，是很得体的融在美丽山水间的建筑，想象不出已见雏形的华丽未来，出自何方神仙的梦境。园里有一处静思打坐的处所，低垂的树枝茎须笼罩着一块块小石板，风吹枝摇，四面环翠，坐在石板上打坐的人，犹如身在仙境。

礼品店难见地请求赤脚进入，一色的浅橘色石板地面，清凉沁心。店的"主人"也极具仙气——一位六七十岁的白人妇女，清癯嶙峋、仙风道骨。她穿一件白色加白缎带补花的纱丽，那布料薄得透明，白得如磨砂玻璃一样朦胧，颈上一条同样布料的长巾，飘飘然。她用温暖柔和的语调接待游人，店里上百条手链也都是她自己一珠一木穿缀的。

遇见几个"主事"的人，清一色白人女性，其实这是一座住有20来个和尚的庙宇。

和第一家民宿的主人告别，没见到精明的老板娘，只有纯朴的老板公在院子拾掇。他们夫妻从纽约州搬到这海岛将近40年了，靠这个家庭小旅社养大了5个孩子。两个留在这里，3个迁回了大陆。

"遇见许多从世界各地来的各色各样的人，以前是住宿加早餐，现在年纪大了，不喜欢家里老是有人进进出出。就停了早餐，只经营小木屋出租了。"

我说："你们夫妻几十年朝夕相处呢。"老人笑笑："也有很多相互看烦了，又没处躲的日子。"

第二处民宿地处小山岗上，周围是大片的农场，极目四方，满目苍翠。不远处，大批的牛群自顾自地成长。这里过去是一个培训中心，除了几间客房外，有面向群山的宽敞的有顶大厅，还有同样舒适的大厨房和起居室。待了3天，主人神龙不见首尾，只在小白板上留下钥匙和欢迎、欢送的话语。

这般爱和惧着大海（母女同游之四） （2016-05-19）

星期三，女儿定下去冲浪的日子。她定下那天问我："你去不去？"

我说想想。去旅游总觉得应该见识些新东西，尝试些新挑战，才值回票价、时间。可是别说站上浪尖，就是在浪里游泳，对我都是一种磨难。可我又不想在女儿面前当狗熊，说不敢。于是支支吾吾挨着，躲躲闪闪地不置可否到眼前。

可爱岛最北边的海滩沙细如尘，海水蓝里透绿，蓝绿中海浪如雪。岸边只有我们母女的两把沙滩椅，像被遗忘的道具孤零零地戳在那里。而风口浪尖上，才是英雄汇聚之地。淅淅沥沥的雨水中，男男女女、老老小小总有几十人逐浪而行。从相机的镜头望出去，浪有两三人那么高。我问女儿："去上课吗？"她冷静地说："先见习，再决定吧！"

因为雨一直持续下着，我们就坐在车里观阵。

有时他们要游出去好远，看好机会在浪脊上站起，随即滚进浪的旋里，控制着在浪旋里滑行似飞翔，背倚巨大的水幕，脚踩如锦缎的水面，小小的人和庞大的自然交织相融，刻印成一幅幅生动的画面，美不胜收。

这里是出世界冠军的场所，看那头发斑白、满脸皱纹的老妇人，依然拥有让人羡慕无一丝赘肉的好身材，她也许就是可爱岛走出来的第一位女子世界冠军呢！看那仅仅10来岁的孩子，认真地给滑板打蜡，自信地走进海里，一会儿就在浪里自由地起伏了。我们看了很长时间，没有料到有那么久。女儿说："其实我很怕海浪，也不喜欢在起伏的水中游泳。我觉得现在还没有能力上冲浪的课，咱们去游泳吧！"

因为下雨，感觉海水凉凉的，鼓足勇气冲进去竟舒适宜人。爱海惧海的母女俩在浪里颠簸了近一个小时，海岸救生员走来向我们喊话："不能再向里面游了,前面的漩涡会把你们越冲越远。"

我们相视而笑,费力地游回岸边。

我们在一个叫"吞拿女孩儿"的小摊上,吃她们的生鱼配米饭,两个人一致认为,这是目前为止岛上最美的佳肴。

犹如瞬间的相遇、相离(母女同游之五) (2016-05-21)

昨天晚上给女儿炒了俩菜:民宿有个明亮的、我一生向往的大厨房,缺油少盐也得招呼一把,不可错过了机会。临了,女儿找到一小瓶酱油,有了酱油,咱中国人心里就有了底。小西葫芦炒豆腐、油菜配一小袋胡萝卜洋白菜沙拉,我们俩竟然把满满两大盘菜吃了个精光!

一位苗条、端庄的中年妇女走进来:"好香的味道呀!"

她的晚餐仅有两个西红柿加几滴意大利巴萨米克醋(balsamic vinegar)。我有些遗憾她进来晚了,没能邀请她共进晚餐,就坐下来陪(看)她吃西红柿。她是瑞士航空公司的一位资深空姐,在天上飞了30多年。听上去她是单身一人,每年7个星期的假期,都是一个人在淡季的旅游地待着:"我一辈子都是在装箱、开箱中度过的,所以休假时就选一地不动,比如夏威夷,我在大岛住了两周,再在可爱岛住两周,然后回家去待一周就销假了。"

她说,在去过的地方里,她特别喜欢香港,上海也不错。我问她那台北呢?她说公司没有飞台北,她自己也没有去过。

我说很羡慕空姐这个职业,可惜自己恐飞,也不知是否可以跨越这个障碍。她很肯定地说,不可能,起初不怕就不会怕,而怕过就会一直怕。说起远足，她也蛮有经验的样子，告诉我要穿什么样的鞋子，做什么样的准备。她说明天不适合去走某条步道，因为全程泥泞，她花费了很长时间才完成了，其中有的路段很危险。

我对美国航空公司服务质量下降提出看法。她有些将信将疑的样子，说现在几乎所有飞机都在满员的情况下飞航，加上座位间距越来越小，所以乘客间、乘客和空乘间关系相对过去有些紧张。但她觉得欧洲航空公司的服务还是保有水准的。我一想，对呀，新加坡、中国香港、中国台湾、日本、泰国的航空公司都挺有水准的。

她人漂亮，说话又柔和平稳，灯光下和她对谈，一片祥和。

今早，女儿回馈我一顿她主持的早餐：牛油果加西红柿三明治，新鲜美味。又见空姐款款走来，我高兴地给她分装出一份，请她尝尝。她有些诧异我的好客，但还是体谅而友善地接受了。我告诉她我们今天会搬离这里，她露出一丝失望，祝我们接下去的行程愉快。

过了一会儿，女儿说空姐在找我，迎出去，她说想送我一个小礼物："我觉得你是一位有性格的人，想送你一件礼物，身边只有这个瑞士航空公司的小包，你折叠了带着，随时买了东西装进去，可以少用塑料袋。"

小包是红色的，有一条红白相间格子布条饰，是典型的瑞士风格，让我一下子就喜欢上了。我们相拥告别。

就这样，与一个人在瞬间相遇又相离了。

站上可爱的大峡谷（母女同游之六） （2016-05-24）

开着那辆引擎故障警示灯一直亮着、不时会震颤几下的小本田，盘上九曲十八弯的山路，心可是始终提着呢！小径一样狭窄的公路，还常常临着峭壁，紧张兮兮地不知什么时候才是"尽头"，暗暗地和小车沟通："加油，小不点，你得给力呀，千万别出什么差错呦！"挨着，挨着，到了一处停车场，几个中国人在这里摆摊卖包子和春卷，你说咱们这个民族，把生意做到海角天涯了。

走上阶梯，我不禁想大叫一声："哇！"

相比著名的美国西部大峡谷是小了不少，但在这个太平洋上的海岛上，看到这么一望几乎无际的峡谷，还是很振奋的。周围不时有人感叹，开了这么久上来，还真是值了！

远方可以看到红色裸露的岩石，近处都是翠绿色覆盖的叠嶂，身边有一条黑色的似冷却的火山岩浆流。全部的峡谷倾斜入海，山和海相依相伴连成一体。在有绿色植被的部分，有无数条步道小径，或长或短或陡或坦，任由你量力量胆而行。而远方那些山岩，则是没有人迹可行的。天空中不时有直升机飘过，那是带游人从上而下地观望足不可及的部分，人用智能研发的科技伸展了自身的能力。

我和女儿选了一条步道，顺势走进树林。里面完全看不到峡谷，有些热带雨林的味道。近期雨水较多，步道泥泞难行。我们两人的鞋沾满红泥，我滑了一个屁溜儿，竟然天才地迅速稳住自己，几乎没有坐在泥里。步道约有3英里长，出口竟是在公路上。我们不想重蹈泥潭，咬牙在公路上折回。其实惊险相当，因为道路弯曲、狭窄，选择哪条路，司机都有可能看不到我们，而且回程是上坡，又开始上气不接下气地出了一身大汗。

我们回到停车场用简餐——早上去一家日本超市买三角饭团,竟然在开店20分钟以后卖光了。对比同胞的包子,日本人好像经营有道一些,我们吃了美式三明治,饥不择食地觉得好吃极了。

临下山前,又去回望大峡谷,一阵雾霭飘过,山峦全部朦胧起来,像极了中国山水长卷,气势磅礴。

这从早忙到晚的一天(母女同游之七) （2016-05-28）

星期五,又一个炎热的日子,一大早就三十五六度的高温了。我乘着热浪赶路送女儿去一所高中"见习"。女儿是纽约曼哈顿一所高中的英文老师,第二年的新手。她走到哪儿访学到哪儿,这两年到俄勒冈、明尼苏达、那不勒斯、佛蒙特等地旅游、访友,她都抽时间去当地的学校看看。这次她大老远地走到美国最西边,当然也不会落下这项行程。很多年没有送女儿去学校了,开在路上,有一种回到从前的感觉,还想着今天要嘱咐孩子点什么。可是,车门一开她就没了影儿,再不是从前那个回望几眼的小女生了。

我趁机去当地的图书馆走一趟吧,这么早,没有地方开门的。可爱人真是得天独享,连图书馆都有临着海的。他们竟不稀罕似的,全馆除了厕所,没有另一扇向海的窗户。从厕所的小小一条儿窗户望出去,蓝绿渐次的海洋、高耸的椰子树、洁净的滨海小径都能瞧得见。若能从一片落地窗望出去,该是何等的奇观?

女儿完成她的"功课"后,我们租了自行车沿海岸线骑行。艳阳下,海风习习相随,海浪声声相伴,路两边是绿不尽的植物和彩不完的花卉,除了灼臂的阳光，真是舒心惬意！想着这次海岛母女同游的种种好，禁不住偷偷地傻笑起来。三四英里的路很快骑到了——小径遇到岩石便止了，我们相互拍了一些照片，就掉头往回骑。

"前面有一处树丛'隧道'，我们可以停下来照相。"

女儿边说边领骑而去，我急忙乐颠颠地追随。思绪还停留在刚才的享乐中，突然听到女儿兴奋地大喊了一声儿："就在这儿！"

我下意识地马上捏闸，才觉出只有一只手在车把上，而且很不幸，是左手。前闸使得自行车骤停，我全身失控向前冲去：左膝、右膝、左手、右手、右肩，再有嘴唇，竟然还有右颊依次着在水泥地面上，同时腹内急剧结成一个硬球，噎得我喘不上气来。女儿冲过来问我怎么样，我说不出话来回答她。她满脸都写着惊吓。

路人纷纷伸出援手，给水、给创可贴、问要不要叫急救车、问要不要帮忙送自行车……我慢慢缓开腹中的结，检视下来，除了右臂拉伤以外好像并无大碍。谢过众人，女儿前去还自行车，并取车来拉我。在可爱那条树木相交形成的"隧道"里，我捧着手臂等待了近一个小时。

接下来的行程里，我就成了伤兵，吊着一只手走来走去。（回家以后我的挚友郭医生等在那儿给我验伤，下了一个熨帖我心的结论：骨头没有问题。）

那天晚上，带着一条火辣辣疼的胳膊，我们去了一个住着许多艺术家的城市，逛它的夜晚集市——一间间的工作室、画室，不同的街头艺人在表演不同的音乐，不同的摊位在贩售各种美食。吃过菲律宾春卷和炒米粉以后，我们进入了一家叫"讲故事"的夫妻书店，门楣上标示着"这里是美国最西边的书店"。店是这条街上最大的一间，还是被书塞得拥挤不堪，两人在书架间只能背对背错行。老板娘突然在我前面大喊："大伙儿注意点儿，千万别碰了这两位！"

两位？我再一细看，站在我前面的女士，和我有一模一样的吊着的一条手臂。她和我站在明亮的灯光下，相视苦笑。

这里新书和二手书各半，爱书如命的女儿，捧了5本书回来。

漂流不成结识"可爱珍宝"（母女同游之八）(2016-05-28)

此行一个最大的项目是"救生圈漂流"，我们将其安排在最后一天，有些制造高潮的意味。我恰恰在阵前伤了手，连有经验的导游也觉得只有放弃，别无它选，用一只手掌控有些悬。

因此周六这天我们先去逛农贸市场，这也是我们，特别是女儿的最爱。她喜欢烹饪，对有机食材更情有独钟。去年夏天，她就利用暑假在一个有机奶酪农场，整整待了7个星期，伺候那里的牛羊。她自己美其名曰："妈妈曾经上山下乡，我要体会你的生活经历。"

我觉得她的和我的乡下生涯，还是有差距的，但我感谢她有这份念想。

可爱的农贸市场里东西品种并不多，有水果、蔬菜及一些副产品，如果酱等。

一对老夫妻种了30多年"糖水菠萝"——一种白色极甜、比普通菠萝圆一些的品种。进入老年的他们还在勤奋劳作，他们的摊位是人潮最汹涌的地方。在摊位前有张纸手写着：你知道吗？我们的菠萝是可以随身携带回美国大陆的！女儿笃信地买了一个价值不菲的"糖水菠萝"（大卖场的普通菠萝2.99美元，这个要17美元），要送给酷爱菠萝的室友。老夫妻的儿子今天也来助阵，在推销用冰冻的菠萝心磨碎而成的"菠萝冰"。研碎机土土的，是他们自己制造的，真是把废物变成了宝。

可爱的栀子花又大又甜香，想到逝去的妈妈深爱栀子花香，我买了一大捧，用好的那只手攥着。

很多果酱都很好吃，"果酱女"慷慨地提供试吃，可惜我们选中的她都没有可以带上飞机的小份装，白白尝了好多她的手艺。她不生气，还是笑容可掬。

几个大个子的男孩儿在卖地道的朝鲜咸菜，他们都有一副夏威夷人的面孔，完全不是朝鲜人的样子。我感到纳闷儿，但是女儿不许我问。

我花了好几个小时在可爱博物馆里等女儿去溪川漂流，全馆走遍以后，就在中庭和一位结渔网的老人闲聊：

我的父母都是葡萄牙人，我是土生土长在可爱的美国人，今年85岁了。我曾经在军队里待过20年，是在越战前后，但我没有去过越南前线。我曾在德国、韩国、日本和美国基地扎住，转业后就一心想回可爱，急不可耐地想在这里安居乐业。

我很早就认识太太了，中学毕业以后，我在火奴鲁鲁开过一阵子货运车。她也是可爱人，在那边开出租车。我们常在一个休息站碰面，但没有约会过。认识一年以后，我问她会不会请我吃冰激凌，她说当然可以，第二天我们就去登记结婚了。因为工伤，她只有7个半手指，可是她什么都会做。我们做了48年夫妻，有一天她突然去世，走了。

我们有3个孩子，一个儿子没有长大，两个女儿都在附近。一个女儿的丈夫老是对她施暴，她就搬回家来和我住，女婿有时过来看看，我不明白她为什么不和那人离婚。我有7个外孙子女，和我住在一起的这个外孙，什么都不做，我没见过这么懒的人。

我喜欢织渔网，从小学会了就没停过。上中学的时候别人去冲浪，我去了两次就没兴趣了，还是回家织渔网。我参军时也织，不管扎住在哪儿,有空的时候就做这个。我以前一个星期就能织一张,现在要三四个星期才行。现在我把渔网卖给一个大饭店里的厨师,他会付我210块钱。上次他付钱的时候,话都到我嘴边了,我想说可不可以多付一些,但还是没说出口。因为我想也许每个人挣钱都不容易。他不给就是没有吧!

我给老人照了几张照片,答应寄给他,他用颤抖的字迹给我留了一个地址。

往外走的时候,才看到一张塑料压膜的老报纸,介绍"可爱珍宝查理大叔"。报上说,在可爱提到查理大叔,可谓人尽皆知。他织了一辈子渔网,现在会这门手艺的人几乎没有了,他每周都到博物馆做义工,展现可爱岛的过去。除了织渔网,大叔的第二个爱好是,目不转睛地看着自己活泼能干的太太。

女儿漂流回来了,说特别有意思,导游讲了不少可爱的历史和现状,随河又看到一些不曾见的美景。我们晚上去吃海鲜,美味难忘,特别是,我又想到织渔网的查理大叔,女儿又想到那奔向大海的河流。

小的时候就会梳小辫儿 (2016-12-21)

我才4岁,就会梳小辫儿了!我那年开始上幼儿园,托儿所就是长托,幼儿园就更没得跑了。去幼儿园,阿姨改叫老师了,她们说如果自己不会编辫子,就必须剪掉,她们不负责给孩子梳头。我舍不得半长不短,可粗黑油亮，老被人夸奖的辫子，就赶紧和奶奶学编辫子。我多数时候编出来的是"反"的，但也顾不了那么多了。我拖着一对编反的辫子一样唱歌、跳舞、荡秋千。

辫子梳到"文革"，一夜之间大家都剪了短发，还没到做红卫兵的年龄，就先换上了应时的发型。短发打理不好会"蓬头垢面"的，幸好又及时有了梳俩小刷子的潮流。当年和爸爸一起全家下放到东北，就是"刷子"去的。我人长大了，头发也长长了，就又梳起了辫子，这回，绝不会把辫子编反了。

高中时我偷偷烫了一次头发，铁卷子直接通上电干烫，头发吱吱响，一股子焦味。一头大卷的"老娘们"样，把自己先吓坏了，我抻了一夜也没抻直多少，好些天上学都不敢抬眼瞧人。那次心伤大了，这么多年来，我很少再动烫头的念头，再寂寞也坚守着清汤挂面，或者扎一束马尾，再不就剪得短得不辨雌雄。

老天爷开恩送我两个女儿，这下我可有事忙了。大女儿小学一年级的老师说："我每天早上都是带着看看你女儿今天有什么新式发辫的好奇来学校的！"其实我就会在辫子上打转，单辫、双辫、多辫、盘起来的辫子、转着圈的辫子，等等。

现在女儿远行不在身边了，我只好千期万盼她们回家，好再展现一下"娘的手艺"。

也曾访冯小刚的宅 （2016-06-24）

昨天看浙江卫视"熟悉的味道"，拍到小刚的家，顿时让我想到30年前曾去过小刚的另一个宅子。

那时，他在美工向导演转型的路上，在等搬到一个新的居民楼之前，暂时住在复兴门立交桥紧"隔壁"的一户民房里。那个房子三四米宽、十几米长，是一个细长条。小刚是好朋友的好朋友，他说用二十几块钱装修了新家，几个人拥到他家去看新居。一进门我们都惊呆了：

粉刷一新的墙壁，屋顶用大红的棉布吊出一波一波的顶，从头至尾开放式的空间里，顺序排列着卧室、客厅、餐厅、厨房。所有的灯光都在中位线以下，烘托出一种舞台的效果。全部装修都是他自己亲力亲为，那好像是个冬日，待在那个房子里，喝茶、听音乐加上无时不在的插科打诨，温暖而欢愉。20啷当岁的小刚，瞪着漆黑的杏眼和人争个理短所长。

后来他搬进一个两居的单元房，墙上挂一幅近两米高的大大的舞字画轴，好像也是有名的人写的，那字有气势，直到今天仿佛还在眼前，看得到。

浙江卫视的这期节目还没播出，不知他给谁做菜吃，但是知道准错不了，小刚以鸡蛋炒西红柿维生，但他的厨艺是每个朋友都尝过的，只有个把人有胆量和他一较高下。

冤家路窄 (2016-12-17)

我冒着零下10度的严寒去遛狗，天冷就有意多走了一会儿。对面来了一只黄金猎犬，尾巴高竖如迎风飘逸的旗。再看它身后的主人——冤家路窄，是一位我不想见到的人。

她是女儿一位初中好友的妈妈，7 岁来美的韩国人。女儿第一次请同学来家里玩，送女儿过来的第一位母亲说有 3 个女儿，比我多一个。第二位即是这位韩国妈妈。简单的招呼间，她说自己有 4 个女儿，就像《小妇人》那本书一样。我觉得这种递增好玩，因此记住了她。后来熟了，应邀去她家吃饭，同席的她家邻居有 5 个女儿——故事细水长流了。到我请她来家里过中国年，我只好勉强告诉她，我的舅舅有 6 个女儿，让这场接龙持续下去。也是那次席间，她直率地告诉我：你不应该说中国新年，因为这是东方新年，我们韩国、越南等国家都有这个历法。那时我已经领教她卫斯理女子学院毕业生的骄横气概，并不与之辩解。最后一次和她打交道是女儿去她家过夜，说好第二天早上 10∶00 接回，但我因急事晚到了 15 分钟，回到家第一件事就是打电话道歉。听完我的解释，她义正词严地说："定好的时间，你没有理由迟到。因为有你这样不负责任的家长，我不会让我的女儿再继续和你的孩子做朋友。"

够了，不是每一个人都会向你高贵的名校出身顶礼膜拜的，我从此不愿见这个人。

我们相向走过，如同陌生人一样说："早上好！"

我看到她手中的狗链，竟然与我女儿们去年圣诞送给我们"狗狗"的一模一样。

我想起另一个老故事：

1981 年夏，与大学同学同登庐山，头天晚上在客栈和其他游客口角，灯火通明之下，我们气势凶猛，把他们的气焰很快打了下去。第二天行山至一僻静无人小路，最年轻的寅同学跑在前面，只见欢天喜地的他突然停下脚步，极速转身向我们跑来，一脸惊恐地指着对面树丛大叫一声："冤家路窄！"树林间走出一伙人，有七八个之众，打头的正是昨天和我们骂架的俩人。我们两男一女勉强算仨，顿时有些不知所措起来。就在我们空手握拳之际，那伙儿老乡说笑着和我们擦身而过，很快又走出了视野，留下我们依然怦怦狂跳不已的小心脏。

我把这两个故事讲给 B 君听，教给他一个新的成语。他慢条斯理地说："还好当年求婚，你没有回我'冤家路窄'这个词啊！"

洗头的时尚也是要轮回了吗？　　（2016-12-18）

我妈妈有两条粗黑的辫子，从照片上研讨，一直梳到她结婚。我承继了她直、粗、黑的发质，但从来没有超越过她的那个长度，就像我从来没有超越她的那份执着。

记得小时候洗头发都是用洗衣服的"胰子"（随我满族的奶奶这么叫肥皂）。胰子有一股很好闻的味道，说不出来像什么，就是喜欢闻。可过几天新鲜劲过去，就会衍生出一股油油的味道，挺腻歪人。于是人长大一些后，会改用比较珍贵的"香胰子"洗头发。哪一年来着，我认识了洗发水这个新品种。彩色的装在软塑料管里，像一截截的小香肠。可以买一个，也可以买一串儿，不同颜色代表着不同的味道。去洗澡的时候，就带上一骨碌"小香肠"。你是粉的，我是绿的，她是黄的，都挺钟爱和显摆自己的。

后来塑料瓶子代替了"肠衣"包装，瓶子的造型日新月异。那时，我家搬去了东北，在工厂区里住下来。我慢慢发现邻居、朋友们没有洗发水，除了肥皂，她们还用醋和面洗头，虽然夏天有股子酸味，但洗出的头发乌黑发亮。于是我也效仿起来，可是不会洗，不仅发酸而且黏涩，挺苦恼，遂回归用胰子的老路。再以后，我二次"进步"回洗发液，这时已经改叫"香波"了。

因为头发多，洗好以后梳开一直是一个老大难的问题，每回都折腾半天。上大学以后，一次去人家串门时，一个小女孩问我："你用过润丝吗？"别说用过，我连听也没听说过，我摇摇头。她接着说："使完香波抹一点，一梳子到底！"我当时的感觉就是，这个小屁孩也忒会吹牛了吧？怎么可能有那么神奇的东西？什么原理可以一梳到底？叫什么来着，润丝？

于是找来，沿用至今，从此洗头有了洗发、护发两个步骤。

前两天我看网上有人说，已经两年不用洗发护发产品了，一般只用水洗，偶尔用一种纤维揉揉、冲掉。想象着是和用面粉差不多的道理吧？洗头的时尚也是要轮回了吗？

好吃不如饺子　　　　　　　　（2011-09-01）

去年参加中文学校教师感恩节联欢的美食大赛，没得上奖还不能免俗地难过了一段时间。看来输赢之心人皆有之。因为我和参赛的每个人一样，在这份菜里倾注了真情实感。

我一直对饺子有份特殊的重视，因为带我长大的奶奶，老把那句话挂在嘴上："好吃不如饺子，坐着不如倒着。"我没觉得这句话是真理，却牢牢地记着，也常常唠叨一下。

那次我基本包了一整天的饺子：一大块面，8种馅的调配。200个剂子，200张皮，200遍地捏边儿，再分8次煮好，煮早了怕凉，煮晚了怕给误了。这通手忙脚乱。

有视饺子为天下第一美食的奶奶,我当然打小就学会了包饺子,包出来的饺子竟和我爸包的纹路都一模一样。就像人家说的,看一眼就知道我是谁的女儿。会包饺子了,就到大食堂当义工,大食堂每个星期都卖一次白菜猪肉馅,个头很大的饺子。十几年前我在青岛的饺子城吃过一次,记不住有多少种馅的饺子宴。细细品下来,觉得还是当年大食堂的水灵、饱满、有鲜灵灵的气势。

在东北插队的时候,我做过青年点点长。过年下令杀了4只羊,我和几个炊事员剁了一宿的馅,带着一手血泡给300多个知青发面、发馅包饺子。箱子盖儿当面板,啤酒瓶子当擀面杖,每个人都端出了像模像样的饺子。天寒地冻的东北腊月天,煮饺子的人群排到了露天地里。一组男生竟敢霸道地插队,把自己的饺子强行倒进锅里。我冲到现场,拉下吹风机的电闸。为头儿的是我中学的同学,拿着加煤的铁锹向我劈来。我理直气壮地守着,等他来"拍"我。现在我才体会到那个男孩儿对那一锅"泡汤"的饺子,寄了多大的渴望。

我在台北住过几年,那里有一家叫"周胖子"的饺子馆儿(连锁的),手工包的饺子硕大无比,个个儿都像小猪崽一样,5个就能把人给吃撑了,是南方最北味儿的美食。可女儿那些来自世界各地的同学都说,爱拉妈妈——我——的饺子是全台北最好的。

我这次的参赛作品取名"八仙过海",是因为一个很好的朋友擅长这味饺子,他把8种菜入馅,烘托出气氛和富足。这位朋友和癌症抗争了七八年,去年自己做了与生命最后的了断。与他失联20年了,20年来一直没忘这味"八仙过海",只是一直想,做出独立不同的8种味道也许更有意思。这是第一次的实践,分为"甜酸苦辣"和"赤橙黄绿"两组。生活不是充满了这些颜色和味道吗?

我先生的中文水平,引导他把这组饺子的名字串到了"大海八卦",

这个新字我觉得也好，有我的笔名和现在担任的这份中文学校校刊编辑"职务"。

出国以后，我看到满世界都卖 sushi（寿司），心里有些不平：因为对比起来，绝对是"好吃不如饺子"啊！能够把这种可丰可简、可荤可素、老少咸宜、营养健康的中国美食推广得广远于世界该多好！

一个在食堂里长大的人 （2016-01-25）

不知道世界上还有哪个国家有食堂这种吃饭的场所，除了全世界大学校园里的餐厅，像是一种近似的地方。

反正我是在食堂里长大的一个人，那些"喂养"过我的食堂，就像一部分的家，永远留在我的记忆里。

话剧团的食堂，好像挺窄小的，我仅是一个学龄前儿童，却永远记得它的拥挤。我都是跟在奶奶身边，跟她一起老老实实地排队，目不斜视地盯着卖饭的窗口。赶上那个贫嘴的炊事员，总是要逗奶奶一气："你是要 4 个还是 10 个馒头？"

"4（shì）个。"

"那四十四你会说吗？不会说，今儿就不能卖给你啦！"

"shì shí shì。"奶奶低声执拗地嘟囔。

"你说什么，我没有听见。"

"shì shí shì，怎么着？"奶奶赌气地大声说。

我挺恨那个人的，他老叫奶奶丢脸。

奶奶回东北老家去了，我开始转到歌舞团的食堂吃饭。那是要走一串儿台阶才能上去的，当然宽敞得多了。伙食长大毛叔叔就像是我们大伙的家长，你做了一丁点儿坏事，他都会骂的，还会揪着你的耳朵骂呢！没有人敢抬着眼睛看他。

我这辈子是在青年点的食堂认识米的清香的。打场第二天磨出的新米，晶莹剔透；加上恰好的水煮出的饭，香你一个跟头。可新米就是不出数，不论我们怎么抠门地买，到头来数饭票，还是亏空，吃饭的姑娘小伙儿，也老是喊吃不饱。饭做得最好的是一个叫老胡的六五届老知青，当然他做了"大半辈子"饭了。他的另一个绝活是"看手下勺"：卖饭小窗口只能伸得进手，看不到买饭人的脸。一双白嫩的小手，他的饭勺就会刮成上弧线，否则，就是下弧线。

上大学的时候，我就怕第四节有课，会饿得肚子咕咕叫，而且到这个时候，食堂绝对只有残汤剩饭了。二年级的时候，学校里来了第一批留学生，他们中的一位说，学生食堂开门的场面，和美式橄榄球比赛一模一样。

工作单位的食堂是最有水准的，当然是加上了几段恋爱的苦辣酸甜。这个食堂不仅管饭，还管每周末回家孝顺老爸老妈的排骨、带鱼等。它确实不叫家，可怎么想着都挺有家的味道。一群举着饭盆欢呼雀跃地向食堂而去的青春身影，不都是我今生今世的兄弟姐妹吗？

辑三·见世道

一人一狗的世界（1） (2012-07-12)

3月时追随两个女儿去了伦敦这座我12年前去过的城市。坐火车进城的时候，沿路看到的都是没有印象的老旧和单调，仅看到一块不大的有关几个月后那场轰动世界的奥运会的看板。英国人可真是沉着啊！

城里有新气象：到处都比上次来整洁许多，有沐浴过一样自然随和的清新。女儿们直奔盛名的亨廷顿市场而去，熙熙攘攘的年轻人来自世界各地——什么语言都听得到。

傍晚时分走在大街上，一个女人和她的狗吸引了我们仨。太阳下山以后，天就凉了下来，那女人穿一件破旧但清洁的大衣，颜色说不出是蓝色还是灰色，她盘腿坐在一块毯子上，面容沉静姣好。她不年轻也没有老去，无论从正面还是侧面看都很美丽。昏黄的路灯烘托出一番不同寻常的气质。帅气的大黑狗乖乖卧在她的脚边，浑身的毛发闪闪发亮。她们面前有一个讨钱的小罐子，人和狗却没有一丝的卑微，女人直视前方，并不抬头张望来往的行人，狗更是把下巴抵在前爪上趴着，绝不乞怜。我们仨边走过去边发现她们，又不约而同地停下脚步，回转头来。这一人一狗的祥和画面，让我们都屏住了呼吸。我们在眼神里传递去帮她们的信息。我拿出钱，大女儿送了过去，我们都蹲下来抚摸那条漂亮的狗。

"它真乖啊!"我说。

"它确实非常乖。"

主人有着稳稳的、柔柔的声音,说话时微笑着望向她的伴儿。

我们继续走自己的路,半天没有说话,各自都在想着那幅难忘的画面。

一人一狗的世界(2) (2012-07-13)

横跨淡水河,连接台北市和新北市板桥区的华江桥台北桥头,有过一个大概全世界最窄小的咖啡店。说"有过",是因为我离开那个湿热又富藏韵味的城市已经8年,所以没有今天的确认。

老板娘,你给我讲过你自己的故事,真抱歉,我把你的名字忘记了。你说自己从小是个只吃不做的懒孩子,书竟然也是读不好。中学毕业后就"呆"在家里,什么都不做。二十大几的时候,爸妈真的着急了,就打发你到哥哥的公司里扫地。哥哥做咖啡豆的买卖,一天,客户来了人手不够,叫你去给客人煮咖啡。简单交代了几句,你竟然心领神会,煮出的咖啡出奇地好喝。你也很感叹老天爷就是这样没有放弃你。全家人都为这一新的发现高兴。爸妈更是立即动手给你建了这个独特的咖啡店——家里卖地给建筑商盖办公大楼时,落下了两座楼之间的一条通道,宽约两米。柜台后面仅能容人站立,几张靠墙矮桌也是贴着墙对面坐人,脚边才有过人的通道。你一杯一杯用蒸馏虹吸法煮咖啡,一煮就是20来年——也有人一喝就是20来年。

你有个很了不起的伙伴——那条大黑狗。我见的时候,它已是一条盲狗。你一直一个人来去,家人送了你这条狗。它两三岁的时候,被人偷走了。你发疯一样地找了几个月,甚至荒废了店里的生意。实在找不到,你孤单地回来,木然地煮失去往日水准的咖啡。半年以后的一天,它走向你,重回你的身边。它的眼睛全盲了,医生说是因为长时间的日晒。但他们也猜不出它从什么地方,怎么能在完全看不见的情形下回了家。

我凭着一盏灯、一个女人、一条狗的描述,走进过那条弥漫咖啡香气的小过道。

不一样的生日快乐 （2012-07-15）

家住俄克拉何马城的道格快 65 岁了,他觉得这是自己生命的一个里程碑。之前广征脸书朋友的意见,怎么过生日会永远难忘。征集到了一个给出做 65 件好事的建议,道格把它演变成这样:

7 月 11 日下午,有一个人在市中心的 39 街和五月大道之间站了 65 分钟,手举一块牌子,上面写着"我有房子;我有车子;我有工作。你需不需要一点钱去喝杯咖啡?"他塞给每个停车等红灯的人 5 美元。有些人不太相信真有这样的事;有人觉得这是他平生见过的最疯狂的人,但会记住这不同寻常的时刻;有些人不情愿拿钱,道格会说:"没什么,只是一点小运气。"

有个人给了道格两美元,说是为他叫好。

"我收下来,又给了他 5 美元,我们好像在交换运气和叫好。"

有一家人开过去又开回来,总算确认了牌子上的通告。有一个人说:"老兄,我太喜欢你这个做法了,钱不用给我,给别的需要的人。"65 分钟过去了，道格给出了 375 美元。

"这是我此生最快乐的生日，简直等不及下一个生日的到来，可以再如此这般的快活一次，会不会成瘾呢？不管这些了，如果每个人生日时都做点好事，多么好！"

家住俄克拉何马城的道格 65 岁了。

有一个旅馆叫"柠檬树" （2012-07-17）

3月，赶上两个女儿的学校同时放假，我们仨（我夫读为"洒"）一起去伦敦。纽约出发时挺匆忙地赶去新泽西州的纽瓦克机场，小女儿连人带一个我们3人中最大的箱子从下地道的楼梯上滚了下去，箱子直直冲向前面走路的老大。还好，卡在了什么地方，并没有击中她。我们还在慌张中没缓过神儿来，迎面是一男一女持冲锋枪的警察，又把我们吓了一跳，东张西望不知是否要有什么动作。看到他们两人谈笑风生，我们才放心地匆匆走过。

看了几个电影就到了伦敦，拖箱带口就往旅馆奔去。进城的火车一路展开一幅幅房屋紧凑单调的郊区图景。转车时更是艰难——再重的行李也得提着上下楼梯，地铁的老旧随处可感。

旅馆地处热闹熙攘的维多利亚车站附近，这一区域才有伦敦的真面目：规矩体面、充满细节的建筑，像个老绅士，有些年纪但丝毫不失得体和风度。旅馆又得接着爬十几个台阶上去，我们仨和行李就把小小的门厅塞爆了。这是一个家庭旅馆，商场抽身的老爸负责经营，老妈只在照片上见过，高挑美丽的她好像多在忙着社交，爷爷是值夜班的，儿女们白天轮值。我们到时正全员供应丰盛的传统英式早餐。

我们存下行李出去转转,逛了一家为红十字会募捐的二手店。这类店英国到处可见,各为某一家慈善机构而设。这既符合环保的意识,又为某一群体、事态募捐,挺让人感叹这种一举两得的办法。我们还逛了两家面包店,一家传统一家新潮,都是笑脸迎客、麦香盈门。回到旅馆,他们让我们提前入住。进得房间细瞧我们这个临时的家:不如网上照片那般典雅,却也十分整洁,雪白的卧具熨烫得平滑如水。浴室十分摩登,以一扇老旧的小栅栏门开合,搭配用心讨好。从又高又窄的铁窗望出去,是一个迷你的花园,一丛丛鲜花正在窗外怒放。

旅馆有一个乖巧的名字叫"柠檬树"。

正月里闹元宵 (2013-02-27)

把日子又算错了,吃了两天元宵。与 Bill 结婚的前 15 年,他绝不吃元宵,也不吃任何黏米黏面的吃食。可我有一个酷爱红糖年糕的奶奶,有一个最拿手菜是八宝饭的妈妈,一个看到北京元宵绝走不动路的爸爸,还有一个以上三项都爱的弟弟。你说我离得开这类好东西吗?

感谢波士顿地区最火的中餐馆"老四川",我和女儿们经常点一小碗元宵解馋。终于有一天,老 B 伸出了筷子,从此轮到他唯唯诺诺地问:"要不要吃元宵?"也因此这么多年,我第一次有了包元宵的冲动。

先是想了好几天:我小时候,家里多吃买的北方元宵,师傅用一个大笸箩,像摇煤球那样摇,那种元宵的皮吃起来跟吃年糕似的,我爸爱的就是那口儿。他的至爱是山楂馅儿的,经常在一锅元宵里,扒拉来扒拉去地看哪个透出点红红的底色来。他吃元宵的数量没有记下来过,估计离吉尼斯世界纪录不远。到他最后一次"80后"吃的时候,还吃了七八个——稻香村用那种倾斜的机器滚出来的、数不清馅料的、煮出来像高尔夫球大小的元宵。他这个一辈子的嗜好是骤然而止的:一位老战友因元宵卡到食管离世,他为防悲剧重演立马戒了元宵。

我妈是细腻些的南方人,她几乎吞不下北京元宵,年轻手笨就做点黏米面小球煮了撒点糖吃,说是南方汤圆。我爸一次从南方出差回来,笑话她说:"人家无锡的汤圆有小笼包那么大,皮儿薄得像纸,一碗4个不同的馅儿透着不同的颜色!哪像你的那种黏疙瘩?"

我妈的面子也薄得像纸,接下来的正月十五,她都用来奋战汤圆了。现在还看得见她:煮豆、炒芝麻,和馅、搓球,和面以后就得争时间、抢速度——面一失了水分,汤圆会裂开的。就见她全神贯注地搓了揉,揉了搓,不停地蘸水,把每个汤圆上此起彼伏的裂口修补起来。我常和她一起做,是一对陷在垂死挣扎境地里的战友。

和妈妈分居两地21年、天人永隔快9年了,我完全忘了怎么做元宵。

互联网给了每个人公平的权利和机会,在网上看到一个做元宵的办法,简单易学。老B高兴地过了两天元宵节,第三天又问:"今天还是元宵节吗?"

但他并不赞同我在油和糖上偷工减料,面对满是果仁、栗子和果干的汤圆馅儿实在地说:"我还是爱吃老四川的黑芝麻馅,那种中国做了五千年的馅,是有道理的。"

分了一部分元宵给好朋友家,她一向丰衣足食的女儿第一次计较地问妈妈:"您是不是给爸爸的比给我的多?"

听上去真高兴。有一年,我妈做了八宝饭,送给战友家,后来问那家的小女儿好吃不好吃，小姑娘慢慢地说："好吃……极了！"这个故事我们讲了许久，我妈每年做八宝饭与人分享，直到终年。我一直在追求那种境界。

我还是想我妈，她要是学会这个包汤圆的新方法，会高兴得开怀大笑的。

三节合一的春节 　　　　　　　　（2013-02-28）

今年春节赶上了周末，让北美华人有了在一起"裹裹"的机会，要不大家上班的上班，上学的上学，想过节也得另择日子。不过今年有人征集签名要求美国总统把春节列为国家节日了，两三万个签名，对于嗷嗷待"节"的华裔们，还算个事吗？

只是中国的老祖宗太聪明，给春节赋予无穷的含义，真要是上了美国节日榜，恐怕得抢其他节日的风头！

春节是感恩的日子（感恩节的意义）——感恩父母的养育；感恩兄弟姐妹相协；感恩亲如手足的朋友；感恩员工的辛苦；感恩年来的风调雨顺或历尽坎坷；感恩所有打通和将需要打通的关系；感恩每天早上都要光顾的，路边形形色色早点摊铺的大厨们……

春节是交换礼物的日子（圣诞节的一大热点）——孩子要孝敬爹妈；爹妈要呵护孩子；上级要有所表示，下级应有所重视；把对朋友的爱悄不声儿地送出去；享受收到一份心意的惊喜和温暖……

春节是辞旧迎新的日子——是中国人的新年。中国人在阳历元旦的时候并不着急，一年之计不是在于春吗？所有拜年的话都会留到春节说，如果条件允许，都要留到大年初一以后说。工是要过了年才开的；地是要过了年才耕的；连买卖也是要过了年才高挂鞭炮开始营业的。

能把一个节日整得这么有内容的民族，真是得天独厚啊！

能拥抱的时候别握手 （2013-03-04）

在我夫家的系统中，我婆婆的拥抱质量是有名的。她比较胖，她的拥抱总是温暖厚实。由于她不像太"滥情"的一般美国人，对外人，她是吝于拥抱的。但我们，特别是她的孙辈，都记得从她那里得到的抚慰身心的"熊抱（Bear Hug）"。

20世纪80年代初，我认识了现在是老夫的Bill，远在他给我一个拥抱之前，有一天，他说那天给了一位他的美国女同学一个拥抱。他肯定从我的脸上读到了失望：

"她宣布和某某订婚了，这是我唯一能做的。"

"我才不在乎呢，你们还不是一天到晚拥来抱去的！"

"谁说的，这是我到中国快一年来的第一次拥抱。"

我和他的拥抱都是慢慢"稀释"，才得以"蔓延"的：不知到我们结婚以后的第几次见面，他才有胆量拥抱了我的母亲。我母亲是个敏感细腻的老太太，她一定从每个来自女婿的拥抱中，得到一点点的欣慰和安定。他给我父亲的拥抱则少之又少，其实就像他给自己的父亲一样。以致在我母亲的葬礼上，是我父亲冲上来拥抱他的："我万万没有想到，他那么急切地冲出来拥抱我。"

我该知道，我们——我和我弟——深陷在丧母的彷徨中，完全没有想到给这个丧妇的老人一个拥抱。

我第一次去 Bill 在美国的老家,是一人忐忑独行的。Bill 的弟弟来机场接我,他是一个单纯、散淡的中年人,特别自然地走上前来,给了我一个亲切的"Hi"和得体的拥抱,像我们是认识多年的老朋友一样。他让我自得怡然地"回归"了夫家。

离开居住 7 年的台北的前一天,好友婉燕开车送我到家门口,我站在路边向她挥一挥手,她嗔怪:"就这么走了,也不抱一抱?"我觉得再冲过去,从车窗里拥抱她,会有一种做作的不适,就抿嘴一笑,执拗地站在路边,又一次挥挥手,嘴里自言自语:"等再见,我会加倍拥抱你。"

早几年每次回北京,我独独拥抱潇,用这种无间的方法,传递彼此的思念和牵挂,感知和传达她在我生命里的分量。后来 Bill 一位没有孩子的姑妈在寡居之后写来的一封信中,写下"能拥抱的时候别握手"这句话,我更从每次和姑妈的拥抱中,得到和给予了更切实的爱意,直到她颐享天年。我享受着得到和给予的感动,也开始把自己拥抱的触角伸向了身边的朋友,和经久一见的故国的同学友人,在每一个拥抱中,尽情地传达无限浓缩的千言万语。

惊见双彩虹 (2013-06-18)

今天一拨好朋友聚会,第一次"入会"的叫虹,每进来一位都要介绍,"这是虹",因为叫"hóng"的人挺多,所以都要加重补充说,是彩虹的虹。

下午有一场暴雨,6 月中总会有的那种——万里晴空下,忽然就来了。傍晚带狗出去散步,还有些淅淅沥沥的雨点在滴。打开门,一道美丽的彩虹！我扔掉羁头绊脚的狗链，回屋去取相机，心慌着怕狗趁机逃走，更怕彩虹消失，快快拍下树梢头上那一线长弧。

我又带上狗继续每日的遛走功课时，才算真的惊见彩虹的全貌：

一道高阔华丽的彩桥横跨天空，彩桥之上是另一道若隐若现同样完整的七彩长虹——双彩虹！

一群穿着短裤和亮彩背心的年轻人叽叽喳喳地冲过马路，人手一机地狂拍，还嚷嚷着："这是我平生见过的最美的彩虹！"

一位从操场跑步归来的中年男子，满脸喜庆地对我说："好棒的彩虹！"

一对相互搀扶的老年夫妇慢慢踱出公寓，每人手里拿着一把伞，走向停在路边的汽车，我告诉他们彩虹的消息，还等着指给他们看到，他们终于赶上看到了彩虹那壮硕明亮的底柱，老头微笑起来，老太太大声说："真的是双彩虹啊，我们已经太久太久没有看到了。"

一叶知秋 （2013-10-05）

新英格兰的名产之一是秋天的红叶，在此地住了 10 年，竟没有特意去某个景点好好观赏过，大概随处可见斑斑点点的颜色，就不那么迫切地去追逐了。也不全对，可能"身在此山中"，就挑口儿了，每年都会询问我那在此地土生土长了 80 多年的公公成色如何。他老是说，今年的颜色很糟（lousy）。总结一下，我们就不再把这当回事，耐心地等着来年了。一拖，就从 45 岁到了尴尬的 55 岁——坐公车听到喊给谁谁让个座儿，还有马上站起来的冲动；可摔个跤试试，指不定断了哪儿，崴了哪儿，不太可能身轻如燕地一个滚翻，就站起来了。

有了对生命的一些感知和紧迫，今年先生一提说去露营，我连想都没想就答应了。早上6点，胡乱地做了两个三明治，灌上两瓶自来水，抓几个水果就上了路。

4个小时车程，心随着树叶的颜色起伏。还真不像我们一般想象的越往北越红，而是莫名其妙的不规则：看着有一段红起来了，兴致抬头。再往前开开又都是绿的啦，马上担起没赶上好时候的心来。后来琢磨出一点道理，公路偏内陆一点红一点，沿海一点就绿一点。等我们到了最北的缅因州中部的一个海岸小城，颜色简直和我们家一模一样。

放弃看红叶的选项，直奔露营的主题吧。我们把车开进了州立公园的营地，这里按无水无电、有水有电、有水有电还有无线网络分成不同的等级。我们家的原则当然是选最自然最环保最经济的那一档了。取下帐篷以后发现，没有带地下那块垫布，只好狠下心让有些脆弱的帐篷底，直接触到碎石和沙土混合的地面上。把帐篷摊开后才知道没带锤子，固定四角的铁钉扎不下去。这也难不倒我们从一穷二白的日子里过来的人，我去捡了两块有些分量的石头，Bill觉得够劲。设计精巧的帐篷很快建起来了。鉴于我带女儿去露营过，知道睡在水泥地面的坚硬难耐，我强烈要求带行军床过来，小床一支，那份舒坦就有了。这时我们又发现没有带手电，跑到街上去买，赶上有减价的，4块钱竟买了两个中型的。我选了红色，觉得很带劲。

回程顺路开车盘上一座公园里的小山，脚下这座以"山脉遇见海洋"著名的小城尽收眼底。夕阳下大海波光粼粼，群山郁郁葱葱。让人有长留在此地的冲动。下山吃过简单的晚餐，发现水不多了，少见地一致决定留给同行的狗喝，这样还可以减少上厕所的频率。点篝火是露营的保留项目，还好我们记得揣了几张报纸和火柴。缅因州规定（也许其他州同样）不可以用外省的木柴，因为可能把虫子也搬迁过来。我们买了一捆省产木柴，点起篝火。

后来发现断树枯枝很多，两个老财迷就不停地捡、不停地烧。过了好半天，我才喊 Bill 停下拾柴来赏火。篝火不仅仅是熏蚊子的。坐在火边的海滩折叠椅上，默默地映在火光中。每人心里都在想烤棉花糖——男女童军必做的项目：把大块的棉花糖插在树枝头上，烤得金黄，夹在两片肉桂饼干和一块薄巧克力中间，酥脆的饼干、香郁的巧克力加上流淌的甜蜜，是美国人的最爱。今晚，我们什么都忘记带了。

天完全黑下来，我们带上新手电去遛狗同时上厕所，也就百十米的路，手电就忽悠忽悠地暗下来，才知道为什么减价了。

临睡想把沙滩椅收起来，费尽心机也做不到，椅子是美国的一个较有名的牌子，可上面有醒目的中国制造。Bill 开口了："这么笨肯定是美国设计的，中国人不会设计合不上的椅子！"

蚊子太多，我们只能把笨椅子胡乱塞进车里，明天还折叠不起来就只好扔了，车里没地方让它们这么支棱着。

第二天一大早，我们去爬山，我们的狗第一次和我们同行。它的举动让我们想起第一次带小女儿去爬山：才两岁多，却一直坚持走在所有人的前面，还不断地回头来照应后面慢几步的人。真是个贴心的小家伙！上山有些艰难的路段，导致气喘吁吁和令人慌张的心跳过速。爬上山顶笃定能见到不同寻常的景象：更宽广的海洋船帆点点，更连绵不绝的山脉有了些颜色，一汪蜿蜒曲折平亮如镜的湖泊仰望着蓝天朝阳。人到中年还是有更上新境的可能吧？

没有满山红叶的记录，但收录小面积的秋色。我最喜欢一张一片红叶的照片，正是一叶知秋。

辑三 | 见世道

第一次做见证人 （2013-10-29）

向晚，和 Bill 牵着我们的贝利狗散步，最近和女儿们一起给这 5 岁的狗儿下了一道评判：它是不大不小、不胖不瘦、不精不傻的狗。女儿们挺得意这个结论，特别是不精不傻这句。

说着就走到了体育用品商店门口，再过一家殡仪馆就是警察局了。因为今天晚上镇高中有"家长开放日"，身边的麻省 16 号公路还是如上下班高峰时一样繁忙。走着走着，就见一辆越野车在有点昏黑的路段误入了"歧途"，突然驶向对面的车道。说时迟，那时快，"啪"的一声撞飞了对面一辆小轿车的后视镜，与之擦身而过后回到"正途"，继续前行三五十米。我们以为它在逃逸，它却在一个停车位上慢慢停了下来。再回头看被撞的车，也同时慢慢停在路的另一侧，有好心的驾驶人，驻轮等他捡起地上破碎的后视镜。他不算慌忙地穿过马路，首先向我们走来："你们是见证人，可以帮我做证吧？"

是一位英语纯正的中国人。Bill 挺身而出地担起重责："对，我们是见证人。"

他拿出手机想记下我们的电话号码，Bill 热心地提议："前面就是警察局，你们去通报一下，我们会等在这里。"

接着，他又用中文说了一遍。对方也许不懂中文，并没有在意，迎着肇事的黑人妇女走去，先问了她一声："你没事吧？"

她回答没事，他又关心地提醒说，她的车有一半停在了路上，然后耐心地等她做了调整，两人前后走进了警察局。

Bill 开始演练怎样叙述事发经过："车是在那个电线杆的位置相撞的。"

"不对，是在稍前的那个胡同口。"我一如既往地开始纠正他。

他立马急了:"你根本没有看清楚就乱说话,一会儿警察来了别和我搅和在一起!"说完一副和我划清界限的样子,拉着狗向另一个方向踱去。

约摸 5 分钟以后,相撞的俩人儿又前后走了出来,各自回到车边。闪灯的警车停在遭祸车后面。警察直接走向了我们:"嗨!这只狗挺漂亮,叫什么名字?看到事发了,是吧?"

Bill 用了近 10 分钟,详细而精准地讲述事发经过,中间老被警察用有关我们的狗的问题打断。这也让警察没有了问我的时间和精力,只是把我们完全搅和在一起地感谢了一通,就去和当事人说话了。Bill 一路分析着案情一路走回家。

第二天早上,Bill 一睁眼就说:"咱们得去一趟警察局,我还有一些要补充的见证。"

我笑喷了。

从最差升级到最佳的球队 (2013-11-06)

在全国范围可能还不行,但在新英格兰地区,红袜棒球队绝对是家喻户晓。不过,2012—2013 这一年间的震荡,却是这个百年老队和几代球迷都从没经历过的。

2004 年,红袜队经过 86 年的苦苦追求,再次站上冠军领奖台;2007 年又一次荣耀波士顿;接下来的 4 年饱受"伤兵"之拖累;2012 年球队花大钱重组,球星云集,却因内部沟通不良,惨跌至联盟最后一名。教练最精彩的记者会答问是:问,今晚谁是主投?答,谁会在乎(Who cares)。问,击球手的阵容是怎样的？答，随便（Whatever）。

换了教练，换了不算最大牌，但都有特点的队员（很特别的一次组合）。挟着波士顿马拉松爆炸案后的群情激奋——把"波士顿坚强"喊彻云霄；把"红袜队坚强"写在战袍上；许多队员留起胡子蓄志，大批的球迷留起胡子相挺；开季时少人关注，就兢兢业业地打球；战绩炒热以后，仍是勤勤恳恳地征战。大联盟冠军、总决赛冠军，红袜队又一次站上了领奖台。他们是21世纪第一个两次夺冠、近10年第一个3次夺冠的强队。

仅仅一年间红袜棒球队从最差到最佳（from worst to best），这是一个梦想成真的奇迹！

上个星期六（11月3日）风和日丽，百万波士顿人拥上街头，向他们的英雄致敬。这是自波士顿马拉松爆炸案6个月后，波士顿人又一次整体出动，这展现出这个城市的热情和坚强。红袜队员把冠军奖杯放在马拉松赛的终点线上，万众齐唱《天佑美国》。

一个孩子接受采访，他参加了自2004年以来，波士顿红袜队（棒球）、爱国者队（橄榄球）、塞特尔人队（篮球）、棕熊队（冰球队）获得全国总冠军的每一次庆祝游行。还有一个孩子第一次参加这样的游行，她决定以后有多少次就来多少次。这是一个生命对一个城市的忠诚，也是一个城市给予一个生命的骄傲。

在那家起司专营店里 （2013-11-13）

那是个周六的下午，街上行人熙熙攘攘，与两个在纽约上大学的女儿一起走进一家卖起司的商店。进这家店，是因为女儿们的好友K在店里勤工俭学。

K是大女儿大学一年级的室友，我送女走上人生征途的第一天就认识了她。那次她把头发染成近乎纯白（银），一脸不高兴地站在喋喋不休地抱怨学校宿舍不够整洁的父亲身边。那位父亲真的去买了一大堆清洁工具帮女儿打扫，让在一边当了半天听众的我们的老爸有些灰溜溜的。很快感恩节了，她没有回远在加州的家，来我家过节，返校后寄来情真意切的感谢卡片。这丫头敢爱敢恨的：半夜想家了提起电话叫比萨来吃，一眼看上了雪夜里来送比萨的小伙子，于是激情热恋了好几个月。大学二年级就只身到阿根廷留学了一年，据说西班牙语达到翻译文学作品的程度。可她又突然休学了一个学期，跑去和在军队服役的哥哥同住，在军营附近的农场里走来走去。大四的第一个学期我去看女儿，约好一块吃晚饭，我准时在接头地点的冷风中等她。一位漂亮的黑发女士优雅地上前问我："你是海燕吧？"

我完全不认识她耶？她笑了："我是K！"

女儿也约了她。她说为了凑够学分，她选了钢琴课，已经花两节课学习怎么坐在钢琴前面。我谈到担心女儿不能按时毕业，她诚恳地说："你们做父母的不用老是担心，我们有自己的想法，而且我们一定会'大学毕业'的！"

就是这个K，明明收到艾奥瓦大学创意写作中心录取，竟又婉拒了，跑到法国的一个畜牧场，以劳力换吃住待了两个月。目的是学习起司的制作方法。她打算毕业后回加州开一家养牛羊的农场，生产起司。所以大学的这最后一个学期，她都在这家有名的起司店里打工。

这店是洋溢一派青春的世界，店员都是神清气爽的俊男美女。我们的K身穿大红的工作服，回归本色的金棕色头发剪成极短的样式，戴一顶小黑呢贝雷帽儿，活力充溢。十几米长、一米多宽的柜台里是数不清的起司，站成一排的售货员，个个笑脸迎客，耐心为每一位顾客提供试吃，直到让他们找到各自的心头最爱。相当宽敞的店堂里，也满是年轻的顾客，以致我醉身其中，恍惚不知自己的年龄。中间一个开放的架柜上都是咖啡豆，阵阵咖啡香熏得人神迷意乱。我选了自认最香的一包，准备带给远在北京的挚友潇，真想把眼前看到的这光和影都递送给爱咖啡、爱美食、更爱青春的她！

小女儿在试吃了无数种起司之后，激动地给自己和室友各买了一种。大女儿则沉稳地为第二天的野餐会买了一种火腿肠，K 规范仔细地把它按要求切成薄片，每片之间都垫一张蜡纸，像在处理一件艺术品。收银台的黑人小伙子在我们付账以后，还要和我们仨击掌庆贺一下，又是一颗年轻的心。

走到街上有人在击鼓唱歌，阳光透过叶片点洒在路上，更增加了这家店的温暖和这个城市的魅力。

为什么不是我，为什么不是我们？　　（2014-02-07）

有人把美国橄榄球总决赛（super bowl）翻译成"超级碗"，我觉得"超级杯"看上去更专业一些。

2月初的总决赛一结束，就要等到9月才能再看到烽火硝烟。那些周末没有球看的日子，总逃不出些许落寞。

都是始于对自己家乡队的忠诚：今年初，我看到我喜欢的新英格兰爱国者队运气不佳——因伤连续折损几员头牌级大将，夺冠机会渺茫。就想给自己找另一个替代偶像，撑到看决赛的那天。试了几次都成功不了，打得再漂亮，也觉得和自己关系不大。由此我懂了什么是隔靴搔痒。也懂了为什么朋友小燕一家，从西雅图搬到波士顿以后"不怎么看球了，因为不是自己的队在打"。

一般地方电视台会转播地方队的比赛。我还懂了，堂妹他们那个十几年如一日的看球联盟，在自己的队衰落以后，"已经开始打扑克，球赛只是背景乐了"。

都是极尽参与之能事：今年买了一条爱国者队的裤子，逢赛一定穿上，到那次他们惨烈地输到 0∶28，抓耳挠腮使不上劲儿时，灵机一动，立马脱下那条裤子，结果开始反败为胜的美妙时光。好友却说，是她把看了三场输球的先生提前送去睡觉，给爱国者解的围。

也都要做期末总结：我和好友一致认为，媒体对今年的冠军太不公平——这是一支没有一个队员参加过超级杯的队伍，赛前几乎没有人"搭理"他们，一边倒地把胜利押给橄榄球联盟的大牌明星四分卫大曼宁（他有个比他夺冠还多一次的弟弟小曼宁），觉得他是当今顶尖的球员。这种"蔑视"压得年轻的西雅图海鹰队喊出："为什么不是我，为什么不是我们！"年轻人的体力、精神加上不服气，让他们精诚协作，我觉得还有上帝主持公道。大曼宁的野马队，从第一个球，就开始了悲惨的连续不断的失误，直至以 8∶42 的难看成绩单交卷。不知道小燕的先生高兴成什么样了，不知道西雅图沸腾成什么样了，不愿承认看走眼的媒体，开始一边倒地可怜曼宁。客观的体谅我绝对理解，毕竟他也是我选定的替代偶像，但如此的一边倒，就让人替海鹰队抱不平了，他们漂亮地赢得比赛，凭实力让至少一半的超级杯没有失色，为什么没有多少"权威"出来叫个好呢？

唉，不管媒体吧，我已经开始期盼那些神魂颠倒、心悸紧张，球赛又开始的星期天了。

愉快还是不愉快？ (2014-03-05)

2014 年，某省某城某饭馆儿某周末，来了两位客人，进来先找老板，要求请店里最不愉快的店员为他们服务。老板有些为难，想不出谁最不愉快，于是反其道而行之：给他们派了一位最愉快的服务员。她年仅 19 岁，全程服务笑容温暖。客人一边用餐一边和她闲聊，得知一些她的生活。

她从记事开始就在不同的寄养（有父母但因故——酗酒、吸毒、入狱、精神错乱等等——不宜教养孩子，孩子被送到自愿担责的家庭暂时居住）家庭长大，很少见到父母和另外两个兄姐，高中毕业上了一间社区学院，想学医疗护理，但上了一个学期就没钱交学费了，现在休学当服务员挣下学期的学费。

"我可以用这个办法慢慢完成我的学业！"她愉快地告诉客人。

客人点了两份午餐特餐，一些酒水和小菜，共花销 40 美元。他们给了她一张支票作为小费，金额是她下学期一学期的学费——5500 美元。

没有人知道客人来自何方，但很多人知道，愉快的服务员惊喜而美丽地微笑："下学期一定能回学校了！"

原汤化原食 (2014-10-08)

每想起说起这句俗语，就想到我慈祥的奶奶：她每回包了饺子、煮了饺子、喂了我们姐弟和家人后，总是端出这句话和一碗碗饺子汤——煮饺子的水。我们总是愚忠地把这碗汤喝下去，觉着了圆满！于我饺子和饺子汤是分不开的。

由此及彼，食堂的米汤和面汤也没少喝。现在说起来，挺科学也挺环保，是走在世界前端的。都说过去大食堂那种把米煮开，捞出来蒸的做法没营养，把米中精华都浪费了。其实没有啊，那一盆盆稠得跟糨糊差不多的米汤，不都是让我们顺道儿都喝下去了吗？每回我妈都提醒我："以前我们在乡下，就用这个喂婴儿。"米汤等于奶粉的概念，长留我心中。我妈说面汤除了喝，还能洗头发。看着她们年轻时两条粗黑长辫子的照片，我真的试过几回端面汤回家洗头发。但因为我一直有粗黑的辫子，又用惯了可以洗出一头泡沫的肥皂，加上后来有一天见识了洗头水儿，就对除了黏糊，看不出什么效果的面汤，始终停留在怀疑的境地。

咱们中国人真是离不开汤啊，你看三（四）菜一汤的晚餐，是小康之家幸福的征兆。过年大聚，南有"佛跳墙"这么一罐汤水；北有"全家福"这么一锅全烩。只有我们大中华的甜品有：元宵汤、芝麻糊、燕窝粥、莲子羹等不计其数，稀里咣当的好"喝"的品种吧？全世界中餐馆的经济午餐，如果没有蛋花汤、酸辣汤、馄饨汤做"头台"，还敢叫中餐馆儿吗？

我最爱的汤品是美得像一幅画、简单得任何新手都能得到荣耀、味道绝配得天衣无缝的一款汤——鸡蛋西红柿葱花汤。你可以用葱花起锅，带着一种爆香；也可以最后撒一点葱花，那就会有葱清爽的暗香。它可以丰简由汤，从清水到鸡汤、蘑菇汤，上至你能想得出的高级汤，主角鸡蛋和西红柿都会不失大家身份彰显它们卓越的搭配，达到至臻的境界。

我爱这品汤还多一份情愫：这是我最爱的妈妈做给我的一道暖心食物；也是我女儿最爱的、我做给她们的一道温情手工！

母女同心? (2014-11-16)

前天晚上,搭地铁去波士顿中国城,开车不到 30 分钟的路,我先用了约 15 分钟开到地铁站付费停车,又坐了整整 50 分钟的地铁。波士顿地铁是美国最老的地铁,线路一半在地下,一半在地上。而且它肯定是世界上最慢的地铁。但开车去中国城,停车绝对是比慢更大的问题。

进城是为了见 3 位参加旅游团路过此地的女士。

第一位是发小儿,10 多岁以前很长一段日子,为邻、为友、为校友、为同一个老师的先后期学生。那时候怎么也没想到,我们现在分开得这么远。也没想到那一年我们在亚运村公寓的老师家,久别重逢,眼望着即将完工的奥运主场鸟巢,谈天说地。后来我们又在英国剑桥大学的河边漫步过,一起感叹生命轨迹神奇地重叠。现在我接到她的电话:"在'天下为公'的牌楼下见面!"

第二位是发小儿的女儿,上次见她是大学新生,现在是华盛顿某大公司的白领。从一个青春盎然的少女,演变为气质沉稳的淑女,让人感叹时间流逝的同时赏心悦目。

第三位是我小学的同级同学,也是十二三年住同一个楼,又同住另一个楼的邻居。两人一掐算:竟有 44 年没有见面了。

回程还是摇摇晃晃的地铁,途中还偶遇了一次意外换车。在站台上等车的时候,经过一位穿橘色外套的女士:我在哪里见过她吧?使了劲也没有想起来。

"你的孩子在牛老师那边学过画画吧?"声音从背后传来。对上茬儿了,那时候我们一边等孩子,一边聊过天呢。

"有没有人说过你像殷秀梅?"

"中文学校的一位外婆说过,她就直接叫我殷秀梅。"

"我刚才一直这么想,还想怎么和殷秀梅搭话聊聊。"

在她快下车的时候,我们才触及到她学画画的女儿是谁:"你的女儿叫郝好?"

"对呀!"

"那么你的妈妈是不是中文学校会剪纸的那位外婆?"

"没错!"

"她就是叫我殷秀梅的人。"

"哎呀,这么巧,看来我和我妈眼力很相像啊!"

我也觉得巧,这个世界上认为我像殷秀梅的人,据我所知就这不约而同的母女俩。

新鲜凛冽的寒冷 (2014-11-20)

要去虹家里做瑜伽,两个人断断续续地在一起做了四五年。先生在身后喊:"天这么冷别骑车去,除非你疯了!"

骑着是有些冷。想到爸爸的一段"经典"往事:一个冬日的晚上,全家人围着温暖的饭桌,他手舞足蹈大声地说:"你们知道吗?今天零下了!早上我骑车出去,一阵风刮过来,这两只手冻得生疼,冷气从棉裤下面立刻灌满了全身,两个耳朵'欻'地一下子肿起来了!"

我们全都停下手中的筷子,端着碗傻瞪着他,想知道后来呢?他摇晃着脑袋满意地感叹道:"真舒服呦!"

这么急转直下的结果，出乎所有人的预料。我们回神了几秒，才大笑起来。我来自南方的妈下了结论："东北人多喜欢冷天啊，寒冷是他们与生俱来的享受。"

在东北农村插队的时候，我们住在没有一星烟火的土坯房子里，真的是漱口水在掉到地下之前就结成了冰。我们对面两铺的10个人决定挤在5个人的一面炕上，铺上所有的棉布和兽皮的褥子，再盖上所有的被子，最后还要用大棉袄盖住脑袋。这样，我们就可以很暖和地睡觉。翻身的时候要喊"一、二、三"同时动作才可能做到。半夜要起来去换班打场，月光、星光下村落被冻得没有了一粒尘埃，清新的空气在村落、马厩、场院、打稻机之间飘荡。在坚硬如石的土地上走过，你才会真懂什么叫"冻得杠杠的"。

去年冬天新英格兰多雪，有一次赶上两尺来深的，早上一打开门，我家的狗先愣了一下，之后就是连滚带爬、欢天喜地地开始撒欢儿。它还会仰起头深深地呼吸，好像能体会出不同以往的清新似的。出门早的话，一人一狗独处洁白、寂静、漫无边际的世界，和着一片新鲜凛冽的寒冷。

一年三婚 (2014-11-22)

在美国定下来居住整整10年了，头一回受邀参加婚礼，而且机会一来就是3个。

山　盟

头一个是在初夏，选在与黄石国家公园为邻的大提顿国家公园（Grand Teton National Park）举行。这两个公园分不太出你我，山连山、水连水的。新郎犹太裔的父亲 30 多年前，到这附近的印第安部落教授英文，在学生家访时结识了学生的姐姐，于是演绎一场真人版的《风中传奇》。他们后代的婚礼选在此地，就近了印第安族裔的一半家人们。

新娘按照现今的习俗，身着王薇薇婚纱，由父母亲共同相伴相偕走了出来，羞涩俏丽。主婚人、新郎、新娘在大提顿巍峨的雪山下，许下海誓山盟：相爱到地老天荒。

每一个婚礼餐桌上，都有一个巴掌大的小木屋，每个小木屋上写有一个地名，四面是不同的图画。新郎、新娘一起钉好木屋，涂色作画，记录恋爱的 8 年时光。他们带不走今天的鲜花、美景、酒水、糕点，但要带走这些浸透欢声笑语的小木屋，带着过去 8 年的故事，走向今后的人生。木屋顶上穿过一条缎带，成为圣诞树的挂饰，会每年现身在这个新组的家庭中，继续承载今后的岁月。

我问一位当地人，他还会如我这样对背后连绵不绝的雪山感动吗？他认真地点点头："绝对的，每天都为大自然神笔描画的不同美景而惊喜，天天、月月、年年。"

海　誓

第二个婚礼是在麻省著名的度假胜地鳕鱼角海滨举行的。阳光、白沙、深蓝色的海水，望出去勾魂摄魄，新郎对他的新娘说：

"我不能发誓说我能像瑞恩·高斯林一样浪漫，可是我保证珍爱你、宝贝你直到我生命的尽头；我不能发誓让你所有的事情都梦想成真，但我保证是第一个支持你、鼓励你、帮助你的人,目视你那些为自己设定的理想日臻完美;最后,我不能发誓永远没有不让你知道的秘密,仅仅因为我知道你常常期盼惊喜,我可以保证随时和你沟通、永远坦诚相见。有的时候,惊喜多么带劲,比如你即将册封的先生,秘密计划蜜月带你去哪儿,而你要在自己婚礼的这一刻才能知道谜底……"

这些话出自一个我从六七岁看着他长大的小男孩,心中充满了温暖。那是一个高大上的婚礼,我最难忘的是这孩子并不花哨的语言。

秋　韵

第三个婚礼在美国最小的罗得岛州临海的一个葡萄园举行,他们包办了婚礼的全部葡萄酒。一顶造型优雅的白色帐篷,被一串串小灯,在旷野中勾画出来。通往帐篷的小径两边,用装满心形鹅卵石的玻璃瓶,点上蜡烛照明。瓶子是新娘爸爸的收藏品,鹅卵石则是妈妈一粒一粒从海边捡拾的。小小的遗憾是那天一直阴雨,婚礼开始前的20分钟,天才放晴。金色的葡萄架被染成了深褐色,脚下也一片泥泞。但我们有一对豪爽、乐观、幽默的新人,一如既往地在晚霞中灿烂地笑着。新娘子刚一说完誓词,就急忙甩掉高跟鞋,不知从哪儿拖出一双雨靴,堂而皇之地穿在了脚上。

今年盛行蕾丝面料的婚纱,这个新娘子特别讲究衣着品位,却选了一款平滑面料的。听说半年前她就开始挑选婚纱。她在芝加哥工作,娘家和婆家在新英格兰,所以可以说找遍了美国东部和中部。一天,她终于找到一款满心合意的,高兴地传照片给妈妈看,哪想妈妈急电回应:"你选的这款和你哥哥的女朋友撞车了。"

哥哥和女朋友就是上面第二个婚礼的主角,他们的妈妈是Bill的大姐,今年既娶媳妇又嫁闺女,双喜临门。这位准新娘一听妈妈的回话,立刻哭了起来。其实她是个非常开朗、达观的人，总是揣着讲不完的笑话。也许她不常哭，所以这招儿一用就成了"杀手锏"。这款美丽飘逸、简约高雅的婚纱，如今穿在了她高挑修长的身上，成就了这个最美丽的新娘。

婚礼真是青春四溢的飨宴，是人生至善至美的一刻，是生命中的一个制高点，今年的这三个婚礼都几乎完美无瑕，如果我也有机会的话，我的选择会与他们不同。

终于蒸出小时候的水平了 （2014-11-26）

"你多高？"

"一米七。"

"欸，我也是，你穿多大号鞋？"

"39号。"

"哎哟，我说什么来着，咱俩是一锅儿的馒头！"

去年认识琪的时候，几句话我们就发现是一辈子的朋友。

我和挚友虹做瑜伽时，海阔天空地聊。一天聊到北方的馒头："回中国时，妈妈问我最想吃什么，我想来想去还是馒头，食堂蒸的馒头。你知道吗，我们食堂蒸的馒头远近闻名，我妈就叫我爸买一大袋等我回去吃。"

"你别再说了，说得我没劲儿做了不说，口水都快流出来了！"

于是我想到自己蒸馒头的事。我13岁就能蒸很好吃的馒头了，后来上大学、工作都有食堂的好馒头吃，就再怎么说也不自己蒸了。在美国、中国香港、中国台湾住的时候，我和好吃的馒头彻底失联了。想吃就得自己重操旧业，可是我一直没找到发面用的碱面儿，所以就英雄无用武之地了。其实我从来没有放弃过努力：学习用干酵母发面，干酵母技术不过关蒸不好。我逢人就打听，问一个人试好几回。几年下来，从发面开始我就紧张，一直心动过速挺到揭锅，听从各位指导的意见，快点揭或是慢点揭不等，面对的都是同样的结果，馒头跟核桃似的。我屡败屡战，竟很少成功过。

一个偶然的机会，我在超市买到一小袋碱面儿，又赶上淘到了面肥——一位朋友的妈妈帮她带孩子的时候，留了一块面肥在面袋子里，离美回京16年后又一次来看女儿，竟在面袋子里摸出那块老面肥来。于是朋友的妈妈重操旧业，蒸馒头的同时，还发放面肥，我就有了这个"引子"。以前最怕听我妈说的一句话就是："做砸了吧？很久不做手生了呗！"

现在我再也没有妈妈数道我，只好主动地向天上的她坦白交代了：我打小儿就会的手艺，竟然生得不认我了，那一袋碱面都快用光了，我还没有蒸出一锅好吃的馒头呢！

感恩节快到了，我想给吃素的林阿姨送几个亲馒头（自己的），就硬着头皮又发了一块面，我在心里鼓励自己：静下心来慢慢地做，享受这个过程。我不停地揉这块面，让我的手和它产生感情……

该揭锅了，我从锅盖上的一圈玻璃窗向里看去，又追着蒸气闻了又闻，关火，等几秒钟，"唰"地打开锅盖。我的妈呀，终于蒸出小时候的水平了！

穷养，富养，都不如教养 （2014-12-03）

记不得是从哪儿看到这句话的，觉得说得好，就拿来聊聊。

穷养、富养的先决条件是经济实力。过去条件不好，一家几个孩子都是穷养，而且不管男孩、女孩都一样。现在条件好了，别说女孩富养，即使是儿子，有人穷养着吗？

看第一代留学生，20世纪80年代中到90年代初出国的，没打过工、没吃腻最便宜的鸡腿、没捡过旧家具、没开过几百块钱旧车的人不多。第一代留学生普遍带有一份谦卑，让他们接纳的能力和范围宽广许多。这些人奉公守法，勤勉努力地融入主流社会。

而新一代留学生，没揣着信用卡、没配备全套苹果设备、没去直营点扫过货、没下过饭馆、没干洗过衣服的，可以称得上奇葩了。新一代留学生多了许多自信，生来与世界有所接轨，让他们吸取更多养分多了一些难度。但他们没有封闭自己，而是以地球村主人的身份，勇敢直接地参与着身边的社会。

无论在中国还是在美国，有教养是为人很高的一种境界，值得追求。教养是不以穷养、富养来界定的，只有家庭、社会、学校都注重了，才会有成果。所以倡导穷养、富养的意义没有多高深，大家都来关注有教养的问题，才是一个民族走向优秀的开端。

难到不能实现吗?　　　　　　　　　（2014-12-03）

中国人普遍以吃为天下一大乐事，婚丧嫁娶都有不同讲究的宴席，现在日子好了，更是家里、家外不断地变着花样地品尝美食。就是身在海外，中国人也没有落伍的感觉：先是没有好的中餐馆，大家就土法上马在家里自己琢磨。日久生艺，你看看海外中国人的"爬梯"，国宴比不上，整出个"省宴""市宴"的情况时有发生。

中餐业也随着海外游子的味觉，在五洲四海向更高的水准飘香。去年去威斯康星州的堂妹家，伙着他们当地的一组朋友去吃川菜。酒过三巡，有人骄傲地发问："你们波士顿有这么好吃的川菜吗？"

我看看身边的女儿，她慢慢地、肯定地对众人点点头。那人不放弃继续问："我们的好还是你们的好？"

我克服了一下谦逊的心理，坦诚地回答："我们的好一点儿。"

结果换来一桌长时间的沉默。这种州际的较量我们赢过那么一小局，可是撼动祖国这棵大树的可能性几乎为零，以我们三战三败的经历可以这么说。

先败在了曾经让我们赢过一局的"老四川"，这是我们吃了10年的馆子，满意度应该有95%。所以挚友潇潇的团来的时候，一进门，我们就暗里明里地吵吵着要带他们去，还把宝押在了最后一晚的送别宴上。结果鱼有新鲜以外的味道、海鲜锅巴像忘了放盐一样的无味、小笋肉丝像一盘糨糊、往日油润的辣鸡翅变得干枯……好在算账时，我们一如国人团体打得不亦乐乎，混乱中我和先生夹着尾巴逃了出来。

接着有恩于我们的琪和先生来参加女儿的毕业典礼，我们看上去成竹在胸。因为"重庆食府"近来做得风生水起，这一家有可以好得不得了的能力。我们甚至前期勘探了几次，觉得不会有失，结果是颜面尽失。他们本来没有像样的环境，靠的是菜品取胜。但大家整个晚上坐在简陋的场地里，等不到一个让人惊艳的菜，我们真有钻到桌子底下的冲动。看来巷子深的，也不一定有好酒，或者有好酒卖光了的时候。

夏天，我掌握了一个"秘密武器"——波士顿最好吃的广东菜馆，是来自广州的梁太带我去的。这里有我吃过的最好的"葱姜龙虾"。波士顿的龙虾举世闻名，葱姜是顶端的做法，有最好的厨师会葱姜爆炒，还会错吗？答案竟是让人欲哭无泪的：还会。一别44年的发小儿来此地旅游，大巴就停在中国城的牌楼下，走到餐馆3分钟，这是不是难逢的机缘？然而，端上来的龙虾却一改往日的风采，不红不白地躺在一团面糊里。好在我这次吸取教训没有大肆宣扬，只是悄悄地说波士顿的龙虾好像有名。发小儿们从美食大国来，自然对海外的中餐有无限的宽容。陪同的一位年轻的女儿还说："这儿的中餐比我们华盛顿的好吃耶。"我在她们不明就里的情况下，逃过了难堪。

今天和虹谈到这种种败绩，她竟然也遭遇过同样下场。我们一致纳闷儿的是，一个做出名的餐馆，保住水准和名声，让顾客没有丢脸的恐惧，难到不能实现吗？

将近100年的答谢 （2014-12-07）

1917年12月6日早上9:00左右，加拿大新斯科舍省的首府哈利法克斯发生了一场大火，致2000多人死亡，4000多人受伤。晚上10点左右，南方1100公里以外的波士顿，由抢险人员、医护人员、救援物资组成的车队在暴风雪中冒险北上。这段路程，他们在冰风暴中日夜兼程，整整走了两天——12月8日抵达事发现场——换下从火灾到当时分秒没停抢救伤员的医护人员，为无家可归的民众送去给养。

哈利法克斯市基本位于赤道和北极圈的正中间，是个美丽的滨海小城。小城和它所属的新斯科舍省惜情重意，1918年的火灾周年时，由红十字会、地方慈善组织出面在百里绵延的森林中选出一棵巨大、丰满的红云杉松树，千里迢迢南下，送给危难时伸出援手的波士顿市作为答谢。波士顿郑重地把这棵松树矗立在市中心公园绿地上，作为城市的圣诞树燃亮。

于今，96年过去了，中间经历两次世界大战、无数次两地政务官更换，几代人凋零、新生。每年、每年，由新斯科舍省政府接手的"答谢树项目"，从没有中断过。这棵树被选出（在红云杉、白云杉和香脂冷杉中挑选）、砍下、装车，一路闪灯（超长、超宽的车辆）直达波士顿（仅在中途的波特兰小休）。这棵高14~16米的大松树，成为96年来波士顿市公认的"市树"，它的点灯仪式也成为市民和游客观赏的特定节目。在欢歌、热舞、烟火的热闹氛围中，高大的圣诞树上缀满的6000颗彩灯瞬间绽放，开启古老美丽的波士顿圣诞节的快乐时光。

一场大自然无情的火灾，凝铸了美加两地人民解不脱的友情，而这友情经过近百年的维系，还是毋庸置疑的牢固。两地人民像兄弟一样关注着对方，波士顿著名的棒球红袜队、橄榄球爱国者队、冰球棕熊队、篮球凯特尔人队在新斯科舍省像他们自己的球队一样受宠，而这些队得过的奖杯，也都到过新斯科舍省这片特殊的"飞地"。

愿世界上这般充满情义的爱永不止息！

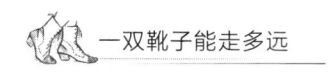

温暖美丽的圣诞灯饰 　　　　　　　　（2014-12-08）

　　1997年，我带两个女儿第一次回美国过圣诞节，飞机是在晚上到达的。从机场到我婆婆家有一个半小时的车程，每经过一个村镇，我们都被多姿多彩的圣诞灯饰吸引到车窗边：有房檐垂下来像星星一样一片片的，有各种动物造型的，有挂满吊饰的树和亮在窗边的烛火，还有高大的充气（加亮灯）的圣诞老人或雪娃娃。几乎家家户户都晶亮晶亮的。

　　我们到达的第二天，公公就带两个女儿去挑了一棵高大的圣诞树，因为还有一天就过节，树也卖得越来越便宜起来。树直冲到屋顶，都没有再插上一颗星星的余地了。女儿们忙着和爷爷把树披灯挂彩起来，满屋子都是好闻极了的松香。

　　圣诞树是圣诞节绝对不可或缺的元素，看到树就感到节在一步一步走近你。树来自四面八方：农场、卖场、园艺店、私人自产地。我们镇很多人都循着买男童军的树，再捐钱请女童军把树回收这条路。不知最早谁发明了圣诞树这个聪明的创意，你看，无论室内室外、真树假树、高树矮树，一打上灯，都变得璀璨起来。圣诞节也就亮闪闪地来了。

　　一般市中心、镇中心都会有一个"主树"，我们镇也不例外。但近三五年，据说是关乎各种宗教的平等，在镇属圣诞树的旁边，竖起一个伊斯兰教的月牙灯，还有一个犹太教的"八烛灯"，有些不伦不类的滑稽。看在基本圣诞灯饰都是来自中国的份上，也许过两年，这个组合还会加上咱们的红灯笼呢？

　　以前都是进了12月才开始点灯，现在有越来越早的趋势，可能人们觉得，延长个几天，感恩、圣诞两个节不就都够上了吗？当然，大多数人都是过了新年才熄火的，这一份喜庆是越抻越长了。

昨天出去，看到邻居年轻力壮的儿子回来帮老爸装灯，电线、灯泡、梯子等家伙事儿不少。我心里涌起一份感激，寻常百姓用自己对生活的喜爱，点亮自己的小天地，照亮邻里一片天。

美哉，温暖的圣诞灯饰。

撕开　　　　　　　　　　　　　　　　　　　　　（2015-03-24）

7：00坐第一班大巴赶去看过生日的大女儿。4小时以后到了纽约，因为想给她惊喜，所以没有通知她我要来，只是告诉了小女儿。

小女儿在赶毕业设计，忙得昏天黑地。我到的时候，帮她试衣的模特也到了，所以等了一个小时才得见。她匆匆地交代我，要等到下午她才能忙完工作。她插着空儿急急地给我扫了一遍她的设计，八分之一、四分之一、二分之一、五分之四成品不等。我趁机问她要不要帮忙，她说看不出我能帮什么。我赶快溜走，因为手里给老大织的围巾还没完工，也赶工呢！

16：00，又见到才去吃午饭的老二，通知我她要忙完至少是17：00以后，所以我安下心来织完了生日礼物。

我踏着一路飞雪去见大女儿，记得生她的前晚也是这样下着雪。不多不少的路人，不大不小的雪，不急不躁的父母和不哭不闹的孩子，把一路装饰得像一部电影。此刻，陪我的老二指着华灯初上的美丽的华盛顿广场说，最喜欢这个广场了，有时太累，就跑到这里来卖呆儿，放空自己。

19：00，我走向一脸惊诧的大女儿，祝她生日快乐！

第二天11：00，又到了要分手的时刻，我就像皮肤被生生撕开一样地隐隐作痛。一个女儿要毕业了，毕业设计能完成吗？她自己和别人会满意吗？她每天以沙拉为生能坚持多久？毕业以后她会做什么？她能做什么？还有一个女儿刚刚毕业，就在一个全部有色人种学生享受免费午餐（因为贫困）的高中教课，想方设法让孩子们多读一点点书。明年想找一个新的工作，在哪儿有？以后想再读书，怎么争取？她说明天要去在鼻子上打一个小洞。

"你又不是印度人，为什么要扎那个钉子？"我问。

"喜欢。"她答。惜字如金。（她的干妈潇就比我会说话："哎呀，我此生实现不了的理想啊，太好看了！"）

每次走近她们就觉得她们在越走越远，以前是每天电话，后来是三五天，七八天，现在一两个星期没有铃声。以前每次来纽约可以和她们混一天，现在被"接见"的时间只有一两个小时不等。知道，知道她们在走向成人；我想，我想一直把她们拥在怀里，做我的娃娃。世界上有自私如我的人，就有公正如此的准则——女大不用留。撕开是一种疼痛，锥心裂肺；成长是一派喜悦，欣欣向荣。

我吞下涌上的泪水，转身离去，强忍着决不回头。

迈开新年的第一步 （2016-01-03）

1992年，一个叫帕特里克·弗林（Patrick Flynn）的人，时任美国马萨诸塞州公园局局长。他发起一个元旦远足（First Day Hiking）的活动，借以倡导民众新年迈开双脚，走向大自然——州立公园。此后的20年，他每年的元旦都亲自参与元旦远足，直至卸任公园局局长。此后的5年，他仍然没有错过每一次元旦远足。2016年元旦，在波士顿著名的蓝岗州立公园，正是帕特里克25年前带队出发的地方，马萨诸塞州公园局授予他荣誉嘉奖。这个在这里起步的民众活动，已经名声远扬。2012年，全美国50个州的公园局共襄盛举，拉开"全美元旦远足"（National first Day Hiking）的帷幕。2015年元旦，有4万多人，在全美997个公园，走过累计近8万英里的路程。

2014年元旦，我先生兴起外出，赶上一支远足的队伍。他即兴加入，发现是一支高端部队，参与的人几乎清一色"独身"且着装精良。他拖着一身冬装和一双老旧全天候运动鞋，拼命和他们走到最后终点，过了一把累到不行的瘾。

今年他想起那个经历，建议我们跟进。我和在家的大女儿欣然从命，还捎上了我们家的"平凡狗"。今年马萨诸塞州有11个州立公园参与，我们在去海边、进山、入林、环湖之间犹豫不决，最后还是选择了离家最近的蓝岗公园。

12点庆祝25周年的活动开始，人潮踊跃。像邻家老爹一样的帕特里克接受嘉奖，戴一顶和园林工一样写有"元旦远足"字样的毛线帽，穿一件厚运动衫。他还是呼吁大家，走去户外，亲近大自然，享用国家和州立公园的美景，用和自然拥抱迎接新年。会场供应热汤和热巧克力，到处是窜来窜去的孩子，不时有相见不欢的犬吠，还有一群人举着阻止猎鹿的标语。

远足分程度不等的4队，由园林工们带队。他们尽责地在沿途贴上自己崭新的路标，还不时停下来照顾众人。我们选了一支三级的队伍。男女老少和狗齐全，着装混乱、五颜六色，大多是家庭组合。三级队一共有150余人，最后拉杂着走出有三五百米的阵线，见头不见尾。

在清新的空气和热闹的人潮中，两个小时很快地过去了，我们身心都添了一些精神，快乐归家。

同路的这个女儿恰恰生于1992年。

犟着不老——跑步 (2016-01-04)

在跑步这件事儿上,我始终是一个矛盾体。

我酷爱短距离的奔跑,从小最喜欢追公共汽车,100米以内我准会利利索索地追上。在小镇上中学的时候,追骑车的同学;下乡的时候,追出工的队伍;上大学,从教学楼到图书馆,从宿舍到食堂,常常是跑来跑去。跑动中的腾空感,有一种在风中飘动的愉悦,带出年轻肌体中饱满而涌动的活力。

可我又生来惧怕长距离跑步,一跑上400米我就撑不下去了,好像到了极限。上中专的时候,为了集体的荣誉——参加的人都有份——我跑过一次3000米"越野"。我的班主任老师说:"能看出你有多努力,因为你的脸上写满痛苦。"大学的体能测验有800米这一项,我是挨到最后一分钟,用最慢的速度勉强跑完,当时心痛腿软到几乎要晕倒的感觉,成为终生难忘的梦魇。

我挺喜欢开运动会,学校、机关的都有奖品可拿,可以在一两天里出出风头,在一个小集体中当一会儿英雄。至于项目,跑步绝不能超过200米。

女儿先上美国学校,每年有一个做游戏的"全员"运动天,钻圈、接力什么的,全体乱成一团,我觉得特别小儿科,看都懒得看。她三年级转到英国学校,玩真格的了,某一天让大家自愿报名跑步,挑条件好的组队,天天课后训练,老师无偿担任教练。女儿有点天赋,参加了两年英基学校南亚青少年运动会,出国比赛。运动队人人身兼三职:田径、板球、游泳。永远记得,在文莱40度的骄阳下,女儿为她的学校争得那天第一块金牌(400米)后那张通红的脸庞。我们搬回美国,她还凭那点儿老底子,参加了初中的足球队和高中的游泳队。美国的高中没有全民运动,参加运动队的,有许多"专业"训练的机会(女儿高中男子足球队的教练,就一度由2014年世界杯美国队的队长担任;东京奥运会女子马拉松第三名的塞德尔,就是在我们镇上高中的场地，由高中田径教练调教过的），没参加的，就此可能与体育无缘。

一转眼过了多年，某一天我突然悟到，过去可以 14.5 秒跑完 100 米，现在过一个较宽的马路，20 秒的时间都没有富余了。再看看身边，健身成为一种社会时尚：雨后春笋般生长的瑜伽馆，加之衍生出来的各种运动"吧"。把各种瑜伽、健身操、体操、舞蹈按不同比例加以糅合，冠以新名，常常以"吧"结尾。学校的体育馆晚上都有老爸球队在打球，早上运动场都有老妈队在做组合运动。最红火的当数跑步，每周 7 天、每天 24 小时都可以遇到有人在路上奔跑。细细看千姿百态：飞快的、缓慢的、矫健的、挣扎的、痛苦的、欢愉的、专业的、不入道儿的、各种肤色的、各种体形的、老的、小的、男的、女的还有看不出男女的。

跑步那根筋在我的体内慢慢苏醒，其中的生命力太诱人了。遛狗的时候我也会悄悄试着跑一段，心跳、气喘逃不掉，可还是能跑就足够自我安慰的了。灵动的感觉我没有了，慢慢撑下去的意志还残留。去年底，我给自己预备了一套红色的运动衣裤（见过一个跑步的红装女人，过目而不能忘），希望自己满怀信心跑进 2016 年。

没有塑料袋以前，我们是怎么过的？ （2016-01-05）

小女儿推荐过一个讲海洋污染的纪录片，成吨成吨山一样的塑料制品漂滚在海中，顽强而固执地蚕食着海洋。绿色和平组织企图拖动它们，但可以拖到哪儿去，拖向何方？

看着那些镜头，我自己也替海洋窒息。

于是兴起不用塑料制品的念想。

早起喝一杯牛奶,是从塑料瓶子里倒出来的。用玻璃瓶子装的,是最昂贵的一种,对于小康之家都会是一种负担,更甭提生活拮据的人了。在美国和在中国一样,送奶工成为一种绝迹的行业,再也没有爷爷奶奶为孙儿孙女取奶送旧瓶这么一回事了。我二十五六岁的侄儿,还享受过那种待遇呢!我看,近期内这种"古老"不会复兴。美国有些乳制品农场会有瓶装鲜奶出售,价高先不说,还注明着没有消毒过。这就会吓倒一堆如我先生一样的"现代人"。沿用这种服务的人会少之又少。美国的牛奶最大宗的是一加仑装的大瓶,而且现在瓶子可以回收,所以比小袋装奶有了一些进步。

去超市买菜,有什么东西不是塑料包装的吗?感谢一些城镇取消了购物的塑料袋,代之以布袋、纸袋或包装纸箱。可我们买一条鱼、一块肉怎么拿回去?想起小时候包肉的蜡纸,那时各家买菜都有个竹筐或麦秸秆儿的袋子,不怕流水流汤儿的。油盐酱醋也是带自家瓶子去打的,一个老瓶子用上几年呢!从现在这种抄起一瓶就走的快捷、利落中,会有人想到回归过去吗?我们只能尽量选玻璃瓶装的,回收和再生的机会大一些。

现在拿旧罐头瓶喝水的都是老古董了吧,瓶装水在哪个国家不是大宗的生意?其实很多检验证明,瓶装水和水管里的水质量相当。随身带上自己的瓶子吧,海洋会感谢你。

我最头疼的是垃圾,干爽的塑料袋可以回收,包肉包鱼包肠包肚的油腻塑料,让我直接想到海洋的窒息,可拿它们怎么办呢?都是赶紧地扔到垃圾箱里衬着的塑料袋里,眼不见为净了。我每次扔都有罪恶感。

小女儿是身体力行做环保的一类,她吃素、不喝瓶装水、不用塑料袋、今年准备外出吃饭自带筷子、自带饭盒装剩菜,这样的年轻人在增加。

我自己呢,多想想以前是怎么过的,对未来的世界尽可能少一点伤害。人低位卑绝不应该是没有责任的借口。

胖大姐遇到了老倔头儿 （2016-01-21）

全镇有 3 个邮局，随着全国邮路的萎缩，开在百博森（Babson Collage）学院门口的那个，两年前关了。剩下最大的和"最高"的（地处卫斯理岗）两个。离我家近的这个属最大。说大，其实也就三个柜位。美国邮局是现存最大的国企，它假期多，福利好。整得前几年在中国人的圈子里，好多人参加考试，想走进它的大门。可随着网络的兴起，它也如纸媒等行业一样没落起来，关张的事常有，进去的机会恐怕不那么多了。

我们这个邮局有几个老职员：一位英俊小生，懒散而潇洒地接活儿，这两年竟开始看到他用老花镜了；一位说话中气十足，背挺得倍儿直，有些学者派头的中年人；再就是咱们这位胖大姐了。

大姐五十几岁，老是把着靠窗这头，整天披头散发，有一搭无一搭地和人逗笑，不太在乎对方的反应，只管自得其乐。

"麻烦你给我两张圣诞邮票。"

"没有。"

大 12 月的她给人家这么一句。接着很快笑一下，拿出一些圣诞邮票，给还没缓过神儿来的人挑，自己却顾左右而言他，不再提"没有"是什么意思。

付账的时候，她认对了信用卡的尾数后，总要问上一句："我可以留下你的卡吗？"

你说不行，她就表演一下失望；你说行，她再说出她不准备用的理由。我先生有一次说："好呀，你不会比我太太花得多。"

"那还是让她花比较划得来。"

又一次他说："好啊，你负责付利息就好。"

"那一项不在我的消费里。"

我前两天去给女儿寄东西，听见一个老头说："给我两张印着美国国旗的邮票。"

"没有。"

她如常地作答，但很快地补上一句："真的没有。"

老头生气起来："这是什么美国邮局，连美国国旗的邮票都没有，你们怎么说得过去?!"

老头冲去办公室找领导理论，胖大姐平静地表演了一个稍稍失望的表情，又准备和下一位说"没有"了。

这一部电影得藏多少东西啊？ （2016-01-23）

10年前看场电影只要8块钱，是以最大的连锁影院为标准。慢慢的，椅子换成了现在的可仰、可卧自动随意调节的以后，票就涨到11块了。其实那种椅子挺奇怪的，无论你如何调整，就是很难找到一个舒服的角度，看片的这两个小时，你净和椅子较劲了，演的什么倒成了次要。邻近的牛顿镇西，有一家小影院，准是没能力换椅子，但常常放映一些"不入流"，或过了时效的电影，所以还坚持着存活下来。

那天，先生提议去看场电影，我们马上动身去了，到那儿一看票价涨到12块了，还挺固执地只收现金，不刷卡。先生实在觉得这样没道理："你去看吧，我在外面等你。"

我哪好意思如此没情没义，可又觉得因为几块钱，就如此粗暴地勾销了一个约定，也挺没道理的。于是俩人一路赌着气回家。

昨天，先生不动声色地说，咱们去看那天的那个电影吧？我说好，就马上去了。

看的是詹妮弗·劳伦斯的新片《奋斗的乔伊》。我喜欢詹妮弗的表演，小妮子自然、入戏，是个演啥像啥的好演员。她已经因为演这部片子得金球奖了，正在向奥斯卡进军。我就是去看她的，电影非常一般，谈不上烂片，也够不上好片儿。可我们家那位特别喜欢这部电影，夸了一个晚上。

今天一早，他第一句话就兴冲冲地说："知道灰姑娘的故事吧？灰姑娘有后妈，乔伊有后妈；灰姑娘有同父异母的姐姐，乔伊也有；灰姑娘要每天拖地做苦力，乔伊也拖地，也做苦力。你有没有看出来好莱坞的编剧模式？"

我说看出来了。过了一会儿，他又说："乔伊的前夫是东欧来的，她妈妈的男朋友是海地来的，那个名义上的后妈是意大利来的，她的好朋友是印度人，她工厂的工人全部是南美来的，美国可真是一个移民国家呀！但是他们一个中国人也没放。"

想想真是，大家都凑到一堆儿了，竟然没有中国人？！

再过了一会儿，他又想起新的议题："你说，乔伊的妈妈、姐姐、乔伊、她的女儿，这些白人妇女怎么都没有完整的家庭？唯一有完整（完美）家庭的是那对怀抱婴儿的黑人夫妇。你不觉得这和我们身处的现实有些相反吗？"

我心里说，电影在一定程度上不是都在描画一个"理想"社会吗？

又过了一会儿，他又说："好莱坞是犹太人的，可是这部电影怎么一个犹太人也没有呢？除了那个犹太人的大公司以外。"

对啊，不是那家公司执掌着乔伊的"生死"大权吗？犹太人正是幕后推手吧？

最后一次，他为自己做了解释："花12块钱看一场电影，非得多想清楚一些事情，才值得回票价呢！"

一位骁勇善战的绅士 　　　　　　　　（2016-01-27）

有些体育明星给人骁勇善战，疏于思考的印象。我先生从没有带女儿们去看 NBA 现场球赛，其中一个理由就是，球员整场都在骂骂咧咧，全是脏话。还记得那一年的足球世界杯，法国队长齐达内因为遭对手球员骂娘而气急出手，结果红牌出场，使得法国队失去夺冠的机会。

骂人成为了一种体育文化、一种习惯，甚至一种战术。

所以听到以下的故事，让人倍感欣慰。

现效力于亚利桑那红雀队的美式橄榄球明星 Larry Fitzgerald，是一位优秀的球员，更让人敬佩的是他骂不还口的功力。当有人骂他妈妈，骂他太太企图激怒他的时候，他都会以友善的问候回应：

"你家里人都好吗？"

"孩子们都好吗？"

"你的太太也很好吧？"

在一片骂声中成长起来的 Larry，以自己独树一帜的态度，成就了一位体育绅士，开创了一角新的文化，养成了一个新的习惯。让我们在看到他优美球艺的同时，感到一份温暖。

因为是最后一次了 　　　　　　　　（2016-01-30）

今天早起去遛狗，难得的我俩可以同时出动，连狗都高兴起来，走得比以往一个人带它要来劲儿。

经过一条小街的路口，一辆黑棺车直愣愣地在我们面前转弯。因为是装运棺材的车，所以外形也做得很像一具棺材。这种车殡仪馆都备有，可能是定做的。往往这种车打头，后面跟着送葬人各自开的车。一般会在各家车上贴一个葬礼的条子，这样他们就会连成一串，如果车多，警察会出面维持交通。

我们眼前的车队也是鱼贯而过，没有一丝停不停下来的犹豫。先生等得有些不耐烦了："为什么就没有人给行人让一下？"

是的，在我们这个州，有汽车礼让行人的法规，你站在没有人行道的路边准备过马路，车应该主动停下来。

"有人是最后一次走在路上了，理应让他们先行。"

我把心里的想法说了出来，给逝去的生命一点关注和送别……

病来如山倒，病去如抽丝　　（2016-02-13）

挺小的时候妈就老说这句话，因为她体质虚弱，老是病病歪歪的。她说这句话是从她的妈妈那里学会的。我的姥姥出生于烟台乡下，但识文断字，一副大家闺秀的气派。因为我是由文盲的奶奶带大的，所以始终觉得照片里的姥姥有股子傲气。我出生的时候，姥姥来京看过我，但她不能适应北方的气候，住了月余就匆匆南归了。我们祖孙再也没有机会见面。在我心里，一直觉得姥姥是一种命脉的传承，因为她在证实着母亲这一条线。就像我现在对我的女儿常说我妈如何如何，我也是这样听自己的母亲转述给我姥姥的一些人生的。

最近重重感冒了一场，在一两个小时之间，突然病得倒下来，冷颤到不能自已。我把手边有的板蓝根冲剂、感冒冲剂、大蒜水、姜糖汁统统灌了下去，并不见一点成效。最后，我只好喝下一小杯美国感冒药，却明显地觉得药在克制所有的症状。第二天一早我又喝了一小杯，至中午，感冒的"梗"全部龟缩在了喉咙以下。到晚上，无冷无热、无风无寒，我以为自己痊愈了。山倒的经历我是有了，但抽丝有些太夸张了吧。

正在这样想着的时候，我开始咳嗽，而且一发而不可收。接下来的两个星期，我都担心我会不会把自己给震碎了。从早到晚，从夜到日，我只是执着地做咳嗽这一件事。我从中药跳到西药，再从西药跳回中药。咳嗽以每天百分之几的频率递减，一小绺、一小绺地，到今天这丝也谈不上都"抽"出去了。

现在真信妈妈的话了，就像她真信姥姥的话一样。

饺子是要大伙儿包大伙儿吃的　　（2016-02-18）

女儿去看朋友，我说："包些饺子给她带去吧？"女儿大悦。她有别的事要忙，我只好单兵作战。挺习惯了，嫁了一个视吃饺子为乐事、包饺子为畏途的先生，我只有单打独斗一途。但每每独自走完一整个流程，我总在怀念包饺子的那份聚合的热闹。

旅美作家聂华苓的先生美国诗人安格尔就说："中国人包饺子一定得说很多话，好像不说话，饺子就包不出来。在一片嘈杂中，饺子像一只只小船列队而出。"

妈妈抗战时在重庆读中学，50年后，当年的同学们重聚我家，十来个白发老人叽叽喳喳在一起包饺子、叙旧、唱歌。

"大家疯得如同是蟠龙山麓当年的那一伙女孩子（女校），那些听了歌的饺子别提多好吃了！"

好几次到美国公立学校去示范包饺子，一个班的学生都伸手参与。大家包得认真，吃得也尽兴，吵吵闹闹的更是快把教室房顶给掀起来了——学到包饺子的真谛了。

为了凑热闹，我好多次主动上门帮朋友包饺子，像个小作坊似的，包它几百个饺子，大家插科打诨地聊上一场。有时，我想包饺子实在想急眼了，就呼朋唤友地在自己家整一场饺子宴，一享大伙儿包大伙儿吃的乐趣。

我老是不服气日本寿司，饺子可以达到的境界应该比它高多了，走向国际的应该是饺子呀，怎么到处都是寿司店，就找不到几个饺子馆儿呢？

感谢奥斯卡的勇气和胆量　　（2016-03-04）

好像一个报纸、电视广告都没有，奥斯卡颁奖前几天想看，只有一两家影院演了，而且一天只演一场。我匆匆赶去，竟然没有票了。后来这部声响不大的影片《聚光灯》得了奥斯卡的最佳影片奖。今天，临近的大影院倒是都每天演四五场了。我赶去看了早场，举目环顾，都是白发苍苍的老人们，看就在自己身边发生的事。一群敢直面人生的人。我的先生就打死不看："还有什么比性侵孩童更卑鄙的事吗？我不愿看到如此丑陋的事件。"

影片依据的事实就发生在几年前——《波士顿环球报》揭发天主教神父

猥亵儿童（主要是男童）事件。这部纪实性电影，全片紧凑得让人几乎不能呼吸——没有枪弹，没有打斗，没有俊男美女，没有离奇的情节，只有新闻从业者那一腔熊熊燃烧的激情。他们用手中的纸笔，挑战一个巨大的宗教王国，用智慧和胆量，揭开厚重污垢的黑幕。

天主教在多少美国人心中有至高无上的威信。我先生的姥姥是一个一辈子没有走出过家门的主妇，连她去教堂要穿的丝袜都是先生帮她买来。可她几乎没有落下过一次去做礼拜的星期日，可见教会就是她的世界中心。她和她的10个孩子的家庭，和千千万万美国中下层家庭一样，用从嘴里省下的钱去做每周的奉献。在他们的面前撕开黑幕，让人看到内里的龌龊，有残忍更有胆识。奥斯卡不把奖颁给《聚光灯》，没有人会说什么，现在昭告世界地把大奖给了它，让人对这个"花花世界"的奖项刮目相看。

我做过记者，或者说做过年轻的记者更准确。心里真是羡慕这些同行，一辈子能做一次这样的文章，所有的梦想都圆了。

失去制动的生命之旅　　（2016-03-07）

B君昨天过生日，晚上，他幽幽地说："今天，我57岁了。我都57岁了！"

"我都快58岁了，你57岁的惆怅我早就蹚过了。"我不吱声儿地在想。

"我怎么没干什么就57岁了呢？"

我也在为这事儿发愁呢，我还是不吱声。

"我已经老得做不了什么了吧？"

在你开始什么都不做的时候，你并不老！只是感觉不到老之将至。

我们都陷在黑暗里，悄然无声。

我想到上个月诞生的那个红发的女孩，她已经20多天大了，生命从一开始启动就失去了制动，只一味地向终点而去。我们能做的有很多，我们能做的又有什么吗？

生日快乐，B君！

可见美丽的风景和生命力 （2016-03-14）

还是冬天，查尔斯河上已经是船帆点点了，对岸是举世闻名的哈佛大学和麻省理工学院，路上是络绎不绝晨练的人。多数是让人看着眼热的年轻人，可也不乏中年人、老年人。B君说我骑得像个哈佛的女学生，我笑："是个看过许多哈佛女学生的老太太！"

去年（2014—2015年）冬天，我们也是在这里走路，走7英里（12公里）这一圈，花了不少时辰呢。地上布满冰雪，一步一滑，让人走起路来觉得艰难。特别是在一个桥的底下，渗漏的雪水结成冰，像钟乳石一样高低起伏。我手扒着桥洞壁慢慢蹭过去，觉着惊险。身后有脚步声，我赶忙侧身，贴着桥壁站直给来人让路。是一个健壮、消瘦的小伙子，我眼睁睁看着他步伐矫健地跑过去：一双最新款、最轻、最合脚的运动鞋，一对膝盖正对前方，脚稳稳地踩在冰上，他一步没停地跑过这条"钟乳石"区，竟没有一次稍稍的滑动。他身着运动短裤，一双小腿浑圆紧实，跑动中不见一丝的颤动。

马上想到1981年夏天，和大学同学爬黄山，常常有挑夫擦身而过。他们个个消瘦挺拔，老旧的军裤挽在膝盖上边。每个人都有一双全部是肌肉的腿，黝黑着布满汗水。对比我们自己越来越酸痛抬不起来的小腿，他们走得稳健自在，一会儿就不见了"腿影"。

年轻真好，紧实的肌肉真美，给自己加个油，走在他们身边，永远可见美丽的风景和生命力。

仅仅是祸不单行吗？ （2016-04-12）

阿曼达·克拉克是美国加州一位18岁的高中应届毕业生。她身材矫健、笑容甜美，喜欢向人们讲述自己大难不死的神奇经历。2006年3月31日深夜，她遭遇车祸，原因是她在驾驶的过程中使用手机发送简讯。她驾驶的汽车翻卷了3次，全车唯有她头顶的一小块钢板没有损坏。这块钢板庇护她逃过一劫，侥幸没有受到致命的伤害。

她觉得这是生命向她敲响了警钟，让她亲历生死一瞬间的惨烈。她把这段经历做成集锦，向同学们宣讲专心驾驶的重要性。而且她确实身体力行起来，开车不用手机，谨慎驾驶。特别是在曾经使她游走在死亡边缘的十字路口，她会放慢速度，安全通过。日子一天天过去，阿曼达渐渐忘掉了那场事故。

时间流淌过整整一年，来到2007年4月1日，阿曼达又一次遭遇车祸。这次她没有那么好运，救援人员花了40多分钟才把她从全毁的车中救出，她年轻的生命永远地停留在了18岁。事故调查的结果显示，在发生车祸的那个瞬间，她正在发送一条手机短信……

如果上帝神明都不能警示你,那么人类一定会有束手无策的一刻。

阿曼达的妈妈成为驾驶安全的宣传义工。虽然讲过多少次,她提起还是会止不住泪水:"安全不是一天两天的事,而是你永远都不该忘记的每天的功课。这个世界上,不应该再有父母对孩子说再见!"

一座树木博物馆 (2016-06-06)

知道这个公园好几年了,碍着有"墓地"这个词嵌在中间,不想去的意识自然地起了作用,竟没有去过。前两天是美国的"阵亡将士纪念日"——这个节现在更有美国清明节的意味——想到这个景点儿,正好没有顾忌,我就去了。

奥本岗墓地(Mount Auburn Cemetery),紧贴着波士顿"城"边儿上,是1831年,在一位毕格罗(Bigelow)医学博士的倡议下修建的。在此之前,黄热病夺去了纽约市1.6万人的性命。毕格罗博士认为,城中心密集的墓地,是疾病快速传播的来源之一,因此他倡议将墓地移到郊外空旷场所,并且广植树木,让大自然积极循环,生生不息。

185年过去了,这里变成了占地173英亩(0.7平方千米)的树木博物馆,5000多不同品种的树木在这里茂盛地生长开来。因为游人稀少,停车位竟在公园里的小道上,只要注意不压到草坪即可。墓园里有10英里沥青路面的小道,还有很多自然步道,所有的路都以树木的名称命名,美声美意。

几乎每一棵树上都有它的名牌,凭借导览你可以学到许多树种的知识,而好奇心又会带着你去一一寻找，找那些你闻所未闻的树木安身何处。找到以后，你准会对树的造型，叶片的美丽，全树的风采感叹不已。我就这样走着、找着、赞叹着，三四个小时竟"咻"地过去了。其间我们还爬上园中的华盛顿塔，一览波士顿、剑桥、查尔斯河及周边小城360度美景。当然，你脚下最茂密的是这个公园起伏的苍翠林木。园中有两个人工湖，可以看到珍稀鸟类，衬在如画的水面树木倒影之间。

朋友问，看得见石头（墓碑）吗？看得见，这里埋葬着9万多个曾经的生命。所以只要把相机镜头拉远一点，你就躲不开石头。但因为石头有各种材质、造型，而且并不像一般墓地"排排坐"，而是散开在壮观林木、美妙花草之间，再加上不时进入眼帘的各种雕塑、名句、诗歌，它们都完全没有墓地的阴森。园内有许多名人"居所"，一路看过去，你有几分探访了朋友的意外惊喜。

作为美国第一个乡间公共墓地（区别教会墓地和私人墓地），奥本岗在美国有许多效仿者，连世界闻名的纽约中央公园都有它的痕迹。所以它可以自豪地宣称自己是"美国最好的墓园"（没有之一）。它与时俱进，园内有一处"上墙"的墓碑，还有种树纪念往生者的项目在推展中。人类从全葬，到火葬，到现在新兴的树葬、海葬，在不断地进步着。

我和B君由衷地喜欢这个墓园，这里有逝者的宁静，更有生命的成长，大自然在这里上演着令人目不暇接的四季更迭、物种繁衍。难怪它在脸书和旅游网站上都得了满分，所有发现和走进这个园地的人都会竖起大拇指呢！

养成在星巴克庆生的传统　　（2016-06-09）

早起遛狗碰到一个冬天没见的宝比——一位体态微胖，声音洪亮的房地产经纪人。我说："好久不见了。"她回："冬天我就不大老远（约2公里路）走到这边来了。"

我附和："可不，今年这天儿老是暖和不起来。"

她大声赞同："所以我们很久没见了，一会儿来这儿给我庆生吧，我给自己筹办了一个生日聚会。就在这里。"她指着身边的一间星巴克说。

我来了，全是因为对她这个举动好奇。一到先给她一个拥抱和一句"生日快乐"！她则发给我一张小礼券，名片大的一块小纸头儿上印着些花草。凭此可以到店里"拿"一杯你自己喜欢的饮料。店员统一刷一张卡算账。我点了自己最爱的拿铁。再出来，十几个椅子基本满座，有人友好地招呼我坐在她旁边的空位上。宝比大声招呼我吃切成麻将般大小的蛋糕。

环顾四周"来宾"，大都在30至80岁之间，其中九成为女性。大声、小声之间了解到，有人是她的同事，有人是她的邻居，有客户，更有同上幼儿园的"发小儿"，加上"妈妈还没生我们时就是朋友"的娘家的邻居。好多人是靠互联网相互找到的。邻座问我与宝比怎么认识的，我回答说"我们同为狗的妈妈"。

并且，我们的女儿是相互不认识的同级高中同学。人来人往，一直有川流不息的架势。来人多给她一张卡片，偶尔有带小礼物的，还有一位带了一盒新鲜的草莓，被宝比摆在桌上，让大家品尝。

谈笑间，我才知道庆生会已经有五六年的历史了。宝比和她的"亲们"习惯了这个每年一聚的日子，"她的运气真好，每年都赶上这么阳光明媚的天！"

宝比不时回头瞄几眼："今天不会有惊喜，有一年我女儿突然出现，乐死我了！"

人们谈彼此之间的朋友，谈新发现的景区，谈最近去做过的新鲜事——宝比和"幼儿园"最近去"动态钓鱼"，站在河里甩线出去那种。宝比和每个离开的人告别时，会有单独的安排：约吃饭，约会面、约活动，忙得不亦乐乎。

我听着、看着，想着：养成在星巴克庆生的传统挺好！

庆还是不庆，这不是什么问题 （2016-06-24）

"祝你生日快乐，祝你生日快乐……"

一大早，就听到小女儿发来的微信，她像我也像 B 君，对自己唱歌的音准没有什么信心，所以她在小心翼翼地唱着这首世上最简单的歌。我听得挺乐，赶紧收藏起来。

喜欢给家人、朋友庆生，透着对一个人特殊的感情，每个人都有自己独享的一天，尽情地在这一天里，做无尽的梦。可眼瞅着一年年变老，我很怕自己的生日来催促和点醒什么，庆生会承担下多一分老来的惊恐，不庆生又不习惯那一份失"宠"。所以我对过生日的态度总是很暧昧，扭扭捏捏的，没有什么担当和姿态。

50 岁那天，B 君的二姐———一位善解人意的甜姐儿———给我打电话来："欢迎你，新生的婴孩！（Welcome new born baby！）"

给她这么一说，我还真涌出格外的骄傲来，没太伤感"半百"的压力，反倒觉得自己特别年轻了一把，又有可以肆意挥霍的岁月了。

这次生日，B 君大姐寄的卡片在当天早上收到，图案是一张图书馆的借书标签，封面上写着"赶紧翻开书页"。遵旨翻开一看，里面写着："生命开始了新的篇章！生日快乐！"站在这个角度看出去，心果然宽广了许多，那些矫情的哀叹都没有了颜色。手里的日子充满可能、机遇，更大有希望。

所以说，无论在人生的哪个年轮上，无论庆生还是不庆生，根本都不必纠结，因为太阳会照常升起！

今晚所遇 （2016-12-20）

遛狗遇到 8 年前的邻居，她问我是不是还住在老租屋里，我说还是。她一脸不相信的诧异！我问起她的孩子们。搬来的时候，老大将近一岁，我有事去敲门，开门的是一脸挣扎的她，怀里的孩子全身赤裸，脸上一对惊恐的泪眼，直愣愣地望向我。说完事，我赶快把正在较劲的母子关回门里。怀女儿的时候，她一直卧床安胎，有两个晚上我还被叫去"救急"——待在她家陪睡着的儿子，他们夫妻要赶到医院去。她比以前平静了许多，路灯下，大红的羽绒服衬着她的脸神采奕奕。她说儿子已经上初中了，女儿上三年级。现在赶着去看儿子打篮球。我记得搬走的时候，女儿抱在怀里，儿子紧紧攀在妈妈腿上。

快走回家的时候，我又见到一个熟人——一位长期在图书馆做义工的先生。他的腿不好，但他说"如果不走，我很快就不能走了"。

我 10 余年前在教会认识他的太太，是个麻利有主见的人。我在养狗、遛狗的 8 年中，无数次与夫妻俩相遇。每天早上，身轻矫健的太太昂首走在头里，一瘸一拐的先生随后紧追。太太永远夹一份当天的报纸，先生偶尔提一小袋杂物。半年前，老见他自己走来走去了，一打听原来太太得了乳腺癌，卧床不起了。再细问知道太太已经 91 岁了，先生自己也 81 岁了。我吓一跳，因为依我看，他们也就 70 岁左右的年龄。他说结婚时，太太说自己年龄太大了，所以没要孩子，家里只有老两口。

今天我问先生，太太怎么样了。

"你不知道吗？"

我想完了，准没好消息。

"她 3 个月前去世了。第一次化疗之后，她觉得太痛苦，决定不再做第二期，很快就走了。我们结婚 53 年，我特别想念她。"

这位先生永远是一条吊腿单裤，半袖 T 恤加一件薄夹克。冷风中，今晚他愈发显得单薄。

春夏秋冬、草木枯荣，生活犹如一条永不停息的大河！

为女孩儿叫好 (2017-08-30)

我早起去跑步，见到一个 10 岁左右的女孩儿：牵一只和她差不多体积的大金毛狗，牵得紧紧的。短裤，宽大的外套，松垮的领子里伸出直挺细长的脖子，再看那张小脸儿，凑齐全部的严肃和坚强。狗有点走偏，她紧了紧"缰绳"，低吼一句："No！"

天光才渐渐亮起来，看看四周，没有一个孩子的身影，我心里为这女孩儿叫好："有出息！"

也是今早，我看到一条新闻：一位学校员工去参加聚会，人散去后，他回主人家偷出人家 7 岁的孙女，他在车上曾掐紧女孩儿的脖子，被女孩儿挣脱。又走了一段路，上了一座桥，他忽然丧心病狂地把孩子扔进了河里，以为她必死无疑，自己畏罪逃之夭夭。可女孩儿从水里冒出头来，游了 100 多米达岸。朝着有灯光的房子走去，屋里的女主人替她报警，并告诉警察，这个孩子十分坚强。罪犯很快被绳之以法。

我仿佛看见那小小的身体，在不太温暖的河里奋力搏击。心里为这女孩儿叫好："有出息！"

是并床抵头的亲兄弟耶 （2017-08-31）

我和先生带公爹看医生，之前顺便帮他跳出早餐麦片粥的老套，出去吃了个热早饭。

老人家吃饭慢，先生吃完出去遛狗了，我留下来等陪。

有人挂着拐杖进来，我不敢相信自己的眼睛："喂，这是你弟弟莫尔吗？"

公爹回头看了一眼："正是！"

我走过去领回莫尔叔叔，两位老人打了一声招呼，就一声。莫尔叔叔热情开朗，把我介绍给每一位服务员和每一位他认识的客人，告诉他们我是远道从中国来的。

"我到这里的次数超过经常！"

他的不好意思里带着些炫耀。我和莫尔叔叔聊起来，从他的健康到儿女孙辈。公爹则稳稳地专注在早餐松饼上，并不参与身旁的任何喧嚣。

老一辈有4个兄弟，一间小卧室拼挤着4张床，公爹和莫尔叔叔只差两岁，同寝共食的时间最长。莫尔叔叔是一位救火队员，他比参加过海军的你公爹结婚早。所以，到公公娶婆婆的时候，他们两口子是伴郎和伴娘。两家人一直住得不远，妯娌在世的时候，星期月半总会聚首。

看着餐桌上各忙各的的两兄弟，我有些疑惑：这是那一对并床抵头的亲兄弟吗？

外一篇

陪86岁的公公去吃早饭，一家乡村小饭店，除了早、午餐，还买自产的枫叶糖浆。那天早上就注意到，蒸馏糖浆的铁炉，在晨曦中飘着袅袅轻烟。空气里有些许甜腻的味道。

公公一向吃饭慢条斯理，现在年纪大了，更是耗时良多。我三下五除二吃完了，只好东张西望起来。见到柜台上有一张卡片，读后有点忍俊不禁。上面写着：

Marriage is like a deck of cards. In the beginning all you need is 2 hearts and a diamond. In the end you wish you had a club and a spade.

它说："婚姻就是一副扑克牌，开始的时候，你只需要2张红桃（两颗心）加一张方片儿（钻石）。到最后，你希望自己有一张黑桃（大棒）和一张梅花（掘墓铲）。"

好巧思！

在纽约过圣诞节 （2018-01-10）

在纽约住过 8 个月，俩闺女在那边读大学、工作八九年了，我们全家却没在纽约过过圣诞节。今年感恩节的时候，我们 4 个憋足了劲儿说今年的圣诞节在纽约过。

我和 B 君早上 5 点上路，不到 9 点就到了城里，等车位等到 11 点，老大正好赶过来，全家大团圆。

随后，我们去布鲁克林会堂——一座市中心巨大的现代教堂——听圣诞布道。这是一座每周有一万信众参与的布鲁克林区最大的教堂，它的圣诗咏唱队曾获"艾美奖"。

会堂里灯光璀璨，座无虚席，让人一下子沉浸在圣诞的气氛中。

我们听了一会儿圣诞专场，大合唱队休息了，只有 10 人的合唱小组在台上带动。可这 10 个人都是独唱的角儿，每人都身手不凡。说实话伴奏的音乐有些过于喧嚣，否则他们的演唱会给人更佳的享受。主持的神父可能注意到这一点，他指挥全体清唱了一曲《平安夜》，美得动人，好听得让人流泪。

神父布道的重点在于喜悦（joy）。他确实点醒了我们——喜悦是人生的极高境界，它不分贵贱贫富，蕴含在每一条生命里。

圣诞节的那个晚上，我们去看闻名于世的布鲁克林圣诞灯饰。火树银花的一条条街巷，争奇斗艳的一户户人家，让你觉得进入了一番神奇的境地。风正劲，地正寒，熙攘的人群和温暖的灯光，让人人满心充盈了喜悦，好一份圣诞时光。

寒风冷雨马拉松 （2018-04-19）

4月17日当是初春，我穿上棉外套、滑雪防寒裤、雪靴——为了抵御气温5度，每小时50余公里风速的寒冷，和阵阵倾洒而来的冷雨。我牵出狗，冲到雨里，几乎瞬间，全身就被打湿了。

走向2018年第122届波士顿马拉松的现场，半里地之外就听到加油的呐喊声，站在坡上望着眼下的跑（街）道。最早出发的残疾人队阵正在经过，栅栏后的助威者还无几人。呐喊声来自送水站的义工们。他们今年一改往年的蓝黄相间，穿大红的夹克，给暗沉的天几分颜色。他们正在努力撑起场子，给每个飞快划过的轮椅选手加油叫好。连续几个都是全身平卧的残疾选手，他们全面承接如注的雨水，一个人用两只塑料袋包着脚，还有一个只穿着袜子，湿塌在脚上的袜子，看了让人心疼。

路口，一对夫妻带约两岁的小女儿来看比赛，巨大的杂物袋和巨大的冷藏箱，在凌厉的风雨中磕磕绊绊。要待很久吗？带这么多吃的东西是要分享吗？

有报道说这是30多年来最恶劣天气的马拉松，还有的甚至说这是122届以来最恶劣的气象。所有的跑者都灌透了雨水，喝饱了冷风。女子组冠军德雷西·林登说：

"今天是比赛磨砺，我是一个经得住磨砺的人，所以获胜。"

男子组冠军，是来自日本埼玉县的中学职员川内优辉，他还要赶晚上的飞机回日本销假上班。

3万多跑者中有近3万人是为200多个慈善组织而跑，他们筹集了3亿多美元的善款，让世界在许多方面得到所需的捐助。真可以说每个人都是冠军，无论是最快的2小时15分54秒，还是七八个小时以后才归来的选手，脚下的路都是 26 英里 195 米！

跑者中有 50 年前（1968 年）的冠军得主，还是没有放慢步伐；有波城警长，继续执掌勇气；有刚过 18 岁生日的高中生，最年少的新一代；还有多位 5 年前马拉松惨案中的幸存者，从不曾停下坚强的脚步。

寒风冷雨中的马拉松，恰似寻常，又绝不寻常。

老发小的儿童节 （2018-06-05）

聚餐选在了周五晚上，恰是儿童节。聚在一起的，是散居在北京和波士顿的一群发小儿。

我们没少在一块儿过儿童节：小学时每到这一天，就要郑重地穿白衬衫、蓝裤子去上学。老师头天嘱咐过，衬衫一定要束在裤子里。男孩、女孩，那一天精神头儿都格外足。体体面面的新中国少年儿童，体会着做祖国花朵的光荣。

在饭桌边坐下一查，最小的今年 60 岁。老大姐 71 岁了。岁月都去了哪儿？

6 个人中有 4 个去兵团和农村插过队，去兵团的还有军装发，羡慕坏了去农村的。6 个人中有 4 个是"地主"——先后来美国"洋插队"，一水儿地在过平头百姓的日子。

大伙聊的话题可真不少，小时候一块儿打架上房，在公共汽车上扶老携幼还加念语录；壮年时各奔东西，都在自己参与的那件事情里拼命；养大了孩子，催老了自己；一人有了孙辈，全体荣升爷奶。现在又靠微信找到彼此，竟然千里万里地聚到一起，吃顿饭，过过节，约好明天一起去逛奥特莱斯。

波士顿近郊有个叫牛顿的城市，城里有家叫八福的中国餐厅，6个曾经一同穿白衫蓝裤的孩子，在六一儿童节温暖的晚上，花花绿绿地聚在了一起。

起死回生的教堂义卖 （2014-11-04）

孩子们小的时候我们常去的教堂，是卫斯理镇的地标。有尖顶的主建筑正戳在镇中心，给整个镇画上一笔典型新英格兰的色彩。因为种种原因，近几年我们没有去做礼拜。但那栋建筑，我还是进进出出的。有时是去参加缝纫小组，给贫困家庭的孩子缝制绒帽或编织毛线帽子。每年要花一天的时间，把从这个和其他教堂、民间小组收集来的帽子装箱。简直就像一个帽子集市——五颜六色、大小不一、样式各异。我们把这些帽子搭配装箱，送到不同的小学校去，让有需要的孩子得到一份小小的礼物。

前两年，卫斯理镇根据中国家庭日益增长的需求，有热心人出面想办一所中文学校，利用周末给中国裔和其他族裔有兴趣的孩子们上中文课。时任镇教育局总监是一位ABC华人，于是中文学校筹建者们直接去面见她，陈述自己的需求，希望仿照临近牛顿镇的案例，从公立学校租借到教室办学。没想到竟被她一口回绝。我极不认同她的舍祖忘宗，出面帮助筹备办学的人，联系我们教堂的主日学校场地。于是，牛顿中文学校找到校址，兴学直至今天。

还有一个很大的活动维系着我与这个教堂的联系。每年一度的教堂义卖。教堂成员把自己家里不用的旧物拿来义卖，善款由义卖组织者"教堂妇女协会"，酌情用于赞助教育、儿童、妇女等不同需要的领域和活动。义卖已有 75 年的历史，我也在这里坚持了 8 年。

我们用一个星期的时间整理卖场，一箱箱、一袋袋布满灰尘的旧物被带到教堂，有人开玩笑说："义卖就是把你太太放在阁楼的破烂儿，由我太太搬到我家车库里去。每年都给它们换个主儿而已。"

这话起码概括了一小部分事实。"破烂儿"经过整理分类，被摆上台面，挂上横竿，一个跨七八个房间，外加一个面积约四分之一足球场的大厅，被数不清的货品装得满满当当的。你会眼睁睁地看到这个物欲横流世界的小小横断面。

"共襄盛举"的有古董商、邻里乡亲，还有许多远道而来的老熟人——每年都在这里向他们行一年一度的注目礼。义卖最后一个小时会半价抛售，最后半个小时还有更大"折扣"的满袋抛售：你买 1 个塑料袋，可以尽你所能地把它装满、带走。刚开始做的时候一个袋子仅一块钱，现在已经跟随潮流地涨到 5 块了。最后剩下的衣服、鞋子、图书、杯盘碗会送给流浪者之家，其他货品就只能悲惨地进入垃圾回收站了。今年我们破纪录地得到两万多美元的善款，让"妇女协会'的出纳整整数了 4 个小时。

百分之七八十的旧物会被买走，应了那句老话：这个人的破烂儿，也许是那个人的珍宝。这些被判了死刑的物品，又获得重生，是我乐此不疲的初衷。在简单生活、保护地球资源的今天，这样的义卖有着特别的意义。

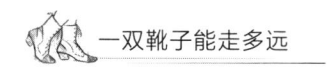

雪世界水晶球　　　　　　　　　　（2015-03-29）

3月29日又下雪了，对于经历过今冬的波士顿人来说，这成了家常便饭，没人太激动雪花飘飘的璀璨，也没太多人抱怨路滑难行的不便。习以为常，接受度就大大提高了。

今年波士顿完全陷在雪里了，以285厘米的降雪打破了有纪录以来的最厚纪录。到最后，全波士顿人都在清不完的积雪、没有完全恢复的公共交通、所有除雪工具告罄、公共除雪费用严重超支、所有学校春季运动不能上场的劣势下，盼着，盼起雪来了！一个冬天单调乏味，腰酸背疼，走路战战兢兢与雪为伍的日子，要是没有个念想，就这么悄没声儿地过去了，多亏呀，现在有这么个破纪录的名声，叫人多少有点欣慰吧？

我家先生早几天就大度地宣布，他不在乎住在这个看上去全年只有一季——冬雪季的地方。今天他就更自豪地发现：

"我们多么像是住在一个雪世界的水晶球里！"

就是大多在圣诞节卖的那种，镇纸一样的实体水晶玻璃球，摇一摇就全球雪花纷纷起来，喧闹瞬间。

是啊，说话这工夫，窗外、车外雪花儿正热热闹闹地飘啊飘呢！

学雷锋　　　　　　　　　　（2016-01-08）

我先生20世纪80年代初在北京留学了一年，他对中国文化的了解，有那个时代的烙印。他把好人好事都简化为"做雷锋",他挺身体力行的,坚持找机会做好事。我家这个镇上有宋美龄、冰心、希拉里·克林顿共同的母校——卫斯理女子学院。我家门前有条连接学院和大超市的路,时时有女学生拎着大包小裹地走过。冬天这北方之地冰天雪地,我先生已经送出了三副手套,其中一副是我爸送他的,老人已经不在了,所以有些纪念意义,我有些舍不得了一阵子。可是人家说是做雷锋,你还能不支持吗?去年雪大,这雷锋也做得大发了。一天,他哆嗦着跑回来说,把外套送给一个衣着单薄的过路学生了。

他每天遛狗走过一个大操场,有一天在草地上见到一件昂贵的运动外套,一摸口袋,有一张200多元的支票。照着上面的电话打过去,家里正有人,马上物归原主。他还捡过孩子的外套,百十美金的牌子。家长在里面写了电话,送过去以后知道了,是一条街上住着的一位单亲妈妈的孩子丢的。

今天是捡了一张现金信用卡,我说人家一定注销了。他开始不厌其烦地打电话询问,因为卡上签名可以看清姓辨不出名,所以他就照姓氏一家家打下去问。老天有眼,第二家就给他打中了!又主动上门给人家去送。天漆黑了,我有些担心他会找不到地方,就陪同前往了。"

您说,他是不是有点要"发疯"啦?

过年的味道是家,是缘分 (2016-02-05)

今年,我想远在北京的弟弟会去他丈母娘家过年,弟妹是个父母双全的有福气人。他们两口子现在没有了该去谁家过年的烦恼,那是用我和弟弟变成"孤儿"的沉重代价换来的。所以对烦恼很多时候应该心领神会其中的变数，而别一味伤脑筋。

对年的记忆是温暖、洁净、充满太阳香的被窝，那是奶奶带给我们的。她总是把被子、床单洗得洁白、浆得挺括、晒得雪亮。接下来就是整平这道工序了，我六七岁就会和她一起"抻"被单了——两人两边用力把上浆的被单拉平，先俯胸向前把被单放松，再向后倾斜"噔"的一声把被单拉直，十几番下来，最后把手里攥着的部分"啪啪"地打散。她会督促我洗澡、洗头、换上干净的棉毛衣裤，躺进滑顺得像新世界的被窝，有一种像新生儿一样的幸福。我很大很大都没有熬过夜，因为我的除夕、我的年是在那个温柔之乡里。

我对年的记忆是满街一圈一圈排队的热闹，我和发小圈儿里几乎每个人，都有一起排队买年货的感情。撒丫子冲出大院，直奔对街的副食店（粮店），兴高采烈地说着、笑着；过不一会儿，就派个人去前面侦查一下"商情"；再回头来分析一下形式，判断一下"仗"还要打多久。等得腻歪了，就鼓捣个小游戏什么的，或留一个人占位，其他人在一旁追打起来。声乐大师田浩江是一位发小的哥哥，他也带过买年货的队。他属斯文一派，总是讲故事消磨时间，不跟我们追跑。那时候没人会说"二十三，糖瓜粘；二十四，扫房日……三十儿晚上守一宿，大年初一扭一扭。"这首民俗儿歌，倒是把哪天买花生，哪天买麦芽糖，又只有哪天买得到葵花籽记得挺清。过年那几天，小伙伴们有时在自己家里，有时聚在楼道里，吃着共同买来的相同的年货，我抢几颗你的，你拿一些我的，一起冲出去放鞭炮放到手脚冻僵。亲如一家的感情，就是那样年年成长起来的。

对年的记忆是妈妈的八宝饭，香糯的程度无人能出其右。她严守成规，用料一定达到或超过8种。每一种料，该煮、该炒、该泡、该滤、该炼（油），决不偷懒。最后的炒合和蒸熟不会缺时短秒。窗外，北风呼啸、大雪纷飞；窗内，妈妈从早到晚杵在厨房里，大声地笑着、高亢地唱着、不停闲地忙着她的八宝饭。你就知道明天是大年了！妈妈是退休以后才"入得厨房"的，她以一生好学不倦的精神，又一次实践了干一行爱一行的生命特质。妈妈在我们家有个外号叫"政委"，因为她能随时随地倾听别人的问题，并施以援手。有人喜欢她的八宝饭，是对政委最高的嘉奖。于是做的规模年年增加，从亲朋好友到左邻右舍；从一家大小到一家大小的社会关系。妈妈去世以后，我的大学好友感叹："再也吃不到阿姨举世无双的八宝饭了！"有一年陪她去我爸1949年参军时的战友家送八宝饭，大人们聊起家常，他家娃娃一样的小女儿躲在一边开吃。妈妈看到以后问她，好不好吃呀？她一边不停地咽一边说："好吃，嗯，嗯，嗯，极了！"

我妈把这小娃的话，看作是对她的八宝饭的最高奖赏。

奶奶远去很久了，爸妈也跟了去，我没有一个发小近在身边，连唯一的兄弟也有自己家过年的地方。窗外，大雪纷飞，窗内，我对年、对家、对亲情、对缘分的思念环绕、再环绕……

欣喜女儿早生了几年　　（2016-04-18）

偶看一则电视广告，一对双胞胎孩子坐在车里，5岁左右。两人先是在看车载录像，继而开始专注手中的iPad。两个孩子小小的头上，自始至终都负担着一架巨大的耳机，在它滑落时需要不时地推挡一下，两人轮流做着这个动作，不相上下。

想到女儿也讲过，她老板在家里设立工作室，时时可见老板3岁多的女儿。孩子常常会来讨爱，黏在妈妈腿上。妈妈的唯一法宝是给女儿看平板或手机。那断奶不久的小人儿，会上网找自己喜欢的节目呢！

说他们是电脑一代人不为过，同时杞人忧天地为他们长叹一声。连我年仅22岁的女儿，也为那个父亲是《纽约时报》专栏作家，却不知书为几何的孩子哀叹。

除开书本，那些孩子少有风吹、日晒、雨淋，少有积木、泥巴和布娃娃。那个虚拟的千变万化令人目眩的屏幕，极大限度地取代了这个欢呼着迎接他们到来的世界。

其实我们每个人对电脑的爱远远抵得过这些叹息，无所不能的虚拟世界是现居人类几人能离得开的傍依？我们谁会对任何问题立秒可见答案的神奇，不心生崇拜？

可还是欣喜着女儿们早生了几年，她们爱电脑也同样爱书；她们喜欢"脸书"同样喜欢与朋友彻夜相聚；她们在电脑上心驰神往，同样在山野中流连忘返。

生命应该是在新兴与传统、科技与人文、虚拟与实际、春夏与秋冬的平衡中上路、远行。

辑四·知青十忆

我的雷东宝（知青十忆之一） (2019-01-03)

他不像电视剧《大江大河》里杨烁饰演的雷东宝，眼睛小，个儿也小，还不爱说话；他又挺像那个雷东宝，嗓子哑、脾气犟、心善嘴爆——急起来骂人一套一套的。

他是我下乡插队所到生产小队的队长，就如同我们大队百分之八十种水稻一样，这一村的农民百分之八十都姓金，这位队长，和辈分是他爷爷的老副队长也都姓金。队长黝黑健壮，听说30岁出头，看上倒像40岁开外了。第一次见，他搓着双手说了几句欢迎的话，并不抬眼看我们。最后有些羞涩地笑了一下走开，我们就自己散了。我们是这个沈阳郊区公社接收的第十一批知青，不新鲜了。可我们赶上了上面极其严格"一个都不能拉在城里头"的政策，不光应届，还裹挟了不少往届没下乡的毕业生，轰轰烈烈地来到乡下。我们聚居在东北特别称呼的"青年点"里，和当地人有些区隔，不同吃、不同住，只是同劳动。工作上归属生产队，生活上归属我们自己。

金队长没当过兵，就是说没走出过十里八乡这片土地，也不知他有多少文化——初中毕业是那时的标配？但他寡言少语地爱琢磨，我们这个生产小队，整出不少新鲜事。下乡没几天，就赶上他憋出个养鸡的主意，至今也不知有没有个"宋运辉"（《大江大河》里王凯演的那个角色）给了指点，就知道他自己监工,在场院里盖起了一栋房子。突然一天我们出工的活儿,就是上房苫草顶。从梯子爬上去,你就站在了倾斜平滑的木板屋顶上,屈腿、弯腰、支棱着双臂腾在半空不说,还没抓没捞儿的。心里慌得像打鼓,双腿抖得如筛糠。我到现在都不知道是跪着还是趴着,把手里的活儿干完了。更可怕的是苫草到最后,人人都被"逼"到了屋脊上。必须顺着走势向下的稻草,回到竖梯子的房檐边上。我觉得自己一定得面临直接下地摔碎的下场了。最后记恨的就是想出这个歪招儿的队长,再没有一个别的队有这样的"再教育"要受呀!我怎么就摊上他了呢?

我到现在都不记得是如何落了地,活到现在的。看《大江大河》时我才"看到":偏乡僻壤、总是红着眼睛的金队长,当年下的可不是一般的功夫。他早在1975年起兴盖了鸡舍,养起了40天出笼(屠宰)的肉鸡——当时我们这些比他有见识的知识青年,都觉得他准是中了邪,40天,小鸡还没有换茸毛呢,说能长成,纯属天方夜谭吧?队长要求鸡舍用24小时不灭的一些炉子保持恒温恒湿,还严格杜绝外人进入。我们偶尔会去偷偷讨要一些开水,记得几次清晨都遇到队长媳妇,睡眼惺忪地值了一宿夜班。

"她不带头,谁会愿意住在这腥臭的鸡舍里?"队长这么说的时候,细眼睛眯成了一条缝。他媳妇牛铃似的双眼就睁得更圆了。

因为养鸡,我们队那年年终分红,成了全大队的"状元"。做这个队的知青也与有荣焉,腰杆挺得比别人都直。第二年遇到了鸡瘟,又赶上批评这种"邪门歪道"的发家致富,鸡舍凉了下来,堆进好些玉米棒子。

队长好像蔫了几天,可能只是我们感觉,他这个人总是蔫头巴脑的,从不咋呼。接下来的一步闹腾得大。他不吭不响地在我们知青楼——全村唯一的二层简易楼——旁边盖起了一座规模不小的厂房,和青年点一样是砖砌的。怪不得之前他建窑烧砖,我们就像电影《隐入尘埃》里的丈夫一样,土里水里地和泥打坯,鞋胶在黏稠的坯土里,都扯裂了。出窑时,一不留神就会烫伤了哪儿。我们纳闷呀,下乡见识的农活可不止"十八般武艺",这脱坯烧砖算哪门子农活儿呀?不久有大机器运来了,队长生生建造了一个那时很具规模的碾米厂,是全大队,全公社都没有过的。碾米厂漂亮地站在我们小队场院正对门,打下稻子下一分钟就碾下的米,沾风带露的香甜,是我这辈子,至今吃过的、最香的米!

我下乡快一年了,和队长没见说过几句话,有一天被他特别召见了一下:在他家,他的媳妇一如一起干活时一样风风火火,吆喝着脚边三个间隔3岁左右,7岁以下的孩子。队长笑眯眯地对我说,他希望我做队里下一任的妇女队长。我慌了:"不,不行,我活做得不好。"

妇女队长掌管全队女工出勤速度,她做得多快,其他人就得跟着做多快。我拼了命有时还要别人帮忙才能完活的人,哪敢动妇女队长这根弦?

"妇女队长要有文化,有思想,只会干活做不到哪去。你有个准备,我觉得你能做。"

那个年代,没多少人和自己的"上司"讨论是否,队长结束了召见,我也没的说了。但很快,我突然接到去大队小学当老师的"调令"。

"官大压死人,大队的事我没办法。真可惜我们用不上你了。"队长挠挠脑袋,摇了摇头。

稻穗青了又黄的再一年以后,我突然掉头回家,赶着去参加高考。1977年恢复的全国高考,我没有和任何人告别,从此没有机会再回乡下那个家。《大江大河》的故事发生在那年以后,可瞬间带我回到那时那景,又见到了那些人、事儿,包括我的"雷东宝"——金队长。

住在乡下那两年（知青十忆之二） （2019-01-23）

下了大卡车，他们就宣布我被分到了八队。那时对数字不重视，也就没觉得"八"有多么吉祥。去了宿舍，又被挤出来了，分到这个队的女娃多，两铺炕睡不下了。我成了七队屋里的异类，也因此遇到了今生的朋友——大桦。她是马连良的亲外甥孙女，爸爸杨元勋从小跟马连良学戏，是东北京剧界老生第一把。所以他们家都说有京腔的东北话。我在北京长到13岁，中学毕业下乡时，说有东北腔的北京话，我和大桦一下就搭上了茬儿。我是个1米70的"傻大个儿"，大桦比我还高一点，也年长一点。我此生只有在她面前，有过当小妹的幸福。

青年点的老房子有点像四合院，不过门不是开在东南角，而是开在下房（南面）的正中间。东边有会议室，还住男生，西边住女生，上房是食堂，下房还是男生宿舍。每间屋里有东西对面两铺炕，行李的基本款是一套褥子、被子加枕头。有些人家里在意一点，包括我，就多了一床皮褥子。我妈花八块钱买了一块狗皮，用旧布缝了个套子。现在说给女儿们听，她们觉得又罪恶又恶心。可是我们凭那个，才扛过了零下二三十度的寒冬。

刚入冬我们就张罗着点火烧炕，从生产队半讨要半强抢拖回几捆稻草，点着火塞进灶膛，还不忘在灶上的大锅里灌满水，大家吵成一片，要预定开水洗脸、洗头发。没出一分钟，灶口回呛的是烟，炕沿下的砖缝里冒出的是烟，炕上泥面缝里蹿出来的还是烟。除了烟囱不冒烟，整个屋里充满了浓烟，浓到对面看不见人。从此不再有人敢张罗烧炕，更没有热水享用。那时我真正见识了东北，吐口水触地结冰，牙膏冻得挤不出来的实情。我们只有采用联合取暖的办法，两炕合一炕。10个人挤在一起，全部侧身而躺，褥子、被子实现了加倍，上面还有所有的棉衣、棉裤。有人问怎么翻身？不记得了，在天地间唯一的温暖之乡，大家一动都不敢动吧？驻点的老贫农笑说："就你们女生做得到这么齐心协力，四仰八叉的男生就不行。"那个冬天我回了一次家，东北工厂住宅足烧的暖气，让我习惯始终处在零度以下的脸，瞬间肿了起来，一种火烧火燎的膨胀。

我不记得在青年点食堂吃过白菜汤以外的菜，白菜汤基本是一年四季上顿下顿都有。用一铁勺油炝直径一米多的大锅，注满水加点盐或酱油，水开了下一些白菜。打一份汤，里面会均摊上十来片菜叶。那时东北的青年点已经实现了吃"商品粮"，国家给知青每月30斤左右的粮食定额。所以，我们在大米产区，却不能全部吃大米。好在东北人习惯吃贴大饼子——玉米面发好，沿着锅边贴上去，锅底有水，盖紧锅盖半蒸半烤。熟了就用铲子铲下来，上面暄腾，下面金黄焦脆，是我们"当年版的水煎包"，不太难下咽。打饭的窗口像A4打印纸一样大小，里外的人相不上面。一位细皮嫩肉的羸弱老知青做炊事员多年，玉米饼子贴得一级棒。据说他是看手量饭，见男生的黑手刮板呈下弧线，女生的白手刮板就变成上弧线，两视不同人。只是男生本来就吃不饱，到了他的手下，就更饥肠辘辘一些。有人总结，知青下乡，特别是第一年，女生普遍白胖，男生普遍黑瘦，莫不是每个地方都有这样的炊事员？

回家的首要任务就是带炸酱、咸菜和辣椒，一筷子头儿的味道就似珍馐。其实大家闻风哄抢，带多少都不管用，还招来了老鼠，晚上，它们在纸糊的顶棚上尽情疯跑。顶棚是又老又旧的，跑着跑着有的老鼠会激动地从破洞里掉下来，不一定砸着谁。所以无论春秋冬夏，我们都习惯用衣服蒙住头睡觉，以防万一。我们有一次大动干戈地重糊顶棚，找报纸、熬糨糊——又整了一屋子烟。先在一条条平行的粗铁丝上，固定住一层纸，再大面积糊上整张的报纸，尽量糊得厚厚的好多层。我们忙了一天，收工时已经天色蒙蒙，一开灯，嚯！"棚壁"生辉。以为可以一劳永逸，可没多久老鼠们就着糨糊又把新顶棚吃透了天。

好在我们的新宿舍楼盖好了，我们搬进了新楼。20世纪五六十年代，很多城市都盖过简易楼，其实相对我们而言，那种可以改称豪华楼，我们青年点那栋才配叫"简易楼"。东西两排房间门对着门，屋里大通铺占满大半个房间，剩余的地方堆完每人那一口装有全部家当的木箱，就剩下可容四五个人贴身而站那么一小块儿地方了。地板和楼梯是直接的预制水泥板，上面有渣渣啦啦的洋灰。间隔墙也是预制板，开窗的墙直接是楼的外壁，红砖的。楼道狭窄，两人对面相遇，得侧着身子才能过去。门是村里木匠做的，白茬儿，有些板与板之间还有缝隙。有一次男知青带回一支铅弹枪，追着惊叫的女生，往棉衣棉裤上乱打。我们一群女生被他们追堵进一间宿舍，插上门。我发现门上有缝，急急傻傻地用手去堵，外面人不知深浅地从缝里开了火，我立马中弹，手背眼看着高升，肿成了馒头。

"大队赤脚医生，大队赤脚医生，请马上去青年点，有紧急情况！"

大队广播喇叭叫来了赤脚医生，他取出铅弹，对我的手做了紧急救治。再回家时告诉我妈，她倒急了："开什么玩笑，铅弹是有毒的！"

毒有没有留在体内不知道，疤至今仍在。

1976年8月28日凌晨3：42，我们的那栋楼感受了630公里之外的唐山大地震，全部人都从睡梦中惊醒，仓皇地跑到楼外面。地震一停，楼没咋地，着背心、内裤的男男女女面面相觑，个个都不好意思起来。

"女生先回屋！"

不知是谁喊了一声，男生都自觉地背转过身，女生悄声隐去。我一直感动那份急难中相互尊重的纯粹。

当年的青春年少一晃而过，知青大军都进入退休的年龄了。有点友回去看过，不仅"四合院"，就连我们的简易楼都快坍塌了……

可爱的米（知青十忆之三）

（2019-01-28）

女儿们一直知道，饭要吃到粒米不剩，我才能松一口气。她们会帮助我叨念："可爱的米，可爱的米，不可以浪费！"

这里有我奶奶的影响：她让我一直知道，不吃光碗里的米，以后会找个麻脸婆家。"麻脸婆家"让我恐惧得再三审视手中的碗，得让它净了再净。我没有用丑陋的未来吓唬过女儿，老挂在嘴上的，是无法忘怀的过去："一粒米，从种到收要半年多，那是一条命，不能让它白走一趟啊！"

我曾经和那些可爱的米蹚过命。

下乡不久就是秋收了，我们新青年儿，每人领到（还是买到？不详）一把新镰刀，木柄、弯月形铸铁刀。上半端是黑色，下半端是开了刃的银色，涂有一层油。我是左撇子，竟然还有左手刀可选。跟着、学着社员，把刀夹在腋下，手握着木柄，向远近几里不等的田里走去。东北大平原，一眼望得到天边。稻浪滚滚一片金黄，让人心里美滋滋的。人们到地儿一字排开，按顺序拿垄——每人数下3条垄，认作是自己的。妇女队长打头开了镰：先割下两撮稻子，双手一转打成一个结，形成一条绳子，放在脚边。镰刀再伸出去一米来远，唰的一声，一排稻子应声倒成一片。用刀收回成一小捆儿，撩起放在左脚上。唰，唰，眼前的3垄清空了一小块。如此再来一趟，脚上挂着的稻子就够捆的了。刀和手配合将稻子移到身后打好的结上，抓起稻草"绳"两端，交叉捆紧，结尾一旋再一旋，紧绷绷的一捆稻子收获好了。我看呆了，这一组动作，像两个手指打榧子那么响亮、流利、好看。咱也得跟上呀！那把新镰刀，直接卡在第一撮稻子上，根本割不下来。要像拉锯似的拉扯好几下，才拽得下来。一撮一撮拉扯不易，打结不易，收拢割下的稻子不易，捆紧一捆不易，一时、半晌、一天，腰弯成90度才叫不易。不一会儿，手就打起了泡，有知青把弯腰改成了半跪，大家都是哭都哭不出来的囧态。社员休息的时候，有好心人会把自己的镰刀借给我们来两下子。不看不知道，一看吓一跳。人家的镰刀只有我们十分之一的薄，像刀片一样，刀把儿滑溜得如象牙。后来，我们终于会了点打结，会了点捆绑，老天也让我们过了把瘾，能割下几捆稻子了。

头一天收割回来，腰再疼也不能躺倒，挑血泡、磨镰刀、弓着腰、驼着背还得去找相熟的社员，商借他们没用上的旧镰刀。根本顾不上左手右手了，反正哪只手都是"新手"，能找到一把镰刀就是胜利。几天以后，我们也能唰唰唰地割稻子了，真帅！耍帅能掩盖痛和苦、劳和累。

割下的稻子在田里晾晒几天，就拉回到场院里堆起。整个场院清空，驴拉着碾子把场地压得溜平，等着数九寒天地冻硬实，打场就开始了。东北是工业基地，我们打场不像有些南方地界，抓着稻子往木箱上摔打，我们有打稻机。机器的不好在于危险，带着三角形铁丝"刺"的滚筒不停地旋转，我们要把一捆捆稻子，控制在滚筒工作范围以内，让它把稻粒打掉。简陋的机器轰天的巨响，远离滚筒会打不干净，近了又怕这哐当哐当的野家伙把自己的胳膊卷进去。怕了，一松手，一捆稻子连穗带草进了滚筒，加剧了机器的鸣响，社员称"放炮"。监工的组头立马会像放了炮一样地开骂。知青女孩放炮的比率极高，个个挨过监工头儿的臭骂。机器的残酷还在于钢成铁就，不坏金身。机器一开就不停了，24小时连轴转。人员分成两班，8小时一班。寒冬腊月，下了班吃饭睡觉，被窝还没焐暖呢，又被叫起来了。再吃口饭、喝口汤，冲进黑灯瞎火的世界，赶往各个灯光昏黄机器轰鸣的场院，又是8小时的轮转（包含放炮）。

打完场会分一些新米过年尝鲜，还有年终分红。我们去的是沈阳郊区比较富裕的公社，刚去一秋半冬我们就分到了百十块钱，高兴地回家过农闲、过年去了。

开春儿，地表刚一见潮，一桩最黑暗的活计就来了。戗稻茬，是把头年剩下的稻茬在稻草和根须之间斩断，根须会在泥土里很快腐烂、软化。稻草则会影响插秧的效果，所以要被清出。又是"人巧不如家什妙"，我们的铁锹像木铲，根本斩不断跟和草的连接部位。于是砍，于是撞，于是怼，于是在冰冻的土地上企图挖掘、360度旋转，什么招数都用上了，也完不了活。因为一直用腿顶，大腿上一片瘀青。手上一律打满泡，再也攥不住铁锹，可垄还是看不到尽头。这是哭者最多的活计，做过的，几乎没有勇气再来一次，全数躲在家或青年点装病。

一粒粒的稻谷，被育成绿油油的秧苗，像地毯一样在塑料膜下长起来。再被"切成"一小块一小块的绿绒，由男社员挑到田里，撒放开来。赶工赶时的插秧季开始了！五六点钟，天一见亮儿就下地。灌满水的稻田一层薄冰，好在已经进步到有了水袜子——平底超薄水靴，可一下去还是冰得打冷战。一线拉开，每人面前3只小红点儿，一天的追逐就此开始。你要在小红点儿和自己之间取苗、扦插出3条笔直的田垄。带工的把线人，永远不会让你和红点儿之间没了空白。就是说，一上午，你再没有了抬起头的机缘。最累的时候，你真有一头栽进面前泥水里不起的绝望。要不停地从泥泞中拔出脚，再走进泥泞。同时手以极速撕下一撮撮秧苗，一次次插进水里。追逐到正午，下工回家吃午饭，回来继续追逐，直到天暗得看不到小红点了，才会听到收工的长哨——仿佛来自天上的恩宠。

20来天的插秧季刚完，漫长的拔草季就来了。我们要在一片片望不到头的稻田里，反复拔3遍草。社员说，下手摸摸根儿就能分辨出苗和草。我可是老老实实，每年3遍地拔了两年。6遍草拔过来，我还是除了一眼能看到的大草，其他一概不识。因为要求在稻苗四周抓挠一遍，我觉得即使没找到草，也给每一簇稻苗都松了一遍土，够意思了。拔草又是一项考验后腰的活计，一弯下去就没有直的功夫了。我们常常哭诉："队长呀，你难道没有长腰吗？怎么大半晌儿了都不歇歇呢？这面朝黄土背朝天的日子，还有没有头儿啊！"腰太疼了，疼得抓心挠肝的。只好自己给自己设限，100米直3次，再多就追不上别人了。休息的哨音一响，踉踉跄跄冲到最近距离的田埂上，在半尺多宽的土面上躺下来，根本顾不上什么泥呀水的。

稻苗在百般呵护下，眼见着一天天长起来了。每拔一遍草，稻苗都茁壮地长高一大截，这是我们少有的欣慰。3遍草拔完，就任由稻米自由生长了。我们大队除了大米还种少量的杂粮及蔬菜甚至苎麻，这段时间就去忙别的活。再回到稻田，就又见一片金黄的稻谷了。

开镰！

从此，走遍天下，我怜惜各种各样泥里水里、痛里泪里、暑里寒里得出的，可爱的米！

田间的记忆（知青十忆之四） (2019-02-02)

1975年9月初，和开学时间一样，我们这一届毕业生离开学校，大多数人永远离开了学校，下乡去了。

一下去就赶上了收割季，最开始收菜，先给我们一种"农村挺好玩"的错觉。收茄子、萝卜、青椒、地瓜、花生可以尝鲜，有些鲜脆，有些生甜。后来馋疯了，连洋白菜、土豆都能啃上两口。割玉米和高粱以及和它们间种（利用植物高低分享阳光和养分）的黄豆，就没那么好玩儿了，我们开始体会跟进度的严酷、做农人的辛苦。好在还有年轻这份资本，带着割伤、血泡、污汗、泪水，咀嚼玉米秆和高粱秆里的汁水，仍然觉得蜜甜。

在乡下，还有一种黑暗农活——倒粪。好像小学时就叨咕过"庄稼一枝花，全靠粪当家"。我们下乡的年代，还没有多少农药、化肥，有也没有钱买，全是有机耕种、有机农产。每个生产队都有一座粪场，一年中，把各家各户厕所、队部各马圈、猪圈、鸡场所有生物排泄物收集起来，混以泥土，堆成小山。不时还得倒腾几遍，就是倒粪了。我干过，即使闭着眼睛、模糊着视线，过后也还是恶心得吃不了饭。春天粪肥运到田里之前，再混进更多的土屑，发酵再加上掺混、扬粪——把粪土在田里铺撒开来，相对来说恶心程度小多了。这个活一般过了年做，刚刚休过一段农闲，再回到开阔的田间，有了开春儿的欣欣向荣。同队有一位叫铁梅（和样板戏《红灯记》主角同名）的老知青，穿一双帆布白鞋倒粪、扬粪，着实让我们惊讶。回程，她的一双鞋雪白如新，我们的黄胶鞋沾满了泥，几乎看不到本色。我本来就不喜欢刷鞋，烦恼会溅一身污点。在粪堆干完活，就更不愿碰那双说不清道不明的鞋了。等第二天早上再看，一双洁净的军用胶鞋，端端正正地摆在炕下的泥土地上！看我发愣，身旁的大桦吭了一声儿："我给你刷了！"这是我一辈子记她100个好中的一项。

地还没有完全化冻，没正常下地时，有一些"俏活儿"：搓玉米粒、切土豆种子（把土豆切成块状，即是种土豆的根芽）或者喂猪。我们队的猪倌是早我10年（1965年）下乡的青年老张，黑瘦黑瘦的，养着一群肥头大耳的白猪。有一次他回家探亲，我顶替他喂了10来天的猪。烧大灶煮好猪食，盛进两只水桶里，挑到猪圈，倒进食槽，一边呼叫"啊，喽，喽，喽……"一边打开前后圈之间的栅栏，一片稀里呼噜之声响起。喂完猪，身上渗透了酒糟猪食味，还有裤脚溅满的猪食泥点儿，招惹得全青年点的人都捂鼻子。怪不得老张总是爱倚在门口和屋里人说话，从不进到哪间宿舍里。到现在我还记得如何呼叫猪儿们来吃饭。先生觉得我有特殊技能，会央我在不知情的人面前丢人现眼地卖弄。

对比水田的插秧，旱地播种简单得多。马拉铧犁在垄台上蹚出一条沟，人跟在后面把种子撒下去，另有人再压上土，用并排的脚印踩实，再用石辊压一遍，防止种子"透了风"。乡下是最不同工同酬的落后地界儿，而且公开歧视女工。一样的活儿，男工天生就比女工多两个工分儿。除草时，男工用大锄头，女工必须用"手把锄"。他们站着锄，我们就得蹲着铲。占百分之十五的旱地，锄一遍草，我的脚背就麻木到穿不了拖鞋——完全没有了勾脚的功能，脚只能在地上被呆滞地拖来拖去。

无休无假，从春到夏；水田旱地，忙东忙西。我们只能祈雨，下雨天，如果不是赶着插秧，没什么活计好做，就会休工。躺在木板床上，风声雨声中睡一大觉，简直就是神仙过的日子。最好的是村里供销社进了饼干，两毛多钱一斤，硬得跟石头似的。听到广播，"唰"地跳起来，蜂拥着去"抢"回一斤，抱在怀里一口气吃完，并不知下次这么过瘾的机会在哪儿。心里唠叨的都是那个念想："下吧，下它七七四十九天才好呢。"（电影里坏人对雨天的祈望。）

那时农民没有自留地，除了房前屋后种点儿瓜菜，好多东西都靠生产队。我们那个像雷东宝一样聪明的队长（见前文《我的雷东宝》），就蛮有人情味地种麻。记得割麻像割豆子一样扎手，有人还会过敏，起出一片红疹。还记得麻要在水里浸泡发酵，才能从麻秆上剥撕下来。生麻可以搓麻绳，织麻袋，编织农具。女社员用它纳鞋底，上鞋帮。我搓过一天麻绳，双手各执一绺麻，同时滚动，各自扭绞的同时，又相互扭绞起来。掌握了技巧，搓好的绳子在身后渐渐延长，蛮有成就感的。一位叫小贤的点友，不会用双手搓，自我发明了在腿上搓。我直到现在想起她卷起裤脚，在雪白肉乎的小腿上，起劲搓麻绳的样子，还是觉得好笑。

当点长的日子（知青十忆之五） （2019-02-10）

上小学，最羡慕佩戴着一、二、三道杠的少先队小、中、大队长；上中学去了东北，佩服那里有班（小组）、排（班）、连（年级）长。邻居潇洒的姐妹俩，分别是我和我弟年级响当当的连长。去乡下之前，我就从来没有和任何"长"搭过边儿。

我们青年点有双重官衔，既有连（全点）、排（小队）、班（小组）长，也有点长这一说。连长也就是点长。我的点长是一位黑红健硕，脸上长满雀斑、热情爽朗的女青年；副点长是白胖文静，浓眉细眼，动静斯文的另一位女青年。她们都主持过全体青年大会，在册知青近300人，农忙时会有200多人与会。食堂挤爆了，窗外也站上人，探头进来听。开会有迎新；传达、学习上级文件；布置讨论、推选上调人员；宣布青年点大事，比如搬进新楼等事宜。记得刚去时，开了几次会动员，讨论"一颗红心，一双手，战天斗地一辈子"这个主题。点长笑眯眯地动员，热情洋溢；副点长文绉绉地讲话，条理清晰。我不怕开会听她们讲，但很怕会后回排里讨论。大家坐进一间宿舍，面对面一一表态，要扎根农村一辈子。我不知道想不想做出承诺，能不能信守承诺，恐惧承诺变成现实——我在农村了此一生。所以我每次都想方设法挨到最后，没时间就能逃脱了。实在迫不得已就含糊其辞、支支吾吾不说清蒙混过去。

下乡不到一年，正、副两位点长先后被推举上了大学，成为工农兵学员。当驻点老贫农找我征求意见，要不要当下任点长时，我灵魂炸裂：我怎么可能当"领导"？！但又全神贯注于一个念头：这可是唯一上大学的机会，我得拿下！当时我刚顶替副点长，被抽调到大队小学，当上了不用下地耕田的民办教师。青年点的政策是，正点长一定要身先士卒地"战斗"在第一线。我若接任点长，条件是回生产队继续种田。

我马上请假回家，和妈妈商讨人生大计。妈妈是把我当"学霸"养成的，她坚定地要我赶快接下点长，直奔目标而去。她甚至不问点长要做什么，不问我有没有勇气再次"下地"，不考虑我从未谋官、从未在人群中抛头露面。连在业余体校打篮球，都从始至终把板凳坐穿……我被毫不恋恋不舍的妈妈送出家，推着和小队团支书借来的自行车，在黄昏时分上路回点。

出门不到20分钟，刚走到城乡接合部，狂风大作，雷电交加，倾盆大雨硬生生砸下来，我瞬间就被浇透了。我竟没有想过掉头回家，直往雨里骑去。胶泥的乡道，一会儿就骑不动了，要躬着身才能推车往前走。茫茫原野，只有闪电时才看清一眼路。我在黑暗里、雨水里、泥泞里孤独地行走。有惧，惧伸手不见五指的狂风暴雨；有怕，怕荒郊无一生物的野外；有惶恐，惶恐即将临头不可知的命运。我只好执拗地想一件事：我走得回去，我就当得起这个点长。一只方口布鞋的帮和底，撕裂了，我光起一只脚；另一只也撕裂了，就打一双赤脚走。有些路段推不动车，就扛着自行车走——车是和社员借来的，要完好地还回去。我拎着一双鞋，扛着一辆车，闷头走了一两个小时以后，有些撑不住了。还好临近了隔壁村的一个生产小队，马厩里昏黄的灯光招呼着我。我央请守夜的社员帮我代管一下自行车，他好心地答应了。我把裤脚的泥刮去，挽得再高一些，走完最后的两三里路。

青年点所有的窗户都透出诱人的灯光，更流溢出优美的音乐（下文专写），听得到欢歌笑语。擦干头发，换下湿衣，躺进温暖的被窝，喝着大桦不知从哪儿找来的热水，我幸福得快哭出来了。

第二天，我当上了点长。

花名册在我手上，最多达320余人。我迎进了一届新青年，送走了不少老青年，他们有的在这里待了10余年。我们有56只羊，一辆手扶拖拉机。鉴于自我感触，我从来没有动员大家发誓，扎根农村一辈子，会也没怎么开。每天除了下地出工,早晚就在院里、楼里转转,管管没完没了、家长里短的小事儿,偶尔为一些"不公平",打上一小架。我挑选了一组全新的炊事员,为了让他们尽快上手,去生产队出"苦"工之余,我起早贪黑地"帮厨",尽力让大家吃得"像样"一点。可那年挖菜窖没有及时封顶,全部冬储白菜都冻了,很惭愧地让大家吃了半年的冻白菜汤。

我一生中最豪爽的喝酒行为,也都留在了青年点长的任上。驻点老贫农说他预测我有酒量,是我成为候选人的重要依据。我出生至今没有过酒瘾,当了点长才第一次喝白酒。一口下去,五脏六腑都被点着了,除了火烧火燎没别的感觉。此后,我喝过 10 数次必须参与的"大酒"。喝的什么酒,为什么喝,一次都不清楚也不记得。第一口以后,我就有了一个不变的招数:拿一只空饭碗,装四两米饭那么大的。大家劝酒、敬酒轮转,把我的份儿都倒在碗里,满了我就一饮而尽,再辣再火烧一次受。因为没有喝倒过,所以酒量出名。离开青年点后,我基本滴酒不沾。10 多年后,一杯"血腥玛丽"里面那么丁点儿酒,就让我眩晕了一个晚上。由此知道,我把今生喝酒的配额用光了。

点长做了一年多点。一天,我妈突然给大队打电话,留话说让我火速回家。只身到家才知道,全国统一高考突然恢复了——挡住了我原来拼命而去的目标,也开启了我继续求学的路。我连行李、换洗的衣服,一根草都没有从青年点带回来,就一头扎到复习、考试、上学另一条轨道上。从此,我离我的青年点越来越远了。

青山在人未老（知青十忆之六） （2019-02-19）

看着那些老照片里的房欹屋斜。曾经，矮屋窗前有一排小树，略高过屋顶，有阳光从树叶间洒向室内，洒在各色不等、新旧不一、大小不均的行李上。院子正中有篮球场，我和大桦放下行李的第二天，就被选进篮球队。我从不因球艺，而总是以身高被选中各级篮球队：初中、高中、业余体校、大学系际、以后的单位以及青年点。我对大桦的敬佩，起源自这个球场。她打球极其舒放，带球稳、投篮准、防守紧。我在各"级"球队都结下很好的朋友——她们都是队里的"明星"，大桦的球技是其中的翘楚。

也是在这个院子里，男青年们某天练习走高跷，是为了生产大队的一个节庆活动。那高跷有两尺多长，绑在脚上的部分，也就寸把长寸把宽，我至今不清楚，他们是怎么从地上站起来的。高大英挺的文国走进我的视野。他才比我们早来一年，就当上了大队民兵连副连长，严肃端正的脸膛和那个称谓一样威严。他的笑从不会超过一秒钟，因此没人觉察得到。印象里他总是披着一件蓝色的警察大衣，像侠士在院子里飘来飘去。才一会儿的工夫，他就稳稳地站到了高跷上，开步走，不一会儿就能奔跑起来。我跟文国说话没有超过10句，40年以后，青年点青年聚会，千里万里以外我微信去一封信，告诉他当年他奔跑的样子，让我知道了什么叫青春。

民兵连组织我们这些新兵去实弹射击。在一处干涸的河沿上，我第一次和枪及硝烟近距离"亲密"接触。枪的分量和子弹的呼啸，瞬间惊醒了思绪：人类可以据此发明伤害各类生物，包括自身。枪击的后坐力，超过预想的强烈。枪后座沉重地击打了我的肩膀，声响带来短暂的耳鸣。男生们兴奋地跌入连续射击的痛快中，痛快到直至叫嚣。我也追求着下一颗，再下一颗子弹的欲望。

我们青年点"生源"除了来自沈阳第一砂轮厂、沈阳第三钢铁厂，还有来自沈阳音乐学院的子弟，所以我们有一支强大到震惊周边的宣传队。这些在音乐中"熏"大的孩子，几乎个个身手不凡。每当在《中国好声音》，甚至《声入人心》级别的综艺节目中见到来自沈阳音乐学院的选手，我一定首先想到我宣传队的队友们。我下乡前一年，断断续续和音乐学院的一位钢琴老师，学了一点手风琴演奏，因此和宣传队有了丁点儿血缘上的连结。但我和他们的级别绝不可同日而语。加入宣传队不仅不用出工种田，而且尽享艺术的享受，福利让我厚着脸皮留在队里。一般我们会有一周左右排练的时间，大家凑出一台节目：合唱、独唱、合奏、独奏（我们的大提琴独奏演员，现在是解放军艺术学院的教授）、舞蹈、诗朗诵等，多数是到公社演出，也有巡演和上到地区再演。因为这些人呀，艺不离身，有工夫就吼两嗓子，有时间抄起乐器就练起来。所以我们青年点儿总是乐音飘飘，生机勃勃。

下乡是我们年轻经历中的质变，再多的文体活动也都是点缀，农活的重负和对前途的不可知，总是沉沉地压在心里。有个叫小希的姑娘，能歌善舞，一双辫子长长过腰，盘在头上更是风姿绰约。她比我早一年毕业，在家拖了一年，结果还是逃不掉下乡来了。内心的压抑和不适应，让她的腿上长了一个大大的疖。大队赤脚医生每天来给她换药，我有一天跟着去看。她的大腿上竟然烂出一个洞，有一两厘米深。医生用酒精冲洗，她咬着一条毛巾，一声不吭但浑身颤抖。我对她的敬佩油然而生，我们成为挚友，直到如今。

我们大队分成两个自然村，有一小部分和大村之间由大片农田隔开，自成一体称"前地"。分到那个小队的青年辛苦一些，上工要多走些路。一天一位小小个子的女青年独自回点，到家不一会儿，就又哭又笑地说些没人能懂的话。我叫人去请了大队赤脚医生，也叫了驻点老贫农。医生看诊后，对老贫农说："遇上了。"

我猜他们的意思是撞上了什么邪气。他俩又压低嗓门儿地探讨了对策，

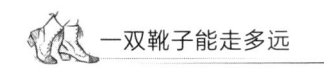

就都离开了。女孩子渐渐安静下来，睡着了。

5年以后，我和小希在北京上大学，文国的弟弟文哲晚我们两年也考来了，还和小希同校。另一位叫强的点友，正在京联系出国留学。我们4人在天安门广场聚合，像一个家庭走出来的兄弟姐妹一样亲密无间。我们说了好多在乡下的事，也聊了不少以后的打算，都有满满的雄心壮志。那次分手，我和俩男生都没再见过。文哲成为知名的雕塑家，不幸的是他英年早逝。我事后很久很久才知道，十分痛惜。

自古英雄出少年（知青十忆之七） （2019-02-25）

我们这位少年正当十八九岁，已长成一米八五左右的个子，窄长的脸、窄长的身条。他下乡之前已历任各级首领，下乡之后小官小职不屑，独自做起了英雄。

白天他死心塌地地在生产队劳动，一袭军大衣，如上了桐油一样的黑亮。哪里艰苦哪里去，倒粪、挑秧苗——泥水交加的秧苗十分沉重，脚下的路是湿滑狭窄的田埂，农民都畏惧的活儿，他总要冲在最前面拿下。晚上他读书学习、写演讲稿。大队和公社知青出头露面的一切机会，他当仁不让。

他只早我一届，仅仅一年间，到我下乡的时候，他的名字如雷贯耳。

"你还没有见过他吗？"一副哪有这种可能性的样子。

结果当晚就见到了：秋收时分的全点大会，人到得挺齐，屋里几乎再也插不下脚了。他从人群中站起来，像一根旗杆，脸上挂着自然的微笑："那咱们小队先唱一支？"

他的声音贯穿全屋，乱哄哄的场面一下子得以安静。他们小队唱了，是他自己撑着半拉场。乐音刚落，他音调激昂、言语充满煽动、情绪如排山倒海一样地开始拉歌。我到东北5年了，见识过团队之间拉歌的气势，但这个级别的还是头一次感受。他凭着一己热情，如乐队指挥一样调动气氛，点燃全场。那天晚上他好像还讲了话，出口成章，诙谐幽默，引得大家笑声连连。他的声音有着很强的穿透力，同样是宣讲大道理，却让人听得心服口服。

再一次算是近距离接触，宣传队排练节目，他是名正言顺的手风琴手，我是"装假兵"的替补。他礼貌地指导了我一下，就自己排练起来。一会儿，他要提供伴奏的小提琴手来了——一个和他一样高大，愈发白皙英挺的青年。两人聊起了音乐作品，沉浸在历史、旋律、情绪、感动的氛围里。很小的房间里，我像空气一样被他们视而不见，呆坐着听他们拉琴、交流，在一片茫然的新世界里被感动也尴尬着。

不久之后，我们全区的知识青年，都去支援一个山区公社修梯田。每人一副扁担箩筐，挑土造田。他和我是邻队，在一个平面上挑土。我先是颤颤巍巍地挑不起来，慢慢腰杆能挺起来了，再来就能颤颤悠悠地走起来，而他总是快我们一拍，我们能走，他就能挑着担子跑了。每一趟都是跑的，还不停喊着口号给自己和同伴加油。一天下来我肩膀疼得不行，回驻地一看，一条扁担宽的青淤赫然在肩。第二天扁担上肩的一刹那，皮肤撕裂一样地疼。我们都龇牙咧嘴地想办法用毛巾垫在肩上，缓冲一下。再看他，唰唰脱掉上衣，初冬的天气里光着上身挑土。他的肩膀已经不是青淤，而是鲜血淋漓，扁担上也沾满了鲜血，可他还是来回跑着，喊着，以超高速劳动着。

我们青年点楼房盖好之前，有一部分男青年住到邻近的生产队里。他们小队就在隔壁，自然就有人住了过去。一天，他们宿舍对面的一间房子突然着火了。他责无旁贷地参与救火，一度好像身在火海之中。火熄灭以后，他一脸焦黑地走过院子，特别有英雄气概。

我去公社听过一次他与别的优秀青年的演讲，其实记得的还是他那招牌式的拉歌。演讲大会开始前，我们点在他的带动下，向其他大队发起一波波攻势，我们的歌声和叫阵声，像呼啸的海浪无人能敌，也让我至今不忘。

他 1977 年当即考上大学，是我们青年点的"唯二"，很快就做了大学的团委副书记。我弟晚两年和他上了同一个大学，探视弟弟时碰巧看到他滑冰——还是一件军大衣，还是一贯的风格，在人群熙攘的冰场上，如入无人之境一样向前，向前。

他研究生毕业做了大学老师，许多年后，我们在北京相遇，长安街边的一处街心花园。他还记得我们有一天在一起练过琴。他说我给他留下难忘的印象，正是在那一天。

我被心目中的英雄注意过，竟自不知。

小董和羊及饺子（知青十忆之八） （2019-03-09）

下乡第一天进青年点好像没一会儿，就到傍晚了，一袭晚霞挂上天边。忽然，稀里呼噜地晃进一群羊来，踏碎了一地霞光。羊有 50 来只，一身白中泛黄的卷毛裹着，看上去肥嘟嘟的一般儿大，很齐整。再一看羊倌儿，我竟愣了神——怎么有人长得这么像他的羊啊？他黑红的脸膛，五官全部由鼻尖一条看不见的线给牵了起来，眼睛被拉得窄长，嘴也缩窄了。新老青年都称他小董，他下乡来五年了，算是中生代。

我一直不清楚，青年点为什么要养羊？羊毛是有些收入，但也抵不上养羊的人工。我不知道我们是先有了小董，还是先有了羊。羊就像是他的孩子，不像有杀了吃的可能。小董一年四季穿一件老羊皮袄，踩着露水赶羊出去，经常天黑了才回来。抛开睡觉，他在羊社会里，比在我们知青社会里的时间多多了。夏天的时候，他还会带羊去扎寨露营，一去就是半个月。他在哪儿吃睡，我做点长时没问过，据说也没人知道。一个人、一群羊，是我们青年点儿的一道风景。其实小董一点儿不孤僻，一旦他在点（家），"男女老少"做任何题目的交谈，他都会跳出来说话，偏激而且较真儿，一准儿和人争得面红耳赤才拉倒。因为他算"在点人员"，又仗义无邪，就责无旁贷地成了团支部的治安委员。白天他看羊，晚上就看人。比他小的男生都怵他，没人敢找茬捣乱，人和羊都拿他当老大，都服服帖帖的。

青年点的伙食实在寡淡，新官上任的我，想让大家吃上顿饺子过过瘾。圈里的猪太小，别的招儿没有，我就动起了小董的羊的念头。嘴皮子都快说破了，他更是见到我就躲得没影儿。我守在羊圈堵他——他不想见我，可绝不会不见他的宝贝。我用300多兄弟姐妹的福祉恳求他，让他憋红了脸说不出话来，恍惚中似乎点了头，让出6只羊来。那是初冬时节，他还是带着躲过一刀的众多只羊逃走了好几天。

从小就听奶奶说，好吃不如饺子，坐着不如倒着。到了东北才知道，东北人可真会包饺子——一个人忙乎个把小时，一堆人就能吃上饺子。杀了羊，我和炊事班的四五个人剁肉馅，整整剁了一夜，手剁得打起了血泡。到第二天中午按人头儿发了肉馅和面粉，我就一头睡过去了。再一醒，嚯，真是"八仙过海、各显神通"啊！楼上楼下、院里院外，饺子皮儿是从炕沿儿上、箱子盖上、脸盆底上、破纸壳儿上擀出来的；擀面棍是小木条、大瓶子和老乡家借来的真家伙。无论男生、女生，包出的饺子形形色色，好看。

我赶紧冲到食堂，给锅灌足了水，灶里添满了煤。可就三口锅，这么三五个人一拨儿地煮，要想大家都吃上嘴，真得些工夫。眼看着冰天雪地里就排起队来了。煮好的饺子都是用脸盆盛着，热气腾腾、香味扑鼻，在一伙主人的簇拥下，更显隆重，热闹非凡。突然一阵争吵，把我从兴奋中唤醒，原来是一伙男生，霸道地推开几个已经轮到的女生，把自己的饺子倒进了锅里。我站在那伙男生面前，他们是我过去的同学、今天的队友。但是娘亲老子也不能欺负人，是我过去、当时、现在都不能违背的天理。

"把饺子捞出来，或者给她们道歉，不然我不让你们煮！"

"别假正经，谁敢捞？老子想煮就煮！"

我又重复了一遍我的话，他们连看都不看我一眼。我大步走到电闸前，哗地拉下吹风机的闸。没有吹风机，1.5米直径的大锅根本烧不开水。小伙子们急了，其中两个抡起铲煤的铁锹要过来拍我。我觉得当英雄的机会来了，竟然站得倍儿直，躲也不躲。围观的人挡住了铁锹，拉开对峙的双方。我还是以身相守着电闸，不挪一步。点里出名彪悍的伙食长赶来，逼他们给女生道了歉，风波才平了。我不记得那天包饺子、吃饺子了没有，却记得满屋子的水蒸气，一脸盆、一脸盆白白胖胖的饺子，簇拥着它的一张张年轻的笑脸。那样的场面在我们青年点是空前绝后的。

我后来还是哭了，那是只剩下我和伙食长的时候。伙食长叫白三儿，早我一届来，也早我挂长。我们在一个小队，他还在宣传队吹黑管，言来语往熟了起来。到包饺子的时候，他已经算是我的男朋友。见我还委屈，他搂搂我的肩说："拉倒吧，一会儿我去削他一顿。"

白三儿高大壮实，但心地良善，从没见他出手打架。我那时倒真想让他"英雄救我"一把，可嘴里却逞着强："不用！要削我自己来。"

其实他那么一说，我就觉得有靠山，舒了一大口气。

3年多以后，白三儿春节来北京看上大学的我，我说，分手吧，别相互拖着。他答应下，很快上了回程的火车。我去送他，两人无语，只是对望着。慢慢，他挪开眼睛不再看我。汽笛响起，他探出身，向独自站在月台上的我挥了挥手,远去了……

我的芳姐(知青十忆之九) （2019-03-13）

和大桦话当年,她提到一般小队部都有一个年老的马倌,可是我们小队部老有一个瘦高的年轻人,他还常常来青年点找白三儿。

"记得不,叫啥来着?"

是有那么个人,叫啥来着?第二天,还是大桦想起来了:金安东。安东有1米85的大个,身体不很强壮,瘦瘦的,也像有些青年一样,棉大衣不穿袖子进去,整天披在肩上。他好像有什么病,所以待在队部做记工员。我们"东宝队长"(见《我的雷东宝》)养鸡时他负责鸡舍,后来也管理着碾米厂,是满脑子新点子的队长的左膀右臂。我们小队和青年点正对门,他和老在周围走动的几个知青,关系很好,像小队猪倌小张、伙食长白三儿、炊事员小林还有我。他几乎是唯一来青年点聊天的当地农民。有一次,他还带来一台留声机,几个人在白三儿的"办公室"里听音乐,煞是奇迹。

除了安东,我和小队团支书较熟。一是我熬了5年,才拿到父亲单位的证明信,证明他的历史问题不影响我入团。就在我下乡前几天,我中学的团支书,也是我的好朋友才"费劲八叉"地帮我破例,重回学校去入上了团。所以,这个新单位的支书,上来就要封我这个崭新的团员为支部委员,我可不给宠得惊了吗?我下乡不几天,就到生长队出板报了,觉得自己还算有点用。这个团支书不姓金,家里是"外来户"。支书自己有些文化,很是清高,可没有什么人缘。开个会吧,他的头45度上扬,就像歌星费玉清似的。他说话鼻音很重还总是结结巴巴。不过反正也没人听他的，只有我给他一些响应。他就友好地主动提出，我回家时可以借用他的自行车。有自行车的农户本不多，放心借给知青的就更少了。能借到自行车回家，可是一大福利，否则，就要搭大队的拖拉机。拖拉机大多是满载的，所以人要坐在货物上面，仿佛悬在空中，还没抓手，吓人的惊险。也有偶尔进城的小队手扶拖拉机，车上如果碰巧有座位，就好多人抢，然后车把人像筛沙子一样晃到城里。我那两年借了好多次支书的自行车，有两次去公社开会，我们还一车3人。车的后座和大梁上都带上人。在一尺来宽的堤坝上飞快地骑行，我心里紧张得很，也得意得不行，觉得自己像个杂技演员。那么出风头的机会太难得，现在还想再对团支书说声谢谢。

在农村干活基本男女分开，所以一块儿干活的都是女工。她们有高有胖，有长有幼，有爱说话的，也有始终不出声的。我现在还记得很多人的容貌，记得她们的笑脸。我在队里只有一个好朋友，那就是芳姐。芳姐是第一个干活时来接我的垄——从对面顺着庄稼的垄，拉扯落后的我完成作业的人。芳姐的小妹也是支部委员，姐俩一样白白净净的，悄然无声得像猫。

"芳姐家成分高了点，要不她会是我的前任。"有一次妇女队长和我说。

"什么叫成分高？"

"就是中农以上呗，她爹是富农。"

第一个来接我垄的芳姐和其他社员一样，戴着口罩、帽子、围巾、套袖、手套。我们碰头，她不动声色地直起腰，只看得见那双温暖的眼睛。我不吱声地跟她走到地头儿，赶上妇女队长喊："起来，起来，再拿垄了！"

一天，她羞涩地问我，晚上要不要去她家坐坐。我蹦跳着去了。她家一尘不染，也几乎空无一物。进门一边一口连炕的灶，她在左手边这口大锅里炒一小碗黄豆，偌大的锅，显得只有几粒豆在里边蹦。两三把柴火烧过，豆就炒好了。屋里，炕上一领亮晶晶的席，没支炕桌。豆子装回碗里，摆在席上吃，脆香脆香的。地是土的，坑洼不平。没凳没桌，靠墙好像有个橱柜，擦得铮亮。我们坐在炕沿儿上说话："妈妈是老师呀，怪不得看你就有文化。"

"谢谢你老来接我的垄。"

"谢啥，顺手的。我们别的啥也不会。"

"什么活儿都干得漂亮，追不上。"

"难为你们了，城里人哪会干这？"

我知道芳姐的丈夫在监狱里，得蹲满10年才出得来。他是流氓罪，因为和青年点我们队的春华发生了关系。那天芳姐闪烁地怨了一句："没出息的，进去了。"

春华黑皮糙脸，眼睛细密成一条缝儿，矮胖得像只陀螺。我们一进点，就有人耳语说她。可看上去，她不像能挑逗人的样子。

"婶儿，队里收鸡蛋，把你家的都拿出来吧。"

有一天，我和妇女队长去芳姐家收上缴的鸡蛋。

"嗯哪，这人尿啊，鸡也不争气，没下几个蛋。"

"婶儿，你别唬我，你家十几只鸡，一天怎么也收十个蛋了。"

芳姐的脸一下子涨红起来，小声嘟囔："十几只都还小，没开怀呢。"

我不敢正眼看芳姐，早先吃了她好些个煮鸡蛋，说家里没别的，蛋有得是。

妇女队长推我："你和她要，下次你得自己来收蛋了！"

心里本来没底，一看还要这样撕破脸皮，我才不要接她这个妇女队长。都是听了老青年的劝，说这样能早点被抽调回城，还可能被推选上大学呢！

芳姐走去鸡窝，摸出一把温热的蛋，粉红的蛋皮上黏着些干草和鸡毛。我这才注意，她的手又大又粗，不衬那俊俏的脸。

"刚下的也都掏给你，再也没有了。"

"得，得，你留着给孩子吃吧。"

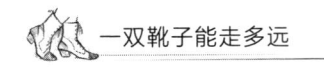

"看她一个人拖儿带女的份上,不逼她了。"

队长转头对我嘀咕。

回头和芳姐告别,月光映得她的脸越发得滑润白皙。她淡淡地笑了一下,好像摆了一下手?脖子上那条尼龙丝巾,红得耀眼呢!

再一次和青年点说再见(知青十忆之十) (2019-03-17)

回忆就要收尾的时候,想起青年点的几位"大人"。如果说我们都是离开校门来这里的孩子,那么"带队干部"和"驻点老贫农",就算大人吧。带队干部很明确,就是由我们父母单位指派带领我们去乡下的人。我们来自3个单位,所以带队干部3单位轮值。他们3人都宁静如兔,没几个人能感觉到他们的存在。我们辽宁的青年点,都设立一个称呼有些不明了的"驻点老贫农"。驻点比较明确,就是"驻扎在青年点"。但为什么要强调老贫农呢?离开那个年代有些远了,阶级的意识如此淡漠,竟想不通,照管知青生活一定需要贫农成分吗,还要有些年纪?

我们称他刘队长,因为他曾经是生产队长,并且以精明强干著称。因为工伤(不记得的缘由)落下残疾,才被调来监督我们的生活,真成了驻点十几年的老贫农代表。

我下乡时,他大约45岁,中等偏矮的身材,眼睛和嘴都有少许的不平衡。我印象中他能说会道,也挺有威严。早上,他是各队上工的闹铃;夜深了,也常能看到他还在院里或楼道里的身影。

"我手里这根小棍,就是见不得大老晚还在女生宿舍混的男孩,见一个削一个。"

　　这是他的口头禅。因为他执掌着知青抽调回城的"生杀大权",所以每个人都敬他也怕他三分。他钦点我做了点长,我因此看到他如何勤勉地工作,才觉得他算得上公平公正。点里有几个他比较在意的女孩,但我不认为他做过什么过分的事。他确有占山为王的骄蛮,会趁农闲去条件好的青年家里走访,一边蹭吃蹭喝,一边吹牛他的能耐有多大,希望人家敬他为神明,也自我神明感附身。但他也豪爽地常请知青去他家,吃吃当季的新鲜,聊聊私人的困惑。现在他80多岁了,据说还硬朗,谁去看他,总是让捎带些玉米菜蔬回城去。我觉得那十几年,是他人生的亮点,一大批城里的后生们,接受过他为人处世的指点。

　　我在青年点有自己的"文书",是我的两个好朋友:一个凌厉泼辣,一个细腻温柔;一个早我一年来,一个晚我一年来;一个画一手飘逸的好画,一个写一笔端正的好字。我靠她们俩出板报、布置会场、写宣传稿件、文进文出。现在还记得,正午阳光下,插秧的辛劳把最皮的男生都累午睡了。小李和小谢站在椅子上,裤脚上的泥都干巴了。她们各自面对一块黑板,写写画画。青年点静得只能听到她们手下的粉笔"吱嘎吱嘎"的歌唱。

　　某天,我们青年点破天荒地有了一台电视机。它对这男男女女好几百号子每一个人而言,都是新鲜事儿。电视机只有9寸大,摆在我们食堂的一角,犹如一本小人书。开始几天都是雪花,白三儿不分昼夜地鼓捣。突然就有了人影,慢慢人影清晰起来。晚上有电视节目的那几个宝贵的小时,食堂里总是水泄不通地挤满了人。带队干部、驻点老贫农也在后边观阵。现在我自己花眼了,才想起来纳闷,他们当年看得到什么吗?小董关好自己的羊就跑过来了,就电视上演的每一个节目和身边的人较劲。民兵连长文国来了,一脸的武装气,演什么都逗不笑他。我们的英雄——全市先进——也来了,如果节目断了线,他就带我们唱歌,靠着凛然正气,不怕信号唤不回。在民办小学教书的两位女知青，在调教了一天孩子，又和他们去田里帮助秋收以后，边看电视边揉着已不干农活的肩膀。长辫过腰的几个女生都在，白天辫子盘进帽子里，和谁都一样，现在辫梢儿飘飘，全是妩媚。要拿铁锹劈我的男孩也来了，瞪着惊喜的眼睛看电视，一脸憨憨的笑。

  我们，12年间先后下乡的几百多名知青，一起走入了新时代。

  他们，我广阔天地里曾经的战友，都在我的眼前鲜活起来……

辑五·她行（路）我记（挂）的六十三天

上路的第一天 (2014-04-11)

22岁又20天的女儿，今天迈开年轻又微微颤抖的双脚，踏上一条2200英里，纵贯美国东部14个州的步道——Appalachian Trail，开始她人生第一次的长途跋涉。

昨天一早4点多出门，5点半就坐在南下飞机的登机门前，看周围人手一份邓肯甜甜圈早餐的景儿了。9点一过，人已经在佐治亚州首府、红遍全球的可口可乐出生地亚特兰大了。在机场等待的四五个小时内容不详，下午她发短信："他们来接我了，正在车上！"

我有一种小确幸。晚上我和先生在家吃虾仁黄瓜面，都在一致地想女儿："她为什么不留在家里，吃这么好吃的面？"

她一个人在青年旅馆简单的房间里，吃刚买来的蔬菜炒饭——坚持素食三四个月了，而且尝试做一个素食的远行者。

今早吃过青年旅馆提供的真正的早餐之后，她和一些人一起上路。我给她发信息问："有跟你合适的伴儿吗？"

她准备好独行，可我们多希望她能有同行在侧的人。

"他们都是老头。"

"老头好！"老爸觉出了安全。

一双靴子能走多远

"能有多老？去长途跋涉的人顶多和我们年龄相仿。"好友虹如是说。

是啊，我有一次问这个女儿，会不会喜欢一个30岁的人，她说："什么呀，那不是老头吗？"

下午4点半，有陌生的电话号码打进来，一接是女儿："我的手机没有信号，借别人的手机给你们打。她们是中国人，上海来的。我今天走了9英里，背包有14磅重。开始觉得有些累，现在到了第一个露营地，觉得好多了。"

"你就和他们搭伴儿吧。"

"妈妈，他们是两个老头和老太太。不能用人家的电话太久，我挂了。"

她在给自己煮脱水晚餐了吗？那个崭新的帐篷她能撑好吗？有没有明天的饮用水？能习惯第一次在野外睡觉吗？无数的问题不知答案。想到她讲的一个这条步道上发生的故事：

一个露营者听到一个动物走近帐篷，而且不请自来地在一布之外睡了下来，不一会儿还打起了不小的呼噜。露营者几乎一夜没睡，怎么听怎么觉得呼噜里的危险不小。天终于慢慢亮了起来，挨到太阳出来，他才敢透过缝隙看看客人的尊容，原来是一头鹿崽，可爱得如同迪士尼动画片里的班比。

百分之一

(2014-04-12)

女儿今天走了11英里，总计20余英里，达到百分之一了！我想现在给她讲解"千里之行始于足下"一定非常容易。

在她行前，我们去电话公司查看覆盖率，满意度不错。但如今上路两天了，都没有看到有信号的时候。还好有"上海大婶"——昨天又是用她的电话，和我们通了一回气儿。这两天先生不停地问我家的狗："你姐姐走到什么地方了？"

第一顿脱水食物是什么味道？第一次野外露宿睡得如何？连续两天的行走所见、所闻、所感我们一概不知，于是进入惶惶然的境地。我们太依赖高科技，又太离不开高科技了。好友虹安慰我："没消息就是好消息。"

是的，想想如今这个百分之一的开头吧。女儿上中学的时候，看了比尔·布莱森的《别跟山过不去》，由此升起一定要走上同一条路的念头。比尔当年并没有哪里会没有手机信号这种担忧，虽然他那时是一位有个啤酒肚的成年男士。女儿把愿望埋藏于心将近 10 年，另一本书《那时候，我只剩下勇气》前来唤醒了它。今年 1 月的一天，女儿合上书宣布："我会独自去走 AT 步道（这条步道的简称）！"那本书的作者在 20 世纪 90 年代独自走完美国西岸贯穿南北的太平洋山脊步道。途中只是偶尔用电话卡和朋友通过几次话。女儿体贴地为我在图书馆申请到这本书的中译本，读完以后，我只能无助地问了一个问题："她走时失去了父母，你有老爸老妈在耶！"

其实我心里同时也在帮她反驳自己：有爸有妈就不可以由着自己的主张生活吗？

百分之一是多么微小的比例，我们还有的是牵肠挂肚的日子，百分之九十九又是多么大的机会，女儿的所见、所闻、所感、所思都是我们无法想象的。

步道名是什么？　　　　　　　　（2014-04-13）

上路3天了，女儿第一次登上了一座山顶。也因此发现手机有了信号。她马上给我发了一条短信："所有的事情都很好，我累极了，大汗淋漓而且衣服都黏在身上。"从她写的前15天行程的计划中，可以想见，她大约到第五天时，才有可能在一个条件稍好的营地（收一些费）洗上澡。从她出生到如今，这恐怕是没有过的经历。大学四年，她每年都参加一个全国性的、大学生义务为贫困地区建房的项目，到过偏远地区，睡在水泥地上，但卫浴设备总是有的。

每一个在步道上的远行者都要有一个步道名。因为沿途一些要点会设有签到簿，你要签上名字和经过的时间。因此出现了步道名这一条行规，签名有些联手相互关照的意味。我们很早就帮忙考虑起个什么样的名字，因为买了一些比较昂贵的野外着装，老爸建议她叫"步道芭比"，她对此直接嗤之以鼻。看到她整天在煮面、熬汤，然后脱水干燥，我建议她叫"行走的厨师"。她转转眼睛想了想："还是不要这个吧。"

一天，老爸贡献了一个"暴走石"。英语中有一个"balderdash"的词，意思是吹牛。老爸改成谐音的"boulderdash"，把大石头和走得飞快连接起来。她先是把老爸实实在在地瞪了一眼，还面露愠色。听到解释以后有点放心地"噢"了一声，但绝没有考虑这个名字的念头。到现在，我们还不知道她这几天在用什么签名。

送她去机场的时候，我想和她说，路上会遇到许多以前没有想到过的事情，别怕。但当我拥抱她的时候，却连一句话都没说出来，就哭了。

向前伸展着 　　　　　　　　（2014-04-14）

二二得四，我们今天终于听到了她的声音，女儿从1032英里以外打来电话。我不知道她能和我们聊多久，着急地提出一堆问题，信号有些断续，她肯定也听不全。我们知道她到了一个可以淋浴的营地，还洗了头发，"吃到一包方便面加一桶刚买的蔬菜罐头，非常好吃！"

老爸说："要不要我们开车去接你回来？"她笑："还没有这个必要！"

她说几天来的景色非常漂亮，要我们找机会去看看，她还告诉我们今天晚上可以睡在床上，"前三天都是睡在帐篷里"。

她和我们汇报说几天前看到五只在一起觅食的梅花鹿，她说还没有看到什么动物，"噢，我昨天看到两只蜂鸟！"

"蜂鸟算什么，在家里的院子里就看得到。"我开始打击她的好兴致。

"不过在树林里看到，你的眼力很不错啊！（蜂鸟重1.8克，是世界上最小的鸟）"我赶快自己找补了一下。

我放下电话就在地图上找她所在的地方，俯瞰下去，前几天都看不到什么东西，只有无尽的山林。今天这个点儿有一栋建筑物，有一个有30个停车位的停车场，建筑物里有一间乡村商店，蔬菜罐头可能就出自那里。那里还有邮政点，女儿说把几件用不上的衣服寄了回来，"还给你们寄了一件小礼物"。

这个孩子是一个特别爱送礼物的人，基本上等不及家人、朋友的生日，总是早半年就准备礼物，耐不住性子等，老是提早送出去，到正日子时，自己和被送的人都忘了，还要现时再送一遍。行前去纽约看妹妹，明明适逢她自己的生日，却提前送了5个月以后过生日的妹妹一个礼物。妹妹大相径庭，永远送别人"迟到"的礼物，这次也不例外，所以过生日的人，正日子那天什么也不会收到。

我们今天开始在家里挂了一张小图,上面有步道在某一个州的走向,我们会把她走过的地点标在上面。看来这个项目正在我家逐步展开并向前伸展着。

女儿的一位天使 (2014-04-15)

第5天了,第一次没有收到女儿的电话或者短信,有些不适应,但在预料中。今天是她上路以后路程最长的一天,也是上路以后温度最高的一天。我只有这些多余的担心,并不能为她做什么。

昨天是我妈妈去世10周年,我已经在没有妈妈的世界里待了这么久了吗?有许许多多的时候,我想念她、求助她、怀着撕心裂肺的痛跪拜她,然而却换来她始终、始终的沉默。

我妈是个要面子到虚荣的人,中国有了北大、清华,她就觉得没有上这两所大学,就不算上过大学。我和弟弟一直在那些认识的上了北大、清华的人们的阴影里生活。在我这个女儿很小的时候,我妈在每年一次或两次难得的见面时,总要问她同样的问题:"你将来上哪个大学?"

女儿总是年小无惧地说:"我要上哈佛!"

我妈笑得面若灿花:"好,姥姥要好好活,看你上哈佛!"

这祖孙俩的幸福时光停止在女儿12岁那一年。

后来我爸编了一本有关我妈一生的纪念册,我让两个女儿各写一篇回忆姥姥的文章。小女儿一反常态地很快交了卷,老大却一直不见动静。到最后截稿的时间了,她才在我按着脑袋的情况下写了出来。对于一个14岁的孩子，我觉得那是一篇美文，好在它情深意切。

> 月光照在科罗拉多河上，
> 我多么希望我和你在一起。

姥姥唱起这首歌，我用她的钢琴为她伴奏。我对姥姥最深的印象，是我们共享音乐的好时光。每当有人问起我："你唱歌的天赋是从哪里来的？"我总是很骄傲地告诉他们，我的姥姥是个专业的歌唱家。有一年，我们回中国探亲，我给姥姥弹了所有我记得的钢琴练习曲。当姥姥听到这首她熟悉的曲子时，高兴极了。她抄起自己的歌曲本，马上和着我的琴声唱起来。接下来的几天，我们俩为每位来访的客人献歌，甚至打电话给远在美国的奶奶，为她表演我们的作品。奶奶事后说，你北京的姥姥嗓音真好听，像歌剧演员。

2006年，我再次回到中国，我们去给姥姥扫墓。我妈和舅舅问我和妹妹，有什么话要告诉姥姥，我们都摇摇头。其实我在心里悄悄告诉她："姥姥，下学期我会报名参加学校的音乐剧！"我被录用了，和同学们用两个多月的课余时间，排演了大型音乐剧《悲惨世界》。四场演出的最后一场，唱最后一首歌的时候，我想到了我的姥姥。我和大家一起歌唱《你听到我的歌声了吗？》，我在心里暗暗加上一句："姥姥，你听到我唱歌了吗？"恰在那一刻，投射灯打在我的脸上，灯光像是天使头上的光环，闪耀在我眼前。我的心不禁笑起来，姥姥虽然不在了，但她还是能听到我唱歌！我真开心我还在做我姥姥喜爱的事。

> 月亮照在科罗拉多河上，
> 我多么希望我和你在一起。

妈妈，您像天使一样注视我们整整 10 年了，现在请多关注我们的 AT 娇女，看顾她一路歌声地走下去。

波城马拉松在即　　　　　　　　　（2014-04-16）

第 6 天的下午晌儿，女儿打来电话。还好打来了，老爸已经把我的耳膜都快问穿了："我们的女儿在哪儿呢？"

就是同一个人，上午塞给我几张纸，是一个走过这条步道的人，给出的一些建议。其中第二条就是：别对保持联系操之过急。

"我现在在蓝山顶上，有信号，可以和你通话了！"跟自己熟悉的世界搭上线，女儿比我们更惊喜和愉快："昨天下了瓢泼大雨，我的衣服都湿透了。被子没湿，晚上还可以暖和过来。"

"下雨也没停下来吗？"

"没有停，遇到木屋时避了一会儿。我们快到营地了，还有两英里。"

"天快黑了吧，能赶到吗？"老爸发出新的焦虑。

"这里 8 点多太阳才下山，一定赶得到。明天我会搭车去附近的小镇，把湿衣服洗了晾干，准备休息一天，也可以跟你们好好聊聊。"

有了这个前景，我们赶快收线。

"还不到一个星期就休息一天，到时候能走完吗？"老爸的唠叨有了新方向。

今天上午，我们给女儿补寄了一件短袖运动衫。她上路的第一天，我们就把第一个补给箱寄出去了。邮件要走约一个星期，她需要两个星期走到第一个邮件递送点。这第一个箱子是她自己填充的,有脱水食物、早餐条、维C补充包、葡萄干等,她还给自己放了30块钱。"原始"的地方还得用原始的货币流通方式。临上封条之前,我收到台湾好友送来的牛轧糖和凤梨酥,一样放了两块进去,算是个甜头儿。我没敢多寄,因为所有的家当都得背在女儿自己身上,她对重量是克克计较的,到时候再因为"超重"给我丢弃了,多浪费。如果按每半个月寄一次给养的话,我们约有十几回的任务要担当。箱子上写好等待某某背包客来领取,如果很长时间没人取,邮局会把它寄回发送的地点来。像远行者的救命线,这个系统的可靠性颇受赞叹。

昨天是波士顿马拉松爆炸案一周年,波士顿市有一个盛大的纪念仪式,人们冒雨齐聚在终点线前,向遇难者致哀。老市长——去年从医院里跑出来指挥救险的曼宁——来了,新市长沃斯也在。吕令子的父母远从中国来,她的爸爸更镇定一些,妈妈仍如去年,低着头、紧紧地拉着丈夫的胳膊,一步也不放手。遇难的小马丁,有一个在那天失去一只脚的妹妹,她第一次穿着裙子,用义肢走在公众面前。那一对伟岸的、各失去一只脚的兄弟,在妈妈和朋友们的陪同下重走马拉松路程,他们中途需要搭车,但志愿来的朋友们,在雨中整整走了一天。

还有五天就是空前盛大的2014年波士顿马拉松了,我的女儿今天也在路上。

会"弃守"吗? (2014-04-17)

雨过天晴之后的第7天,女儿反倒走出"大山",到一个小镇上休整。

直到下午一点多,她才到了镇上,经过第二个彻夜的雨,连被子都湿了:

"要抓紧时间把湿的东西都晾干,昨晚一夜都没暖和过来,特别是脚,冰凉冰凉的。"

一周以后,她第一次和我们敞开心扉谈话。

其实走路并不困难,野外生活才是不断要适应的。生活的许多方面都很辛苦,比如在雨中上厕所,前两天还开始了生理期,以后会有被蚊虫环绕的问题。遇到一些有意思的人,也遇到一些没意思的人。开始问自己这样长时间地重复同样的"行为"有什么意义吗?没有想清楚,还在考虑。

第一周就有"弃守"的念头,是我万万没有想到的。行前的最后一秒,都希望她有松动说不去了,因为毕竟克服不了那份笼罩在心的担忧。但听她现在这样说,我首先感到的竟是失望。电话的这一端,我沉默了。

"你再考虑清楚一些,不论最后做什么样的决定,我想都会是对你自己有意义的。"

"我会的,起码要走完佐治亚这一段,也许是半程?"

我一直和挚友潇说,想做她母亲那样的妈妈——对3个孩子的任何举动都能死心塌地地予以欢呼。可我一直不得其法。像现在这样的关头,我就找不到如何正确"欢呼"这个答案。

"拉累"是什么? （2014-04-18）

第8天,我上午就给女儿打电话,是想测试一下,她在哪里。没有信号,主要想看看她是不是又上路了。

傍晚她发来短信:"我明天可以给你们打电话!今天很艰苦,走了 15 英里!"

15 英里是一个纪录,无论是徒手还是负重,她以前都没有达到过这个里程。我祝贺她,虽然不知道她什么时候才会看到我的贺信。

昨天她还告诉我:"上海大婶"是一位 58 岁的女士,和先生一起远行。"她以前没有走过这么远,只是做过'拉累'。"

"什么?"

"'拉累'呀,她是这么说的。"

我的脑筋快速全开思索她这个词的可能性:"拉练!"

终于让我猜对了。

"对,对,是拉练!"女儿对我们的沟通良好也高兴起来。

"文革"时我们不仅学工、学农还要学军。除了背一支木枪上学,每天练正步走以外,还要学解放军野营拉练。我想起自己在沈阳上初中时去拉练的情形:先是向我军人出身的父母亲学习打背包,在他们的调教下,我可以打出漂亮的三横压两竖,像豆腐块一样的背包,就连被子都是正牌的军被,绝对是全班的第一名。我们背着沉重的背包,穿着"老军跑",花两三天时间夜宿野外,走到 20 来公里以外的一个村子,在那里的老乡家住了两天。我只记得和同学学会了切细细的萝卜丝和白菜丝——煮汤用的。回家以后很久,我天天申请切菜的工作,把我妈整老糊涂了。回家时一天走完全程,那叫一个累,全班静悄悄的,没一个人有说笑的劲儿了。背包绳像嵌到肉里,脚打起了血泡,还是我当过兵的妈妈帮我处置的。还记得回到家时,那份温暖、那份明亮、那份得意、那份幸福。

我劝自己:不论女儿何时回家,她都应该和以前有不一样了,我北京的同学亲人们说得对,上得路了就是胜利。

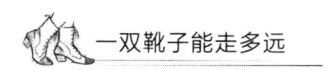

女儿,别怕! (2014-04-19)

3天,3天,又3天,女儿走上AT已经第9天了。

"九天走了80英里(约125公里),我比较满意。"

"今天我们住进一家民宿型的营地,一对夫妇照管这个营地,在类似车库的位置,有一间睡觉的屋子,有五六个上下铺。他们明天一早会给我们做热的早饭,还帮我们洗衣服。"

"收费的吗?"

"不硬性收费,可以随性捐些钱。我想给他们15美元。"

女儿又在电话里谈了一些她下一步的打算:"走着走着,我突然很是担忧,毕业没有马上找工作,挣钱养活自己,而要在AT上花掉6个月时间,是不是很浪费。我需要一点时间再想清楚一些。23号我会到一个较大的营地,就是我会收到你们寄出的第一个补给包的地方。我准备在那里待两三天,考虑一下下一步的计划。"

我告诉她,她突然有停下来的打算,让我以为她遇到什么坏人了。

"没有,没有,遇到的人都非常好,大多数是中年以上的人,还有一些是不满意自己的工作辞职出来的。像我一样年纪的不多,有几个也是不知道自己会做什么的样子。有一个女孩子很厉害,她在像我一样大的时候,就走完了太平洋山脊步道。"

"那不是比AT还难吗?"

"是的。她工作了几年以后,又来走AT,我想她会走完全部三条大型步道。她的速度也很快,一天能走约20英里。"

女儿说还没有遇到同行的伙伴,"大部分人都是只见一次就碰不到了,也不知是我走得太慢,还是走得太快?"

我觉得这也是她慌神儿的一个原因。

"你按照自己的速度走就好了。一个人走的时候是不是可以很清静地想事情。"

"其实你要注意周围，爬坡的时候又会很累，忙着喘气，所以基本不会想什么，脑子挺空的。"

"你昨天走了15英里，很不简单哦！"

"真的很累，到了营地，我很快就睡觉了，是我上路以来睡得最好的一次。"

听她这么说，我才回过一些神，孤单的女儿在荒郊野地里的这九天，常常是在提心吊胆的情形下度过的吧？

真想把她拥在怀里，就说一句话："女儿，别怕！"

从一个州走到又一个州 （2014-04-20）

女儿在路上第10天了，今天有了新的纪录：完成了佐治亚州的路段，进入了北卡罗来纳州。下午两点多，她发来一张照片，这是她上路以后我们第一次"看"到她，真是高兴！

她蛮有精神的样子让我们稍稍放心。

我们这里的世界其实挺不平静的：

4月10日，联邦快递的卡车撞上校车致其起火燃烧，校车上满载参加学校组织的参观大学项目的高中生，10人遇难。

4月16日，韩国一艘轮渡沉没海中，船载郊游的高中学生，已证实50

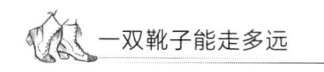

余人遇难，200多人仍下落不明。

4月19日，15名夏尔巴人在运送给养的途中，于海拔6000多米的珠穆朗玛峰遭遇到雪崩落难。

天灾人祸世事难料，希望女儿一路顺行，希望世界平和、人民安康！

面对眼前 （2014-04-21）

女儿在新的一个州里的今天并没有和我们联系，安静得让我有些心悸。

天气预报她行经的地区，最近雨天比较多，甚至有小面积的洪水。昨天看到她的照片，背包整个用防水袋包了起来，但没有穿雨衣，所以那一刻应该是没有雨的。

我心里有时会嫉妒这一代年轻人，嫉妒他们年轻是永远的主题；嫉妒他们视野宽阔，看得到世界的每个角落；嫉妒这种能"武装到牙齿"的现代化。

"现在走到脚疼的地步，所以买了一双鞋垫，垫上就好一些了。家里有一双买好的，麻烦你们帮我退掉吧。"

得令儿了，您哪。我们马上屁颠颠儿地去给退了。才知道一双鞋垫值四十几刀呢！我们——中国的我和美国的先生——都从来没有听说过有这么贵的鞋垫。

年轻、视野加上高级的鞋垫，还是要面对眼前的单调和孤独。这种单调和孤独对我们每一条生命都是公平的，绝没有可以遭嫉的缝隙。

女儿可能还不知道，我和她都特别喜欢的马尔克斯在上周四（4月17日）去世了，留下了《百年孤独》给许许多多的后来人。

加足油的波士顿   （2014-04-22）

6天又6天，整整12天了！女儿，加油！

今天是波士顿马拉松日，本着对去年爆炸案的公愤，今年波士顿人真的是万人空巷地夹道为比赛欢呼。五六个小时里，加油声就没有断过。我住的卫斯理镇因宋美龄就读过的大学——卫斯理女子学院——而闻名中国。对于波士顿马拉松而言，它也是一个关键地：半程点。即使往年，观看的人也很多。因为这周是麻省公立学校的春假，麻省又特立波城马拉松日为"爱国者"假日，所以整个波士顿城郊区，就像过节一样热闹。我眼前的这片草地上，就坐满了野餐的家人，奔跑的孩子，还有许多被打扮得漂漂亮亮的狗——一条大黑狗戴着一串由黄、蓝两色丝带蝴蝶结（今年赛事的主题色）环绕的项圈，勾引着我家"秃小子"不弃不离的眼光。

我如以往地到市政厅前的街道边看了一会儿。今年的参赛者真是多啊，在我驻足的40分钟里，有30多分钟，整个路面都铺满了运动员，没有留下些微的空隙。这是10年来，我的观看史所没有见过的场面。今年有3.6万多人报名参赛，接近历史最高（3.8万人）。每年的感动都是一样的：这些男女老少的精神着实让人敬佩。一步不停地奔跑2至6个小时，为此要参与几个月以至一年的训练——每天奔跑不停——为了自己内心的一份追求和爱好。

今年参赛的女性超过百分之六十，让这个全世界最古老的马拉松赛，充满了青春的气息。世界田联权威地不承认波士顿马拉松的成绩，就因为这里的42公里195米街道下坡路段可能超过规定，所以尽管这里有一段上坡的"伤心岭"，他们还是不把在这里跑出的成绩记录在案。但这完全不影响波士顿马拉松人为自己骄傲，特别是今年，在阔别了31年之后，一位美国运动员拿到男子组冠军。

回到家，错过了女儿从北卡一个叫"站立的印第安人"的小山上打来的电话。唉，错过了3分钟。

我们都需要勇气 (2014-04-23)

第13天，已经3天没有听到女儿的声音，两整天没有收到她的信息了，我告诉自己这个很正常，因为步道上很多地方没有手机信号。可是担心始终挥之不去。

今天看到一篇文章，作者说：

> 怎样的情况下需要勇气？
> 在我看来，就是当你离开一个你自己觉得舒适的环境，这种离开，可能是因为你要去一个你不熟悉的环境，可能是因为要去面对一个你不熟悉的人，也可能要去做一件陌生，或者自己没有把握的事。

女儿不正是生活在这三种情况同时发生的状态下吗？现在她需要的是勇气。

我也需要。

羽毛还是胆量？ （2014-04-24）

整整14天，两个星期了！

今天在图书馆接到女儿的电话，欣喜地拐着扭伤的脚跑出去接听。她挺高兴地对我说，刚刚拿到一个"步道魔法"（Trail Magic）的大礼包，包里饼干、糖果、巧克力、奶酪、薯片等等零食应有尽有，甚至还有一个复活节彩蛋！

"什么是步道魔法？"

"就是有人义务给在步道上行走的人送温暖——给他们一些生活所需，更给他们一个小小的惊喜！"

"你是第一次遇到这个魔法吗？"

"不是，已经遇到过3次了。第一次是有一个人在一段6英里没有水源的路段上，给每个过路的行者一大瓶水；第二次是有人支起一顶帐篷，在里面提供食物，有好吃的三明治；第三次是有人提供水果，那个可真好，我吃了苹果、香蕉！"

"这么多这么好的人，我们也应该在麻省的路段上做一次这样的魔法，回馈别人。我可以给你们包饺子、烙葱油饼、煎春卷……"

"嗯，饺子真好，春卷可能会不脆了，不能做春卷。"

"那就炒饭、炒面吧？"

"这些都可以考虑。"

女儿特别喜欢烹饪，渐渐地成为我们家的厨师长了，她因为吃惯了中餐，所以比很多老美对东方食物懂得多得多；她又喜欢做西餐，特别是意大利菜，因此西式饮食也有研究。这次上路之前，她把一些藏书送去二手书店，去了3次，送了几大包书。她用换回来的所有的钱，买了一本英国厨师兼作家奈杰尔·斯莱特，600多页厚的 Tender（我觉得应该译成《恰到火候》）。我笑她请回来一本"圣经"。她笑，把书抱得死紧。

"这些天又遇到很多很有意思的人吗？"

"没有，我还没有找到固定的伴儿。每天基本都是自己走，到了营地，我们会一起做饭、聊天。"

"你有步道名字了吗？"

"还没有，但是昨天他们帮我想了两个，我挺喜欢的，就是没有决定用不用，用哪一个。"

"哪两个？"

"一个是'羽毛'，他们说因为我的背包是最轻的，所以下坡的时候，会看到我轻快地飘下去了。还有一个是'胆量'，因为我告诉了他们100个我惧怕来的原因，他们说你那么怕，还是来了，你是最勇敢的人。"

你是的，我的女儿。

拿到第一个补给包　　　　　　　　　　（2014-04-25）

第15天，女儿走了12英里，到达了第一个补给包静悄悄等待她的小城。

"我收到3个包裹！！！"

好友凯特给她寄了糙米饭、咖喱素菜和名品起司。在每天早上一条早餐条，中午两片面包加花生酱，晚上一块脱水面条的两个星期以后，"凯特晚餐"一定像一场盛筵！女儿和凯特是大学第一天结识的密友，这个凯特从小吃素，大学即将毕业，准备自己在加州开一个山羊起司农场，现在正在纽约一家著名的起司店里一边学做起司，一边做柜面监管。女儿则是一个食肉类动物，5 岁的时候，她很为一个生来吃素的好朋友惋惜："阿拉娜要是试过麦克炸鸡块，她一定会爱死了。可是她从来没有试过呀，妈妈。"

吃素的凯特花了 4 年的时间，默默地影响我女儿，终于在去年底得到结果，嗜肉如命的女儿开始吃素。这次上路，她也曾纠结过："这样花体力的行动，我是不是该吃些肉？"但她最后下决心以素食行者的身份，踏上 AT。

我们帮她寄了以下两周的干粮和一些干果。

"我有好吃的牛轧糖和凤梨酥喽！"健壮的女儿平常是基本不吃甜食的一个人，在她有生以来食物最单调匮乏的这 15 天里，她一定对好滋味有了最大的渴望。

她想在这里停留两天，想一想这 15 天来埋头走路来不及理清的思绪，和自己的内心有一番安静的对话。

这是 AT 步道给她的空间和时间，好好享受吧！

轻盈的荧光虫有没有胆量？　　（2014-04-26）

一个 8，又一个 8，两个 8 成了第 16 天！

今天女儿确定了她的步道名。

"几天前，我们聚在一起聊天，大家谈到迄今去过的难忘的地方。我讲了你们在我小时候带我去过的，新西兰的怀托摩地下洞穴。"

怀托摩（Waitomo），好远的记忆。新西兰北岛的怀托摩地下洞穴，是有约3000万年历史的钟乳石溶洞。1887年，一名英国人和他的毛利族首领向导，发现了进入这条地下洞穴的通道，洞穴里满是钟乳石奇景，其中包括一个"大教堂"——声音会在那一个空间回旋荡漾。沿地下河航行，则可以看到荧光虫遍布穴顶的奇景。1889年，毛利族首领开始带外来的人进洞观赏。1906年，洞穴被收归国有。1989年，政府将之归还给毛利人，现今，主要由当年发现洞穴的首领及他的妻子这两大家族管理营运。

"在黔黑而寂静的地下河里缓缓航行，'满天'荧光虫进入视野时，我永远忘不了那一刻的惊喜！头顶上密布着闪烁的晶亮，像浩瀚的星空。步行者们对我讲的那种罕见的景观都充满兴趣，说将来有机会一定去亲眼看看。

"第二天下起了雨，我把防雨袋罩在背包上，你知道我的防雨袋是鲜亮的橘色的。头一天聊天的伙伴走在我后面，到营地以后，他们告诉我：'你真像一只荧光虫，一个小橘点在树丛中时隐时现。你就叫荧光虫吧。'Glow worm——发光的小虫，嗯，我可以考虑这个名字。

"今天我打算在一个和作家布莱恩（行走步道这件事的'始作俑者'）同名的小城中休整一下，中午去一家叫'加油站'的三明治店吃午饭。买了三明治后去找座位，这家店的桌椅都是废弃的汽车。当时只有一辆车空着，我坐进去吃。边吃边赫然发现，我坐的这辆车的车牌竟明明确确写着——'荧光虫'！

"我也很喜欢'羽毛'和'胆量'那两个名字，尽管我自己觉得只有不停地喘息，而不是轻盈；有些时候，真想大叫几声：我有胆量直取缅因州。但看来荧光虫更合我的意。我会保留另外两个名字，偶尔可能用一下。"

怀托摩的荧光虫，AT步道上的女儿，同样让我惊叹！

有点说不清楚的线路 （2014-04-27）

第17天，在原地踏步：昨天在布莱恩小城改变了几回策略，想去阿什维城，可是阿什维已经北上大烟山了，所以女儿想顺行略过大烟山，以后有机会再回来补课。转了一会儿觉得不妥，大烟山是此行遇到的第一座"天堑"。全程70余英里几乎封闭的路段，这里有AT步道较高的6000英尺左右的山峰，是步道上的一个大坐标，跳过它真的会被质疑想脱逃。于是产生新的主意，从阿什维回头，决不少一步地重启行程。

为了不花钱住旅店，女儿不惜重回低价收费的营地。她走进一家商业运营办公室，向他们打听有没有营运的车去营地，一位秘书告诉她没有班车，但她热心地应允自愿送她过去。女儿多好运！

在营地住了一个晚上，她又走到几里之外一个免费的营地，晃过又一天，还得回今天所在之地，就为等明天坐班车去阿什维。

我和先生对她这种"贵族"式的拉练有些不太懂，身在大都市纽约的妹妹更是出言直率："这种住旅馆、吃三明治的步道是不是正统的呀？"

不说给她听，因为她很欢喜自己这个错综复杂的规划。我想教她一个中文成语：舍近求远。

三进两出的背包 （2014-04-28）

第18天，又不算在路上，下了步道到阿什维去换背包。

准备行装的时候，最先买的东西是三大件：帐篷、睡袋、背包。帐篷是细长、单人用的，收起来大约一尺半见长，像个大个儿的白萝卜那么大。睡袋调换过一次，因为提高了羽毛的档次，睡袋轻了一点，远行者对于身负的重量是锱铢必较的。

背包的来历就更复杂一点。女儿研究了很久，去户外用品店试背了无数次以后，决定买下这一款。买好以后，她很快就装上东西负重上路试行。走了两趟之后，从网上发现有一种更轻更结实的型号，于是她到店里去进行了调换。换回来以后又是如法炮制：装上行装试行，感觉很好，于是这个蓝色的背包就坐飞机和女儿一起去了佐治亚，开始了 AT 步道行程。走了一个星期之后，女儿发现这个背包和她的身体结构并不十分吻合。因此重量一直压在她的肩上，而不是如第一个背包，重量是分散在整个后背上。

于是有了这次换回第一个背包的额外项目。大型的户外商店提供高质量、高价位的产品，同时还十分厚道地负起包你满意的责任。像这样三番五次地调换，人家是不会表现出不耐烦的。一般过一两个月，他们会把退货和调换的、用过又有些磨损的商品拿来举行特卖会，价格会下降很多。

女儿选的背包的牌子正是我的名字——海燕。多好！

一路有好人相随 （2014-04-29）

今天是既来之，则安之的第 19 天——女儿还是待在阿什维享受"人间"生活。

"我在图书馆查资料，中午去小饭馆儿吃午餐。一直觉得我不是这里的人：穿着唯一的一套衣服，背着装有全部家当的大背包，带着步道的味道，走在街上和所有的人都不一样。"

"你就是特别的嘛！但味道应该还可以吧？"

"可能吧，我有点想我的步道了，昨天出来的时候，我自然而然地向前进的方向走去，忘了我要出来办事的。走着走着才发现，噢，今天不去走了，要等人带我去阿什维。"

"你在什么地方认识的带你出来的人？"

"她是短途行山的人，我们在一个营地认识。她听说我需要去阿什维，就热情地答应来接我、送我。她是一位在阿什维郊区住的高中老师。"

谢谢你，阿什维的高中老师，谢谢你们，一路相助的好人！

婆婆妈妈的老爸 （2014-04-30）

今天是女儿在路上的第 20 天，也是老爸同样提心吊胆的第 20 天。

晚上 10 点半了，他还坚持给女儿打电话，因为他看到女儿行经地区有暴雨和龙卷风。

女儿在电话那一端，不太情愿地听着爹爹喋喋不休的诉说，耐心地告诉他，自己还有四五天才会走进那个地段。

"你觉得大烟山顶上的温度会是多少？"老爸发问。

"零度吧？"

"你能扛得住零度吗？"

"可以的!"

老爸无奈地放弃了:"你和你妈妈说吧。"

"妈,我真的很累了,还有好多事没有做完。明天我就没有用电脑的时间了。还没有找到明天回步道的车,外面一直下雨,我的帐篷在外面,不知会湿到什么程度,也许我只好赖在这里,等所有人都睡了,我就睡在这个公用空间的沙发上,我还没有吃晚饭。"

"对不起,我什么忙都帮不上你,只能说加油,你会挺过去的。"

"谢谢你,妈妈!我会挺过去的!"

放下电话,直接面对就是先生询问的目光:"她听上去泄气极了。"

"她还好,没有泄气,人总是会有不太兴奋的时候吧?她能挺得住!"

"那就好!"

我没有听出老爸声音里有不泄气的腔调。

这里的景色无与伦比 (2014-05-01)

第21天。

老爸并没有泄气,他给女儿发了一封邮件,摘录一段话鼓励女儿:

爬上一座山顶,不是为了插上你的旗帜,而是为了拥抱挑战、享受新鲜空气、与意想不到的景色相遇。抵达山顶,你可以尽览整个世界,但不必理会世界会不会知道你在这里。

这句话出自女儿高中一位英语老师的新书《你并不特殊》。

女儿给老爸回信:"我没有旗帜标示给这个世界,但是我绝对接受挑战,正沉浸在新鲜的空气里，而且这里的景色无与伦比！"

朝向大烟山 （2014-05-02）

女儿在第 22 天又回到离别三天的步道，开始向大烟山行进。

大烟山是阿巴拉契亚山脉一组较大的山峰，地处田纳西州和北卡罗来纳州交界处，是田纳西最高的山峰，也是整个阿巴拉契亚山脉第三高的山峰。这里现在归属大烟山国家公园，整个占地 18.7 万公顷（1870 平方公里），被硬木森林覆盖。国家公园有超过 100 种的树木，超过 100 种的灌木，还有超过 1600 种的花卉、植物。公园中有许多动物，最为著名的是黑熊。

担心指数上升：我的女儿将与熊共处？

谁给谁加油？ （2014-05-03）

第 23 天，南线无消息。

查看天气预报，知那里一片艳阳好天，温度是宜人的 20 摄氏度左右，有些舒心。

想起女儿 12 岁那年暑假，也是一个人离家去上以耐克公司为名的篮球夏令营，为期一周。那时没有手机，送进去就断了联系，到第 4 天，我们克服不了自己的担忧和想念，悄悄潜进夏令营地，正巧看到那时还很矮小的女儿，一瘸一拐地在场边行走。我招招手把她叫到一边，问怎么了。得知她脚后跟筋膜发炎，完全不敢着地。又问，治疗了吗？她说老师把冰块绑在脚上一个晚上，没有太大的成效。我们冲出去帮她买了一副特殊的鞋垫，并没有把她带回家。后来她回忆说有些艰苦。白天脚疼，晚上宿舍里没有冷气，将近40摄氏度的高温，要用凉水把自己冲透，再把自带的小电扇置放在脑袋前面吹一宿，才能睡觉。我后来觉得她没有受风才是幸事。

联系不上就在心里为她加油吧，其实年轻力壮的女儿，用自己的一份勇敢给我们加了不少油。

她能得到什么？ （2014-05-04）

第24天，没有通话，也没有短信。

先生去邮局给女儿寄第二批补给，其中有她最切盼的老妹写给她的一封信。后者花了一些时间和心思，写了厚厚的一沓，不知在去年姐姐21岁生日时写给姐姐的"我骄傲你是我姐姐的21条理由"之后，又有什么新创意？

邮局的营业员是个爱开玩笑的女士："你确定要把这个东西寄出去吗？"

"是的。"

"你的女儿是去走AT的背包客吗？我的女儿也是背包客，她是去畅游欧洲。"

"那我对自己的女儿放心多了，AT的惊险不能和欧洲比！"

"那倒不一定,你的女儿要走多久?"

"大概 6 个月。"

"6 个月?!她能得到什么?"

"脚上的水泡、被蚊虫叮咬后的疟疾,再加上鹿虱带来的莱姆病(lyme disease)吧?"

"噢,这些在我家后院也弄得到,我就是从我家猫身上得到莱姆病的。我的女儿在欧洲找到一桩婚姻呢。"

先生马上联想到他的姥姥,30 多年前,当他宣布要去中国学中文时,姥姥的第一反应是:"我觉得你去中国,是想找一个太太啦。"先生觉得姥姥的想法匪夷所思。快 100 岁的人,比老糊涂还糊涂一些吧。

10 年后,他从万里之外,带回了一个纯粹中国的我。

智慧的姥姥在天上祝福我们。

奶奶会怎么想? (2014-05-05)

第 25 天,在失联 3 天后,昨晚不知何时收到女儿极简的短信:"明天开始进入大烟山!"

进入大烟山是在第 26 天。

今天是我婆婆的忌日,前几天女儿还提起:"不知奶奶知道我要去走山,会怎么想?"我说:"会鼓励你,然后在家里担心得要死。"女儿觉得有道理:"她会比爹爹还夸张地担心。"

我们今天到婆婆的墓地上去种了一些小花。这种花的名字叫"不耐烦

（inpatience）"，这是一种完全草根，但花期持续整个夏天，花朵你追我赶，不耐烦等待、争相绽放的小土花。在某种意义上很像我的婆婆。

她7年里生了4个孩子，那年28岁。每天要带上4个孩子去帮助妈妈照顾因糖尿病截肢的父亲，同时捎带给不会开车的大姐、二姐做许多杂事。一天夫家的亲戚发现，最小的儿子坐在马路中央——从车上摔了出去，她全然不知。亲戚只好帮她"捡"了回来，好在那时车少。30岁出头子宫出血，她当即决定摘除全部附件。而后因为荷尔蒙失调缺钙，经常牙痛，又决定一次把8颗大牙全部拔掉，以绝后痛。她每天早上给丈夫、孩子准备早餐和中午带到公司及学校的午餐，上午去娘家帮忙，下午打扫、洗涮、种花玩草，家具常挪、墙纸常换。17∶00准备好全家的晚餐后，去饭馆做兼职服务员，人多的时候还要在后厨照应，每天至02∶00下班。与此同时，她长年照顾对门邻居的寡居老太，还帮另一位邻居看顾孩子。我的先生到现在都记得："那孩子就像我们家的人，和我们一起长大。"

因为活儿多，我的婆婆手脚麻利、快捷过人，更常常"不耐烦"。她没有工夫和孩子们玩游戏，给每人一瓶水："到屋外去淹死蚂蚁吧。"

再不就发给每人一个小桶，去后院摘小蓝莓，再帮他们分装到小纸盒里，轮班坐在大门口卖掉。吃饭的时候她绝对坐不下来，人前人后地打转儿，好像还在饭馆里工作的样子。

婆婆疼爱所有的孙辈，也很器重我的这个女儿："不用担心，她的肩上扛着一个好脑袋。"

她的意思是对这个孩子的未来充满信心。

婆婆会在天上一如既往地看顾这个孙女的。

我是有恐高症的人呀　　　（2014-05-06）

第 26 天的下午，突然接到女儿的电话，没听到她的声音已经有四五天了。

"你好吗？"

"我还可以，脚上打泡了。"

"新背包好用吗？"

"比老的好，我的背不疼了。"

"那就好！"

"猜我现在在什么地方？"

"大烟山？"

"有一部分对了，我在大烟山的南入口附近。现在是在一个观火台（fire tower）上给你打电话，这里才有信号。但是这里很吓人，你知道，我是有恐高症的人呀！"

"你赶快给自己照一张照片吧。"

"好像不行，我不撒手地抱着一根柱子，才敢站在这里给你打电话。照相我担心失手，把相机掉到下面的山里去怎么办？"

"你要在大烟山国家公园走多久？"

"可能还要三四天，这里有很多爬山的路段。"

"这两天有什么新故事？"

"噢，对了。知道昨天晚上我碰到谁了吗？上海大婶！我在阿什维待得太久，他们终于赶上来了。他们先我到达营地，看见我走上来，大婶就躲在树后面，想给我一个惊喜。她先生可能没来得及躲，我跨进营帐，哎，见到我认识的人了。这时候，大婶跳进来，我们三个人都高兴死了！这次我给大婶照了相，一会儿下去发给你。他们准备走完大烟山就结束行程了，以后也许在纽约段上能再见到他们。"

"程潇阿姨说多照些照片给他们看！"

"知道了，我得下去了，待在这里太可怕了，我的腿都打哆嗦了。等再有信号我给你打电话。"

我到现在也没看到上海大婶的照片，不是没有信号就是把老妈给搁在脑后了。

花儿是同时开的吗？　　　　　　　　　　（2014-05-07）

静悄悄的第 27 天。

早起去遛狗，又像每年一样看（读第一声）着看着，一个不留神儿，所有的树都熏染上一层新绿，绿得像极了吴冠中画里春天的颜色！

花儿倒是很多都开过了，但走着走着会有一两朵新鲜、娇嫩的迎风招展着。想到"亚洲羚羊"纪政讲过的一些感触。

纪政是 20 世纪 60 年代中国台湾（更是全球华人）的体育明星，那时的声誉应和今天的刘翔相差不远，有"黄色闪电"之誉！她 16 岁就有机会参加奥运会，但到 8 年后还没有拿到过大赛的奖牌。她急死了，以为自己没有前途，只有退役了。

这时她的美国教练告诉她："你说全世界的花儿是同时开的吗？不会吧，因为它们生长的时间、条件都不尽相同。你也许就是一朵晚开的花，现在不需要怀疑，只需要好好训练。"

于是在她参加的第三届奥运会上,她拿到了中国人第一次拿到的奥运田径铜牌。之后她又先后 6 次追平和打破了世界纪录。

也是纪政说的,是体育这个职业,培养了她跌倒了不惧怕,再爬起来的毅力。

希望阿巴拉契亚山脉能教会我的女儿不惧怕和爬起来再走的本领。

恋恋大自然 （2014-05-08）

今天是整 4 个星期,第 28 天。

老爸早上就开始叨念,你说咱们这个女儿,从小就怕蚊子、怕蚂蚁,提起虫子就大惊失色,掉头往家跑,一点亲近大自然的天分都没有,现在怎么就恋恋大自然了呢?

我说:"现在越来越认定这一点,什么东西都是有配额的。你看我爸,年轻力壮的时候,把肥肉的配额吃光了,到晚年就只能'吃糠咽菜';再说你,做了十几年移动通信,24 小时手机不离手,从'大哥大'用到 10 年前的尖端产品,可这 10 年成了绝手机户,连'爱疯'也不会使,没有配额了!"我自己的例子是喝酒,早年在东北乡下插队,当过一阵得经常"拼酒"的青年点点长,我不会也不爱喝白酒,只好衍生出一个自己的办法:拿来海碗一只,你们喝一盅,就给我倒上一盅,不管总量多少,最后我会一饮而尽。喝了不少酒,也因脸不变色、心不跳吓倒过不少人。到我接近 40 岁时,突然一天,我只喝了半杯啤酒,就头晕目眩到不清醒的状态。从此滴酒就会眩晕,配额全部告罄。

女儿走过怕虫怕蚊的生命阶段,现在一享和大自然相处的丰泽配额,她着意于分秒不离须臾地与之相处,是得天独厚的幸运儿!

出发前,她特意去哈佛大学自然博物馆,看一个名为"梭罗笔下的缅因州"的特展,博物馆收藏了大量著名散文学家梭罗精心制作的各类植物标本。作家和大自然一道永留人间。

女儿,尽享你与草木为友,与山脉为邻的好日子吧!

觉出城里的热闹 (2014-05-09)

今天是第 29 天。

晚上接到女儿电话,每次电话我都会大声地和她打招呼,怕很多天听不到她的声音,怕她听不出我的思念。

"我挺好的,今天走了将近 14 英里。一直下着雨,我又是湿淋淋的了。我现在跑到一个小镇上,在青年旅馆里尽量把湿的东西弄干。"

"你和谁一起过去的?"我老是不忘打听她有没有同伴。

"和一个比较老人的组。"

"你好像总能找到老头、老太太们?"

其实她所谓老头、老太太可能比我还年轻一些,为了自尊,我尽量不打听那些人的年龄。

"我不是停了几天吗,所以就遇到这些走得比较慢的人了。"

"那你就是最后这个梯队的领导人喽?"我想让她别灰心。

"过两天有一个很有名的、为期三天的'嘉年华'集会,很多人都打算去参加。我准备跳过这个活动，这样我就能赶上一些行程。"

如果是我，我会这样做，但这个崇尚享乐的女儿，真的会跳过玩乐的机会吗？我在电话这边沉默着。

"我已经走完 200 英里了！"

"你什么时候会到达第二个包裹寄存点？"

我想侧面打听一下她的进度。

"14 或 15 号吧。我基本上是保持计划中的速度。"

"快一个月了，你是不是觉得强壮一些了？"

"嗯，我的腿脚和身体都强壮了一些，走的速度也在加快。就是好像吃的有些不够，有时候会觉得又饿又累。"

"你不是在城里吗，多买些好吃的！"

"会的，我买了一些早餐条，还要去吃一大顿墨西哥晚餐，吃好多好多豆子，吸收蛋白质！"

我把电话转给一直等在一边的老爸，他一上来就劝告女儿不用想太多进度的事："那些地方也许你只去这一次，好好体会一下，多看看、玩玩。"

后来她老爸告诉我，她身处的小城，因为紧邻国家公园，"就像迪士尼一样热闹，各种各样的饭馆、商店和游人，挺好玩儿的！"

我说了吧，她是个喜欢享受生活的人，现在可能更觉得出城里的热闹。

有很多人在看顾你 （2014-05-10）

第 30 天，女儿在路上整整一个月了。

她走在路上，天天有熟人，也有不认识的人（博客上）关心地问候她。

我早上经常和好友虹做瑜伽，"女儿来电话了吗"成为我们的见面语。她是到最后一分钟，还在帮我出主意，把女儿拉到别的道儿上去的阿姨，理由是，女儿是你们像公主一样宠大的，做这件事太没有根基。看着女儿一天天坚持下去，她有了新的想法："我们将来有机会也去过一段这样的日子吧！"

朋友屏最近做了手术，我电话一过去，还来不及问候她，就被她劈头一句"女儿怎么样？"问住，每次都是。

刚听说这个消息，她是投反对票的："你得否定，她是你身上掉下来的一块肉，她得对生命负责，对你负责。"

后来她慢慢理解了，但没有偏离自己的逻辑多远。女儿出发的前一天，她赶来送行，给女儿一个大红包，嘱咐她："安全是第一重要的，遇到情况什么都可以放弃，只要保护自己。"

在北京的潇总在我的博客留言中，帮我感谢在路上关照女儿的人们。她也和我一起走过行前筹备的日子，在她家风格独具、永远客来客往的大客厅里，举行过几次公众论坛，并通报各方精英们的真知灼见。女儿向来对她很有些崇拜，把她视为干妈。她那份有些飘忽的认可，对女儿的支持很大。

还有一位刚认识的朋友林林，她有一天不经意地说："现在知道AT步道了，哪天我和先生也去走一段。"

她看上去挺瘦弱的，我觉得她做不了这种有些"粗野"的活动。可某一天谈起，他们俩曾经攀爬过乞力马扎罗山，还攀爬过尼泊尔和中国交界的高山（喜马拉雅吗？），现在更知道"人不可貌相"这句话的道理了。

一位在网上认识的朋友说："你太傻了，为什么不和她一起去？"

我确实那样想过，但首先有违女儿独自去做的初衷，也有她一路要"背负"我的可能。这是她给自己生命的一份创意，我自己的呢？所以我不能把自己和她捆绑在一起。

知道她有这个想法以后,先生问我的看法。

"只有从旁默默地关注这一条路。"

母亲节的思绪 (2014-05-11)

今天是第31天,也是母亲节。

昨天女儿已经提前在电话里祝我节日快乐。她在路上孤军奋战,也没有忘记这一天,问我有没有收到她寄的礼物。我说没有,她很有些失望,说同一天寄给朋友的,人家已经收到了。我也盼着收到,只为了听到她得意的声音。

女儿第一次主动送我礼物是一次失败的行动,她那时5岁,台湾很热的夏天,应该是接近我生日的日子。我带她们去超市买菜,买好了走出超市。她递给我一瓶咸菜,说是我喜欢的。我问她从什么地方拿的,她说从架子上。付钱了吗?没有。我说了她一大顿,把她拎回去送还商品。告诉她要直接交给结账的阿姨,并且说自己做了错事,给她们道歉。她都照着做了,阿姨没有惩罚她,只是说,"下次不可以了呦"。

她也一直记得这件事。上大学以后有一回提起,她说:"我真的很想送你礼物,但又没有钱买,就偷拿了人家的东西。其实那件事什么时间提起,我都挺不舒服的,总觉得是一个难看的印记。"她还小,所以我觉得是自己没有教好她的过。

前几天和先生看到有邻居朋友,天天开车送上高中的儿子去一英里以内的学校上学,对照出我们一样的执行不力:多数时间都是开车送她们,硬不起心肠来做坚决的了断。每每看到孩子的懒惰和依赖，我就有一种自吞苦果的无奈。父母的心和教育的适度很难协调统一起来。

做了22年的母亲，要开始走和女儿们对调身份的路了，她们每一天都在努力做自己，对自己的肯定在一天天加深。那个生命在飞快地彻底地脱离巢穴，勇敢地高飞。不多久，便是她们回头来呵护我们的时候了（这一天不用来得太快）。

陈文茜在她今天的博客中写道："母亲不再是给予、付出等简单的答案，它不是是非题，而是多重选择题。"她没有做过母亲，但说得很有道理。

多重选择多么难啊！

小女儿也在期末考试的焦头烂额中为我赶制了一张贺卡："我先把电子的卡片发给你，然后再把手工的寄给你，我觉得手工的比较有感情。"E时代的她们能保有一份古朴淳厚的心，我真是太幸运了。

那一天，女儿在大烟山 （2014-05-12）

在走上AT步道的第32天，女儿黎明即起，吃完早饭，收拾好帐篷，把背包背在肩上出发的时候，是7：20。

她是和一个与她年龄相当的行者一起上的路，两人还算聊得来，但不太能同步。40分钟以后，她就和这个行路的伴儿分手，踏出更快更大的步伐。

AT步道还恋恋不舍地攀附在大烟山国家公园境内，还是上上下下的坡路。有了这些天的经历以后，她觉得自己腿脚有劲儿了，也对每天的行程有所把握。中午很快到了，她找到一块平坦的空地，开始吃几乎不变的午餐——面包夹花生酱。她想到爷爷的午餐，几十年工作的时间里，他只吃鸡蛋三明治这一种午餐，到现在还是对此充满感情，去饭馆时还时不时地会点上一个，慢慢用心地享用，好像在吃一种从来没有吃过的好东西。她不知道自己会不会一辈子喜欢花生酱三明治，但是现在，这个三明治还是怪美味的。有一个和老爸差不多年龄的人，和她在一起吃午饭。那人是一位中学老师，他讲了一些自己做老师的经历，让女儿这个就要进入教师行列的人，听得蛮有兴趣。从这里拐下步道，沿一条小路，可以走到国家公园的一个观景台。女儿征询那位老师，得知他不打算去观景以后，就自己一个人去了观景台。这趟来回就有将近 3 英里。确实是很美的去处，她拍了一些照片，留住这些大自然的美丽馈赠。

下午，有许多上山的路，周围满是树木高大的森林。其实原始森林被砍伐得很凶，一度周边都是美国前几名的伐木公司，将树木运往全国各地。到 1938 年，国家公园设立以后，才停止了一切的砍伐。森林复育带来了这连绵不绝的青山。独自走在这里，相伴的只有自己的呼吸声和脚步声，还有不绝于耳的鸟叫声。人在自然这幅大图画里，真是小到像看不到的一滴颜色。

女儿 6 点半到达了营地，今天走了前所未有的 20 多英里！快赶上一个马拉松全程了。晚饭是在享受这个成果的愉快中煮好，又伴着满满的得意吃完的，今天的脱水意大利面，好像有了西西里岛香叶的味道。

才 9 点钟，营地就一片肃静了，荒郊野外，什么声音都传得很远。即使在帐篷里，给妈妈打个电话都要小声地说话。她在电话那一端问了好几次：

"你是不是不舒服？好像嗓子有什么问题？"

把被汗水湿了，又被山风吹干，再湿了几番的衣服换下来晾好，穿上干爽的睡衣，对着满天的晶亮的星斗说一声晚安，女儿很快地进入了梦乡。

有青春就有挥洒 　　　　　　　　（2014-05-13）

第 33 天，够久的，有的人不是利用同样长度的失恋时光，谈到了一场有美好结局的恋爱了吗？

好朋友的女儿（和我女儿同龄）打电话过来，问起女儿现在在做什么。我告诉她女儿去走 AT 了，她问，这是什么？

"头一次听说这样的事，特别羡慕她，做了一个有意思的选择，希望她全程顺利。"

这是一个像熊猫一样温顺的独生女娃，老是甜甜地笑着或静静地听着。可我从来没有见过她抱娃娃的照片，小的时候拥着一些狗娃，少年时，就是英姿飒爽的马上驭手照。中学刚毕业，她就一个人来美国，在这东北地区一个比较偏僻的小镇，度过 4 年寒窗苦读的岁月。镇上只有一个够不上中国味道的中餐馆，还要省着有什么要庆贺一下的事情才能去吃。她下周就要大学毕业了，想继续考研究生，再读几年书。

她的人生选择不是也很有意思吗？不也像在走一条要一步一步完成的步道吗？不也是见到了和还要见到各种不同的风景吗？

真的很羡慕她们这么年轻，这么有勇气，可以这么海阔天空地挥洒青春。

辑五 | 她行（路）我记（挂）的六十三天

生活在不同的轨迹上 （2014-05-14）

第 34 天，据说今明两天还有 35 英里的路，就要走出大烟山，而且到达第二个邮件代收点，拿到第二个补给包了。

又一个朋友的女儿来访，她有一个事无巨细的妈妈，也有 13 岁就离家去读寄宿学校的历史，所以见识和依赖的比重还平衡得起来。她花了一些工夫提高托福成绩，如愿以偿以后，去加拿大看尼亚加拉大瀑布。放暑假回日本之前，她来和我们告别。以前她总有些学业的焦虑，这次来镇定和自信多了，也有耐心详细地打听了我女儿现在的动向，听的过程中一直发出很高音的"啊"的感叹，基本上每 20 秒会有一次。

"喝水有时要找水源，过滤后再清洁，然后就可以安全地喝了。"

"啊！"

"吃这种脱水的汤或面，加些水煮一下，如果没有条件点火，就只能干嚼这个了。"

"啊。"

"基本上是自己在走，到了营地可能会遇到一些人，有力气的时候，就聊会儿天。"

"啊。"

即使这件事讲完了，她的"啊"也没有停下来。她很坦诚地说，一点也想象不出做这件事的情形，也一点也没有想去做这件事的打算，哪怕是走一天也不会："我和爱拉是 1 岁时的朋友，生日只差 20 天，我们有一段时间一起长大，怎么现在这么不一样？"

我说："每个人都有自己独特的想法和生活的不同轨迹，无论如何相互关注、相互支援，就是朋友的相处之道。"

我很羡慕她 （2014-05-15）

第35天的早上，阳光灿烂，两天没有听到女儿的消息了，但我很笃定她已经上路了，因为今天是在大烟山的最后一天，她会赶到出山的营地。

我也在朝阳中骑车去好友虹家，我们几乎每天早上一起做瑜伽，既有伸展一下身体的酣畅，也有伸展一些双方信息领域的欢愉。先生就老说穿了我们："又聊天去了？"

路过小学校的时候，见到我的"交通天使"朋友芭芭拉——她是上学和放学时，在学校入口指挥交通的临时警察。她在这个岗位上已经工作40多年了，护送无数的孩子安全地完成他们的小学学业（我有一篇写她的博文叫《这一种忠诚》）。她招呼我下车，向我打听女儿的情况。我给她做了简单介绍，她听了很高兴。

"我很羡慕她，我过去不行，现在就更不可能做这种事了。她那么年轻，又有勇气去，真是太让我羡慕了。"

她灰蓝色的眼睛在阳光下闪闪发光。

有几个孩子骑车朝这边过来，70多岁的芭芭拉，身手矫健地跑过马路去迎接他们，另一只手向我挥动。前两天在网络新闻中看到76岁的简·方达还是风姿绰约，苗条挺拔，我心中由衷地佩服地。其实我身边的芭芭拉一点也不比她差。

尽一份心，出全部的力，专注于自己手里的一份事，生命的光辉正在其中。

她看到了熊 （2014-05-16）

第 36 天，一天行程 18 英里，出了国家公园，到了一个叫 Hot Spring 的城镇。

我没有接到女儿的来电，据先生说她看到熊了，还拍了照片要发给我，可我还是没有收到。

女儿一直是个挺结实的孩子，壮壮的，像个小熊。她收到的第一个玩具就是一只白色的音乐熊，来自先生过去的一位室友。那人自己还没有结婚，有一个已婚带孩子的女友。可能听了她的建议，选了一个很实用的礼物。把发条上满，白熊就坐在女儿枕边唱上一阵子，哄着她安静地听音乐。稍大一点，先生外派上海，他的老板来视察，还记得带给女儿一只玩具熊。那是一只大个儿的棕熊，穿一件亮黄色的背心。女儿喜欢把这只随了老板叫爱德华的熊背在背上。

后来我开始把女儿叫小熊，常常在她不开心的时候，把她抱在怀里，沉沉的，有一种很实在的感觉。到她七八年级的时候，我还可以这样抱她，她也会安静下来，或者停止流眼泪。女儿不会大哭大闹，只是一对一对地掉眼泪。我妈说我小的时候也是这样"吧嗒吧嗒地掉眼泪"。

上高中以后，她开始着急地快长，很快接近我的身高。此时她开始有意识地不要我抱，慢慢对于身体接触也反感起来，变成一只有些暴躁的熊。我永远失去了把她抱在怀里的机会。

现在她比我还高了，绝对不可能再窝在我的膝上。但离家上大学以后，她又从"魔鬼"变回"天使"，我们一见面，会拥抱对方，传递相互的思念。

我很担心步道上有熊，怕它们会攻击我这个像小熊的女儿。

无优无劣吧? （2014-05-17）

第 37 天，没有和女儿通上话，知道她昨天在 275 英里的标线上，今天又继续前行了。

上次她和上海大婶巧遇的时候，我忍住了没有说。因为她在阿什维待了三天，所以才有了和大婶分手半个多月以后，人家又"追"了上来的插曲。我本来想逗她，这不是龟兔赛跑的步道版吗？

昨天她在电话里告诉老爸，这个周末在 200 英里开外，有一个步道周年庆的大型活动，很多人会从各地赶来，和背包客朋友相识或重聚。正在路上的行者，也有很多人会去参加，一伙人还联系了往返的交通工具。她自己呢？经过一番考量，决定明年再来参加周年庆，现在还是要埋头向北，一副要赶上自己落后的行程（好像并没有差太多）的雄心。

我有些老派，觉得做龟比做兔靠谱，所以对女儿这次调换角色有些窃喜。

可我又觉得，如果女儿一路像个快乐的兔，总是蹦着跳着，看上去过瘾和讨喜吧？龟就很难让人看出他们的愉悦，闷头走路，挺沉重的日子。

唉，女儿你觉得呢？像兔还是像龟好，且兔且乌龟？

当得起夸赞 （2014-05-18）

第 38 天，还是在没有信号的地区吗？女儿没有消息。

去年夏天，结识了一家好人，让我格外难忘。妈妈是我大学同学挚友的发小，虽然拐了这么绕的弯儿，当她听说，我小女儿要去上海实习，发愁找一个住的地方，竟眨眼之间就答应让我女儿到她家住，管吃管照顾。女儿的飞机不像话地晚了7个多小时，她就"提前睡一会儿，就能不困了"。直到半夜两点，她亲自去机场接回一个不认识的我的女儿。之后女儿生活在她的羽翼之下，连她去北京看母亲都托人问我合不合适？过了两天接到大学同学的急电：接手照顾女儿的她的先生和家里的保姆，通报给回北京的她，我的女儿自己在外面吃坏了肚子，又拒吃黄连素等，拖着不好，所以想要我电告女儿吃药。我的电话作用甚微，是他们用粥水和爱心止住了一场灾难。他们带女儿看昆曲、参观博物馆、走刺绣之乡镇湖、遍尝海派美食，足足过了一个充盈的夏天。后来女儿认识了他们的女儿，一位正在美国上大学的沉稳女孩，两人很快成为无话不谈的朋友。

今天，他们夫妻来美国参加女儿的毕业典礼，我和先生也有幸接待远道而来的贵宾。进得门来，他们就忙不迭地打听大女儿走步道的情况。

我们详说细节之后，坦诚地表示，这仅仅是孩子一种独特的选择。

他们说这种选择和我们的认可，都挺了不起的。

女儿，希望你当得起这份这对不同寻常的叔叔阿姨的夸赞。

别人聚会的日子 （2014-05-19）

第39天，女儿还是在没有手机信号的路段上，在远行者大聚会的日子里，自己赶着"落下"的路。

我们在家里接待远方的来客。因为有了微信，许许多多原以为要一辈子失联的人又搭上了线。童家妈这次就看到35年、34年、25年不见的三位朋友。我们临镇的这位是她初中的班长。

班长做事靠谱，一个月之前就定了"周围最好的餐厅"——蓝姜。老板是美国著名的厨师蔡明昊。他在公共电视有一个节目叫"简朴的明"。

因为餐厅在我们镇上，所以我与之颇有渊源。

认识它远在10年前的台北。国际学校有人来卫斯理上夏令营，说这个镇有个特别好吃的中餐厅叫蓝姜。我们那年搬回美国，在先生的老家麻省遍寻学校，我一直在旁边吃心不改地叨念蓝姜。一天路过附近，先生只好不情愿地随我去了。这是家相当有格调的摩登餐厅，蔡厨师用开放的灶台，在你面前明火执"铲"。菜是中西合璧的——蔡老板出生在传统中国餐馆家庭，在法国拿到厨师执照。我只记得第一个菜相当好，中国味道，法式装盘。但第二个却不见踪影，我们等了约30分钟，打听之下，才知道他们落掉了。很快地补给我们，也是相当不错。临走，餐馆送给我们一大盒店产的饼干致歉，让我高高兴兴地吃了一下午。出了餐馆的门，我才有耐心细看，发现卫斯理是个相当有特点的小城。所以我们赶去学校拜访校长，又是一个我们所见最有水平的领导人。于是决定选址这里，一住已是10年。这份契合正是我们牛家的宗旨：肚子导向。

10年间，我们与蓝姜有过数次交往，很遗憾随着老板开节目声势远播，餐厅的菜品一直缩水，一直。

这次已经不抱幻想地随从进来，头菜有一个蘸酱竟是一小杯鱼露原汁，咸到我这个一向标榜爱盐的人差一点跳起来。春卷斜剖开来，因为有蘑菇，又炸老了，因此黑得看不下去不说，还没有了味道。主菜的奶油鱼是这里的头牌，但只有一般美国餐厅分量的三分之一，而且完全不知其味。另外一道是龙虾炒饭，在龙虾当道的新英格兰，拿出这样的水平真得有点勇气。

菜没有让客人惊艳，环境也是嘈杂得要大声嚷嚷才能听得见。中间还有侍者在我们背后失手，摔落的盘子从我们背上滚下地。他们没有说什么，更没有了致歉的饼干。

心疼付高价的顾客们的虔诚；心疼一个好餐馆的走样；心疼蔡厨师一直以来的努力；更心疼这个网络还不能吞没的一隅偏安，餐厅这个融文化、教养、世代生命为一体的产业，不能日渐辉煌。

我想得太多了，最后上来的甜点有他们自制的冰激凌，沁凉的甜蜜中有丝丝姜味，带给我一点点新颖、舒服的希望。

还有毒蛇？！ （2014-05-20）

第40天，没有和女儿联系上。倒是二姑打电话来，说接到女儿打给她的电话。

二姑是一个顶级的啦啦队员，她小时候是个活泼好动、鬼点子不停的女孩。我婆婆快手快脚地粉刷、油漆了浴室，带着对淡绿色的满腔欢喜去上夜班。半夜回家又去看时，全部的劳作都被昏花的油渍盖满——就是这个二姑，把一罐充满浴油的泡泡球都挤破，喷到了新刷的墙上。圣诞节之前，无论我婆婆怎么防范，这个调皮的二女儿总能想办法得知圣诞树下妈妈给每个人准备了什么礼物。我先生上小学一年级的时候，有个大个子同学问："谁想让我把他倒提起来？""我想"，先生挺身接受挑战。但大头朝下一会儿，就难受得手脚并用挣扎起来。只听"啪"的一声，大个子被一只飞来的鞋子击中后脑，随之而来的是一声断喝："马上把我弟弟放下，不然我打趴下你！"

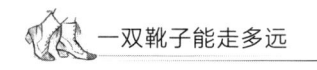

一边叉腰直指的人正是二姐。她本来上的是航空学院,想去遨游世界,但因为男朋友不愿离开家乡,她也就回乡做其他稳定在地面的职业了。

但后来她经历了两次车祸,脊椎受伤留下后患,30多岁就靠残疾人社会保险金生活,每天大部分时间都得躺在床上。听说女儿要去走AT,二姑马上为她牵线一位夫家的亲戚,那位C姑娘26岁时走过此线。C姑娘给了女儿很大的、事无巨细的帮助。二姑则重操旧业,全程支援和关注女儿的动向。

二姑说女儿告诉她,几天前看到一条蛇盘踞在路上。

"我想她不会走近去给蛇照个相吧?"先生的声音里有些担忧。

打电话来说这件事说明险境已过,我倒是想起出发前去开药的事来。

女儿行前去找医生开药,有退烧、止痛、止泻、防过敏、治疗莱姆病(被鹿虱叮咬所染)的药。她问要不要带防马蜂蜇后过敏的药,医生有些拿不定主意,就给写了。我们后来去拿药,知道马蜂药巨贵,就没有要。

"毒蛇呢?"女儿问。

"还有毒蛇?我是绝对不会去,也不会让我女儿去的,我最怕蛇,从小一听到有蛇,多好玩的地方都不会去,掉头跑回家。遇蛇只有找急救人员,没有别的办法。"医生说。

爱这里永远的精神气儿 (2014-05-21)

第41天,没有大女儿的消息。

就去看上大学的老二吧,如今把她冷落了一些。但她天生有老二"什么事儿都自己争着出头"的精神。比如两人都仰慕我的挚友潇,老大因历史因素视她为干妈,但她把干妈焐在心里,不说也不表示什么。老二就积极多了,会夸这夸那,有时还会写不清不白的信过去。两人都把潇放在心中的高位上。今天我想,何不找机会一下子塞给她两个干女儿呢?见到潇的时候,和她说过这个一闪念。她一脸得意地说:"你不觉得她们喜欢我比较多一点吗?"

又到纽约,因为两个女儿在这里上学,这几年来来去去不知多少回了。还是见一次爱一次,爱这里永远的精神气儿。

当年老大考到这里的时候,先生有一百个不满意:嫌贵、嫌乱、嫌女儿要面子。可我一直觉得,这座城市就是一所大学,经过 4 年在这里的浸染,生命会厚重一些,气质会丰富许多。就像我的北京城带给我的,到哪儿腿都不会打哆嗦的底气。也许没人看得出来你从哪里来,但那个"哪里"永远伴随着你。

孩子晚上去中央公园看演出了,因为很早买的票,所以没我什么事,加上我就是来帮忙收拾东西的,就心甘情愿地留下来干活。演出拖得老长,因为大学的门禁出不去,晚上只有一包方便面等着我。想到在步道上的孩子,前几天,我还暗示她,为什么采取"三天一小城,五天一大城"的享受路线。她认真地说:"不对,我走了 5 天,才到这个小城。"

我面对着无颜无色的这杯方便面,对女儿寻找新鲜食物的饥渴,有了些许的了解。

父子俩的梦想 (2014-05-22)

第 42 天,女儿在 5 天没有联系上之后打来电话:

"之后我大概又得 5 天以后才能和你们联系,路上基本没有信号。"现在她离弗吉尼亚州不远了。

她给我讲了一个故事。

今天把我们载到城里的步道义工告诉我们,他每周一次义务到步道接行山的人到镇上去办事,然后再把他们送回步道。因为他自己曾经也是一位贯穿行走步道的行者。

几年前,他和儿子一起上路,走到接近半程点的时候,他因饮水中毒痛苦难当。他对儿子说:"贯穿步道是我们两人的梦想,我实在走不下去了,你一个人去把这个梦想实现好吗?"

儿子思索良久,有些不情愿地继续赶路了。他的背影移动得很慢,久久不离父亲的视野。过了一会儿,他决定返回营地:"爸爸,这是我们两人的梦想,一定要共同实现。我随你下路,等着和你一起回来。"

父亲被赶送至医院急救,很快恢复了健康。但其间儿子被查出患有脑肿瘤,全家陷入一片焦灼。经过手术,放、化疗,儿子也痊愈了。在确认没有癌细胞存在以后,父子俩又一次来到停下脚步的地点,继续未竟的梦想。当他们到达终点的时候,两人相拥而泣。

父亲从此开始他终身义工的行程。

听这个故事的时候,我的眼睛不禁湿润起来,为这对勇于担当命运的父子感动。

听得出来,女儿从他们的经历中得到鼓励,她会振奋前行的。

今天哭了一场 (2014-05-23)

第 43 天,昨天和女儿通电话,她通报我:"妈妈,我今天哭了一场。"

我的心一下被提了起来:"为什么会哭?"

"今天下午,我走着走着,看到路中间有一只小老鼠,粉红色的,没有毛,眼睛也闭着。我以为它死了,但它突然开始哆嗦起来。同时我发现了另一只,两只都快不行了,可又都活着。我完全没有了办法。要是我的狗在这儿就好了,也许会马上把它们吃掉。我只好等在那里,希望有动物来把它们吃掉,或有人来帮我想一个办法。我等了 10 分钟,周围一片寂静,什么都没有出现。我坐在路上哭起来,因为它们的可怜,因为自己的无能为力。

"哭了好一会儿,我擦干眼泪又开始往前走,在心里和自己对话:它们长大以后会祸害庄稼,会传播病菌。它们是应该被除掉的,所以现在赶快死掉吧。妈妈,我就是看它们太可怜了。"

"这是你上路以后第一次哭吧?"

"对,是第一次。"

朋友虹医生听说了这个插曲:"她是把心里的一些情绪也哭出来了,这样挺好!"

正是冰激凌 （2014-05-24）

第44天。今天给女儿寄出了第3个补给包。邮件地址是在她要到达的第4个州。前两次她收到邮件以后，总是用我们的盒子把自己不用的东西如长袖衣、长筒裤什么的寄回来。到路程的最后一段，又会赶上冷天，可能我们还得把这些东西再寄回去。她已经在诉苦说，背包重得会让她觉得背疼，所以只有随时精简了。

还有一个矛盾的地方是，她觉得现在比上路之初强壮了一些，还经常觉得饥饿。我给她配了一些早餐类似面茶的粉，用冷水冲泡就可以吃了。我按分量把它装在一个个密封小袋中。她说有一天晚上饿得一连吃了三袋。可是如果食品加量，就等于背包加重。所以，何去何从好呢？

在步道上有人所共知的两个地方，提供免费的冰激凌，女儿已经经过了一个"冰激凌点"，她告诉妹妹自己如何享用平生所有最大分量的冰激凌。我们看过一个录像，有些行者会狼吞虎咽地吃下一加仑（超市买的最大号是半加仑）。

几乎没有美国人不喜欢冰激凌，就连东北地区，无论多么小的城镇，整个春、夏、秋季都会有一个冰激凌店，至少有一个供货窗口。每家店都会有二三十种口味贩售。每天傍晚都会排起长龙，假日就更是一天到晚有人等待光顾。美国有一个说法：天堂里只有一种食品。对，正是冰激凌！

辑五 | 她行（路）我记（挂）的六十三天

多出来的一点期盼   (2014-05-25)

第 45 天，还在向下一个州——弗吉尼亚——行走着。

最近看女儿发在她博客上的照片，当然是 10 天半个月才更新一次的。照片的背景越来越绿了起来，看来春天终于光顾 AT 步道上的山山岭岭了！

沉浸在大自然的绿色中，我希望女儿的眼睛得到一些"洗涤"。愿绿色的单纯和复杂，给她单调的步道生活带来不同的慰藉和舒展，能让她的近视得到一些缓解。

她上小学最后一年的时候，有一天告诉我，如果坐得远一点，就看不到黑板上的字。

"不可能！那是你的错觉。"

"错觉是什么意思？我没有感觉错误，真的看不清楚。"

我拎着她就去了眼科医生诊所，检查的结果是有 50 度的近视。可以配眼镜，但戴不戴可以酌情处理。

如天塌地陷世界到了末路一般，我几个晚上睡不好，还脆弱地哭过：不理解自己哪里疏忽，造就了这个不容饶恕的"错误"，带给孩子终身的麻烦。我从小到现在眼睛都是顶尖的好，直到最近，才需要老花镜。你看，戴眼镜这码事，也是有配额的。所以那时，我绝没有想到还有近视这一回事，甚至忘记考虑先生上中学就戴上了眼镜这个因素，所以在我崩溃的事情上，得不到一丝的同情。

擦干眼泪向前走，我打探所有戴眼镜的人，如何让它不要再发展。结果发现百人百态，只好自己赌：我告诉女儿把眼镜随身带着，看不清的时候再戴上。这样做的风险是眼镜随时会丢失。果然，我这个本来就丢三落四的女儿，以一年丢一副的成绩回报我。但她视力一直没有太大的变化，我们也就固守着这个办法。

这次她去远行，精简全部的行装，她说不戴眼镜了，路上用不到的。老爸还有些担心，怕她看不清标示在树上的步道指示标记。

我倒是藏着一丝的希望：步道绿色的世界会让她的眼睛更有活力。所以我对她的照片有没有绿色，多了一份说不出的关注。

也走在路上 （2014-05-26）

第46天，我们打听不到女儿的消息，只好自己上路了。

我们去了一个叫岩石港（Rockport）的海边小镇。这个镇有一个州立公园，是利用旧的采石场和一片岩石海岸圈围而成。采石的深坑成为一汪碧水的小池塘，点点海鸥掠过水面。掩映在树木中的步道四通八达，五颜六色的野花点缀其间。

公园地处一个大陆伸向海洋的岬角顶端，所以站在海边可以远望到隔着一个海湾的新罕布什尔和缅因两州。这里在第二次世界大战时还被征用为军用机场。我问为什么在这里建机场，先生说，为了准备抵抗来犯的德国法西斯。我从来没有一丝一毫德国人会打到美国这里的概念。

我前一段时间崴了脚，所以很长时间没有走长路了，但是因为女儿出发前断续陪伴她走过珍贵的100多英里，所以我对走路没有任何胆怯，反倒有些和女儿做着同一件事的愉快。看花、看树、看水，好像有了和女儿对话的机会，真好！

不会冷得睡不着了 　　　　　　　　（2014-05-27）

　　第 47 天，时隔 6 天，听到女儿在路上打来的电话："不知道为什么这里信号很强，并没有在山顶。我已经走 400 英里了！"

　　"五分之一了？太了不起了。已经开始热了吧？"

　　"是的，白天很热。还有几天就可以到弗吉尼亚了。7 月的时候，会到马里兰州华盛顿首府附近，你们要不要来和我会个面？要是开车来，就戴上贝利（我们的狗）。"

　　"看情况吧，我和你爸商量一下。"

　　"现在不少小虫乱飞，我已经被叮咬了。但现在晚上睡觉比较舒服，不会冷得睡不着了。"

　　"我们今天去哈佛大学植物园了，在这里住了 10 年，怎么才第一次发现这个好地方，就是花粉过敏很严重，鼻子、嗓子、眼睛都不舒服。我看到很健壮的跑步的人，就想到你回来也会这么结实的。"

　　"也许会的。我这边花粉也多起来了，鼻子里好像都是，很难受。你们给我寄防虫面罩了吗？我写在邮寄清单的第一项了。"

　　我马上问先生，他竟然给看落了，只好明天用快递寄过去了。

　　"我要赶路了，今天有一个一起走的同伴，一个小时走 3 英里，挺累的。我明天还会试着给你们打电话。"

　　"太高兴听到你的声音了，我爱你，女儿！"

　　"我也爱你，妈妈！"

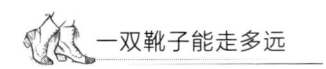

木屋里有熊 　　　　　　　　（2014-05-28）

第 48 天，错过了接听女儿的电话，回家小女儿告知，她在北卡遇到 6 个小时的大雨，其间想到营地的木屋里躲雨，结果木屋里有熊！只好等找到车，载他们去另外一个营地。说好了到那边以后再给我们打电话。

我们一直等到深夜，没有电话，只好把希望交给老天。

这个女儿有些迷糊，她还不到 3 岁时，我带两个孩子去买家具，她看上一架木滑梯，说什么也不停地爬上爬下。我只好嘱咐她坚持玩下去，等我回来，然后抱着小的冲到隔壁的店。仅仅 5 分钟后，再回来，人就不见了。我觉得一阵眩晕。我在附近没找到，于是赶紧报告商业中心的保安。与此同时，我发现女儿在透明的电梯里面（商业中心有露天的一圈）。我看到女儿摇摇晃晃地走出电梯，赶忙和身边的保安指认。他马上用对讲机和一楼的保安通话："抓住那个穿蓝格子外套的小孩！"

我飞奔到电梯前，一路祈祷电梯快一点下，再快一点。我出了门跑向女儿，眼泪止不住地流下来。她一脸疑惑地看着我，不知道为什么我突然变得这么狼狈。

以后，丢她的纪录一再破表，即使到现在，我们全家简单地去逛一下，也肯定会把她丢一下，而且肯定有一方没有带电话，结果逛店对于我家来说经常是寻人游戏，大家都玩得很扫兴。先生每次都会说："我就知道，又来了。"

每次我都会悲观地想，这次会不会真的找不到了？直到看见她，才会放下心中的焦虑和恐惧。

希望她离开看到熊的地方，到了另一个营地。

山路上几乎没有人 (2014-05-29)

第49天，电话又开始没有信号，有没有遭遇到熊成了悬案。

今天从北京和上海来的好朋友琪和先生从缅因和新罕布什尔州回来。

他们喜欢第一天到的缅因州首府波特兰，说晚上在一个海湾的船上餐厅吃饭，"窗外的景色美得不得了"。

在著名的阿卡迪亚国家公园，也是新英格兰唯一的一家国家公园，他们有幸看到两次日落，一次日出。第一次看日落去得晚了，只看到一根落日的"毛儿"，所以有了第二次的再去。吃龙虾吃到觉得过度：龙虾汤、龙虾沙拉、面包夹龙虾，直到在镇上吃到干柴明火上支个桶煮的龙虾，才觉得吃到了"北戴河的味儿"，满足起来。

他们回程去了著名的白山，坐蒸汽小火车逛荡好久，上了白山最高峰华盛顿峰的峰顶，沿途看到一组三个徒步爬山的人，细雨蒙蒙中看得到他们亮丽的防水罩，像绑着一个个彩色的气球。

"我们马上想到你女儿，她也在这样走吧？"

"对，白山就是阿巴拉契亚山脉（AT步道）的一部分。"

"哎哟，够艰苦的，山路上几乎没有人呢！"

而且，许多时候她都是孤身一人。

"真的太了不得了！"琪又夸了她。

不按情理出牌的好汉 （2014-05-30）

第 50 天，没有收到任何消息。

我们今天到朋友琪的发小家去做客加吃饭，她小时候是一位"书呆子"，现在是辛勤的医生，同时还是一位 50 岁出头的 6 岁女孩的妈妈。所以在她家吃饭，我就会排出这样一张倾斜的责任表：远方来的琪带了一瓶高级的红酒；也是远方（香港）来的娟带来三只刚出锅的葱姜龙虾；我带了一个主菜——红酒烧牛肉，三个配菜——泰式鱿鱼虾西芹沙拉、普罗旺斯炖菜、芦笋香醋小番茄，外加甜点——提拉米苏；主人宏负责一锅米饭——到揭锅的时候，她大喊一声："哎呀，不好了，我把饭做稀了！"

美酒佳肴配上宏的一段故事，倒也蛮宜人的：

她的先生也是一位医生，从医和行医因为一个很大的爱好——到非洲去义务行医。所以他坚持一年仅工作到赚够简单的生活费用，然后就联系、筹办、出行，到非洲去行医加上讲学，培训当地的医护人员。他如此往返，乐此不疲。有一年宏也辞去工作同行。她是一位病理科医生，到了那里更是稀世珍宝："全国大概也没有两三个病理医生，医疗条件差到诊断出来的病人几乎个个都是晚期、晚晚期。"

他们那次还带了刚刚领养的年仅三岁的女儿。非洲人几乎没有见过如此娇小的亚洲小孩，都喜欢把她从头摸到脚。开始女儿很抗拒，后来慢慢习惯了。到现在她还是保留了非常喜欢和别人亲热接触的习惯，喜欢坐在老师的膝上听老师上课。开始爬到美国老师身上时，还把老师"惊"了一下。

一年援非下来，她更能理解先生为什么如此热衷此事：他们如此需要你、敬重你，让你的爱心得到最大程度的发挥，你会获得内心极大的满足！

我们问宏还会不会再去，她有些无奈地说："家里总得有个人留下来，给女儿挣上大学的学费吧？"

那时候我们还强烈建议女儿去非洲做义工呢，觉得有个组织依靠，会比她独自上路安全一些，可她说那是一项更大的挑战。看来这个世界上有许多人是不按情理出牌的好汉。

在熊肚子里干什么呢 （2014-05-31）

第51天，没有短信，也没有电话，我对小女儿说：

"你老姐和熊抢木屋以后还没有消息，是怎么回事呢？"

她掏出电话：

"我赶紧给她发一个短信过去，问她在熊肚子里干什么呢。"

到了下午，老大来终于来电话了："这个城里连青年旅舍都没有信号，我现在是在一个饭馆里找到网络。我已经进入弗吉尼亚州了，是在457英里的地标上。步道从这个小镇中间穿过。"

我问她熊的问题，她说："噢，那间营地木屋有告示，说有一只熊妈妈最近每天会带3只小熊，来做寻找食物的练习，因此人们不应进入木屋。可是当时雨下得太大，我只好在里面躲雨。"

"你一个人在里面吗？"

"是啊，一个人。"

"你不怕熊妈拖3个小的来躲雨吗？"

"还好，门前偶尔会有别的行山人走过。"

晚上去一个朋友家，和她聊到女儿这个故事，她说能有独自面对如此突发状况的机会，会给她很好的生活体验。我这才忽然对一件事清晰起来：女儿大多数时间确实是独自一人的，在一个和她以往生活不十分类似的环境中，在许多她从没有听说过的状况下，一步一步走过这 457 英里（730 公里），度过 51 个日日夜夜。

我第一次在内心里跟自己确认，才满 22 岁的女儿真是了不起！

必须面对的另类状况 （2014-06-02）

第 53 天，女儿从弗吉尼亚打来电话，一个内容不同以往的电话：

"我今天查看邮件，有一个坏消息——我一直以为已经通过了毕业申请，但我的辅导老师（counselor）通知我，一个后补的作业没有通过，所以我没有足够的学分拿到毕业证书。如果我想在今年毕业，必须在暑期重新修完这门课。我可能得停下来，明年再接着走完。"

"你明年第二个学期修课行吗？"

"那样我必须花 4 个月时间，而暑期课是六周。"

"你可以修完课，从步道的北端向南走，也许可以在天冷之前走完？"

"我想在步道的最北端，最艰险、最高的山峰结束全程。所以可能一定要等到明年了。"

女儿毕业与否的问题，一直困扰着我们。她在这个问题上总是闪烁其词，直到这次行前还是如此。所以听到她道出实情，我叹了一口气，也舒了一口气。

"事情到今天这个地步，都是我的错，我必须面对它。妈妈，我觉得这几十天的行走,让我成长很多,要是过去听到这样的消息,我一定不能面对,而现在我清楚,躲是躲不掉的,只有迎面解决这一条路。"

女儿和老爸也谈了一下,但老爸的态度显然是冷淡的不高兴。

我接过电话,鼓励女儿几句,可有些帮不上忙的无力。

步道的生活是简单辛苦的,而且它还连着现实生活中的辛苦和不简单。希望女儿在什么环境下,都有一颗坚持己愿不放弃、不言退、积极向前的精神。

彼此学习的过程 （2014-06-03）

第 54 天,女儿又回到步道上,想争取在 7 月回学校之前走到半程点。她昨天上路之前,给老爸发了一封邮件:

> 我为自己没有完成学业,向你和妈妈道歉。虽然我是这个结果最直接的"受害者",但同时这对你们也极不公平。你们努力工作保证让我有幸受最好的教育,可我却用自己的疏懒浪费了资源。我会努力做得更好,我保证。

老爸"心硬"地不发一语,可能想看她自己把这个问题解决。

我心软她一人在外,又是一个要强到不会和任何别人倾诉的人,所以发短信,告诉她会永远做她的援手,她已经在做很了不起的事,相信会有能力走出困境。

好友潇鼓励我说，上帝让人拥有孩子，就是给人机会与孩子一起"再成长"，这也是彼此学习的过程。

相信彼此学习这一真谛，才有可能和孩子站在平等的层面上，懂得虚心、懂得钦佩、懂得相互为师。

一只助人为乐的臭鼬　　　　　　　　　　（2014-06-04）

第55天，没有接到电话，想起女儿几天前讲的一个故事：

又是一个步道义工的故事，这些义工都有一段与步道的不解之缘。这位40出头，利用业余时间接送远行者上下步道的汉子，自己几年前完成了全程步行，是想报答曾经解救他于病痛中的一只小臭鼬（skunk）。

臭鼬是美国常见的游走小动物，黑白相间的皮毛十分美丽。但这种动物敏感胆小，靠自身腺体释放的一种气味防范外敌。这种香臭相间的气味相当怪异，让人除了掩鼻而逃别无他途。夏天这种气味随风飘过，家家都慌忙关窗闭户。

这个叫包包的义工，小的时候在一次随叔叔一家去露营时突发"百日咳"，试了几种药都不能止咳。大人们开始焦虑起来，想尽办法呵护他。一天他早早睡下，安静地停止了咳嗽。家人有些诧异，没敢惊动他。第二天早上，婶婶悄悄撩开他的帐篷，看见一只臭鼬趴在他的胸前。看见有人来，臭鼬爬起来慢慢地离开了，没有释放任何气味。后来有人这样解释，臭鼬和猫都有这种天性，知道人的一些病痛，而且有办法治愈。这只臭鼬就是用温暖孩子的气管和肺部的办法，帮助他康复了！

这个又能充分呼吸的孩子,从此和大自然更多了一份亲近。

女儿说,她特别喜欢这些在步道"范围"生活的生灵和人们,他们几乎个个质朴、纯真、老实处事、赤诚待人。

走着、走着,脚就变大了 (2014-06-05)

第 56 天,女儿已经走过 500 英里(约 800 公里)了,她说自己的脚都走大了,从 37 号半加大到 38 号半——"走的时间久,脚就会平一些,从而拉大了整个脚的面积,所以脚就变大了。我是在一个鞋店里测量的脚,店员告诉我这个现象。"

"等你回来,脚还可能变回去吗?"我想起奶奶就一直担心我的脚太大,怕我找不到婆家。

"应该不会缩回去吧?"

"啊?!"

"这个没有关系吧。你知道吗?我现在可以在帐篷里抓虫子呢。记不记得在家我都是叫你抓,你不在就得拿纸巾包住虫子扔掉。"

"你从小就不喜欢小虫,洗澡水里有一个小黑点,你就会大叫'虫虫',然后赶紧跑出浴室。"

"哈,我真逗。现在是最喜欢洗澡的人了,你不知道,四五天不洗澡的味道有多么恐怖,特别是上坡、下坡,每天衣服都会汗湿几回。"

"你不是都在一个人走吗?有味道也不怕。"

"也会碰上别人啊,只是大家差不多,就没什么可计较的了。"

女儿告诉我，她已经注册了夏天的补课，准备 7 月 1 号回家来，再赶去纽约上课。在许多地方没有信号的条件下做这些事，又是一番不容易。

"其实你也可以直接去纽约上课吧？"

"那可不行，我的味道和行装，都不是纽约这个城市可以接受的！"

"纽约是个什么都会接受的城市。"

多走了一段路   （2014-06-06）

第 57 天。

二姑娘昨天去剪了一个挺新潮的头发，同一个理发师两个月之前，也给姐姐剪了一个尽量轻快，又可以扎起来的发型，那个简单到不能算是有型。妹妹剪完头发还强调了一下，她不会选择去走步道这样的事情。但她对姐姐的行为还是极尽鼓励和支持。她给姐姐手写了几页纸的信，和她聊一切她们在纽约共同喜欢的事情。剪了头发，也是第一个告诉姐姐，发照片给她看，并静等姐姐的评价。

今天姐姐给她回了短信，说新的发型很好看，也很羡慕她有一个好配发型的巴掌脸。她同时告诉妹妹说今天走了近 20 英里，而且还额外多走了 2.6 英里——因为，发现一位远行的老汉，把自己睡觉的垫子落在了营地，她特意多跑路，去送还给他。

女儿自己在步道上接受过许多人的援助，所以看到有帮助别人的机会，也是不惜力地去做，很为她骄傲。

也在路上 (2014-06-07)

第 58 天，女儿走在路上。

中午我自己离家去有名的黄石国家公园，参加堂妹女儿的婚礼。这是我来美国以后参加的第一个婚礼，也是我参加的第一个小一辈亲戚的婚礼。

黄石公园是世界上第一个国家公园，为保护地球上的自然资源，开了一个史无前例的好头。它因为自己得天独厚的自然条件，成为享誉世界的、活着的"地质博物馆"。

在芝加哥机场转机的时候，我见到一个背包客。他是一位个子小小的亚裔男生，在洁净的人流中，有些突兀。他的背包罩在黑色蒙满尘土的防雨罩下面，不见真相。脚上是同样尘土覆盖的步行短靴。他稳定而有些沉重地走着，与身边匆匆奔来冲去的旅客有些区别，特别是与走在他身边的一群发型整齐、墨镜齐备的职场华俊们两不相同。

我有走过去和他聊聊的想法，想以一位步道远行者家属的身份亮一次相，主要是想从他那里打听多一些远行者们的想法。但我加紧脚步追了一段，又觉不妥，于是放慢速度，改了主意。

飞机在大提顿国家公园边上的机场降落，四周是一圈白雪覆盖的山峰，连绵起伏，美煞人生。

独自走的体验 　　　　　　　　　（2014-06-08）

　　第59天。我在大提顿国家公园等待明天的婚礼,昨天半夜进入这个旅馆,看上去只是一般的小木屋和一个棕色的木建筑大堂,今晨走向大堂吃早饭,从大堂和侧边树的缝隙见到:大提顿国家公园巍峨的雪山,恰似矗立眼前。

　　我特意选择在中午11点到下午1点半去走这条步道。百步之间有3人骑马而行。我一路追随着马儿们的排泄物,心里有一丝可依靠的安稳。路是砂石混杂的构成,尘土暴扬,没几分钟我的鞋就灰头土脸的了。转过几个弯儿后,马们拐上了另一条路,剩下我独自一人。在步道的起点有一张告示:"警醒!此地段有熊,如果遇到要大声喧哗;用胡椒水喷射;不要奔跑;不要独自上路。"

　　脚下是虚滑的砂石,头上是高原灼灼的烈日,身边环绕着嗡嗡的马蝇,路上静悄悄无人。偶有小鸟发出一声像电子产品的蜂鸣,提醒着我"有人"!路坡上坡下地蜿蜒着,上坡有些气喘。我和先生、女儿一起走了100英里,这是第一次独自上路,心里很是发毛。相机包只有8磅重,一会儿的工夫,肩头、后腰都有超负荷的感觉。

　　路畔停着一辆孤零零的越野车,我反倒想远远地绕过去,怕里面有人见我追过来。连续3棵倒下的大树拦在路中间,我只能像跨栏一样地跨过,也让我有琢磨不透的慌张。

　　沿着标示,我走上另一条小径。行约半英里,觉得方向不对,我赶紧研究地图,原来拐上了另一条环形步道,全程约6英里。而我原先计划走的步道,并没有如图环起来,我只能从某一点直线折返。

　　偶尔走在树荫下,凉爽宜人,但大多数是顶着大太阳。我的堂妹打来电话喊去吃饭,我回她:"我卡在半路,不吃了。"

女儿也打来电话,说老是犯困,可能是营养不够。她仍然在以每天15到20英里的速度向前。同样走在步道上,才有和她息息相关的切肤之相通。

我浑身湿透地回到旅馆,马上可以冲进温热的淋浴中,女儿没有这般现代,要四五天才可能遇到这种名副其实的小确幸。

看着她好好做 (2014-06-09)

第60天,今天是女儿上路整整两个月的日子。

看到女儿发来的短信:"我做了决定,走到600英里处,然后回家,去走麻省(家乡所在州)路段,也许你们会和我同行?我会走到去纽约上课的时候。"

决定就是一个要面对的现实,600英里(约960公里)差不多正好等于从长春到北京的距离(971公里)。一步一步丈量下来是要花费一些气力的。女儿上封信就说:

"这几天很艰难,特别疲劳,可能是因为吃得不够,准备把厚衣服寄回家,以便多带一些食品。我也会在停留的城镇多吃一些东西。"

在黄石的我今天见到闻名于世的"老忠实泉"——一个地热间歇泉,人称"地球的定时钟"。因为它基本保持90分钟喷发一次的频率,百年不懈怠。来黄石公园的游客几乎都能看到它的身影,印证着什么叫忠实。

我在全世界最美好的国家公园里度假,却想着让女儿坚持辛苦的步道行，她想有所调整的时候，我会马上变得不认同她的决定，挥不去心里的不满意，觉得她应该恪守与大自然的约定，否则就不够忠实。设身处地从她的角度想，这是她的举动、她的目标、她的经历，更是她自己的荣耀。

我只有回到当初的我，"默默看着她好好做"的份吧？

差别还是蛮大的 （2014-06-10）

第61天，没有和女儿联系，黄石公园也如AT步道，很多地方是没有信号的。这里的旅馆也全部没有电视，这样家人、朋友有了更多谈天说地的机会，我和朋友就相互讲故事度过傍晚时光。

蓝天白云之下，黄石国家公园的一山、一水、一草、一木都彰显着生命。它们生机勃勃，静静地望向大地，大地胸怀坦荡，默默地关注着它们。

一声"借光"，打断我的冥想。两双健壮的腿，走上前来，一对年轻男女轻快地超越我们，大步走上前去。他们的每一步都结实有力，边走边大声谈论着什么，没有一丝的气短。而我们这一组，只有大口不停喘气的份儿，再没有了说话的念头。其实这里上下只有六百英尺的差别，路程也仅仅1.2英里。女儿有时一天的落差有近3000英尺，更有近10英里的路要赶。我们和她的差别还是蛮大的。

下雨了，一股湿冷打在心里，毕竟有近3000米的海拔，一没了太阳，温度立马降下许多，怪不得那些牦牛还没有把厚重的冬季"外套"全都脱下来。

国家公园与熊 （2014-06-11）

第62天，今天在黄石见到3只熊。与第一只遭遇的时候，我在开车，道路两边都停满了观熊人，只有慢慢磨出熊的视线一途。只见到一大一小两只黑熊一小面。到第二只现身时，我没有开车，看得挺真。

第3只就别提多好玩了。在我们就要离开黄石公园的那段路上，一只小棕熊突然冲上公路，就在我们车前不到5米的地方。我们相互对望着，也同时发现这样十分危险。于是一方紧急踩了刹车；一方果断转身向前飞跑而去——闪亮蓬松的毛发、浑圆壮硕的身体和快乐癫狂的步伐，都在显示它童真的情趣。我们来不及拍下照片，但那一幕动人的身影会与我们一辈子同在。我的朋友也当下认可了这一点："它是来为我们送行的，也印证了这趟黄石之旅的圆满。"

看到的熊都如此可爱，可告示上的词语又都很让人警觉。黄石公园那些护园人说得对，你可能遇到一只饥饿、生气、失恋、被父亲暴打的熊，那会是完全不一样的。它背部发达的肌肉组织非常强劲，它的利爪、利齿十分锋利，而一只成年棕熊会有上千磅的体重，黑熊也平均两百磅重。人与熊正面冲突，噩运难逃。

国家公园给野生动物提供了良好的生存环境，也给游人提供了亲历大自然的机会。感谢百多年前那些科学家、人类学家和自然学家，用智慧创造出国家公园这一造福地球的新概念。

人和名字都精彩 　　　　　　　（2014-06-12）

第 63 天，也是今年女儿在步道上的最后一天。她要用一天的时间搭 4 次车，走三段路（两到三英里）回到起点的亚特兰大机场，再搭飞机回来。

刚听说她要回来了，我像是自己泄了气：没有贯穿，连半程也没达到，真不知道该说什么好。

这几天在消化这个结果：606 英里独自走过了，风餐露宿经历了，天寒地冻经历了，酷暑炎热经历了，野外生存经历了。这些经历都是她自己挣来的财富和骄傲，不需要我的什么评价和理论。

最近才知道"上海大婶"的步道名叫"家庭制造"，因为她所有装备都是自己做的。从早餐吃的谷粉，到脱水晚餐；从睡袋到手杖，甚至她和先生两人住的帐篷——可以折叠成一个小包的两人帐篷——都是她一手自己缝制出来的。我觉得太不可想象了。

女儿还遇到一个叫"动物妈妈"的远行者。她自愿担当所有动物的母亲，网页上从小虫到巨蛇统统入镜，可见她有一颗超级温柔的心。其实她是一位以优异成绩考进西点军校的"女汉子"。成功度过一年苛刻的军事训练的她，决定转学去学数学，现在毕业了，又来走步道，然后可能会去学兽医，完成她对所有动物许下的使命。

女儿还有一个步道朋友叫"小憩时间"，因为她的行程完全由个人的小憩时间来决定：一般是上午 10 点睡觉，至中午开走，到下午四五点又是睡觉，至夜里九十点再上路，半夜还会睡了再起走，循环往复。她也决定今年只走一程，明年再来。她和我女儿这两个独自行走的人想明年搭伴行。

"你怎么可以像她那样走走睡睡呢？"

"妈妈，搭伴不等于一起走，只是同时在步道上而已，还是个人走个人的。"

我才恍然大悟。

步道上真是各色人等，有著名的前纽约市市长彭博的同学，也有和女儿及男朋友组合若即若离的老爸——老爸在临近的公路上开着车，一路傍着在步道上的女儿及她的男朋友。

柴米油盐
酱醋茶

辑六·开门七件事

暖暖的煤烧饭的柴（七件事之一） （2021-03-21）

防火防盗防小偷，是人生最早的社会保护课程，奶奶、爸爸、妈妈、叔叔、阿姨、老师都抢着给上。"盗"至今的理解还是书本上的，小偷竟也没有近过身，回想一下，已不记得是在哪儿开的窍，仿佛与生俱来。使用火，貌似是"无师自通"。

上小学一年级，大家轮流做值日生，冬天的责任有点炉子，煤球好像比较易燃，底下烧点小树枝或垫一些"煤核"（没烧完全的煤炭）就能点着。但是每次，两三个七八岁的孩子，还是灰头土脸弄得满世界浓烟，然后打开所有的门窗四通八达地透风，把个教室整得天寒地冻。

"文革"时我们还搓过煤球，煤灰加水加黄土和好，抓出一小块，小手搓圆了摆在平地儿，晾两三天晒干。有一天，学校揪出了修正主义分子王仁美，她是美术老师。从此，她每天不再花枝招展，而是穿一件深蓝色棉大衣，净搓煤球了。眼看她手冻得通红，还裂了一些口子，班上淘气的男同学动不动就推她一下，或踢她一脚。她总是抬起一双忧郁的大眼睛，可怜地望向孩子，嘴里嘟囔着："手可疼了，我好好做，好好做。"

也是那段时间，爸给关起来了，说有历史问题。他受的体罚是摇煤球，类似摇元宵，把煤、土、水和匀摊平，剁成小块儿，再搁到离地尺把高的摇筐里摇圆,这比搓更容易批量生产。爸说本来长期摇煤球腰就劳损了,一天又有人从背后把他踹倒,重重闪了一下,自此就没断了腰疼的根儿,疼了整个后半辈子。

家里用蜂窝煤做饭、烧水。买了煤人家给卸到楼门口,一到四层不等,都得自己把煤搬回家。有人家搬煤搭把手,是邻里的惯例。我们可能会走路就会搬煤上楼。看奶奶点炉子,平时都不怎么经意,直到有一天,家里只剩下不满10岁的我和弟弟。我们先放一块轻轻的、颜色灰灰的蜂窝炭,再眼对眼地放上两块重重的颜色黑黑的蜂窝煤,找来一堆旧报纸,塞进下面小小的炉门里,"嗞"地划一根火柴,耐心地烧一会儿,炭先红了,接着是煤。我用小锅焖了米饭,两毛钱的肉用酱油、淀粉煨过,一根黄瓜切丁,炒了肉丁黄瓜带弟弟吃。我现在还记得那顿饭菜的所有味道。

全家搬到东北后,使上真正的柴了。东北烧煤坯,把煤和好,不摇煤球也不做蜂窝煤,直接打成一大块一大块的煤坯(砖),用的时候再敲成小块烧。引火使用木柴,把大块的树绊子劈成小块,烧着了添上煤。能眼明手快利落地劈柴,成了一项新的生活技艺,也是每个星期天不能落下的功课。国营大厂每年给职工家庭一带车子(两轮手推车)"高级"碎煤。在粉煤机下接滚落下来的亮晶晶的碎煤屑,遇到刮风天,像下了煤窑,一脸黑灰。还得这样像小鬼儿似的哈腰驼背拼力拉车回家,有两里地远呢!特怕熟人见到自己这般的狼狈不堪。等卸了车,再把每一粒煤倒腾到楼上去收藏好,把脸洗干净,心里就如同过年一样高兴了。这种煤一点就着,呼呼地冒火苗子。

在东北10年,只有下乡插队那两年睡的是土炕,热炕头却没享受过。不是不想,刚去就琢磨着怎么烧热炕,结果屡试屡败——炕面漏烟、灶口倒烟,只有烟囱不冒烟。几个下马威就把我们全怼回去了,其间,有个宿舍的女孩们不信邪,弄了个煤炉取暖,结果中了煤气,全部送医急救。最重的一个经历了几次电击方才活过来,往后再冷再冻,也没人敢烧炕或烧别的什么了。

1980年，我家又搬回北京，住进了历史悠久、面貌复杂的三进四合院——民国时的山西会馆。那几年烧饭取暖全靠蜂窝煤炉子，我爸我妈中了一次很毒的煤气，我发疯一样地叫醒邻里街坊，拉出一辆三轮车骑去医院。冬日悄无声息的寒夜，一地杂乱的脚步声，一大群人拼命地喘息，我在心里呼爹唤娘："别抛下我！"

北京军区总医院的高压氧舱救回了他们的命。

再以后就是学着用自行车驮煤气罐去换气站，回程时后轮格外沉，车把晃悠在失控的边缘，还得腾出一只手扶着身后的"宝藏"，怕它圆咕隆咚的，再随时出溜掉地上了。到家费劲儿地把这沉家伙拖上三层楼，每次都是一身汗。因此特怕看见我妈把煤气罐泡在热水盆里，想方设法用尽最后一丝煤气，那是分分钟又要叫我去换煤气的前奏。

好日子是随着管道石油液化气蔓延进家家户户的，便捷、干净、舒适，省去了各种辛苦劳作的步骤，煎炸炖炒加醋溜，好着呢！

人有百种人　米有百种米（七件事之二）　（2021-03-27）

最早惜米是因为奶奶说："不把碗里的米粒吃干净了，以后会嫁一个麻脸老公。"这句话让我心生恐惧，所以打小就绝对没有在碗里剩下过一粒米。

"每天吃过晚饭，一家人围在昏暗的烛光下捡米——抗战时撤退到四川、重庆，吃的米里都是沙子、草木屑和老鼠屎。爸妈和我们姐弟几人要把第二天吃的米捡干净，天天如此。"

妈妈不止一次讲这个过去的故事。

妈第一次提起这个故事，是因为我们有了捡米的需求：那时住在沈阳，每人每月就几斤大米的定额。有一次买粮时米袋破了，米撒了一溜儿。哪舍得丢呀，我们全部扫起来，连土带米拎回家。于是，便有了吃过晚饭，在灯光下，家人捡米的新社会版本。

人有百种人，米有百种米。咱们北方人固守着对圆大米的感情：油油亮亮、饱饱满满、晶莹剔透、恰到好处地牵连着，不用菜也能干下去两大碗。南方人就是不放弃粒粒清爽的长大米，和他们讲究调理的菜肴是绝配，用这种米炒饭也是佳选，吸汁、吸水、吸味道。意大利人煮饭（粥）的米在圆米长米之间，像煮意大利面，他们的饭有点硬心，和加了起司基本黏稠的各种酱汁略有区隔，中国人会觉得欠把火。印度米比长米还略干，所以他们把米和香料一起煮，棕棕黄黄的自带味道。西班牙和意大利纬度相当，他们的米也类似。西班牙人聪慧地用藏红花这一珍贵调料，勾兑出海鲜味和鸡肉、香肠的契合，使西班牙海鲜饭高于意大利蘑菇饭几个层次，成为"世界名品"。

我很难忘东北的高粱米，肉肉的，筋筋的，有嚼头。做成高粱米水饭，配苤蓝丝咸菜加香油醋，别有一番滋味。10年的高粱米饭，养育我的茁壮，也拓展我的韧性。

插队种了两年水稻之后，米在我心中的地位提得更高了。一粒米，从寒冬尾饯稻茬儿（知青生涯最辛苦的活计）、暖棚里发芽、带着冰碴儿插秧、毒日头下拔三遍草、挥镰收割、24小时连轴转打场，至少半年的光阴，才能来到你的碗里，恰似一条生命。吃下去香在嘴里、甜在心里才值得，浪费不得！女儿们从小说到大："要把妈妈'可爱的米'吃干净！"

米在美国还算不上主食，约30年前，有位美国"煮妇"问我，为什么她做的米饭和中国餐馆里卖的不一样。我问她操作的过程，她说就是把米放在碗里上锅蒸。我又问她放多少水。"还要放水？没放过。"不知她吃了多少"净身蒸的米饭"。现在米饭在美国日益常见，每个超市都有寿司专柜（嫉妒日本人的这项"专利"）。许多新派沙拉也会用到米类，加了罗勒酱（罗勒叶、松子、大蒜、橄榄油）的调料米粒，拌在生菜里别有一番风味。

新冠疫情大隔离早期，超市出现抢购，除了卫生纸、消毒液，米面货架也空空荡荡了。于是我翻箱倒柜找到零散的江米、小米、薏仁米、糙米和大米混搭，幸没有陷入无米之炊。供应恢复初期，一向鼓励多多益善的大卖场"好市多"都限起量来。当给一位大姐送去一包大米的时候，她竟说"我真是太幸福了"。

日常生活中普通到你都不常记起的米，其实是人间的珍宝。

有关油的联想（七件事之三） （2021-04-03）

现代人惧油的恐怕多过爱油的：年老的怕血脂高，年轻的怕长痘痘；男的怕大肚腩，女的怕身材走样。大家一起躲着大油大腻的菜老远。其实许多人经历过寡油淡脂的苦日子。我第一次炒东北酸菜，只放了几滴油，还切了老大的块儿，再怎么加酱油加糖，都逃不掉那一味的酸涩，这味道让全家人皱眉。说起油，就逃不过那段东北人说"眼珠子都快不转了"的日子。

我的小舅是个极热心、极固执、极能干又急脾气的人。大学毕业第一次来我家遇到我奶奶，没两分钟就被老太太看上了，悄悄拉到一边儿："我的寿衣还缺块布，你能帮我买去不？别让你姐（我妈）知道，他们老说我迷信，不让我做装老的衣服。"

我小舅转头跑去街上买了，偷偷塞给老太太。第二天趁我妈上班："快点儿，快点儿！奶奶，我帮您缝，我会。"

大半天就把我奶奶最后穿走的棉袍子绗（把里、面、棉三层，用许多平行线缝合在一起）好了。

20世纪70年代，小舅出差，第一次来我们在沈阳苏家屯的家。他左手拉着三四岁在他脚边蹦跶不停的儿子（我妈家唯一的男孙），右手提着一纸箱兰州的各种甜瓜——我有一个劳动模范、甜瓜种子专家的舅妈。箱子里还有一尺见高见圆的一个瓷罐，里面装着满满一大罐西北猪油梢子。小舅不仅拆洗加缝好了全部被褥，还接手了他住我家时的每顿炊事，教我们用梢子。接下来很长时间，我们家的汤汤菜菜都飘着油星和肉香，有了让人称羡的味道。

家在东北整10年，我爸大多数时间都待在北京，上诉要求平反"落实政策"。他挤住在单位炊事员午休的宿舍里挨日子。受我小舅启发，也在煤油炉子上积少成多地炼猪油，过年回家时带给我们母子。他那时回家，总要背五六个旅行袋，双肩前后双背，加双手提。有一次实在拿不了了，就分批倒腾："我先拿几袋堆在地上，再跑回去提剩余的，两部分都得在我视线范围之内，花了很久才把东西都倒腾到火车上。"

那是我爸壮年的岁月，他用一勺油、一袋面"偿还"着常年漂泊在外的缺失，却还是掩盖不了对自己无所事事的惆怅。

爸的朋友是一个很有名的演员，在当年人尽皆知的电影《秘密图纸》里，演那个"火火火"的坏人。他一次演出在后台候场时痴人说梦：如果自己哪天当了皇帝，要绝杀天下人，只留一个女人，一个炸油饼的，一人共享生活中极致的美色和绝味。这段话在"文革"中几乎要了他的命。

妈妈的一位朋友，夫妻两人都是印尼归国华侨，眼镜厚得像瓶子底的丈夫沉默寡言，在东北的重工业工厂里做工程师；白皙丰满的妻子，良善喜乐，在子弟学校当数学老师。平常和我们一样沉默寡言地吃高粱米，良善喜乐地啃玉米面饼子。当时我们家每人每月三两油，他们俩各有特供的半斤油。所以偶尔他家会吃家乡菜，各种炸肉。两口子总是关起门悄声地炸。还送过我们一些，让我们直呼不可思议：有肉，还可以炸着吃，是一种怎样的奢侈？太太连忙说："告诉你们一个诀窍，炸肉是不费油的，一点都不费油。"

她再怎么说，我们都没敢也没能力试一次用油炸肉。

但我妈大概把朋友这个诀窍记下心了。到了我们买油和买酱油一样无须纠结的年代，她自创了一个拿手菜"土烤鸭"：鸭子经过三烫六腌九煮，最后下油锅炸制，香鲜酥脆的成品，人吃人爱。

油是料理的单品，更是展示厨艺的标配。人与人之间好像也需要清亮、明透、爽润的区隔，才能活得各具特色，又相得益彰吧？

咸咸淡淡七十三（七件事之四） （2021-04-10）

我妈小时候做过几年"公主"，她20刚过的母亲年轻貌美、知书达理，30出头的父亲潇洒帅气、事业有成。老天给了我妈一副好嗓子、一张俏脸，每天哼着唱着在房子里飘进飘出。她父母祖籍广东香山（现中山），家里的厨子也是广东人，汤菜都烧得鲜淡美味。

妈妈7岁时抗战爆发，一家人逃难到重庆。她说家里还是吃广东菜，只不过换做妈妈动手来烧了。小女孩不理会盐多盐少，只记得饭后妈妈总会说一句："阿弥陀佛，又吃了一顿饱饭！"

很快她就去上寄宿中学，学期末才回家。开学离家时，要背一袋米和一罐盐拌辣椒——整学期的饭菜。仅靠那份纯辣和纯咸,她从少女长成一个人见人爱的姑娘。同学们都记得,后来学艺术的杰,曾在黑板上画过一幅漫画:我妈在前面飘逸地行走,后面是一串儿她的"追求者",按序号排列,最后一位是看门人5岁、留着盖儿头的小儿子,脸上还挂着一串儿泪珠。1945年抗战胜利,同学们用蚊帐把我妈打扮成"自由女神",抬着她走街串巷庆祝游行。我大学时艺术系的主任碰巧是我妈的一位学弟,他对我说:我认为你妈妈就是"真善美"的化身。

妈妈19岁参军开始吃食堂,没挑没拣的了,但盐轻盐重都挡不住青春焕发。她从重庆一路唱歌、跳舞到了北京,还去过朝鲜抗美援朝第一线。20世纪50年代初,她有大半年时间"行走"在东欧的大地上,在社会主义友好联盟的国家演出。

说到饭菜,妈妈说:"哪个国家的菜都没法和中餐比,一律没咸没淡的,吃饭的时候老在想,要是能有几滴酱油就好了!"

1960年,我妈生了我弟,单位慰问,每位产妇一块鱼。我妈赶上的是最后一块儿,晚两天生的阿姨没赶上。妈把鱼分为两块儿,送一半过去。自己的多加些水,多加点盐煮成汤,蛮高兴地喝着。那个沾了"鱼腥"的孩子,20多年后,忙前忙后照顾赴美探亲的我父母,车接车送时一直唠叨,要报答阿姨自己初生时的送"鱼"之恩。

妈妈认识大粒盐是在东北,那时我们随父亲被"遣返回原籍"。进入中年的妈妈学会了腌制雪里蕻,她认真地清洗、晾晒,徒手抓起一把把大粒盐撒在缸里。时间到了,又把手伸进结了白醭的咸水里,捞出腌好的雪里蕻,切碎了炖豆腐吃。豆腐有一股豆浆在锅里焦了底的"烟火味",那是一道我爸从小吃到老,我们姐弟从小吃到老的家常菜。

妈妈一向瘦弱,过"集体生活"的时候,有集体量体重这档子事,她总设法排在最后一个,匆匆跳上体重计,在别人来不及读到上面的数字时,轻快地跳下来,她自己报出的数字总是适当加了水分。东北大地养育出我的壮硕、我弟的高挑,只有我妈的体重无丁点儿改变。10年后回京,她偶得一个偏方,治好了长期的胃溃疡。于是她开始放飞自我,迷上了冰激凌和啤酒,经常二选一地吃喝一顿。结果见效,半年就速成了一个"微胖子"。我和她在火车站重逢,我惊讶地瞪大眼睛、半张着嘴,不敢相信眼前的人是我妈妈,她就腼腆地笑着,慌乱地挥着手:"胖了吧?是胖了一些!"

"哪止一些?我的妈呀!"

大概因为需求有了增加,又第一次住四合院脱离了食堂,她勇于进出小饭馆,吃炒疙瘩、灌肠、烧饼夹肉,还不惜典雅的气质,在小店的公共火锅里大啖涮羊肉。一群人在一个巨大的火锅边围一圈,各自在面前的公汤里涮肉,成为我家人中的第一和唯一。这副体质支持她夜以继日地工作、调研、写书。直到有一天她骑车摔倒碰破了头,到医院处理时,才查出患有糖尿病。现实无情地把她打回"缺油少盐"的日子。

妈退休以后才学习煮饭烧菜,循着她的秉性成为出色的"煮妇"。烧同样的菜,我永远烧不到她的水准,只好打永远的下手。现在回想起来,我知道自己最缺乏的是用心。就说加盐这项,她会一丢丢加,一次次尝,一点点勾兑出菜肴的鲜香。我是差不多"哗"来一下,多少任由它去。

妈妈晚年特别喜好食肉,好像要把今生积攒下的配额完成。可我爸率先进入了养生模式,每顿饭始终不落地监督着她的食量,限制着她的"欲望"。还记得她偷视着我爸,把筷子头儿顶在牙上,小声嘟囔:"再吃一块肉吧,好不好?"

又见清明,又到春天。妈妈的生命就停止在她刚过73岁那年的春天。

咸咸淡淡的73年。想你,妈妈……

大明星和炸酱面（七件事之五） （2021-04-18）

说起酱就想起小时候被父母差遣——出大院过马路，去副食店。递上碗："打一毛钱的黄酱！"小心端着黄棕色新鲜得透着亮儿的酱，穿过马路进院上楼回家去交差，晚上就能吃炸酱面、喝浓稠的面汤了。

走南闯北几十年，越发觉得酱是一切菜肴的精髓。简单如黄酱（酱爆类）、甜面酱（京酱类）、老干妈（辛辣类）、咖喱酱（咖喱类）、味增（味增类）、腐乳（腐乳类），刚需品如西红柿酱、沙拉酱、芥末酱、九层塔酱，高端精品如松露酱、鱼子酱、鹅肝酱。一些博主也加入这个行列，小至手掌可包容的一瓶自创调味酱，价格是重量是其数倍的老干妈的两倍。

意大利面千变万化，基本最终归于千万种调配出来的酱：橄榄油打底，不同的香料叶，不同种的起司，有些加酒、有些加汤、有些加奶，熬制的时间有长有短，酱盛入煮好的面、肉、菜，装盘上桌。

红绿黄，印度的、泰国的、马来的、印尼的，甚至日本的咖喱也大同小异。烹制好一份配方各异的咖喱酱，加菜、加鱼肉、加豆腐煮，做出千奇百般的菜肴。其实咖喱本身就像中国饺子馅，搭配上的些许差异，原始起就是千家千味。"我妈妈的饺子是世上最好吃的饺子"这句话，相信许许多多人听到过、感到过。

如此琳琅满目的酱里面，我独尊北京炸酱为第一，而且固执地觉得我爸爸的蓝马版炸酱，是我人生范围里的第一名。爸爸早期不会做饭，更谈不上炸酱。后来得了真传，绝活上手。他先是忽悠那酱多么美妙，但锣齐鼓不齐——原料不到位，他拒绝下手。再后来忙起来又是百般推脱。直到退休以后，我们才得以见庐山真面目。他做的炸酱面真称得上色香味俱全，吃在口里，人生的痛快淋漓贯穿肺腑。

一起蹲牛棚的时候，我爸和以前的领导蓝马叔叔走得更近了些。

"谁见过蓝色的马？这个名字本身就是艺术品。"

著名表演艺术家蓝马，曾主演话剧《李秀成之死》《升官图》和电影《一江春水向东流》《万家灯火》《丽人行》《希望在人间》《乌鸦与麻雀》等，1950年参加中国人民解放军，历任总政治部文工团副团长兼话剧团团长、艺术指导，中国文联第一届委员，中国影协、中国剧协第一届理事，第二届全国政协委员，主演话剧《曙光照耀莫斯科》等。在话剧《万水千山》中，蓝马饰李有国，获第一届全国话剧会演表演一等奖。蓝马还当选为中国人民政治协商会议第三届全国委员会委员（百度百科语）。蓝马是20世纪40年代上海滩和赵丹、石挥、谢添齐名的电影明星。而抗美援朝时，就在三八线附近，在遇难的赴朝慰问团战友的追悼会上，蓝马叔叔说："如果我死在战场上，请跨过我的尸体继续前进！胜利之后，请在我的坟前立一个小小的墓碑，上面写：中国人民解放军和志愿军战士蓝马。请勿写什么国宝、名演员之类的头衔，因为真正的我，是一名战士。"

牛棚里的战士没有了用武之地，为了娱人娱己，他这个北京之子号称掌握炸酱的秘诀。他极尽表演之能事，总是自卖自夸许久许久，之后你才可能有机会品尝到他真实的手艺。我爸在被长期渲染游说狂轰滥炸之后，终于吃到了，也学到了这门绝技。他还传承了师傅的宣传大法——

"蓝马的炸酱面是京门一绝！那是可以上国宴的水平……"

如果国宴需要上炸酱面，我百分百同意，蓝马叔叔的炸酱面当之无愧。

离不了这酸溜溜的味道呀（七件事之六） （2021-04-26）

柴米油盐酱醋茶，其中最有味道、最提神醒脑、能让人一激灵的莫过于醋了吧？同为出身酿造的酱千姿百态，众口不一；醋的甜度也高低不一，可醋劲一定贯穿始终，让人生生难忘！

小学时邻居家来了一位山西舅妈，她红肤皓齿，一脸恬静羞涩的笑容。30多岁却梳着发髻，穿大襟儿衣服。与她随行而来的是她的小七、小八两个幼子，乳名小猫、小鸡。于是常听她唤他们的声音："鸡（今）儿呀，猫（毛）儿啊！"有的孩子明目张胆地模仿她，我则在私底下试她的口音，觉得好玩。她包的饺子如同机制般整齐，而且小不过寸。她说我们包的饺子的个头，会被她婆婆讥讽为"包子"，被嫌弃的。她是我见识的第一个巧手媳妇，缝衣不见针脚，擀面一水儿的粗细。有一年她带了饸饹床来，给一班十七八岁的军校生压饸饹。在一大锅开水热腾腾的蒸汽中，是她侧身弯腰压出一绺绺雪白浑圆的饸饹面。一缕漆黑的头发贴在她通红湿润的脸上，我觉得她特别漂亮。从她那里我注意到，无论吃什么，特别是她花样百出的面食，她都会放些醋，简直以醋为纲，纲举目张。

大学一年级暑期时和同学一起经西安去成都，赶上成都那年发了水，我们被困在西安整整一周。我们登华山、逛碑林、游清华池、环古城墙，同学少年风华正茂。经过那一周，我们放肆地给当时的西安起了一个"大醋城"的外号。因为从下火车到离开，整个人就沉浸在弥漫着醋味的空气里。各种大餐小吃也都得上醋。这个城市每天得吃多少醋呀？

20世纪80年代，有机会出差去山西晋城，见识过"煤老板们"的师爷，下过大型晋城矿务局的煤井。那次出差，一路上我都携带一个二三十斤装的空塑料桶，引起"围观"和调侃。桶是我们办公室一位老大姐塞给我的，托付我在最后一站的太原，去最有名望的益源庆，给她装一桶老陈醋回来（"益源庆"创始于明朝初年，因醋坊建在朱元璋之孙的宁化府所在地，以府为醋名，俗称宁化府醋，已有600多年历史。在宁化府醋厂，现存一个当年蒸料用的铁甄，上面铸有"嘉庆二十二年七月吉日成造"字样，可推测早在1817年益源庆已具日产醋300余斤的规模。当时的益源庆醋是官礼陈醋，行销京、津、沪、西安等地）。

我到了太原才知道，益源庆每天的出醋量是限定的，早起过去，队已排出去老远了，有时排到也没戏。最后是走当地过硬的后门，才装满了我的大醋桶。沉甸甸地提回北京，那位大姐每人一小瓶的分配，让一大众人沾了酸溜溜的惠泽。那醋真是不同寻常，沁甜香醇的鲜酸滚过喉、走入心、安顿胃、印入脑。

和太原出生的挚友逛中国超市，看到山西老陈醋，竟是"益源庆"所出的。我抄了一瓶，回头看她——乖乖，一脸满足地拿下3瓶。月余再去，她又是3瓶，我那一瓶可还满满地待在家里呢。服她了！有次问我家美国土著老B，想不想吃饺子，他竟反问："有老陈吗，有就吃！"

老陈，叫得蛮自然亲切的，算是合了格的中国女婿。

世上温暖中的温暖（七件事之七） （2021-05-10）

开门这七件事，映衬出中国文化的博大精深。它涵盖人生的琐碎，又萃取了生活的精华，而且从一到七贯穿着温暖。

茶应该是温暖中的温暖吧？

茶一视天下同仁，爱尔兰作家的《天使灰烬》里，缺吃少穿的底层人家，一旦起丁点烟火，就是找到了几许碎茶、一块面包，热茶支撑家人活下去、过下去。

茶是舒缓的，爸爸的一生，没有断过茶的陪伴。无论手中的茶高低贵贱，他都晨起泡上一大杯，慢慢啜饮。一抹血色渐上面庞，一番精神款款展开，荣辱逆顺归于平常，张弛人生新一天。妈妈没有此好，又是要强不驯的性格，竟日日紧迫，一副灿烂容颜下，心中常常执拗而压抑。我想她的一辈子，少了老爸那一道旷日持久的"早茶"的调和。

茶是质朴的，犹记得台北街边卖排骨饭、卖牛肉面的小饭馆儿，都有免费的茶桶。盛夏一杯凉茶，寒冬一钵热饮，无值无价似无存在，可每一次，一口茶水就贴心地让人舒坦下来，享受极简的一汤一饭时，捎带上身心片刻的富足。

茶是内敛的，据说它和咖啡有相同的咖啡因，可对味觉的刺激完全不一样，许是因为释放的方式不同吧。咖啡恐怕立竿见影，茶却是缓缓而来的。我的两个女儿都生活在大都市纽约，每天走街过巷沐浴光鲜亮丽。闲暇时，两人都喜好收藏手工制作又憨又"土"的杯子，而且都存有不下五种以上的茶款。探望她们，和她们手捧一杯热茶相对小叙，是人生极大的满足。

潇潇猫为一人，我视她人间挚友。她是个极喜欢喝汤、喝酒、喝咖啡和喝茶的可人儿。她家像个小茶馆儿，永远有朋从近方远方来，永远有热水咕嘟嘟地开着。尺八高的茶叶桶随地一排；只装"一口茶"的茶杯，如星星似的数不清；茶壶茶具不以量取胜，绝对以质和新晋领先。她和她爸妈住在同一小区，他们在世的时候，时不时走进小女儿这个家，喝一杯最新鲜、最新潮的茶，品品其中的勃勃朝气。她老爸见到她的第一个文身，直言："恶心！"

见第二个再度直言："更恶心！"

但说完第二天还来喝茶,父女俩一如既往地调侃对方,谈笑风生。在她屋里聚拢的亲朋邻里,说东道西间喝出茶的甘醇;来自四面八方的好友同事,呼三喊四地饮着各自心仪的名茶;闺蜜相对时,一杯茶直抵天明,杯里流淌着汩汩的宁静和安逸。

远渡重洋的中国人,每个人的行李箱都不会缺少的一定是茶叶,东西南北中,大家同一时间开箱的话,洋洋大千茶的世界,定会像博览会一样壮观呢!

辑七·见生灵

在正午的阳光里来去　　　　　　　　（2022-01-16）

　　2008年8月27日中午12点，我们冲到了一家叫"朋友"的动物收养所，第一次和你打了照面：3个月大的你两个手掌可以抱住的一团，轻柔的大卷毛、巧克力色、胸前有一撮白毛，弓腰驼背地躲在一只大狗的背后，只有大狗尾巴大小。得到房东口头、书面的应允，准备出一切可需或不可需的文件，规划好全方位各角度的面试应答，在几乎不眠不休的24小时以后，我们全家4口在灿烂的正午阳光中，带着你回家。

　　14年来，你成为我们全家每人的至爱。

　　爸也是执掌过大公司VP权杖的人，但在你少年吞针、青年眼睛生血管瘤、晚年耳道大出血时，被逼到心脏病发的边缘。他常常把你扛在肩上，让你看到更宽更远的世界；他也是和你并排躺在地上聊天（你们的对话由他一人担当）说话最多的一个。你是他口口声声的儿子，一圆他有儿有女的好梦。

　　大姐姐为你操心最多。其实你才1岁多，她就上大学离家远去了，可你但凡有点小灾小病，她老爹的指令随即降到几百公里之外她的头上。她被命名为你的注册主人。她说最记得你的是有一次，你们俩外出散步，途中偶遇暴雨，雨点打得人、狗都睁不开眼睛。她在模糊中看到，你紧闭双眼，在瓢泼中战栗着向她爬过来的情景。你把自己的命和大姐姐的系在了一起吗？

小姐姐差点成为你来不了我家的一个理由：收养所的一个领导介绍说你有点"生"——动物不受控的野性。把小女儿放在心尖上的老爸，犹豫了。好在负责照顾你的阿姨担保你没有任何问题，是一只聪明的崽崽，老爸才将信将疑地点了头。敏感的小姐姐确实是最少和你"亲热"的，但令人不可思议的是，你一生掌握的所有把戏——坐下、握手、趴下、停止、回窝里、来这里——都是这位小老师训练出来的。

妈妈是你最爱也最怕的人，她喂你最多次、带你走路最多次、抱你最多次，也"打"（用报纸拍）你最多次。她夸赞你每一次的礼貌（对孩子、对小狗）和听话，也总想纠正你每一次的过失。她说你是最完美的狗——不大不小、不聪明也不笨；不听话也不捣蛋、剪你的头发很困难但你从不掉毛；你不算最帅但一生英俊；从你幼儿来到老去的14年里，除了那次缝纫针卡在你的喉咙里，让你一周吞咽不得。你没有错过一顿饭、一次水；在家里因主人失误大小便各一次；你不曾讨要恩宠亲昵，但仅有一次妈妈受了委屈，你悄悄地走过来，静静地把头和全身贴在她的腿上，成了她无比的依靠……

我们都没想到，那是你的最后一天：

你和妈妈早早出去走路，初冬的日子。因为背上脱了一些毛，早早给你穿上格子小棉袄保暖，你长腿直直地站着，清爽体面。回家时爬上一个小坡，你也毫不在意。你兴高采烈地吃了早饭——这四五个月，你吃了近200斤鸡肉呢。然后你一如往常开始小憩。醒了以后你站起来，又倒下去……老爸颤抖着抱了你好一会，像以往一样把你扛在肩上说："没关系的，没关系的！"去兽医院的路上是痛哭流涕的妈妈抱着你："妈妈在，妈妈在呢，不怕，不怕！"其实那个时候你已决绝地走了。

你在正午灿烂的阳光中离去。

屋里有点动静，我们就想，贝利在干啥呢？外出久一点，一股紧张蹿上脑门儿，该回去带贝利上厕所了！回家，再也看不到你趴在窗户上等待的小脸儿；进门，再也没有你摇头摆尾钻出来的脑袋了……

老爸天天还在招呼着："咱们去遛贝利吧！"

大姐姐听到消息沉默良久，最后说："贝利一直等到见过小姐姐的新狗如意，才放心地走了。我去洗个澡，也好大哭一场……"

小姐姐在电话的那头给妈妈建议："去喝一杯热茶吧，再看一本你最喜欢的书！"

妈妈还是每天早上出去，对着阴晴万变的天空说："你好吗，我的宝贝？"

外一篇

我的狗儿最喜欢下雪，见到雪像见到亲娘。带它到学校操场的大片雪原上，一解开绳索，它马上撒着欢儿地尥蹶子。

真喜欢这个词儿——撒欢儿。

上大学的时候，一天走过大操场，操场上正在喷水浇草，过去都是人工用胶皮水管浇灌草坪。工人掀起一片的水幕，以达到最大的喷洒面积。我的两个同学晓（本书插画作者）和军从巨大的水帘下跑出来，金色的阳光下，他们加速奔跑，像一路撒欢儿的孩子，好看极了！

而尥蹶子则有自己亲身的体验。

当年在农村插队，一天队长给了我一个好差事——跟车。我想也不想地冲到大车的右边（外辕），还没站稳，就被骡子扬脚一蹄，大腿剧痛难忍。我为了面子吞下满眶的泪水，晚上一看，大片的瘀青历历在目。

这狗儿，一撒欢儿就尥蹶子，一派的自由自在。

兔死兔悲 （2018-06-05）

今早遛狗的时候，看到一只小兔子的尸体，它小得我开始以为是老鼠的，下意识地躲了一下。为了确认又看了一眼，才认准是小兔子，有一坨白色的短尾。

"该不是昨天她们等待的那一只吧？"我闪过一个念头。

昨天去大卖场买东西，人挺多的，停车场都停满了。出来的时候，看到两位女士围着我们的车打转呢。一个20来岁，一个40多了。原来，她们看见一只很小的兔子钻到我们车底下去了。她们在等它出来，怕到时候我们不知道，给压了。我们就和她们一起趴地上看。小东西可能惊了，慌慌张张跑出来，又钻到另一辆车底下去了。她们就又在那边儿"守株待兔"起来。我们觉得这事暂且不会有结果，还赶着别的事，就先撤了。今天看到这小兔子，我又想起昨天那只了。

我其实挺记恨兔子的，好些年了，在后院种点什么花草菜蔬，都逃不过它们的嘴。每天早上看到又一丛新的光杆儿杵在那儿，就揪心。可是前几天，我又开始可怜起它们了。因为在一条小路上，看到两只兔子在试图拉动一只死去的同伴。见我们的车慢慢开过来，它们俩就跑到路边去了。我们小心地避开地上躺着的。从车的后视镜里，可以看到先前那两只又匆匆忙忙跑回来了。20多分钟以后，我们原路返回时，那一幕还在上演：它们俩还在试图推、拉、拱、拽地挪动地上的那只。专注极了，着急死了。看它们的样子真投入，真可怜。

兔子懂得生死、生死之间永隔的距离吗？

斗鱼（我家动物之一） （2019-05-10）

　　孩子们四五岁的时候，开始喜爱并要求拥有——饲养动物。两个女儿对动物的兴趣都要大过洋娃娃，她们各自都有过自己的娃娃，但没有一个有名有姓，更没有情深意长地带大过一个。大女儿七八岁的时候，有一天捡到1000元台币。她存了许久，最后下决心买了一个喜爱的芭比娃娃，没出几天就后悔了，而且变成了"这辈子最后悔的事儿"。由此可见孩子与她们的娃娃，感情不深。一个原因是物质极大丰富，玩具多得数不清。二是娃娃属于玩具中比较古老的品种，除了好看，她们远没有变幻无穷的"小精灵"灵动、有个性。我和女儿们协商的结果是从斗鱼养起。

　　第二天一大早就行动起来，顶着一上来就明晃晃的太阳，我们娘儿仨穿街走巷去找斗鱼。其实台北许多文具店、杂货铺都卖斗鱼，红的、蓝的、黑的、白的，每条都有一条漂亮的尾巴，像彩绸舞的锦缎，在水里光彩夺目地漂动。每条鱼单独装在一个小小的塑料杯里，有盖子严严实实地盖着。后来，我们才知道，斗鱼有一个独特的隐腮，可以帮助它在很低氧的水里存活。这也解了当年的疑惑：它们怎么能在几乎不能转身的环境里，千里迢迢从泰国完好地来到这里？每个店主都会告诉你，他们的斗鱼直接来自泰国。

　　我们要找的是斗鱼的家——养鱼的水族箱。第一次置办产业，奢望和预算都不高。只是每个店家都强调，鉴于斗鱼好斗的品性，它们一定要独处，所以买两条斗鱼，一次要置两栋"房产"。女儿们开始意见相左，一个想要扁平的，另一个就要去别家找窄高的。一个挑中了唯一的红色盖子，另一个马上把手搭上来说，也非红的不要，直至又搅黄了一家店的买卖。买条斗鱼来养这件小事，竟折腾了大半天，最后闹得人困马乏。

　　斗鱼经折腾好养，但一年半载的总会有病有灾，我们伤心过后又去补货。孩子们倒是挺卖力地喂食，但观赏一条孤鱼的耐心并没多少。食喂多了，水就浑起来，我就督促着她们给鱼换水。姐姐总是有担当，用笊篱捞起鱼放到临时的瓶子里，打扫完卫生再把鱼捞回去。一个没留神，鱼跳了出去，摔在凉台上条状装饰地板的缝隙里。听到小女儿的惊叫，我赶快跑过去看。老大负责任地在想办法把鱼抠出来，不得。我赶紧抬起整块木板的一角，让她们趴在地上把鱼抓出来。

小的摇头加摆手："我不要抓鱼！"

"不赶紧抓，它会死的。"

"我不要它死。"

小的哭起来。大的伸出颤巍巍的小手，伸向蹦跳挣扎的鱼，嘴里嘟囔着："妈妈，我也怕。"

"别怕，快点把它轻轻抓出来！"

木板很沉，我得用两只手才能把它抬起来。鱼一动，大女儿的手就缩回去，看我努力撑着木板，她又懂事地再把手伸进去，脸上的表情却是接近哭的。终于抓到了，她小心翼翼地把鱼放回水里。我"咣"的一声摔下木板。小女儿不知从哪个角落跑出来，看鱼是否还在游。每个人又都高兴起来。

有一次，我们摔破了一个水族箱。我裁开装盒饭的泡棉板卡在中间，把两条鱼间隔开来。我挺为自己的发明创造骄傲，自信地带孩子们出门，重新置产。晚上全家人一起归来，孩子们奔去看鱼，又一起大叫起来："妈妈，不好了！"

我跑过去探究竟：泡棉板漂在水面，水里是两条没有了尾巴还在上下打斗的鱼，水底是闪闪的碎片。先生跟过来看，一下子心疼起鱼来，气哼哼地说："你怎么能这样对待它们？下辈子你去做鱼试试？"

一听这话，我当时火冒三丈："你管我这辈子不够？连我的下辈子都想管吗?我下辈子决不会见你!"

一句气头上的话,20年来总被他拿来复习:"好好过,你说了,下辈子决不见我。"

其实,两个人这辈子能好好过,就都齐活了。

后来才知道,只有两条雄斗鱼不能放在一起,其他的组合可行。

大小金鱼(我家动物之二) （2019-05-20）

在台北市的天母地区住了两年,我们搬家到先生公司附近的信义路四段。安置好了,我们就到社区里走动巡查。发现楼后有一个街心花园,在台湾这种亚热带地区,花园几乎一年四季葱葱郁郁,不间断地有不同品种的鲜花盛开着。在花园正中间有个小喷泉,好像正在检修,管子不喷水,池子里也几乎见了底。但在一汪余水中,悠悠然荡漾着一条金鱼。有大人的手掌长短,通体红润,配有几个白点。它的天地小得仅能容它舒展须尾,向前向后或向左向右都不得。它大大的眼睛不知是否看到了这一险境?我们娘仨一致同意改变行程,回家取来脸盆和笊篱,把这条大金鱼捞到挺大的一盆水里。在家里养了它几天,喂它吃面包屑和鸡蛋黄。孩子们给它取名"草莓",每天叽叽喳喳地和这个新天地里的新朋友聊天。

几天后,喷泉池里又蓄满了水,滋滋冉冉、日夜不倦地喷涌起来。我们放鱼归家,相伴相随变成了定期探访。我们在那栋楼里住了两年整,"草莓"从头至尾都是孩子们临窗的朋友。

B君第一次见到那条金鱼,有些小兴奋:"呦,从哪儿游回来一条?个儿长得不小了呀!"

听他这话我笑起来,孩子们则一脸迷茫。

金鱼让我们俩想到在北京的一次聚会。那会儿,我和小B在失联6年多以后,于某一天突然重又聚首。在北京新年刚过的一个黄昏,我们相对哑然失笑。除了脸上的一小缕风霜,别的好像都没变。我们笑着走向对方,欣然携手,而后约定余生同行,于是有了那次昭告朋友圈的聚会。我爸妈得知原来不得不收归家有的"剩女"有了归宿,豪情万丈地帮我们准备下数不清的吃食,给我们的任务就是带一个蛋糕回家。我们唰唰地拿了两个回来,成双成对嘛!好在当年朋友们年轻气盛,吃了无数的饭菜以后,还每人吃了两块蛋糕,没一人含糊或者掏出减肥的借口。

小B说,咱们该送朋友们一件有纪念意义的小礼物。我还没有展开创意的神经,他就凭仅有的一点中文底子叫了起来:"小金鱼!"祝福大家多金有余是他当时的解释。那时,20世纪90年代初,这个想法还算有点意思,于是我们打听了半天,说在北京护国寺附近有个花鸟鱼虫市场。钻进塑料大棚里去一看,好家伙,占地儿不小,还挺热闹。找来找去,手指大小的小金鱼真让我们给找着了!几十条买回家去,养在一个大大的洗衣盆里。聚会之前几分钟,我们俩小心翼翼,又满怀期待地给小金鱼们分好了家——成双成对地装进充水的袋子里扎好。到送朋友们离去的时分了,我们看他们穿好大衣,围上巾戴上帽,手套也套好了,就在他们手里放上一袋金鱼,加上一个不太好意思,添麻烦了的尬笑。接的人都诧异了一下,用戴了手套不灵巧的手捻着袋子,在灯光下确认了又确认,还是不太相信自己眼睛似的:"是金鱼吗?"

没说出来的话可能是"为什么有鱼?""这是什么意思?"不等,反正没有人问出来,都是一脸疑惑地捧走了那袋鱼。

我们后来揣测:有的鱼可能没有挺过那个数九寒天的夜晚,在舟车劳顿中就挂了。有的在简易的临时住所里,仓皇地延了几天。因为没手机更没微信,到现在我只听过一位朋友的反馈:"我的鱼活了将近一年呢!"

写下这个故事的今天,小B君已为老B头儿,问他还觉得送小金鱼是一个好的选择吗?他说:"仅仅为一个小小的寓意,就无辜地牺牲小鱼的生命,有欠公道吧?"

一个人的观念,在28年里有了不小的改变。

有天长地久的龟吗?(我家动物之三) （2019-05-25）

住在香港那两年,孩子还都5岁以下,我养她俩,她俩还养不了谁。但她俩从故事书中得知:天地间万物都是朋友。一天,我回家时发现,有朋友上门来了。她们欢快地捧着一个盒子,一团棉絮里面是一只黄嘴小鸟。俩人叽叽喳喳地抢着告诉我,是在一棵树下捡到的:"看,看,它的一条腿摔断了,是缇塔(我们的菲律宾帮工)帮它治好的。"

火柴棍粗细的小腿,被用比火柴棍还细的小木棍绑着。小鸟依此有时能勉强站起来。我没有留意她们叫它什么,可能就叫它小鸟。两个人隔三岔五分钟地就去看看,摸摸它鼓励一番。鸟能吃些东西,但不太睁眼。好像是第三天,妹妹一失手,把捧着的小鸟摔到了仿石板地面上。这位虚弱的朋友竟因此离去了。妹妹放声大哭了一场,姐姐眼泪汪汪地陪着。

带她们去香港公园鸟苑,看更大的鸟的世界时,也看到水池中无数的大小乌龟。当看到有人放生乌龟时,姐姐认真地对我说:"我们本来想把小鸟养好,教它飞走的。真的。"

在台北，孩子们提出要养乌龟时，我还记得那种承诺："我们养大一点，就把它们放进河里。"我当时的想法和她们比绝对世俗：买两只玩玩算了，它们哪能长大？

于是买来巴西龟两只，养在灌满水的塑料盒里，不长时间它们竟然先后去世了。不是说好千年的王八万年的龟吗？我们急匆匆去找宠物店老板"算账"。

"不对的啦，龟不能老泡在水里，它要很长时间待在石头上，这样它的肺才可以夫（呼）吸。哪有用你这种办法养乌龟的，有够笨！"

老板毫不留情地冲我嚷回来，我只好理屈又不服气地再买两只。方法对了，龟还算好养。它们悄无声息地在我家住了一年多，丝纹不变。我想这回可以见识，什么叫恒久了。可惜高兴得有点早，一只龟的眼睛突然发炎了，先是有个小白点，后来整个肿了起来，到后来，两只眼睛都看不见了。我们只好攥着它去看兽医。家附近的只看狗，介绍我们去两站路以外的那家："那位兽医什么动物都看！"

什么都看的兽医果真有经验，说这是家养乌龟常见，也很致命的病。如果没有很好的疗愈办法，乌龟会彻底盲了，以致吃不到东西最后饿死。他给了眼药："福祸就看运气了！"

女儿们耐心守时地给乌龟的眼睛滴药——它会很快地把脑袋缩进壳里。要想办法把食物放到它的"鼻子底下"，引它出壳，眼疾手快地给它滴药。每次上药，她们都要和小乌龟相持很久，龟的眼睛竟慢慢地好了。医生当时说过，在开放的水域，乌龟就不会得这种病。所以我们看到乌龟眼睛好了，就开始商议是不是应该放生。最后达成一致意见。

一个阳光明媚的下午，孩子们放学以后，我们捧着两只小乌龟走到基隆河边，把它们留在了水边的一块石头上。它们舒适地趴在温暖之中，阳光照耀在它们绿色带黄黑色相间斑纹的背上。我安慰孩子们："乌龟是可以活很久很久的动物，我们说不定还能再碰到它们。"

孩子们很认真地点点头，依依不舍地离开河岸。基隆河在漫长的历史中静静地流淌，也不知道有能活到天长地久的龟吗？

脖子上有伤疤的鸭子（我家动物之四） （2019-07-04）

那年夏天，在台北过暑假，领女儿去学一种陶土画——先按照构思，用陶土手塑好人物、景物，再布局粘贴完成画面。那是一个大人孩子都教的教室。下课后一定去马路对过的小饭馆儿吃猪排饭，他家猪排炸得松软焦脆，配菜新鲜美味。像许多台湾小馆，他们不仅提供免费好喝的大骨汤，而且还有清凉微甜的冰茶可以无偿享用。夏日近40摄氏度的高温中，这种体贴呵护，直慰人心。

饭足汤饱以后出来，看到一个很大的游戏摊贩：飞镖、投圈各种"竞技"以后的奖品，竟是新生的小动物，有兔子、小鸡、小鸭及小白鼠。这可让七八岁上下的女儿们，迈不动再多一步的路了。两双祈求的眼睛望向我，我怎么会有招架之力？买了票让她们去玩，自己闲闲地猜，哪只动物会和我们回家。

跑前跑后忙了半天，最后她们玩出一只小白老鼠。马上换成我，用祈求的眼睛望向她们："千万别带它回去，我绝对受不了把它放在家里！"

老板很贴心地让她们随便选一只别的动物，于是我们一致决定带一只黄茸茸的小鸭子回去。其实姐妹俩的胆量极不均衡，姐姐有点无所畏惧的情怀，妹妹总是一副"你拿着，我看着就成"的姿态。姐姐一路用手捧着这只小鸭子，公车上引得周围的孩子看，一路好奇羡慕的表情。

我们简单直接地叫它鸭仔，给它安置了一个不小的笼子。先生下班回来以后视察了鸭子窝，搁下一句话：

"我觉得应该给它建一个游泳池！"

我们领命又去买了一个尽可能大的塑料盆，直径大约有1.5米，一尺多深。我们把笼子架高，在鸭舍和游泳池之间搭建了一座吊桥。鸭仔无师自通地可以跳上桥回家吃饭、睡觉。第一天留鸭仔独自在家，我们每个人都挺紧张，尤其是妹妹，老是问同一个问题："你说鸭仔怎么样了？"

回家，我们三人争先恐后地跑去看它，哎哟喂，我们差点被恶臭熏倒。游泳池底布满了粪便。两个女儿一下子躲得无影无踪。我把她们俩寻出来："养小动物，就得帮它们打扫！它们不能住在不卫生的地方。"三人憋住呼吸换了水，还清洗了笼子下面的塑料盒。

我们仨饭后带鸭子出去散步，有时候它摇摇摆摆跑得还挺快，女儿和其他的孩子跟在后面欢快地追。

一两个星期以后，鸭仔开始换毛，脱下毛茸茸的黄衣服，变得仿佛赤身裸体一般。零零星星长出几根白毛，挺寒碜的。有一天，我们又一次被惊吓：鸭仔踩翻了吊桥，断了回家的路。没多少羽毛的它，在游泳池里泡了一天。到我们回家捞起它的时候，它冻得瘫在那里直翻白眼儿。姐姐智勇双全地把它裹在一条大毛巾里，愣是抱了它几个小时，把它从死亡线上暖了回来！小女孩安静而有耐心地坐在矮板凳上，怀里拥着一团毛巾，毛巾里有一只几寸大的小鸭子。那个画面永远烙在我的脑海里。

鸭仔羽毛丰满以后，我们开始犯难。凉台的空间对它来说，一天天窄小起来。还好天无绝"鸭"之路，姐姐的朋友苔飒——一位荷兰小女孩——到家里来玩，看上了鸭仔。苔飒是有两个哥哥的小妹，家里任性的独公主。她说要养鸭仔，全家没人敢反对的，而且她家住在北投那边的山坡上，有庭有院。于是我们选了一天课后送鸭仔去新家。快到的时候,抱她的姐姐小声嘟囔:"妈妈,它拉在我身上了!"

"它不想让你忘掉它呢!"

午后的阳光照在院门前长长的小径上,半尺来大的鸭仔和花枝招展的三个女孩,摇摇摆摆、蹦蹦跳跳地进了门去。

半年以后,再次送女儿去苔飒家玩,门里袅袅婷婷走出约两尺高的一只大白鸭,胸前有一条淡粉色的伤疤。原来它老在临街的这条小径上看家护院,一日被过往的车辆撞了。家人冲去急诊,兽医救回它一命,前胸这个疤就留了下来。又过了三四年,苔飒家离台回荷兰,她们走前,送还是被叫鸭仔的大白鸭去了住家附近有池塘的一座寺庙,把它托付给又一个新的家。

荷兰猪(我家动物之五) (2019-07-12)

在潇花样的18岁,我认识了她,成今生的挚友。大学一年级,到她离学校不远的家里玩,识得两样东西——坐式马桶和荷兰猪。上厕所新体验的同时,脚边窝着毛毛一团白色的小动物,比兔子略小,脸比老鼠膨胀,膨去了尖刻,胀出些萌动。可它动一动,我就挪一挪,最后挪到墙角踮起了脚尖。逃出囧境之后得知,这小东西叫荷兰猪,名字美好得不忍恐惧。加上她是潇的宠物,在那个年代,我觉得太奢侈了,新奇得我都迷糊了。

这是一种身世复杂的动物,既不来自荷兰,也确确实实不是猪。它还有一个通俗易懂的名字叫豚鼠。是像猪的鼠吗?一位朋友去年底去了秘鲁,在米丘比丘周边,荤食者的晚餐是"老鼠肉"。依国人惯例,照片贴上来昭告天下，顿恍然大悟：是豚鼠。千百年来南美一些地区的人类食物，延续至今。

在鱼龟和鸭之后，我家也养过一只荷兰猪，浅咖加白再飘一点黑三色。它既不来自高贵显赫的门第，也没有混过市井人家，它来自另类的自主贸易市场。大女儿10岁就上中学了，开学让她最兴奋的一件事，是她摊上一个新奇的科学课老师。胖胖的N老师在自己的课堂上，发行一种纸币——N钱。一切受到表扬的行为（包括成绩）都以N钱犒赏，钱可以在N市场流通。此钱可易的范围挺广，从代替一次家庭作业，到铅笔橡皮，从上课看闲书到和老师共进午餐，最昂贵的兑换是N田园自育的荷兰猪！女儿果断地把目标锁定在荷兰猪身上。她积极举手回答问题、全神贯注地做功课、赤脚踏入泥泞的小溪提取水样本、一次不落地志愿清理实验室、随时向同学伸出援手——狂热地爱着这堂课。

终于有一天，她拿出从没有使用过的、厚厚的一叠N钱，在新仔出生、度过哺乳期以后，买到这只油光水滑短毛的三色荷兰猪。回家以后，按照早就说好的，把它作为礼物，送给了惊喜得发抖的"瘦鸡妹妹"（她从林海音的《城南旧事》中找到这个贴切的名字）。于是妹妹有了第一只专属的宠物。

一直对动物又爱又怕的妹妹感染了狂热，她从摸小小的它开始，到抱它、喂养它、清洗它、打扫它的家，一天天把它养大。她放学回家第一件事就是冲到桌子底下，跪在地下和它打招呼，放它出来目不转睛地盯着看。"小猪"奔跑的范围越来越大，直至有一天它钻进沙发背里面，久久不肯出来。地上摆满了诱饵：青菜、起司、玩具，沙发调换过正反横竖各种角度，妹妹和朋友绞尽脑汁引诱它，它就是不见踪影。天都暗下来，快到吃晚饭的时候了。

"再不下手，它在里边会热死吧？"

刚刚下班回家的B爸，卷起袖子试了几次无果，有些焦急起来。我自己不敢抓，只好督着两个孩子做。妹妹和朋友你推我攘，也都不想先下手。我说姐姐在就好了，她老是有办法。这话可能刺激了小女儿，终于抖抖地伸出精细的小胳膊，从沙发底下的绷布边缘颤颤地伸了进去，还好小猪可能熟悉这只手，让她抓到慢慢地带了出来。看着一片一片不停吃菜叶的小东西，我挺为我这个小女儿骄傲。

转眼放暑假了，我带孩子们去看爷爷奶奶，小猪就托付给住在一栋楼里的一对小姐弟。他们那时和妹妹玩得熟，完全清楚小猪的作息，妹妹丝毫没犹豫地把装小猪的笼子提了过去，又前后几趟送去了饲料和垫笼子的木屑，当然没忘记它的玩具。快开学我们才回来，姐妹俩欢天喜地一起去接小猪，过了一会，怏怏地回来了：荷兰小猪患肠炎去世了。

全家人那晚都不怎么说话，一片寂静中，仿佛能听到荷兰猪高兴时发出的声音，那种声音被叫作口哨……

黑夹白的奥利奥（我家动物之六） （2019-07-24）

又一个阳光明媚的星期天，又一次早起赶赴台北建国花市，真的又有人在"展示"央人认养的流浪狗。上周我们来晚了，只剩几只很大的狗，我们不敢领，因为我们有被狗吓破了胆的妹妹。说这个，丢我当妈的脸。刚到台北住在一条上阳明山刚刚起坡的街上，楼底下就是矮屋田园，傍着磺溪。送妹妹上幼儿园，往往都是我在前面慢慢踱着，她在后面紧紧跟着。那天我没觉出我俩之间拉开了一点距离，只听到耳旁一阵狗吠，马上伴以小女孩儿的哭声，两者交相渐次急促起来。我目视前方，展开四平八稳的猜疑：谁的狗叫得这么急？怎么没人顾那个女孩儿，要去帮帮她吗？等我缓缓转过头来，见到哭喊着朝我奔来的小女儿，她的背后是一只奋力追赶的小黑狗。再想扭转这个孩子对狗的恐惧，可不是那么两分钟的事了。所以我们决定领养一只小狗崽，让妹妹重拾信心。

这次真的遇到有一只比我的手掌长不了多少的狗崽，黑白相间，毛茸茸甚是可爱，连妹妹都一直伸手摸它。捐了象征性的10块台币，这只狗就是我们的了。给出狗的人同时递给我们一张名片，顺手指着不远处说："你们要带它去打狂犬病预防针呦！"

我们遵旨到那条街，看到名片所示的兽医站，挺简陋的。进去填表、缴费、打针。回家以后小狗喝了不少牛奶，在一只鞋盒里静静地睡了。全家人围着看它，小声商议着，给它取了"奥利奥"这个名字。一块甜美的巧克力夹心饼干。

没想到愉快时光稍纵即逝，来家的第二天，奥利奥开始上吐下泻，很快就虚弱得几乎站不起来了。大小四人捧着它去宠物医院，诊断结果是，它的流浪狗妈在它体内留下了隐患，狂犬病疫苗激活了它体内的狂犬病病毒。医生也没有治疗这种病例的经验，建议我们带狗去最权威的台湾大学兽医院。大小四人又捧着它，由东到西穿城去台大兽医院。医院的规模可大了，有整整一栋楼。但给出的结论极不乐观：这种病几乎没有治愈的可能性，这么小的狗就更不可能扛过去了。两天的相处使我们不忍草草放手，决定陪它做一切可能的努力。

接下来的一周，我们每天带它去台大打营养针，每个小时用注射器喂它喝水，按时给它吃药，却也看着它走向衰弱。孩子们放学就守着它直到睡觉，B爸无论多晚下班，进门就看它，周末去打针都是大小四口一起去。它在我们手上仅仅挨了九天。

狗也有回光返照的情形吧？最后一天，它好像好起来了，抖抖地向我走过来，还自己喝了牛奶。它温顺地让我给它洗澡，在温暖的毛巾里，又变成黑白相间毛茸茸的一团。我高兴得想哭。可等孩子们放学的时分，它开始抽搐，又一次瘫倒。兽医院的医生告诉我们，该是说再见的时候了，他们帮忙料理一切后事。我告诉孩子们这个不幸的消息，姐儿俩哭了起来。在她们的人生里，第一次体会到无能为力的伤感。

最后再看一眼躺在白床单上的奥利奥，我们娘仨流着泪手拉手转身回家。20年过去了，我们还会谈到奥利奥，那只黑白相间的、永远的小狗。

可爱的小布丁（我家动物之七） （2019-08-02）

失去奥利奥没多久的又一个星期天，艳阳之下，女儿的学校有一场很大的游园会——各个义工俱乐部募款集会。"收救流浪狗俱乐部"是女儿执着的目标。那时（20世纪90年代末到21世纪初）台北是我所见流浪狗最多的城市，真的没有之一。多到你走路一定得紧盯着脚下，稍一走神儿，一定踩"地雷"。以至于我家到台北没有一个星期，就发明了一个暗号，一出门，全家人喝五呼六地守望相护，全因为所有人都没逃过最初的踩狗屎那一劫。台北同时也是我所见救助流浪狗人数最多的一个城市，同样没有之一。我几乎每天坐一路上阳明山的公车回家，有两年光景。我每周二、五都会遇到一位瘦小文静的妇人，提两个两尺见方的大编织袋，等车、坐车。有一两位司机，总是不厌其烦地解开安全带，跳下车去帮她把袋子提上车，再爬上车、系安全带，然后再启动车辆。有一位司机告诉我，她提的是煮好的骨头，上阳明山去喂流浪狗，一喂就是15年。看着安静地站在过道上，稳稳攥着编织袋的妇人，想见她买货、加工、带上山给她的宝贝——山上狗的一大特色是老弱病残，特别是残疾狗比例极大，"缺胳膊短腿"触目可见，她却一视同"狗"地关爱它们。两年间的无数次相遇，除了"谢谢司机"，没听她说过再多一句的话。

我在游园会卖春卷的摊位帮完忙，找到一直不见踪迹的女儿们，姐姐怀里抱着一只黄白相间毛茸茸的小狗崽："妈妈，它 5 个星期大，是个女孩！我们从头到尾看着它，它是 5 只狗崽里最健康的一只，没有病。它得了时装秀的第二名，它很聪明，很喜欢我们。我们自己带钱捐给俱乐部 50 块台币了，他们让我们带它走……"

老大几乎喘不上气地说着，妹妹在一旁使劲地点头。

"给爸爸打个电话，问问他的意见？"

"爸爸说行了！"孩子们一脸的惊喜。

于是我们有了第二"块"甜点——布丁。

所住公寓"不太严明"地禁止养狗，我们就把布丁装在一个大袋子里，每天"躲"过门卫的视线，早晚带它去附近的公园。它多喜欢那一片片草地呀，没几天就展现了独特的功夫——飞翔。它会在跑动中，起跳腾空飞出一道弧线，落地继续跑，再飞。这是我所见唯一的一条狗会做的动作。一次它挣脱了牵绳，B 爸火急火燎地追捕，它连跑带飞地狂奔，B 爸可着大嗓门喊"布丁！布丁！"，愣是撒丫子追了大半个公园，惹得一路人回头观望，不知这一狗一人谁出了问题。园里有一只"狗王"，是高大健美、黑色有棕色花纹的台湾土狗，有个原住民的名字，叫阿胯。阿胯从不和狗打交道，总是昂头挺胸，自顾自走来走去地耍帅。直到有一天它认识了布丁，阿胯直盯盯看着这只同样昂头挺胸，还有着一条毛茸茸卷尾巴的小家伙，眼里流露出温柔。它走上前来，咬起布丁的牵绳，带它走又带它跑起来。一片绿草地上，黝黑锃亮的阿胯和黄茸茸一簇的布丁相偕驰骋，如一幅画，刻印在我们的脑子里。

  布丁长大起来，去做了结扎手术，脖子上套个塑料圈，像莎士比亚时代的"桂冠诗人"似的巡来巡去。它每天不情愿地送姐姐们上学，又兴高采烈地接姐姐们回家。它是姐姐们向每一个朋友显摆的珍宝，那些个朋友又都爱它爱得要"死"。又有一天它脱了"缰"，这次大女儿追在前线。布丁窜上一个土坡，女儿毫不犹豫地紧跟不放。她的小腿整个陷在泥里，我叫她不要再上了。她和布丁一样失了控，手脚并用地在泥地里掏着，不一会儿也没了影。我的心悬了起来，身边还拖着一个小女儿，我僵在上与不上之间。度日如年的5分钟以后，泥成一团的狗和女儿，从望不见顶的坡上滑了下来。我们跑去附近的公厕，把这两团泥冲了个遍，冲出浑身淌水的女儿和黄茸茸的狗。

  7个月后，我们又逢搬家，这次的公寓门禁森严，绝对不能把狗带进去了。我们忍痛把布丁托送给一位住大宅子的朋友。B爸送它过去的，临走时问了一声，它的玩具呢？布丁竟然听懂了，走去叼起自己的一个玩具，乖乖和B爸一起出门去了。我等孩子们放学，带她们去看布丁的新家。朋友已经接收了前任房客留下的两条流浪狗，三个狗笼并排在院子里。另外两只狗老了，脏兮兮地卧着。布丁端正地坐着，一尘不染的黄白色茸茸毛发，一派公主气质。我们有些不敢相信亲眼所见，匆匆逃离出去。

  我们每个月带它出来洗澡遛弯儿，它周岁的时候，又和它及新妈一起吃蛋糕。布丁从来不叫，每次去看它，它就高兴地跳上来，坐在我们身上不动。我们总想办法带它去找一片草地耍耍，让它得以"飞翔"。朋友说他们开始让乖巧的布丁进家；说它做了错事打它它总是挨着，"这个笨货怎么不跑呢"；它总爱摸摸男主人的脚，让他备受感动，说离不开这条狗了，准备明年搬回上海的时候，带上它。我们也只能酸酸地为布丁高兴。

  又过了7个月，一天在菜市场偶遇朋友，她冲到我面前哭了起来："布丁让车撞死了！"

那是一段以泪洗面的日子，直到有一天，小女儿放学回家和我说：

"妈妈，你知道吗，我现在最喜欢课间去外面玩的时间，因为不管我做什么，天上的布丁都会看见我，你说对吗？"

对呀，亲爱的小布丁，我必须欢快起来，因为你也时时在天上看着我呢！

我家的动物之王（我家动物之八） （2019-08-12）

该说到我家儿子了，这个系列是因它而生的，它也是我家养动物史的顶点，除非今后从非洲整个狮子过来，否则这个顶点肯定不会被逾越。

女儿们共同承受了失去两只狗的冲击，有一段时间不再提起养狗的话题。她们发现家附近有一位流浪狗救助人，那位阿姨正当壮年，优雅端庄。她用自己简陋、窄狭的住家收养别人放在她门前的流浪狗。平日里，她卖咖啡和简餐糊口，假日里，她开跳蚤市场，收很低的费用和赞助买狗粮。她曾拮据到无数次被断水断电，连最起码的日子也有过不下去的时候。可她和收来，送养出去，再收来，再找人送养，始终充满一屋子的狗狗，撑了很多年。女儿们开始每周去她的跳蚤市场摆摊儿，卖玩具、卖旧衣裳、卖自己穿的珠珠链链，把收入给阿姨养流浪狗。她们还"名义上"收养了其中的一只——私下叫她们给它起的名字摩卡——浅咖啡色的一只大狗。每周三个下午和周末，她们要去遛狗，围着新建成的台北天母体育场走一圈。摆摊儿和遛狗，她们一直做到离开台北的那一天。

也是在这个棒球场边上，一个周日的早上，很早，因为要躲过酷热天气出去走走。我们仨在安静的儿童游乐场边上听见狗叫。循声而去，发现一个纸盒箱，内有一只小狗崽：健康活泼的一小只！我们和它玩了好一阵子，也没人来寻。起身抱着箱子去买了水和狗食，回原地喂它吃喝，仍然没人认领。又起身抱着箱子去了附近的兽医站，医生同意放在门口"招养"："晚上我们会带它进来，白天我们喂它喝水吃饭。"

孩子们每天放学直接跑到兽医站，跑了3天，终于听到有人收养了它的消息。我们望着门前那一小块空地，几乎不相信眼前的事实，高兴啊！

B爸视女儿们如命，"这辈子不会有人和我一起玩橄榄球了"是他唯一表达过遏制在最深层的一丝情感。奥利奥婴儿期即夭折，布丁停滞在它永远的童年。B爸私下和我说，再不养狗了，伤感情伤怕了。

转眼姐姐上完十一年级，再有一年就要离家上大学了。暑假第一天，她携妹妹在我们对面坐下。哦欧，她们上初中的时候，也这样给我们来过一次，那次是申请养一只兔子。她们做了一个配有图像的报告，在电脑上给端坐的我们演示。我挺感动她们的用心，可实在不敢应承把味道极重的兔子养在房东的房子里，只好大夸了她们的报告，又大诉了"寄人篱下"之苦，孩子们心一软，大度地放了我们一马。这次她们更成熟了，直接宣讲心中的夙愿：在离家去上大学之前，也许是永远离巢独立高飞之前，养一只自己的狗。为此，她们还写了一份合同——无非是保证遛狗时长、打工赚狗粮、负责清洗云云。

B爸辗转反侧了整宿，我内心挣扎了一夜。第二天面对她们打出了我俩截然相反的牌，民主建制落在少数服从多数的结局上。养狗的合同贴在了冰箱上；孩子们用心给房东写了一封信，让他们打破40年的老规矩，同意我们养一只中型以下的狗；B爸花了无数夜晚在网上搜寻，全家20多次"下现场"。孩子们的初衷我们予以认同：领养而不是购买一只狗。我们总共出入过地跨三四个省份的七八个动物庇护所,参加过数次收养狗集会,所遇狗众多,有太大型的、太细小的、病得太厉害的、太"疯"的;我们抽签没中的;登记晚了一步,就有小男孩骄傲地对比他高出一头的女儿们说:"我们已经领养它了!"

那个夏天,我们全家深陷进"寻找狗儿"的旋涡中,没一人能够自拔。

咱家的荣幸(我家动物之九) （2019-08-24）

在动物收养所的第七天,他们把俺送到了"前台"。和一只大狗合住一笼,俺只敢缩在一个角角,再不就躲回后院凉快。下午的时候,趁大狗睡觉,我把住了前门的栅栏脚儿。有三双脚风风火火地踏过去,不一会儿又呼啦呼啦地踏回来。一男一女加一个小女孩儿蹲下来,脸对脸地看着我。过了片刻3人没说话,呼地站起来,跑没影了。也不知道过了多久,他们气喘吁吁地跑回来了,还多了一个稍大的女孩儿。大女孩儿蹲得离我最近,上下打量了一下,对其他3人竖起了大拇指!

"它多可爱呀,还是我最喜欢的巧克力色!"小女孩说。

"这么小,它多大了?"女人问。

"他们说3个月大了。"男人回答。

"它是男孩,爹,你会有一个儿子。"大女孩下了结论。

一会儿,助养义工来牵俺出来:"你们带它出去玩玩,看合适不合适。"

女人走上前来,抱起了俺,好温暖呀,让俺想起了前一个养母。俺一个多月大的时候,被养母的男朋友买来做了生日礼物。俺没有再见过俺的父母,和那一窝兄弟姐妹。俺一来,男朋友也不再来了,养母就是这样抱着俺哭。从早到晚,从晚到早哭了好多天。后来有一天她又哭着对俺说:"对不起,我不能再带着你了,看到你我就想到他,我不能这样生活下去了。"说完她就不哭了,把俺带到收养所,走了,就没再回来。

"它叫贝利三世,因为我们现在收容了3只叫贝利的狗,它第三个到。你们可以给它一个新名字,只是这只狗很聪明,它已经知道自己叫贝利了。"义工和看上去是一家的4个人说。

大女孩好像早就认识俺,她叫了一声"贝利"就带着我跑起来;男人一直前前后后不停地打量俺;小女孩老是被谁挡着,只是偶尔摸了摸俺;排队填表的时候,女人一直抱着俺。门外冲进来一家人,打头的男孩大声嚷嚷着:"我们来领养贝利三世!"

"我们已经领养它了!"大女孩高声地喊回去,嗓子好靓。

"终于把这句话喊回去了。"大女孩和小女孩骄傲地击了一下掌。

从那时到现在,俺有了俺爹、俺娘、大姐姐和小姐姐。

转眼我们有贝利11年了,11年就是4017天、96408小时、5784480分钟。我们在4000多天里,7点以前带它出去上厕所;近1万小时和它生活在一片空间里;500多万分钟记挂着它。

大女儿被我们戏称是贝利的主人(owner),首先因为她经手了所有的领养文件,接着承担了一切养育问题的查询,从吃住、健康到医疗,再到涉及狗的社交、礼仪、生态。老B经常会打电话询问:"贝利哪哪长了个包,是怎么回事?"

我家这狗没上过训练营,散养大的。它会坐下、握手、等待、趴着、回窝那几招儿,竟都是我们小女儿给训出来的,她与它之间有一种别人没有的亦师亦友的特殊关系。

我前面提过,老B对于没有儿子,没人分享橄榄球的那一丝遗憾,早在贝利身上不知道找回多少倍了。贝利成年后体重跌宕在 40~45 磅，老 B 动不动就呼地一下把它扛上肩，让他有更广阔的视野。他每天和它"谈话"，自己负责问答两部分。听上去比较符合狗的心智，好像爷俩沟通一直顺畅。他最怕与它乞食时的眼睛对视："请不要用你那双孤儿的眼睛看我，好吗？"这种时候，他一定出手无节制喂它，不惜招来一顿女儿们的苛责。

全家人都觉得我是贝利最爱和最怕的人，我只能承认。因为很明显，它承认我是妈妈，是养育它的重要执行者。它懂事听话时，我伤心它趴上膝盖贴上小脸时，无论我何时回家它都摇头摆尾欢天喜地时，我都有抱紧这个毛小孩的冲动。它总是屏息静气地任由我搂着它，好像在承接人类的这片深情。可当它儿时啃咬家具；在路上拣食垃圾；和别的狗对吠；大雨大雪中不上厕所，让人回不了家时，我会很凶地吼它。它立马改正，但根本记不住，这让我很恼火，我缺少对于狗"失控"的理解和宽容。

贝利是我家与动物相交相处最核心的部分，经年累月，孩子们上高中的时段它来，她们带它参加"宠物聚会"，向全年级的同学"显摆"；孩子们上大学的时候它等，寒暑假有的是日子和它一起疯；孩子们工作以后它盼，有限的几天节假日，一进门，它在她们脚下转晕了、转蒙了，高兴得找不着北了。

老 B 常说："你别以为是我们家选择了贝利，不对！是贝利选择了我们，它认可了咱们 4 个人，这是咱家的荣幸啊！"

见仁见智（我家动物之十） (2019-09-04)

接近老年（都说人类 1 岁等于狗年 7 岁，那它就 77 岁了）的贝利沉沉地睡在他的新床上，这是它汪生的第 3 个床。第一只它到家第一周就咬破了，我给补了一个大补丁，但颜色有点跑偏了，还有些抽抽巴巴的。1 岁左右，贝利不再乱咬东西了，老 B 觉得帅儿子要"上档次"，花重金买了一个 L.L.BEAN（美国老牌著名户外活动用品店）的大床，它睡了漫漫 10 年，依然有型有款。今年春上贝利害了跳蚤，我们家的地毯、毛巾、地垫，加上它名贵的床统统报销了。我们又是几经勘选，给它置下这个新的。

贝利还可以走很远的路，只是常常会呼哧带喘；还可以一跃而上 SUV 的掀背门，但也有失脚滚下来的时候了。最明显的衰老是它的听力，以前车一进门前的停车场，它就奔到门口等上了。现在我们进了门，它依然毫不觉察。它平生最怕电闪雷鸣和烟花爆竹，现在可以安然无恙地不被搅扰了。我们心里有了怕它老去的惶恐，但看它依然孔武有力地颠着昂扬的步子，依然像吸尘器一样，一下就把给它的食物吸净，特别是它日渐聪慧，趋向乖巧伶俐，又觉得前景没什么可忧虑的了。

因为写这组文章，特别是写了贝利，我向家人发出了问题："养贝利带给你什么特别的感受？"

老 B 是个固执己见的人，加上近来赋闲在家，身心都有些惰怠："还是老话，能不养尽量不要养。你爸当年说得对，咱们这是吃饱了撑的。"

他这么说，让我想起另一位逝去的老人——我的婆婆，她的高见是：领养一只狗，不如领养一个孩子，孩子总会长大，而且活得比你久。

"可是狗真是聪明呀，你看贝利悄然无语，只是安静地望向你，用眼睛告诉你它全部的想法，你懂了，心甘情愿地去为它做任何事情。"老 B 又悠悠地添上这么一句。

是啊，我的一位朋友带着女儿再婚，还把 90 高龄的妈妈接来同住。

"我家 4 人四个姓氏，几乎没有全员同意什么事的可能。但事关家里的狗，即刻同仇敌忾，众志成城。"

大女儿大学毕业五年，甘之如饴地在最具挑战的纽约市布朗区公立高中任教："我们学校去年破了没有一位老师半途辞职的纪录！"这是他们的一份骄傲。作为贝利的"主人"，她觉得贝利教会她爱每一个人，善待每一个人，无条件。

小女儿也工作4年了，慢慢走出"老幺"的舒适圈，直面生活中的挑战。她觉得养贝利让她更清楚，生活中总有需要帮助的人和事，我们可以成为贝利的靠山，也可以对别人、别的动物伸出援手。

我自己一直喜欢一个观点：对于狗而言，每一顿饭都是至上佳肴，每一次散步都是最棒的旅程，每一天都是最美好的日子。

真希望能达到贝利和它所有伙伴们的那种境界。

后　记

这是一本采撷于我生活过的地方的"民间故事"散文集，分为"见众生""见时光""见世道""知青十忆""她行（路）我记（挂）的六十三天""开门七件事""见生灵"7辑。

在北京东四四通八达的胡同中住过3年，感觉像一辈子。

也是在北京，住进新楼7年，搬到14层有了电梯的塔楼两年，感觉像一辈子。

中国香港3年，中国台湾7年，美国18年，感觉像一辈子。

过世多年的爸爸觉得一生的幸事是看到了北京奥运会，而我最大的遗憾是没有回去陪他一起看。于是那一年开了博客，随性随意随手地写下丁点文字，回头看看感觉更像一辈子。

于今构想成书，分享五味杂陈的生活，给知我的亲朋好友，和不知我的芸芸众生，只愿如一滴水，映出生命大河中些微的明亮。

感谢经济日报出版社，20年前，也是他们为我的《台湾女人》一书"接生"。

感谢文字专家、我大学同学浦寅拨冗为本书写序；另一位同学王晓是极具绘画天赋的高级编辑，倾力为我的书画插图。无为无能之我，唯有万分的敬意在此！

感谢我的兄弟海石，三生有幸坐拥我们各自仅有的这份手足之情！

名叫海燕的自书女
2023年盛夏于老港口波士顿